TOUS LES HOMMES MORTS

Lawrence Block est né à Buffalo (État de New York) le 24 juin 1938. Auteur entre autres de *La Balade entre les tombes*, *Le Diable t'attend*, *Tous les hommes morts*, il est lauréat de l'Edgar, du Shamus, du Nero Wolf et du Faucon de Malte, soit les plus hautes distinctions du genre, et compte parmi les géants du policier américain.

Lawrence Block

TOUS LES HOMMES MORTS

ROMAN

Traduit de l'américain
par Robert Pépin

Éditions du Seuil

TEXTE INTÉGRAL

TITRE ORIGINAL
A Long Line of Dead Men
ÉDITEUR ORIGINAL
William Morrow & Company

ISBN original : 0-688-12193-4

ISBN 2-02-032099-1
(ISBN 2-02-023084-4, 1re publication)

Ce roman est dédié à Jerrold Mundis

Et encore à Phil Brothman, Jerry Carp, Jerry Carrel, Joel Daniels, Eddie Fischman, Paul Gandel, Steve Greenberg, Mel Hurwitz, Symmie Jacobson, Artie Judelson, Don Kohnstamm, Bruce Kramer, Dave Krantz, Lew Lansky, Dick Lederman, Dave Leff, Dave Stiller, et à la mémoire de Rett Goldberg et de Mike Woldman

Moi qui en santé et contentement fus jadis
Suis aujourd'hui troublé par grande maladie
Et affaibli par les infirmités ;
Timor mortis conturbat me.

Notre plaisir ici-bas est vaine gloire
Et ce monde faux seulement transitoire,
Et la chair fragile et le Démon rusé ;
Timor mortis conturbat me.

Le sort de l'homme change et varie,
Tantôt fort, tantôt faible, joyeux, puis marri,
Tantôt à danser, tantôt à mourir ;
Timor mortis conturbat me.

Rien sur cette Terre qui sûr soit jamais,
Comme sous le vent ploie le roseau,
Ainsi ploient les mondaines vanités ;
Timor mortis conturbat me.

A la mort même les Puissants s'en vont,
Princes, prélats et potentats,
Riches et pauvres en toutes conditions ;
Timor mortis conturbat me.

Ni le seigneur en dépit de sa puissance,
Ni le clerc en dépit de son intelligence,
Elle n'épargne ; à son terrible coup nul n'échappe ;
Timor mortis conturbat me.

Comme elle a saisi tous mes frères,
Ainsi ma vie elle ne laissera en paix,
De force sa proie prochaine je serai ;
Timor mortis conturbat me.

William Dunbar (1460 ?-1520 ?)
La Complainte des poètes[1]

Vois ces affligés, comme tous
Ils sont grands hypocrites !
N'est-il point fameux d'être mort,
Tout ce qu'il y a de plus mort ?
Point de reniflements, s'il te plaît,
Des pleurs ayons, et à souhait !
Point ne l'oublie : plus longtemps on vit
Et plus vite, toujours, on doit mourir.

Berceuse irlandaise

1. Le traducteur tient à remercier Mme M.-L. Groussier, professeur à l'Université de Paris VII, pour l'aide précieuse qu'elle lui a apportée dans la traduction de ce poème.

1

Il devait être aux environs de 9 heures lorsque le vieillard se leva et frappa sur son verre d'eau avec une cuillère. Autour de lui les conversations s'arrêtèrent. Il attendit d'avoir le silence complet, et prit encore tout son temps pour scruter la salle. Puis il but une gorgée d'eau et posa les mains sur la table, la paume en dessous, de part et d'autre du verre.

En le voyant ainsi debout, avec son corps anguleux penché en avant, son nez en bec d'aigle, ses cheveux blancs peignés en arrière et ses yeux bleu pâle agrandis par les verres de ses lunettes, Lewis Hildebrand songea à la figure de proue d'un drakkar. On aurait dit un grand oiseau de proie surveillant les cieux, très très loin, depuis toujours.

– Gentlemen, dit-il, mes amis…

Il marqua une pause et fit encore une fois courir son regard sur les quatre tables installées dans la pièce.

– Mes frères… reprit-il.

Et après avoir laissé résonner ces deux mots, il sourit pour détendre l'atmosphère et poursuivit en ces termes :

– Mais frères, le sommes-nous vraiment ? Le pouvons-nous même seulement alors que vous avez entre 22 et 33 ans et que moi, Dieu sait comment, je suis arrivé à 85 ? Je pourrais être le grand-père du plus vieux d'entre vous. Mais il suffit : en venant ce soir, vous avez accepté de faire revivre quelque chose qui remonte à bien des années, à des siècles même, et oui, ce sera en frères que nous quitterons cette salle tout à l'heure.

S'interrompit-il pour boire encore un peu d'eau ?

Disons que oui. Puis il plongea la main dans une des poches de sa veste de costume et en sortit une feuille de papier.

– J'ai quelque chose à vous lire, annonça-t-il alors. Cela ne prendra pas longtemps. Il s'agit d'une liste. Elle contient trente noms.

Il s'éclaircit la gorge, puis inclina la tête afin de regarder sa liste à travers la partie inférieure de ses lunettes à double foyer.

– Douglas Atwood, commença-t-il. Raymond Andrew White. Lyman Baldridge. John Peter Garrity. Paul Goldenberg. John Mercer…

Ces noms, je les invente. Il n'y a pas trace de cette liste et Lewis Hildebrand lui-même ne se rappelait plus aucun des noms que le vieil homme avait lus ce soir-là. A l'en croire, la plupart étaient anglais ou écosso-irlandais, avec ici et là un nom juif, quelques noms purement irlandais et cinq ou six hollandais ou allemands. Le vieil homme ne les avait pas lus par ordre alphabétique, rien ne pouvant non plus laisser penser qu'il les eût égrenés selon un code particulier. Lewis Hildebrand devait apprendre plus tard que, de fait, il les avait récités en suivant l'ordre chronologique du décès de leurs propriétaires. Le premier nom qu'il avait lu – et ce n'était pas Douglas Atwood, comme je l'ai écrit plus haut – était celui du premier homme qui avait expiré.

Ecouter ainsi le vieil homme, entendre tous ces noms rebondir en écho contre les lambris de la salle comme des mottes de terre tombant sur un cercueil, avait ému Lewis Hildebrand jusqu'aux larmes ou peu s'en était fallu. Il avait eu l'impression de voir la terre s'ouvrir entre ses pieds et que ses yeux, là, fixaient un vide infini. Une pause assez importante ayant suivi la lecture du dernier nom, il lui avait semblé que c'était le temps lui-même qui se figeait et que le silence jamais n'en finirait.

Mais le vieil homme le rompit. Il sortit un Zippo de la poche de sa chemise, en ouvrit le couvercle d'un coup sec et fit tourner la molette. Puis il alluma un coin de la feuille et la tint par le bout opposé pendant qu'elle brûlait. La flamme ayant très largement consumé le papier, il déposa ce qu'il en restait dans une soucoupe et attendit que tout n'y soit plus que cendres.

– Vous n'entendrez plus jamais ces noms, leur dit-il alors. Ces personnes ne sont plus, elles ont filé là où vont les morts. Leur chapitre est clos. Et le nôtre vient de commencer.

Il tenait toujours son Zippo dans sa main, il le souleva en l'air, l'alluma une deuxième fois, puis en referma sèchement le couvercle.

– C'est aujourd'hui le quatrième jour du mois de mai de l'an 1961, dit-il ensuite. Lorsque j'ai rejoint pour la première fois les trente hommes dont je viens de vous lire les noms, c'était le troisième jour du mois de mai de l'an 1899. La guerre hispano-américaine avait pris fin dix mois plus tôt, à peine. J'avais 23 ans, soit un an de plus que le plus jeune d'entre vous. Je n'avais pas pris part à cette guerre, alors que dans la salle du restaurant se trouvaient des hommes qui l'avaient faite. Il y en avait même un qui avait servi sous les ordres de Zachary Taylor pendant la guerre contre le Mexique. Il avait, si je me souviens bien, 78 ans, et ce fut lui que j'entendis lire les noms de trente personnes dont j'ignorais tout. Et ce fut aussi lui qui brûla la liste, avec une allumette en bois, cela va de soi. Il n'y avait pas de Zippo en ce temps-là. Et ce gentleman… je pourrais vous dire son nom, mais ne le ferai pas, je l'ai prononcé pour la dernière fois il y a quelques instants… ce gentleman, donc, avait entre 20 et 25 ans lorsqu'il avait lui-même vu un autre vieillard brûler une autre liste, l'événement remontant à l'année… Disons au début des années 1840. Avait-on des allumettes en bois à cette époque ? Je ne pense pas. Il y avait sans doute du feu dans la cheminée et d'après moi ce gentleman… dont, cette fois-ci, je ne pourrais pas vous dire le nom même si je le voulais… Disons qu'il jeta sa liste dans les flammes… J'ignore où et quand se tenait cette réunion-là. Ma première à moi, je vous l'ai dit, eut lieu en 1899, et les trente et un hommes que nous étions s'étaient rassemblés dans un des salons privés du John Durlach, un célèbre restaurant de viandes de Union Square. Cet établissement a disparu depuis longtemps, tout comme le bâtiment qui l'abritait, le site étant aujourd'hui occupé par les grands magasins Klein. Lorsque le restaurant ferma, nous nous mîmes en quête d'un autre et cherchâmes ainsi pendant des années jusqu'au jour où, d'un commun accord, nous décidâmes d'établir nos quartiers au Ben Zeller. Nous y restâmes trois ans, mais, il y a vingt ans de ça, le restaurant changea de propriétaire et nous n'y trouvâmes bientôt plus notre compte. C'est alors que nous vînmes ici, au Cunningham, et nous y sommes encore. L'année dernière, nous n'étions plus que deux. Cette année, nous sommes à nouveau trente et un.

Et où était donc Matthew Scudder, en ce quatrième jour du mois de mai de l'an de grâce 1961 ?

Au Cunningham, ce n'est pas impossible. Mais pas dans un de ses salons privés, et certainement pas en la compagnie du vieil homme et de ses trente nouveaux frères. En fait, je devais être debout au comptoir, ou alors assis dans la grande salle à manger, ou à une table du petit bar-grill que Vince Mahaffey affectionnait par-dessus tout. J'avais donc 22 ans, et dans moins de quinze jours en aurais 23. Six mois s'étaient écoulés depuis que j'avais déposé pour la première fois un bulletin dans une urne. (On n'avait pas encore abaissé le droit de vote à 18 ans.) J'avais voté pour Kennedy. Comme des tas de morts et de disparus du comté de Cook, Etat de l'Illinois, tout porte à le croire. Et Kennedy l'avait emporté d'un cheveu.

J'étais toujours célibataire, mais avais déjà rencontré celle que j'épouserais bientôt, et dont je finirais par divorcer un jour. Frais émoulu de la Police Academy, j'avais été expédié dans un commissariat de Brooklyn où on m'avait donné Mahaffey pour coéquipier : on pensait qu'il m'apprendrait des trucs. Il m'en avait appris beaucoup, dont certains qu'on aurait préféré me voir ignorer.

Grand restaurant de viandes, le Cunningham était le

genre même d'endroit que Mahaffey adorait. Il y avait là beaucoup de choses en bois sombre et poli par des mains innombrables, du cuir rouge et du cuivre jaune bien brillant en quantité, de la fumée de tabac qui restait en suspens dans l'air et pas mal de bons et solides alcools dans les verres. Côté morceaux de bœuf et fruits de mer, le choix était convenable, mais je me cantonnais toujours au même menu : assortiment de crevettes et entrecôte épaisse, avec pomme de terre cuite au four et petit pot de crème fraîche. Du gâteau au dessert, aux noix de cajou ou à la compote de pommes, et un café tellement fort qu'on aurait pu patiner dessus. Et des alcools, évidemment. Un Martini-tranche pour commencer, bien sec et bien glacé, et un cognac pour apaiser l'estomac à la fin du repas. Et encore un petit whisky pour s'éclaircir les idées.

Ce fut Mahaffey qui m'apprit à manger correctement malgré mon pauvre salaire de flic ordinaire. « Quand un dollar te tombe du ciel et atterrit dans la main que tu as tendue, me disait-il, tu refermes les doigts autour du billet et tu remercies le Seigneur. » La pluie de dollars étant plutôt soutenue, nous avions fait beaucoup de bons repas ensemble. Nous en aurions fait davantage au Cunningham si cet établissement s'était trouvé ailleurs. Mais il était situé à Chelsea, au croisement de la VIIe Avenue et de la 23e Rue Ouest, et nous officions à Brooklyn, de l'autre côté du fleuve, à cinq minutes à peine d'un Peter Luger où la nourriture et l'atmosphère n'étaient guère différentes.

Manger ainsi est toujours possible, mais le Cunningham a disparu. La dernière entrecôte y a été servie au début des années 70. Le bâtiment a été racheté, puis abattu pour laisser place à un immeuble locatif de vingt-deux étages. Quelques années après être passé inspecteur, j'avais été affecté au 6e Secteur de Greenwich Village, à environ quinze cents mètres du Cunningham. J'y allais sans doute une ou deux fois par mois. Lorsque le restaurant ferma pour de bon, j'avais déjà rendu mon insigne et loué une petite chambre d'hôtel dans la 57e Ouest. Je passais alors l'essentiel de mon temps au bar du coin, Chez Jimmy

Armstrong. C'est là que je mangeais, retrouvais mes amis et travaillais, à la table du fond que je m'étais réservée, celle où, ça aussi, je picolais plus qu'il ne fallait. C'est sans doute pour ça que je ne remarquai même pas que le Cunningham, « Etablissement fondé en 1918 », avait fermé ses portes et éteint ses lumières. Quelqu'un me l'apprit probablement un peu après, la nouvelle me poussant à peu près sûrement à boire un bon coup pour fêter ça. Toutes les occasions de boire étaient bonnes, en ce temps-là.

Mais revenons au Cunningham et au premier jeudi du mois de mai de l'an 1961. Le vieil homme… Mais pourquoi continuer à le désigner ainsi ? Il s'appelait Homer Champney, et leur parlait commencements.

– Nous sommes un club de trente et un hommes, reprit-il. Je vous ai dit que mon affiliation remontait à la dernière année du siècle dernier, et que le gentleman qui parlait ce soir-là était né huit ans après la guerre de 1812. Mais qui donc avait parlé, à sa première réunion à lui ? Et à quelle date s'étaient rassemblés les trente et un premiers hommes qui jurèrent de se retrouver une fois l'an jusqu'à ce qu'il n'en reste plus qu'un de vivant ?

« Je l'ignore. De fait, personne n'en sait rien. Ici et là, dans d'obscurs livres d'histoire, on parle de groupes de trente et un qui se seraient formés au cours des siècles. Mes propres recherches me portent à croire que le premier d'entre eux fut fondé par des francs-maçons il y a plus de quatre cents ans, mais cette théorie est d'autant plus discutable que le Code de Hammourabi évoque, lui aussi, certain club de trente et un dans l'ancienne Babylone et qu'un autre de ces clubs, à moins qu'il ne s'agisse d'une filiale du premier, aurait, dit-on, existé chez les Juifs esséniens du temps de Jésus-Christ. Selon plusieurs sources, Mozart lui-même aurait été membre d'un de ces groupes, d'autres rumeurs attribuant le même genre d'affiliation à Benjamin Franklin, Sir Isaac Newton et Samuel Johnson. Il est impossible de savoir combien d'organismes de ce genre se formèrent à travers les âges, et combien de ces chaînes se sont maintenues de génération en génération.

« La structure est simple. Trente et un hommes d'honneur s'engagent à se rassembler une fois par an, le premier jeudi du mois de mai. Ils mangent et boivent, et notent avec respect qu'untel ou untel a été emporté par la mort. Et chaque année l'un d'entre eux lit les noms des défunts à haute voix.

« Puis au dernier des trente et un revient un jour la tâche que je suis en train d'accomplir. Il recherche trente et un hommes qu'il juge dignes d'appartenir à son club et les rassemble tous un soir qu'il a fixé. Il leur lit, comme je viens de le faire, la liste de ses trente frères disparus, puis il la brûle et, ce faisant, ferme un chapitre pour en ouvrir un autre… Ainsi nous perpétuons-nous, mes frères, conclut-il. Car nous nous perpétuons.

Aux dires de Lewis Hildebrand, le trait le plus remarquable d'Homer Champney était son enthousiasme. Il avait pris sa retraite bien des années avant ce soir de l'année 1961, avait vendu la petite usine qu'il avait fondée et, c'était clair, ne manquait pas de grand-chose. Mais c'était en qualité de vendeur qu'il avait commencé sa carrière, et Hildebrand n'avait aucun mal à croire à sa réussite postérieure. Dans ses paroles, il y avait toujours quelque chose qui retenait l'attention et, plus il parlait, plus, sa ferveur augmentant, on avait envie d'entendre ce qu'il avait encore à dire.

« Vous ne vous connaissez pas encore bien, avait repris Homer. Il est possible qu'un ou deux d'entre vous se soient déjà rencontrés avant ce soir. Il se peut même que vous soyez trois ou quatre à vous considérer comme des amis. Mais, toutes ces amitiés antérieures mises à part, il y a peu de chances pour que, ce soir, vous retrouviez des personnes évoluant dans les cercles que vous fréquentez d'habitude. Sachez que s'il en va ainsi, c'est parce que cette organisation, disons plutôt cette structure, n'a rien à voir avec l'amitié au sens traditionnel du terme. Elle n'a rien non plus à voir avec les relations sociales ou la recherche d'avantages mutuels. Nous ne sommes pas ici pour échanger des tuyaux boursiers ou nous vendre des polices d'assurances. Nous sommes certes fermement attelés ensemble, mes frères, mais le sentier que nous foulons est très étroit et notre but extrêmement précis. D'année en année, nous accompagnons la progression de chacun sur le long chemin qui mène à la tombe.

« Etre membre de ce club ne demande pas grand-chose. Point de réunions mensuelles auxquelles il faudrait assister, ni non plus de comités dont il faudrait faire partie. Personne n'a de carte, ni de cotisation à payer, hormis sa part du dîner annuel. De fait, votre seul engagement, mais je vous demande de le respecter entièrement, est celui d'assister chaque année à notre repas du premier jeudi de mai.

« Il y aura des années où vous n'aurez aucune envie de venir, où participer à ce dîner vous mettra dans le plus grand embarras. Je vous prie instamment de considérer ce seul et unique engagement comme irrévocable. Certains d'entre vous n'habiteront plus New York et trouveront fort désagréable de devoir y revenir à la date convenue. Il se peut même que vous en arriviez à trouver notre confrérie un peu idiote, que vous y voyiez quelque chose que vous avez enfin dépassé et préféreriez même écarter à jamais de votre vie.

« Surtout n'en faites rien ! Dans la vie de chacun, le club des trente et un n'est pas grand-chose. Il ne prend qu'une soirée par an. Mais cette seule soirée nous donne à tous une acuité de pensée que personne d'autre ne saurait jamais posséder. Mes jeunes frères, vous êtes les maillons d'une chaîne qui ne s'est jamais brisée depuis la fondation de cette république, et vous vous inscrivez céans dans une tradition dont les racines plongent jusqu'à l'antique Babylone. Tous autant que nous sommes dans cette pièce, comme tout un chacun qui naît un jour, nous passons notre vie à nous rapprocher de la mort. Il n'est pas de jour qui ne nous pousse dans cette direction. Fouler ce chemin sans personne est dur, mais le parcourir en bonne compagnie est une tâche bien plus légère.

« Et si, votre propre chemin étant le plus long de tous,

vous veniez à être le dernier à marcher, sachez qu'il vous reste une dernière obligation : celle de trouver trente jeunes hommes – trente hommes de bonne étoffe et promesse, s'entend – et de les réunir, ainsi que je viens de le faire, afin qu'un nouveau maillon de la chaîne soit forgé.

Répéter ainsi, trois décennies plus tard, les paroles qu'Homer Champney avait prononcées semblait mettre Lewis Hildebrand dans l'embarras. Ces mots paraissaient peut-être sots, mais ils lui avaient fait une tout autre impression lorsqu'il les avait entendus sortir de la bouche du maître de cérémonie.

D'après lui, l'énergie du vieillard avait quelque chose de contagieux. Et ce n'était pas seulement qu'on eût été pris, emporté, oui, par son enthousiasme. Après, lorsqu'on avait eu le temps de redescendre sur terre, on était toujours aussi conquis. Grâce à lui, et Dieu sait comment, on avait compris quelque chose qu'on n'aurait jamais saisi autrement.

– Nous avons encore une cérémonie au programme, leur dit encore Champney. Nous allons faire un tour de salle et chacun devra se lever et nous dire quatre choses le concernant. Son nom, son âge, ce qu'il a de plus intéressant à signaler le concernant et ce qu'il éprouve maintenant, à l'instant même où il s'apprête à entamer ce grand voyage avec ses trente nouveaux compagnons.

« Je commencerai donc, bien que je vous aie déjà tout dit. Voyons... Je m'appelle Homer Gray Champney. J'ai 85 ans. Ce que j'ai de plus remarquable, en dehors d'être le dernier survivant du club précédent ? D'avoir assisté à l'Exposition panaméricaine de Buffalo en 1901 et serré la main du président William McKinley moins d'une heure avant son assassinat par l'anarchiste... comment s'appelait-il déjà ? Czolgosz, voilà ! Leon Czolgosz, bien sûr ! Comme si on pouvait oublier ce pauvre illuminé !

« Ce que m'inspire la cérémonie de ce soir ? Mais... cela m'excite beaucoup, mes amis. Je vous passe le flambeau et je sais qu'il sera en de bonnes mains. Dès que le dernier homme de mon groupe est mort, dès que j'ai appris la nouvelle, j'ai été pris d'une peur folle de mourir moi-même avant de pouvoir mener à bien ma mission. Et donc, cela m'ôte un sacré poids de la conscience et je sens que c'est le début de quelque chose de… euh… de vraiment très bien.

« Mais je bavarde, je bavarde… Quatre phrases, voilà tout ce qu'on exige : nom, âge, ce qu'on a de plus remarquable et ce qu'on ressent. Nous commencerons donc par cette table, disons… Ken ?… et nous continuerons ainsi…

– Je m'appelle Kendall McGarry, j'ai 24 ans et, fait remarquable, un de mes ancêtres a signé la Déclaration d'Indépendance. Je ne sais pas trop ce que je ressens à l'idée d'entrer dans ce club. Cela m'excite, c'est clair, et j'ai l'impression de faire un grand pas, même si j'ignore pourquoi il devrait en aller ainsi. Ce que je veux dire par là, c'est que c'est un soir comme un autre et que…

– John Youngdahl, 27 ans. Le fait le plus intéressant… le seul auquel je puisse penser en ce moment est que je me marie dimanche prochain. Ça me monte tellement à la tête que je serais bien en peine de vous dire ce que je ressens à l'instant. Hormis ceci : je suis content de me trouver ici et d'être partie prenante de…

– Je m'appelle Bob Berk. Berk et pas Burke, bref, je suis juif, et pas irlandais, et je ne sais pas pourquoi je me sens toujours obligé de le préciser. C'est peut-être même ça que j'ai de plus remarquable. Pas d'être juif, non, mais de toujours commencer par le dire. Ah, oui… J'ai 25 ans. Et ce que je ressens ? J'ai l'impression qu'au contraire de moi vous faites tous partie de ce club, mais comme c'est toujours ce qui me vient à l'esprit et que je ne suis sans doute pas le seul à éprouver ce sentiment… Ou alors peut-être que si, je ne sais pas…

– Brian O'Hara, avec une apostrophe et une H majuscule, ce qui fait que je suis irlandais, et pas japonais…

– Je m'appelle Lewis Hildebrand. J'ai 25 ans. Je ne sais pas si c'est intéressant, mais j'ai un huitième de sang Cherokee dans les veines. Pour ce qui est de ce que je ressens… Je serais bien en peine de le dire. J'ai l'impression de faire partie de quelque chose qui me dépasse, de quelque chose qui a commencé avant moi et qui se poursuivra après ma mort…

– Gordon Walser. Age : 30 ans. Je suis chef comptable à la Stilwell Reade & Young, même que si c'est là ce que j'ai de plus remarquable, je suis plutôt mal barré… Bon, tenez… Que je vous dise quelque chose que personne ou presque ne sait sur moi… A ma naissance, j'avais un doigt de plus à chaque main. On m'a opéré quand j'avais six mois. On voit encore une cicatrice sur ma main gauche, mais pas sur ma main droite…

– Je m'appelle James Severance… Je me demande bien ce que je peux avoir de remarquable. Le plus intéressant est sans doute que je sois avec vous ce soir. Je ne sais pas ce que je fais ici, mais j'ai l'impression d'être arrivé à un tournant de ma vie…

– Je m'appelle Bob Ripley et je connais toutes les blagues qui commencent par « Tu me crois si tu veux, mais un jour… ». Que je vous dise une des choses qui me sont venues à l'esprit avant que j'arrive ici : je trouve passablement morbide de monter un club dont les membres ne font qu'attendre de mourir. Sauf que ce n'est plus du tout ce que je ressens maintenant. Je suis d'accord avec Lew : j'ai, moi aussi, le sentiment d'appartenir à quelque chose d'important…

– … que c'est un rien superstitieux, mais je n'arrête pas de me dire que se forcer à constater le caractère inévitable de la mort ne fera jamais qu'en accélérer la venue…

– … un accident de voiture, la nuit qui a suivi l'obtention de mon diplôme de fin d'études secondaires. Nous étions six dans la Chevrolet Impala de mon meilleur ami et tous les autres ont été tués. J'ai eu une clavicule cassée et quelques blessures superficielles. C'est tout ce que j'ai de remarquable, en dehors de ce que j'éprouve ce soir. C'est que, voyez-vous, huit ans se sont écoulés depuis lors, mais, depuis cette nuit-là, la mort me hante...

– ... Je crois que la seule façon de rendre compte de ce que je ressens serait de dire que la seule autre fois où j'ai éprouvé quelque chose d'approchant est le soir où ma fille est venue au monde...

Trente hommes, entre 22 et 32 ans d'âge. Tous blancs et habitant New York ou ses environs. Tous avaient fait des études supérieures, et la plupart d'entre eux étaient sortis de la fac avec une licence. Plus de la moitié étaient mariés. Plus d'un tiers avaient des enfants. Un ou deux avaient divorcé.

Et maintenant, alors que trente-deux ans avaient passé, plus de la moitié d'entre eux étaient morts.

2

Lorsque je fis sa connaissance, trente-deux ans et six semaines après son entrée au club des trente et un, Lewis Hildebrand avait perdu beaucoup de cheveux sur le devant et s'était considérablement épaissi à la taille. Sa chevelure blonde était coiffée vers l'arrière, avec une raie sur le côté, et argentée sur les tempes. Visage imposant, air intelligent et grandes mains qui serraient fort, mais sans agressivité. Son costume bleu à rayures blanches avait dû coûter dans les mille dollars. Son poignet s'ornait d'une Timex à vingt dollars.

Il m'avait appelé la veille en fin d'après-midi, à mon hôtel. Depuis un peu plus d'un an déjà, Elaine et moi habitions un appartement juste en face, mais j'avais gardé ma chambre au Northwestern. Il y avait sûrement mieux pour recevoir le client, mais elle était quand même censée me servir de bureau. J'y avais vécu bien des années. Je devais avoir du mal à la quitter.

Il me dit son nom et m'apprit qu'il avait eu le mien par l'intermédiaire d'Irwin Meisner.

– J'aimerais vous parler, reprit-il. Pourrions-nous nous voir à déjeuner ? Demain vous conviendrait-il ?

– Demain me convient, lui répondis-je, mais s'il y a urgence, je peux m'arranger pour vous retrouver ce soir…

– Non, ce n'est pas si urgent que ça. Je ne sais même pas si c'est urgent du tout. Mais je n'arrête pas d'y penser, et je n'ai pas envie de repousser plus longtemps. (On aurait dit qu'il envisageait son bilan annuel, ou son prochain rendez-vous chez le dentiste.) Connaissez-vous l'Addison Club ? Dans la 67e Est ? On dit midi et demi, demain ?

Portant le nom du grand essayiste anglais du dix-huitième siècle, l'Addison Club occupe les cinq étages d'une maison en pierre à chaux sise sur le côté sud de la 67e Rue Ouest, entre les avenues Park et Lexington. Hildebrand s'était posté à portée de voix de la réception et vint tout de suite à ma rencontre dès qu'il m'eut entendu donner mon nom à l'employé en uniforme. Arrivé à la salle à manger du premier étage, il refusa la première table qu'on nous offrait et en choisit une autre dans le coin le plus éloigné.

– Un San Giorgio-tranche avec des glaçons, lança-t-il au garçon.

Puis il se tourna vers moi et me dit :

– Vous aimez les San Giorgio ? J'en prends toujours un ici parce qu'il n'y a plus guère de restaurants où on en trouve. Le saviez-vous ? Il ne s'agit, en gros, que d'un vermouth sec italien dans lequel on fait tremper des herbes aromatiques inhabituelles, mais c'est très léger. Je crains que l'époque où j'arrosais mes repas au Martini blanc ne soit révolue pour moi.

– Il faudra que j'essaie ça un jour, lui répondis-je. Pour ce qui est d'aujourd'hui, je m'en tiendrai à l'eau Perrier.

Il s'excusa d'avance pour la nourriture.

– La salle est agréable, n'est-ce pas ? Et, naturellement, personne ne nous presse et avec toutes ces tables bien écartées et où il n'y a pas grand monde, je… je me disais que ce tête-à-tête serait peut-être le bienvenu. La cuisine n'est pas mauvaise, à condition d'en rester aux plats de base. Moi, je prends généralement un assortiment de grillades.

– L'idée me plaît assez.

– Avec une salade verte ?

– Ce sera parfait.

Il écrivit la commande sur une carte et la tendit au garçon.

– Ah, les clubs privés… reprit-il. Ça aussi, c'est une espèce en voie de disparition. L'Addison était, paraît-il, réservé aux écrivains et aux journalistes, mais ça fait des années que les gens de l'édition et de la publicité s'en sont emparés. A l'heure qu'il est, il suffit presque de respirer, de posséder un carnet de chèques et de ne pas avoir été trop lourdement condamné en justice pour pouvoir y entrer. Je m'y suis affilié il y a une quinzaine d'années lorsque ma femme et moi avons emménagé à Stamford, dans le Connecticut. Il y avait beaucoup de soirs où je travaillais si tard que je ratais le dernier train et devais passer la nuit à New York. Or les hôtels y sont hors de prix et j'avais toujours l'impression d'être un personnage douteux quand je me présentais à la réception sans bagage. Et comme ils ont des chambres au dernier étage, que le prix en est raisonnable et qu'on peut les louer à la dernière minute… Déjà que je songeais à m'inscrire… ça m'en a donné encore plus envie.

– Ainsi donc, vous habitez le Connecticut ?

Il secoua la tête.

– Non, nous sommes revenus à New York il y a cinq ans, lorsque mon dernier fils a terminé ses études, enfin… lorsqu'il les a laissées tomber, devrais-je plutôt dire. Nous habitons à une dizaine de rues d'ici et quand il fait beau, comme aujourd'hui, je peux aller au boulot à pied. C'est pas bien, ça ?

– Si.

– Ah, New York au mois de juin ! Je ne suis jamais allé à Paris en avril, mais je me suis laissé dire que c'était souvent humide et lugubre. Le mois de mai est nettement plus agréable, mais comme la chanson marche mieux avec le mot « avril »… Ça fait une syllabe de plus, et elle est nécessaire. Cela dit, New York en juin… On comprend tout de suite pourquoi il y a tant de rengaines sur ce thème.

Le garçon nous ayant apporté nos plats, Hildebrand me demanda si je voulais une bière avec. Je lui répondis que ça allait très bien comme ça.

– Je vais en prendre une sans alcool, dit-il en se tournant vers le garçon. J'ai oublié ce que vous gardez à la cave. Vous avez de l'O'Doul ?

Ils en avaient. Il en commanda une et me coula un regard inquiet. Je secouai la tête. Tous les vins et bières soit-disant sans alcool en ont quelques traces. Que cela suffise à affecter durablement l'alcoolo repenti est sujet à débat, mais tous les gens que j'ai connus aux AA (Alcooliques anonymes) et qui prétendaient qu'on pouvait boire de l'O'Doul ou de la Sharp sans dommage ont tôt ou tard fini par se remettre à des trucs plus corsés.

Et puis, qu'est-ce que j'aurais fait d'une bière qui n'a rien dans le ventre ?

Nous parlâmes de son travail – il était directeur adjoint dans une petite boîte de relations publiques – et du plaisir qu'il y avait à revenir à Manhattan après un séjour prolongé en banlieue. Si je l'avais retrouvé à son bureau, nous nous serions mis tout de suite au boulot, mais là, nous observâmes tout le protocole afférent au déjeuner d'affaires et gardâmes l'essentiel pour la fin.

Lorsque le café arriva, il tâta sa poche de chemise et me jeta un regard amusé.

– Voilà qui est drôle, dit-il. Vous avez vu ce que je viens de faire ?

– Vous venez de chercher vos cigarettes.

– Exactement, et ça fait pourtant plus de douze ans que j'ai arrêté. Avez-vous jamais été fumeur ?

– Pas vraiment.

– Pas vraiment ?

– Ça ne m'a jamais accroché, lui expliquai-je. Disons que j'achetais un paquet de cigarettes une fois par an et que j'en fumais cinq ou six coup sur coup. Après, je jetais le paquet et ne refumais plus pendant un an.

– Ah, mon Dieu ! s'écria-t-il. C'est bien la première fois qu'on me raconte un truc pareil ! Mais peut-être n'êtes-vous pas d'un naturel dépendant ?

Je préférai ne pas relever.

– M'arrêter de fumer est la chose la plus difficile que j'aie jamais faite de ma vie, poursuivit-il. Il y a même des fois où je me demande si ce n'est pas la seule difficulté que j'aie jamais vaincue. Il m'arrive encore d'avoir des cauchemars où je me retrouve en train de fumer. Et vous faites toujours ce que vous venez de me décrire ? Vous vous payez toujours un petit écart une fois par an ?

– Oh, non ! Ça fait plus de dix ans que je n'ai pas touché une cigarette.

– Oui, bon. Tout ce que je peux dire par là, c'est que je suis rudement content qu'il n'y en ait pas un paquet d'ouvert sur la table. Matt… (nous en étions déjà à Matt et à Lew), est-ce que je peux vous poser une question ? Avez-vous jamais entendu parler d'un club de trente et un ?

– Le Club des trente et un ?… Un rapport quelconque avec celui-ci ?

– Non.

– J'ai entendu parler du restaurant Le 21, bien sûr. Mais je ne crois pas…

– Non, il ne s'agit pas d'un club particulier, comme le Harvard ou l'Addison. Ni non plus d'un restaurant comme Le 21. Non, en fait, c'est un club assez spécial. Permettez que je vous explique…

Ce fut long et exhaustif. D'entrée de jeu, il me détailla la soirée de mai 61. Il racontait bien. Je vis le salon privé qu'il me décrivait, les quatre tables rondes, huit hommes à trois d'entre elles, six, plus Champney, à la dernière. Je n'eus aucun mal à me représenter le vieil homme et sentis bien la passion qui l'animait et s'emparait de son public.

Pour finir, je lui répondis que je n'avais jamais entendu parler d'une quelconque organisation de ce genre.

– Vous ne fréquentez donc pas régulièrement Mozart et Benjamin Franklin, me renvoya-t-il avec un bref sourire. Ni non plus les Esséniens et les Babyloniens. Moi, en y repensant l'autre soir, je me suis même demandé à quoi je croyais vraiment, dans tout ça. Cela dit, en dehors de quelques heures passées ici ou là en bibliothèque, je n'ai jamais cherché à savoir. Et moi aussi, c'est la première fois que je tombe sur une organisation de ce type.

– Et parmi les gens à qui vous en avez parlé… personne qui serait un familier de ce genre d'institutions ?

Il fronça les sourcils.

– Je n'ai guère ébruité l'affaire. A dire vrai, c'est même la première fois que j'en parle en détail avec quelqu'un qui ne fait pas partie du club. Beaucoup de gens savent que je vais dîner une fois par an avec des amis, mais je n'ai jamais dit à quiconque que ce club remontait aussi loin dans le passé. Et je n'ai pas davantage mentionné l'aspect veillée funèbre de nos soirées annuelles...

Il me regarda, puis ajouta :

– Et je n'en ai jamais parlé à ma femme ou à mes enfants. Mon meilleur ami même, et ça va faire bientôt vingt ans que nous nous connaissons, ignore tout du sens de ces réunions ! Il croit qu'il s'agit de retrouvailles annuelles, comme cela se pratique entre membres d'une même fraternité.

– Le vieil homme vous a-t-il jamais demandé de tenir la chose secrète ?

– Pas ouvertement. Mais en quittant le Cunningham, ce soir-là, j'ai eu très nettement l'impression que cette chose dont je faisais maintenant partie devait rester secrète. Et d'ailleurs cette conviction n'a fait que croître au fil des ans. Il m'a tout de suite été clair qu'on pouvait dire tout ce qu'on voulait dans ce salon et que personne n'irait le crier sur les toits. J'ai dit à certains de ces amis des choses dont je n'avais jamais parlé à personne. Et ce n'est pas que je serais un monsieur qui a beaucoup de choses à cacher ou à ne pas cacher. Au fond, je suis quelqu'un d'essentiellement réservé, et il est probable que je ne m'ouvre guère aux personnes qui comptent dans ma vie. Bon sang de bonsoir, c'est que j'ai 57 ans, moi ! Vous ne devez pas en être très loin vous-même, si ?

– J'ai 55 ans.

– Vous savez donc de quoi je parle. Les gens de notre âge ont grandi sans jamais oublier que les pensées les plus intimes ne se partagent pas. Toute la psychologie pop du monde ne pourra jamais rien y changer. Cela dit, une fois par an, je m'assois à table avec une bande d'hommes qui ignorent pratiquement tout de moi et, plutôt deux fois qu'une, je finis par leur avouer des trucs que je n'avais surtout pas prévu de leur raconter !

Il baissa les yeux, prit la salière et la fit tourner entre ses doigts.

– Il y a quelques années de ça, j'ai eu une aventure, reprit-il. Pas une petite partie de jambes en l'air à l'occasion d'un voyage d'affaires, comme je m'en suis offert quelques-unes au fil des années. Non, une vraie histoire d'amour, qui a duré trois ans.

– Et personne n'était au courant ?

– Vous avez déjà deviné où je voulais en venir, n'est-ce pas ? Non, personne n'en a jamais rien su. Je ne me suis pas fait prendre et je ne me suis confié à personne. Si elle l'a fait de son côté, et je pense qu'elle l'a effectivement fait, je... Mais comme nous n'avions pas d'amis communs, cela n'a aucune importance. Non, ce que je veux dire par là, c'est que j'en ai parlé au club. Et pas qu'une fois... (Il reposa violemment la salière sur la table.) Et à elle aussi, j'ai parlé du club. Elle a trouvé que c'était morbide, et ça ne lui plaisait pas du tout. Mais ce qu'elle a beaucoup aimé, c'est que je lui en aie parlé. Ça, elle a vraiment beaucoup aimé...

Il se tut. J'attendis la suite en sirotant mon café. Pour finir, il me lança :

– Je ne l'ai pas revue depuis cinq ans. Mais cela fait aussi douze ans que je n'ai pas repris une seule cigarette ! Alors qu'il y a cinq minutes, j'avais sacrément envie d'en fumer une, pas vrai ? Il y a des fois où je me dis qu'on ne se remet jamais de rien...

– Il y a des fois où je me dis que vous n'avez pas tort.

– Matt... Ça vous ennuierait que je prenne un cognac ?

– Pourquoi cela devrait-il m'ennuyer ?

– C'est-à-dire que ça ne me regarde pas, mais... Il n'est pas difficile de tirer certaines conclusions. C'est Irwin Meisner qui m'a envoyé à vous. Je le connais depuis des années. Je le fréquentais quand il buvait et je le fréquente toujours depuis qu'il a arrêté. Quand je lui ai demandé d'où il vous connaissait, il est resté dans le vague et, en y repensant, je n'ai pas été très étonné que vous ne commandiez pas de vin à table. Et donc...

– Ça m'ennuierait beaucoup de prendre un cognac, moi, lui dis-je. Que vous, vous en preniez un...

– Eh bien, je crois que c'est ce que je vais faire, dit-il en faisant un signe au garçon.

Lorsque ce dernier eut pris sa commande et disparu, Hildebrand s'empara à nouveau de la salière, la reposa encore une fois sur la table et respira fort.

– Le club des trente et un… J'ai l'impression que quelqu'un cherche à accélérer les choses.

– A accélérer les choses ?

– En tuant des gens. En nous tuant tous, tous autant que nous sommes. Un par un.

3

– Nous nous sommes réunis le mois dernier au Keen's, dans la 26e Ouest, reprit-il. C'est là que nous faisons nos dîners depuis que le Cunningham a fermé ses portes au début des années 60. Ils nous donnent la même salle chaque année. Elle est située au deuxième étage et ressemble à une bibliothèque privée, avec des murs couverts de rayonnages et de portraits d'ancêtres, et une cheminée où on nous prépare un grand feu. Pas que ce soit toujours agréable au mois de mai, remarquez. Cela dit, c'est bon pour l'atmosphère…

« Ça fait vingt ans qu'on y va. Comme vous le savez peut-être, le Keen's a failli capoter juste au moment où on commençait à y aller. Ç'aurait été tragique. C'est quasiment une institution, à New York. Mais ils s'en sont sortis. Et ils sont toujours là, et nous aussi… (Il marqua une pause.) Enfin… certains.

Le garçon avait posé un Courvoisier devant lui, mais il n'en avait toujours pas avalé une goutte. De temps en temps, il tendait la main vers son verre, la laissait errer sur le ballon, en prenait le pied entre le pouce et l'index, poussait le verre de quelques centimètres, puis le remettait à sa place.

– Au repas du mois dernier, nous avons été informés que deux de nos membres avaient trouvé la mort au cours des douze mois précédents. Frank DiGiulio avait succombé à une crise cardiaque au mois de septembre et, en février, Alan Watson s'était fait poignarder en rentrant chez lui après son travail. Bref, nous avions eu deux morts en un an. Ce nombre vous paraît-il significatif ?

– C’est-à-dire que…

– Bien sûr que non. Nous avons atteint un âge où mourir fait partie des choses qui arrivent. Quelle signification pourrait-on attacher à deux décès en un an ?

Il reprit son verre par le pied et le fit tourner d’un quart de tour dans le sens des aiguilles d’une montre.

– Mais à y réfléchir… Ça nous fait quand même neuf morts en sept ans.

– Là, ça me paraît un peu élevé…

– Et ce n’est qu’au cours des sept années écoulées. Avant ça, on avait déjà perdu huit membres. Nous ne sommes plus que quatorze, Matt.

Homer Champney leur avait dit qu’il serait sans doute le premier à partir.

« Et ce n’est que justice, avait-il précisé. Ainsi en va-t-il dans l’ordre naturel des choses. Mais j’espère rester encore un peu avec vous. Pour mieux vous connaître et vous voir prendre un bon départ. »

Le sort avait pourtant voulu qu’il ne s’éteigne pas avant sa quatre-vingt-quatorzième année. Il n’avait jamais manqué un repas annuel et, physiquement et intellectuellement, était resté alerte jusqu’au bout.

Il n’avait d’ailleurs pas été le premier à disparaître. Les deux premiers repas n’avaient marqué la mort de personne, mais, en 1964, Homer Champney avait dû évoquer le décès de Philip Kalish, tué, trois mois plus tôt, avec son épouse et sa fille dans un accident de voiture sur la voie rapide de Long Island.

Deux ans plus tard, c’était James Severance qui se faisait tuer au Vietnam. Il n’avait pas assisté au repas de l’année précédente, son unité de réserve l’ayant sommé de se présenter pour incorporation. On avait beaucoup plaisanté sur la chose, certains membres du club allant jusqu’à dire que participer à une guerre en Asie était une bien piètre excuse pour ne pas honorer un engagement aussi solennel. Au mois de mai suivant néanmoins, lorsqu’on avait lu son nom avec celui de Philip Kalish, l'écho de toutes ces plaisanteries avait paru bien creux entre les murs lambrissés de la salle.

En mars 69, moins de deux mois avant le dîner annuel, Homer Champney s'était éteint dans son sommeil. « S'il arrivait qu'un jour vous ne me voyiez pas avant 9 heures du matin, avait-il informé le personnel de l'hôtel où il résidait, appelez ma suite et, si je ne réponds pas, montez vérifier. » L'employé de la réception avait téléphoné et demandé à un garçon d'étage de le remplacer pendant qu'il allait voir ce qui se passait. Ayant alors découvert ce qu'il redoutait, il avait téléphoné au neveu du vieil homme.

Lequel neveu avait à son tour passé les coups de fil que son oncle lui avait enjoint de passer. Sur sa liste se trouvaient les vingt-huit membres du club encore vivants. Champney n'était pas homme à laisser quoi que ce soit au hasard. Il avait tenu à ce que tout le monde sache qu'il était mort.

Les obsèques s'étaient déroulées à l'église de Campbell et, pour la première fois de sa vie, Lewis Hildebrand avait assisté à l'enterrement d'un membre du club. Il n'y avait pas foule. Champney avait survécu à l'essentiel de ses contemporains et son neveu (de fait même, c'était son arrière-petit-neveu, un demi-siècle le séparant de son oncle) était son seul parent encore vivant dans la région de New York. Outre Hildebrand, l'affaire n'avait rassemblé qu'une demi-douzaine de membres du club.

Après la cérémonie, plusieurs d'entre eux s'étaient réunis pour boire un coup. Bill Ludgate, un représentant en imprimerie, avait alors déclaré :

« C'est ma première solennité de ce genre, et ce sera ma dernière. Dans quinze jours, nous nous retrouverons au Cunningham et lirons le nom d'Homer avec les autres. Et nous parlerons de lui, c'est probable, et moi, ça me suffit. Je ne crois pas qu'il soit bon d'aller à l'enterrement des membres du club. Je ne crois pas que nous y soyons à notre place.

– Mais j'avais envie de venir, moi, dit un autre.

– Comme nous tous, reprit un troisième. Sans ça, nous

ne serions pas ici. J'ai parlé avec Frank DiGiulio l'autre jour, et il m'a dit qu'il n'irait pas. A son avis, c'était déplacé. Et maintenant, je suis d'accord avec lui. Vous savez, quand ce truc a été instauré, il y avait certains membres du club avec lesquels je sortais. Un déjeuner de temps à autre, ou un verre après le boulot, il nous arrivait même d'inviter ces dames à dîner et d'aller au cinéma après. Mais j'ai arrêté et, en bavardant avec Frank, j'ai brusquement découvert que c'était la première fois que je parlais à un membre du club depuis la réunion de l'année dernière.

– Qu'est-ce qu'il y a, Bill ? Tu ne nous aimes plus ?

– Si, si. Je vous aime tous très fort, mais j'ai de plus en plus tendance à compartimenter les choses. Je ne suis même pas retourné au Cunningham depuis notre dernière réunion annuelle. Je ne sais plus combien de fois on m'a suggéré d'y aller déjeuner ou dîner et à chaque coup je me suis débrouillé pour qu'on atterrisse ailleurs. "J'aimerais mieux pas, voilà ce que j'ai encore dit à un copain la semaine dernière. J'ai mal mangé la dernière fois que j'y suis allé. Le restaurant n'est plus comme avant."

– Putain, Billy ! s'écria quelqu'un. Sois gentil, quoi ! Tu vas les mettre en faillite !

– Je n'aimerais pas que ça arrive, mais... Comprenez-vous ce que je suis en train de vous dire ? Une fois par an, moi, ça me suffit. Tant qu'à réunir trente bonshommes une fois par an, je préfère le faire dans un lieu où je ne me rends qu'une fois par an.

– On est vingt-sept maintenant. Vingt-huit en te comptant.

– C'est vrai. Ce n'est que trop vrai. Mais vous voyez bien où je veux en venir, non ? Je ne suis pas en train de vous dire ce qu'il faut faire, et oui, je vous aime tous beaucoup, mais je n'irai pas à vos enterrements.

– Pas de problème, Billy, lui avait renvoyé Bob Ripley. Nous, nous irons au tien. »

– Trente hommes en 1961, de 22 à 32 ans d'âge, la moyenne générale étant de 26, dit Hildebrand. Combien pensez-vous qu'il aurait dû en rester au bout de trente-deux ans ?

– Aucune idée.

– Moi non plus, je n'en savais rien. Après le dîner du mois dernier, je suis rentré chez moi avec un joli mal de tête et je n'ai pas fermé l'œil de la nuit. Et quand je me suis réveillé, le lendemain matin, j'ai compris qu'il y avait quelque chose qui ne tournait pas rond. Prenons, c'est une hypothèse, un groupe de types qui ont tous dans les 50-60 ans. Des pertes, c'est forcé qu'il y en ait. A cet âge-là, la mort commence à faire son œuvre.

« Mais là, je trouvais qu'on dépassait, et de très loin, toutes les probabilités. Comme je n'arrêtais pas de chercher des explications au phénomène, j'ai décidé que la première chose à faire était de vérifier si je ne déraillais pas. J'ai donc appelé une de mes connaissances qui essaie toujours de me vendre des polices d'assurances sur la vie et je lui ai dit que j'avais un problème de calcul de primes de risques à lui soumettre. Je lui ai donné les chiffres et lui ai demandé le pourcentage de décès auquel on pouvait s'attendre dans un groupe de ce genre et sur le laps de temps en question. Il m'a promis de passer quelques coups de fil et de me rappeler. Allez, Matt, devinez un peu. A combien de morts faut-il s'attendre dans un groupe de trente ?

– Je ne sais pas. Huit-dix ?

– Quatre ou cinq. Nous devrions être encore vingt-cinq et nous ne sommes plus que quatorze. Qu'est-ce que ça vous suggère, ça ?

– Je n'en suis pas trop certain, lui répondis-je, mais ça m'intrigue. Moi, la première chose que je ferais serait de poser une autre question à votre ami...

– C'est ce que j'ai fait, mais... Et si vous me disiez votre question ?

– Je lui demanderais de me dire ce qu'il penserait d'un échantillonnage où les décès seraient trois ou quatre fois plus élevés.

Il acquiesça d'un signe de tête.

– C'est exactement ce que je lui ai demandé. Il a été

encore obligé de passer quelques coups de fil. Et quand la réponse est tombée, j'ai appris que seize décès sur trente représentait effectivement un chiffre remarquable, mais nullement significatif. Et vous savez ce qu'il entendait par là ?

– Non.

– Que l'échantillon était trop petit pour qu'un résultat quelconque ait le moindre sens. Obtenir cent pour cent de survivants ou cent pour cent de morts ne nous en aurait pas appris davantage. Cela étant, si on avait eu le même pourcentage dans un groupe sensiblement plus important, cela aurait eu un sens, côté calcul des risques. C'est que dans ce genre d'estimations il faut des chiffres élevés. Plus le groupe est important, mieux on peut le comprendre d'un point de vue statistique. Si l'on avait cent quarante survivants sur un total de trois cents, cela voudrait dire quelque chose. Mille quatre cents sur trois mille serait encore plus significatif. Cent quarante mille sur trois cent mille nous dirait sans doute que l'échantillonnage a été établi sur une population vivant aux environs de Tchernobyl, ou chez des gens dont les mères auraient pris du DES [1] pendant leur grossesse. Et là, toutes les sirènes d'alarme se mettraient à hurler…

– Je vois.

– Je me suis beaucoup occupé de publicité par courrier personnalisé. On a tout essayé, bien obligé. En prenant une liste d'un demi-million de personnes et en faisant un test sur mille d'entre elles, on obtient la même proportion de résultats, à un ou deux pour cent près, que sur l'ensemble des noms. Mais de là à essayer sur trente noms… les résultats n'auraient eu aucun sens.

– Ce qui nous mène où, exactement ?

– Au fait que moi, tous ces pourcentages m'impressionnent et que je me moque pas mal de l'importance de l'échantillon. Statistiquement parlant, je n'en reviens tou-

1. Pour Di-Ethil Stilbestrol, produit donné aux Etats-Unis dans les années 60 à des femmes enceintes. Résultat : leurs filles ont attrapé des cancers de l'ovaire.

jours pas de constater que nous aurions dû avoir cinq ou six morts dans nos rangs alors que nos pertes sont trois ou quatre fois plus élevées. Qu'en pensez-vous, Matt ?

Je réfléchis un instant au problème, puis dis :

– Je ne connais rien à la statistique.

– Peut-être, mais en tant que détective privé qui a fait partie de la police… ? Votre instinct…

– J'ai bien quelques idées, mais…

– De quel genre ?

– Du genre qu'il faudrait peut-être aller voir du côté des circonstances particulières. Vous m'avez dit qu'un de ces hommes a été tué au Vietnam. D'autres décès dus à la guerre ?

– Non. Seulement Jim Severance.

– Et côté sida ?

Il secoua la tête.

– On avait deux gays parmi nous, mais, d'après moi, personne ne le savait lorsque nous nous sommes réunis pour la première fois. Je me demande d'ailleurs si ça aurait changé quoi que ce soit. En 1961 ? Après tout… oui. J'en suis même à peu près sûr. En tout cas, quand ils se sont levés pour dire ce qu'ils avaient de plus remarquable, ils ont tu leur homosexualité. Ce n'est que plus tard qu'ils ont jugé bon de nous en parler. Je ne sais plus quand ces révélations nous ont été faites, mais à cette époque-là nous nous réunissions encore au Cunningham, ça, je m'en souviens, et donc ça remonte à loin. Quoi qu'il en soit, ni l'un ni l'autre n'avait le sida. Il est tout à fait possible que Lowell Hunter finisse par l'attraper. Il nous a déjà informé qu'il était séropositif, mais il ne présente aucun symptôme significatif depuis quatre ans. Carl Uhl, lui, est mort en 1981, soit bien avant que quiconque ait jamais prononcé le mot « sida ». La maladie devait déjà exister, mais je n'en avais jamais entendu parler. Et, de toute façon, Carl a été assassiné.

– Assassiné ?

– On l'a retrouvé mort dans son appartement de Chelsea. Il habitait à deux pas du Cunningham, lequel Cunningham avait, bien sûr, disparu depuis bien longtemps lorsque cela s'est passé. Je pense qu'il s'agit d'un meurtre à caractère sexuel du type petit jeu sado-maso qui tourne mal. On l'a retrouvé menotté à son lit, la tête recouverte d'une cagoule en cuir. Son assassin l'avait éviscéré et mutilé. Drôle de monde, n'est-ce pas ?

– En effet…

– Après avoir parlé à mon assureur, j'ai passé plusieurs nuits blanches à essayer de trouver des réponses. La première qui me soit venue à l'esprit est le concours de circonstances, évidemment. Qu'il y ait peu de chances d'arriver à un nombre aussi élevé n'empêcherait aucun joueur de penser que les grands coups de hasard, ça existe. Au bout du compte, on perd sa chemise à jouer ces coups-là, mais c'est quoi, l'adage, déjà ?… Pour finir, tout le monde y passe, et il suffit d'y songer une seconde pour comprendre que c'est là un des soubassements théoriques de notre club…

Il prit son verre de Courvoisier, mais, cette fois non plus, n'en but pas la moindre goutte.

– Où en étais-je ? reprit-il.

– Au hasard pur et simple.

– Ah, oui. Il n'est évidemment pas possible de l'exclure entièrement, mais j'ai préféré laisser ça de côté et chercher d'autres explications. Il m'est alors apparu que notre groupe se composait d'individus qui semblaient fortement prédisposés à mourir jeunes. Supposer que le processus de la sélection naturelle avait poussé ces gens à entrer dans notre club était intellectuellement jouable. Il n'est pas impossible que les êtres condamnés à mourir jeunes en prennent rapidement conscience et soient donc plus enclins à rejoindre un club où la mort est une préoccupation essentielle. Je ne sais toujours pas s'il faut croire au destin, ma réponse dépendant du moment où on me pose la question, mais la notion de prédisposition génétique à la mort, oui, j'y crois. Et là, ça nous fait une réelle possibilité.

– Et si vous m'en donniez d'autres ?

– Eh bien, mais… Il y en a une autre, et elle est plus terre à terre. Il ne me semble en effet pas impossible que notre affiliation au club ait eu pour résultat d'augmenter les chances que nous avions tous de mourir jeunes.

– Comment ça ?

– En nous obligeant tous à nous concentrer sur notre destin de mortel d'une manière assez peu naturelle. Loin de moi l'idée qu'on pourrait prolonger son existence en niant systématiquement son essence de mortel, mais qu'on puisse hâter sa mort en ne faisant que l'attendre et se réunir une fois par an pour voir qui s'est décidé à monter dans le train, ça, ça me semble plausible. Je suis certain qu'une partie de mon être ne désire rien tant que de mourir, même si une autre ne désire, elle, rien tant que de vivre éternellement. Et si nos réunions renforçaient notre désir de mort aux dépens de notre volonté de vivre ? Les liens qui unissent l'âme et le corps sont depuis trop longtemps établis pour que les médecins eux-mêmes ne les reconnaissent pas. Les gens sont vulnérables à la maladie parce qu'ils se trouvent dans tel ou tel état mental. Alors ils augmentent leurs chances d'avoir un accident, alors ils prennent des décisions qui les mettent en péril, ils... Ça pourrait être un facteur.

– Ce n'est pas à écarter.

J'avais envie d'un autre café, et j'eus à peine le temps de lever la tête pour chercher le garçon du regard qu'il me remplissait à nouveau ma tasse.

– Cet Homer Champney m'a fait l'effet d'un monsieur qui avait sacrément envie de vivre... dis-je à Hildebrand.

– C'était un type remarquable. Il avait plus d'énergie et d'envie de dépasser les 90 ans que la plupart. Ne pas oublier non plus qu'il appartenait à une génération où l'on ne vivait pas aussi longtemps qu'aujourd'hui. Quant à s'activer pareillement... Pour nos pères, arriver à cet âge-là et avoir encore le cœur qui bat un peu, c'était se condamner au fauteuil à bascule.

– Et les autres membres de son club à lui ?

– Ils sont morts, me renvoya-t-il de mauvaise grâce, et je n'en saurai jamais plus là-dessus. Aucun de leurs noms ne m'est resté en tête. Je ne les ai entendus qu'une fois, le jour où Homer nous a lu sa liste avant de la brûler. Et il a toujours mis un point d'honneur à ne jamais nous la répéter. Pour lui, l'affaire était close, point final. Je ne saurai jamais combien de temps ils vécurent ni de quelle manière ils moururent. (Il eut un petit rire sec.) Pour ce que j'en sais, ils auraient même très bien pu ne jamais exister...

– Que voulez-vous dire ?

– Ça fait longtemps que je n'y pensais plus, mais cette idée m'est venue un soir et je ne l'ai plus jamais oubliée. Imaginons qu'il n'y ait jamais eu de club avant le nôtre. Imaginons qu'Homer ait choisi ces trente noms dans l'annuaire. Imaginons qu'il ait tout inventé de A à Z, jusques et y compris le type qui aurait combattu pendant la guerre du Mexique et les légendes sur Mozart, Isaac Newton et les jardins suspendus de Babylone. Imaginons qu'il n'ait jamais été qu'un cinglé fort doué pour la parole et qu'il ait trouvé intéressant de manger une fois par an une entrecôte de bœuf avec trente jeunes hommes en attendant la Dame à la Faux...

– Sauf que vous n'y croyez pas vraiment.

– Non, bien sûr que non. Mais l'intéressant là-dedans est qu'il n'y a aucun moyen de prouver que ce n'est pas ce qui s'est passé. A supposer qu'il ait gardé des traces écrites des séances de son club, je suis sûr qu'il les a détruites après notre première réunion. Mais si l'un quelconque de ses frères avait couché des choses sur le papier, il se pourrait bien que tout ce que ses héritiers n'ont pas jeté moisisse encore dans quelque grenier. A ceci près que personne ne saurait où aller chercher...

– Sans doute, lui renvoyai-je, mais ça ne changerait rien à notre affaire.

– Effectivement, dit-il. Parce que si le destin, génétique ou autre, est opératoire là-dedans, essayer ou ne pas essayer d'y faire quelque chose serait oiseux. Si notre affiliation au club est telle qu'elle nous tue par empoisonnement insidieux du psychisme, il est sans doute déjà trop tard pour se mettre à la recherche de l'antidote. Et si jamais Homer était un vieux roublard et notre club de trente et un le premier dans l'histoire humaine, eh bien...

Eh bien, je me présenterais quand même au Keen's le premier jeudi de mai prochain et s'il s'avérait alors que j'étais le dernier de la bande à respirer, je ferais tout mon possible pour trouver trente bonshommes honorables, oui, tout mon possible pour que la flamme ne s'éteigne pas ! (Un autre petit rire sec.) Je pourrais dire qu'il est chaque année plus difficile de trouver trente hommes d'honneur, mais je n'en suis pas persuadé. J'ai l'impression que ce genre de travail n'a jamais été facile.

– Et donc, vous pensez que quelqu'un vous assassine l'un après l'autre ?

– Oui.

– Parce que le nombre des morts dépasse de beaucoup toutes les probabilités ?

– En partie. C'est d'ailleurs ça qui m'a poussé à chercher une explication.

– Et... ?

– J'ai pris un stylo, dressé la liste de tous nos défunts et inscris la manière dont ils étaient morts en regard de leurs noms. Certains de nos membres n'avaient manifestement pas été assassinés, leur décès ne pouvant être dû qu'à des causes naturelles. Tenez, prenez Phil Kalish... Tué dans une collision frontale sur la voie rapide de Long Island. Le chauffeur d'en face avait tellement bu qu'il s'était débrouillé pour franchir la ligne médiane et foncer droit devant lui. S'il avait survécu, il aurait été poursuivi pour homicide, mais cela ne me semble pas pouvoir faire partie d'un complot ourdi par un tueur, même particulièrement vicieux...

– Non.

– Quant à Jim Severance, c'est un Vietcong ou un soldat de l'armée nord-vietnamienne qui l'a tué. Trouver la mort au front ne compte pas au nombre des causes naturelles, personne ne l'a jamais pensé, mais je n'irais certainement pas jusqu'à parler de meurtre dans un tel cas... (Ses doigts frôlèrent le verre, puis se retirèrent.) Et il y avait aussi des morts qu'on ne pouvait pas ne pas considérer comme naturelles. Celle de Roger Bookspan, par exemple. Il avait attrapé un cancer des testicules qui s'était entièrement métastasé lorsque les médecins ont commencé à le soigner. Ils ont essayé une transplantation de moelle épinière, mais il n'a pas survécu à l'opération. (Il se renfrogna en y repensant.) Le pauvre n'avait que 37 ans. Marié, deux enfants de moins de 5 ans, un premier roman accepté par une maison d'édition qui s'apprêtait à le publier… et tout d'un coup c'est fini.

– Ça remonte à loin ?

– À près de vingt ans. C'est un de nos premiers morts. Plus récemment, nous avons eu deux crises cardiaques. Je vous ai parlé de Frank DiGiulio, mais, il y a deux ans, nous avons aussi eu Victor Flach, qui s'est effondré sur un terrain de golf. Il avait 60 ans, pesait vingt kilos de trop et souffrait de diabète. Je ne vois vraiment pas ce que sa mort pourrait avoir de soupçonnable…

– Moi non plus.

– D'un autre côté, plusieurs de nos membres ont été effectivement assassinés, et il y a eu d'autres décès qui, eux, pourraient fort bien être des meurtres, même si les autorités ne les ont pas rangés dans cette catégorie. Je vous ai déjà parlé d'Alan Watson, qui s'est fait poignarder au cours d'une agression.

– Et du type de Chelsea, celui qui s'est fait tuer par son amant… dis-je en cherchant son nom dans ma mémoire. Carl Uhl, c'est bien ça ?

– Oui. Et bien sûr, il y a eu Boyd Shipton.

– Boyd Shipton ? Le peintre ?

– Oui.

– Il faisait partie de votre club ?!

Il acquiesça d'un signe de tête.

– A notre première réunion, il nous a raconté que ce qu'il avait de plus remarquable était d'avoir repeint un mur de son appartement afin de lui donner l'aspect de la brique mise à nu. A l'époque, il travaillait à Wall Street et nous a tous fait croire que, pour lui, la peinture n'était qu'un passe-temps. Plus tard, quand il a laissé tomber son boulot et a été reconnu par le monde des galeristes, il nous a avoué avoir eu peur de nous dire à quel point sa peinture comptait pour lui.

– Il a eu beaucoup de succès…

– Beaucoup, en effet. Il possédait une maison avec vue sur l'océan à East Hampton et un loft dernier cri dans le quartier de Tribeca. Vous savez, je me suis souvent demandé ce qu'était devenu son mur en fausse brique. Il a passé de la peinture blanche ordinaire par-dessus avant de déménager, pour que son propriétaire n'ait pas une attaque. Bah… le locataire actuel a un trompe-l'œil de Boyd Shipton chez lui, mais Dieu sait sous combien de couches de peinture latex Dutch Boy ! On devrait pouvoir restaurer, mais il faudrait savoir où chercher…

– Je me souviens du jour où il a été tué, lui dis-je. Ça remonte à cinq ans, n'est-ce pas ?

– Ça en fera six en octobre. Il était venu à New York avec sa femme pour le vernissage d'un de ses amis et, après, ils sont allés dîner. Il est clair qu'ils ont surpris un cambrioleur en rentrant chez eux.

– La femme a été violée, si je me souviens bien.

– Violée et étranglée, et Boyd a été battu à mort. L'affaire n'a jamais été élucidée.

– Ce qui vous donne trois meurtres, en tout.

– Non, quatre : en 1989, Tom Cloonan a été abattu au volant de son taxi. Il écrivait. Il avait publié pas mal de nouvelles au fil des ans, et deux ou trois de ses pièces avaient été produites dans des théâtres off-off Broadway, mais il n'arrivait pas à en vivre. Ce qui lui manquait, il le gagnait en bossant pour une boîte de déménagements ou en rénovant au noir des appartements pour le compte d'une société. Parfois aussi, il conduisait un taxi et c'est comme ça qu'il s'est fait descendre.

– Et là non plus, l'affaire n'a pas été élucidée ?

– Je crois que les flics ont arrêté quelqu'un, mais je ne pense pas que le type soit jamais passé en justice.

Ça ne devrait pas être trop dur à savoir.

– Donc, résumai-je, trente hommes, et quatre d'entre eux sont victimes d'homicides… Côté chiffres, c'est beaucoup plus probant que votre total de seize morts.

– C'est ce que je pense, moi aussi, Matt. Vous savez, quand j'étais enfant, je ne crois pas que mes parents aient jamais eu des amis ou des connaissances qui se soient fait assassiner. Et ce n'est pas dans un village de conte de fées du Dakota du Sud que j'ai grandi. Non, j'ai grandi dans le Queens, moi ! D'abord à Richmond Hill, et plus tard à Woodhaven… (Il fronça les sourcils.) Non, se reprit-il, je me trompe. Nous connaissions quelqu'un qui s'était fait assassiner, mais vous dire son nom… Il tenait un magasin de vins et spiritueux dans Jamaica Avenue et c'est là qu'il s'est fait tuer, au cours d'un hold-up. Je n'ai jamais oublié à quel point mes parents en ont été bouleversés.

– Il y a dû y avoir d'autres assassinats, lui renvoyai-je, mais quand on est gosse, on est moins sensible à ce genre de choses et les parents ont tendance à ne pas en parler. Je ne veux pas dire par là que le nombre d'homicides n'aurait pas augmenté depuis notre enfance, mais les gens qui s'entre-tuent, ça existe depuis Caïn et Abel. Vous savez, au milieu du siècle dernier, il y avait d'énormes taudis à Five Points. On appelait ça la Vieille Brasserie. Toujours est-il que, lorsqu'ils les ont enfin démolis, les ouvriers y ont ramassé des sacs entiers d'ossements humains. D'après des estimations dignes de foi, un de ces bâtiments aurait à lui seul connu une moyenne d'un meurtre par nuit.

– A lui seul ?

– Evidemment, il n'était pas tout petit, fis-je. Et ce n'est pas non plus que le quartier aurait été des plus aimables…

4

En plus des homicides, me dit-il encore, il y avait eu des suicides et des morts par accidents, dont certains auraient pu être des meurtres déguisés. Il sortit deux listes de la poche intérieure de sa veste et les déplia devant moi. La première comportait les noms des quatorze survivants rangés par ordre alphabétique, avec adresses et numéros de téléphone. L'autre était celle des morts, soit dix-sept personnes en tout, Homer Champney y compris. Hildebrand les avait classés par ordre chronologique de décès, la cause notée en regard du nom du mort.

Je parcourus les deux documents, bus un peu de café et levai les yeux sur lui.

– Je ne vois pas trop ce que vous voulez me faire faire, fis-je. S'il s'agit d'une simple consultation, permettez-moi de vous dire ceci : votre club a une mortalité effroyablement élevée et il me paraît certain qu'un nombre inquiétant de ces décès ne sont pas dus à la seule maladie. Tous ces suicides auraient pu être maquillés, idem pour tous vos accidents. Il n'est pas jusqu'à certaines de vos morts naturelles qu'on ne pourrait pas considérer comme des homicides déguisés. Le type qui s'est étouffé en vomissant… c'est quelque chose qu'on sait très bien provoquer…

– Comment ça, pour l'amour du Ciel ?

– Il faut que la victime soit inconsciente. On lui colle un oreiller ou une serviette sur la figure et on l'y tient en provoquant les vomissements. Il existe un émétique qu'on peut administrer par injection sous-cutanée, mais cette substance est repérable à l'autopsie, à condition qu'on ait la présence d'esprit de la rechercher, s'entend… Et comme le coup de genou dans l'estomac est tout aussi efficace… Bref, la victime se met à vomir et comme il n'y a aucun endroit où ça peut aller, il y a immédiatement asphyxie au niveau des poumons. Rien de plus facile pour zigouiller un poivrot : on attend qu'il ait perdu connaissance en cuvant son vin. Et vu que les alcoolos ont assez tendance à s'étouffer en vomissant, la mort accidentelle est tout ce qu'il y a de plus plausible dans ce cas de figure.

– Mais c'est absolument diabolique !

– Sans doute. Au milieu des années 60, un sénateur est mort de cette manière et on a longtemps cru qu'il s'était fait assassiner par les Cubains. Ou par la CIA, cela dépendait de celui qui racontait l'histoire… Il est vrai que c'était dans la foulée de l'assassinat de Kennedy et qu'à cette époque-là la mort de toute personne importante donnait lieu à de folles rumeurs de meurtre et de conspiration. Il suffisait qu'un monsieur haut placé meure de la maladie d'Alzheimer pour qu'on apprenne qu'en fait, non, c'étaient les Illuminati qui lui avaient glissé des sels d'aluminium dans ses corn-flakes…

– Oui, je m'en souviens, dit-il en respirant un grand coup. J'ai bien cru, moi, que la mort d'Eddie Szabo était due à une machination des plus complexes. Jamais je n'aurais pensé que ça pouvait être aussi simple.

– Sans compter que ça pourrait aussi être ce à quoi ça ressemble.

– C'est-à-dire un accident.

– Voilà.

– En gros, pourtant, vous trouvez que j'ai raison de me sentir inquiet ?

– Je trouve même que ça vaudrait la peine d'enquêter.

– Cela vous dirait d'essayer ?

J'attendais la question et avais déjà préparé ma réponse :

– Si c'est bien ce à quoi ça commence à faire penser, vous avez affaire à un tueur en série doté d'une patience et d'un sens de l'organisation particulièrement exemplaires. Il ne s'agit pas ici d'un quelconque petit paumé qui s'en paie une tranche en arrêtant des putes à camionneurs au hasard et en semant leurs cadavres le long de l'Interstate 80. Il choisit des cibles précises et prend tout son temps avant de les expédier dans l'autre monde. Je dirais qu'il a déjà tué huit personnes, sinon davantage... Mais tout cela exige des recherches de fond et je travaille seul. Si c'était la police de New York qui s'en chargeait, elle y mettrait tout un commissariat.

– Vous pensez que je devrais m'en ouvrir aux flics ?

– Dans un monde idéal, oui. Mais dans le nôtre, je crois qu'ils se paieraient votre tête. Etant donné le fonctionnement actuel de la bureaucratie policière, aucun flic ne serait prêt à se démener pour dénouer un pareil sac de nœuds. Votre affaire exige le travail d'une quantité invraisemblable de juridictions qui se marchent sur les pieds, et certains de vos homicides remontent à plus de vingt ans. Si j'étais flic et que ce genre de trucs atterrissait sur mon bureau, je chercherais tout de suite la première bonne raison de flanquer tout ça dans un dossier et d'en perdre jusqu'à la trace... (J'avalai une gorgée de café.) Si vous voulez vraiment que la police s'en mêle, la meilleure façon serait encore d'alerter les médias.

– Que voulez-vous dire ?

– Et si vous alliez en parler à un reporter qui en veut ? L'affaire a beaucoup d'intérêt en elle-même, et en aura encore plus quand vous jetterez quelques noms importants dans la balance. Celui de Boyd Shipton, pour ne prendre que celui-là. Vous comptez aussi Raymond Gruliow parmi vos survivants, non ? Et c'est bien le Raymond Gruliow de Commerce Street, le célèbre avocat ?

– Oui. C'est un grand spécialiste de la défense.

– Et passablement controversé, au moins d'après la presse. Allez donc raconter aux flics que Ray le Coriace se trouve sur une liste de types à descendre et je suis sûr que neuf sur dix d'entre eux se lanceront aussitôt à ses trousses rien que pour pouvoir lui payer à boire et lui souhaiter bonne chance.

Hildebrand plissa le front.

– L'idée même de faire de la publicité autour de cette affaire me dégoûte assez, dit-il.

– J'imagine.

– Si ce que je soupçonne est vrai, s'il y a bel et bien un assassin qui nous traque et s'amuse à éclaircir nos rangs, je suis prêt à faire tout ce qu'il faut pour l'empêcher de sévir. J'irais même jusqu'à me produire au talk-show d'Oprah, s'il le fallait.

– Je ne crois pas que ce soit nécessaire.

– Cela dit, si je ne faisais que réagir un peu trop fort à des coïncidences statistiques, eh bien… ce serait dommage de briser notre anonymat. L'attention que cela nous vaudrait serait vraiment malvenue.

– Pour la plupart d'entre vous, sans doute, lui répondis-je. Mais Ray Gruliow, lui, trouve probablement que l'expression « attention malvenue » est une contradiction dans les termes. Il n'empêche : la décision ne sera pas facile à prendre. Le plus rapide serait de convoquer un journaliste et de lui répéter votre histoire. Je suis prêt à parier que les médias nationaux vous assureraient une couverture maximale en moins de vingt-quatre heures. Quant à la police… une force d'intervention serait mise sur pied en moins de quarante-huit heures. Avec les morts que vous avez dans plusieurs Etats et le côté tueur en série de votre affaire, il se pourrait même que le FBI s'en mêle. Il suffirait que les médias fassent monter la pression.

– Tout ça commencerait donc à ressembler beaucoup à du cirque…

– Peut-être, mais si vous m'engagiez, moi, le profil serait nettement plus bas. Je n'ai même pas de licence et j'ai très peu d'influence en haut lieu. Je ne pourrais procéder qu'avec lenteur et j'ignore l'importance du facteur temps dans cette affaire. Avez-vous soulevé ce problème avec vos amis ?

– Je n'ai parlé de rien à personne.

– Vraiment ? Voilà qui me surprend. J'aurais pourtant cru que…

Il secoua longuement la tête.

– Notre club n'est pas une société secrète au sens exact du terme. Cela dit, nous n'avons révélé son existence à personne. Nous sommes les seuls à la connaître… (Il s'empara enfin de son verre de cognac.) Ce qui veut dire que si tueur il y a, conclut-il d'un ton égal, il s'agit presque à coup sûr de l'un d'entre nous.

5

– Tu parles d'un truc de mecs ! s'écria Elaine. Trente et un bonshommes assis à des tables en bois et mangeant de la viande de bœuf en se tâtant pour voir s'ils n'auraient pas des douleurs de poitrine ? On sentirait quasiment la testostérone dans l'air !

– Je commence à comprendre pourquoi ils n'en ont jamais parlé à leurs épouses.

– Ce n'est pas que je mépriserais, remarque, reprit-elle. Je voulais seulement te montrer l'aspect intrinsèquement masculin de la chose. On tient tout secret, on ne se voit qu'une fois par an, et on parle avec solennité de Sujets Importants. Tu vois des femmes monter un club pareil ?

– Elles rendraient le personnel complètement fou. Avec trente additions séparées…

– Non, une, Matt, une. Mais on s'assure que chacune paie sa juste part. « Voyons voir… Mary Beth a commandé une tarte aux pommes *à la mode* [1], et donc elle nous doit un dollar de plus, et toi, Rosalie, tu as pris de la sauce au roquefort, ce qui te fera soixante-quinze cents de supplément… » Pourquoi est-ce toujours comme ça, hein ?

– Quoi ? Pourquoi les femmes reprennent-elles toujours l'addition plat par plat ? Je me suis souvent posé la question…

– Non, non ! Pourquoi les restaurants font-ils payer un supplément pour la cuillerée à soupe de sauce au roquefort ? Quand on paie vingt ou trente dollars pour un repas, ça devrait quand même inclure le prix de l'assaisonnement

1. En français dans le texte.

pour la salade, non ? Pourquoi me regardes-tu comme ça ?

– Parce que je te trouve absolument fascinante !

– Après toutes ces années ?

– Ce n'est sans doute pas normal, lui dis-je, mais je ne peux pas m'en empêcher.

L'après-midi tirait à sa fin lorsque j'avais quitté l'Addison. J'étais rentré à pied, avais pris une douche et m'étais assis pour relire mes notes lorsque, aux environs de 6 heures, Elaine m'appela pour me dire qu'elle ne rentrerait pas dîner.

– J'ai un peintre qui doit passer à 7 heures pour me montrer ses diapos. Et après, j'ai mon cours. A moins que tu veuilles que je laisse tomber…

– Surtout pas !

– Il y a de la bouffe chinoise au frigo, mais tu préféreras sans doute aller au resto. Ne jette pas les restes. Je les mangerai à mon retour.

– J'ai une meilleure idée. J'ai envie d'aller à une réunion. Tu vas à ton cours et on se retrouve au Paris Green après ?

– Marché conclu.

Je me rendis à la réunion de 20 h 30 à Saint-Paul, puis je descendis la IXe Avenue et arrivai au Paris Green aux environs de 22 h 15. Elaine s'était installée sur un tabouret au bar et bavardait avec Gary en sirotant un grand verre de jus de canneberges noyé d'eau de Seltz. J'allai la retrouver, Gary posa sa main sur mon bras.

– Enfin tu es là ! me lança-t-il d'un ton sec. Elle en est à son troisième et tu sais dans quel état ça la met…

Bryce nous donna une table près d'une fenêtre et, le repas ayant commencé, Elaine me parla du peintre qui était passé la voir. Noir originaire des Caraïbes, il était concierge dans un immeuble locatif de Murray Hill et avait appris à peindre tout seul.

– Il fait dans la scène de village. Peinture à l'huile sur masonite. Ça a un côté agréablement artisanal, mais ça m'a laissée sur ma faim. C'est peut-être parce que j'ai vu trop de trucs de ce genre. Ou alors c'est lui. J'ai l'impression qu'il ne s'inspire pas de ses souvenirs d'enfance et ne fait que reprendre toutes sortes de tableaux du même genre.

Elle eut une moue, puis ajouta :

– Mais bon, c'est New York, n'est-ce pas ? Il n'a jamais suivi un seul cours de peinture ou vendu la moindre toile, mais il sait y faire avec des diapos. Un peintre populaire qui bosse sur diapos ? C'est pas un truc qu'on verrait dans les Appalaches, ça !

– A ta place, je n'en serais pas si sûr.

– Tu as sans doute raison. De toute façon, je lui ai dit que je gardais son nom dans mes dossiers. Ce qui veut dire : surtout ne nous rappelez pas. Je ne sais pas. Peut-être est-ce le bâtard enfin retrouvé de Grandma Moses et Howard Finster[1]. Qui sait si je n'ai pas laissé passer l'affaire du siècle ? Mais comme il faut bien que je me fie à mon instinct…

Et son instinct l'avait assez bien servie au fil des années. Lorsque je l'avais rencontrée, je venais juste de passer inspecteur de police et avais une femme et deux enfants en bas âge qui habitaient Syosset. Jeune call-girl, Elaine, elle, était intelligente, drôle, et belle. Nous nous étions donné du bonheur pendant quelques années, puis, l'alcool m'ayant chassé de mon domicile et de mon commissariat, nous nous étions presque perdus de vue. Elle avait poursuivi dans sa voie, mis de l'argent de côté et investi dans l'immobilier. Pour l'heure, elle gardait la forme en faisant de la gymnastique dans un club et se cultivait l'esprit en assistant à des cours du soir.

Quelques années auparavant, les circonstances nous avaient rapprochés à nouveau et oui, ce que nous avions ressenti jadis était toujours là, et n'avait même fait que croître dans nos malheurs respectifs. Au début, elle avait continué à recevoir des clients et nous nous étions tous les deux comportés comme si ça ne posait aucun problème. Sauf que, bien sûr, ça en posait et qu'un jour j'avais

1. Deux des plus grands chanteurs folk américains.

fini par prendre le taureau par les cornes et lui en parler. Elle m'avait alors avoué qu'elle s'était déjà retirée du business depuis un certain temps.

Un petit pas après l'autre, nous nous rapprochions du mariage. En avril, elle avait vendu son ancien appartement de la 50e Rue Est et en avait pris un autre au Parc Vendôme. Nous y avions emménagé ensemble. C'était grâce à son argent que nous l'avions acheté, et j'avais refusé qu'elle inscrive mon nom sur l'acte de propriété.

Je réglais les frais d'entretien mensuel et payais l'addition quand nous dînions dehors. Elle s'occupait du reste des dépenses. Nous finirions par mettre tout notre argent en commun un jour, mais nous n'en étions pas encore là.

Nous finirions aussi par nous marier et je ne comprenais pas très bien pourquoi cela nous demandait tant de temps. Nous n'arrêtions pas d'en envisager la date. Et nous n'arrêtions pas de la laisser passer.

En attendant, elle avait ouvert une galerie de tableaux. Au début, elle allait y travailler à 13 heures. La galerie se trouvait dans Madison Avenue et Elaine voulait y apprendre le métier. Mais elle s'était disputée avec la femme qui gérait la boîte, avait laissé tomber au bout de deux mois, puis avait repris un travail similaire vers le bas de Manhattan, dans Spring Street. Les œuvres exposées dans ces deux endroits ne la fascinaient guère : les photos réalistes de Madison Avenue lui paraissaient bien stériles et les toiles très commerciales de SoHo ne dépassaient pas le cliché sentimental du type marine et toreros pour Holiday Inn de luxe.

Plus important encore, elle trouvait le boulot assez désagréable, tout n'étant que snobisme, jalousies mesquines et drague incessante de la part d'investisseurs et de collectionneurs travaillant pour le compte de grosses corporations. « Et moi qui croyais avoir largué la prostitution, m'avait-elle dit un soir. J'en suis à faire la mère maquerelle pour une bande de peintres sans talent. Je pige pas. » Le lendemain matin, elle avait repris ses billes.

Ce qu'elle voulait, elle l'avait décidé, c'était monter un magasin à mi-chemin entre la galerie d'art et la caverne d'Ali Baba. Elle y exposerait des objets qui lui plaisaient et essaierait de les vendre à des gens qui auraient envie d'accrocher des trucs aux murs ou d'en poser sur une table basse. Elle avait du goût, tout le monde le lui disait, et, une année après l'autre, avait suivi plus de cours au Hunter College et à l'Université de New York que l'historien d'art ordinaire, alors pourquoi n'aurait-elle pas tenté sa chance ?

De fait, se lancer lui avait posé moins de problèmes que prévu. Cette année-là, il y avait beaucoup de magasins vides dans le quartier. Elle les avait tous visités et avait fini par charmer le propriétaire d'un immeuble sis au croisement de la IXe Avenue et de la 55e Rue Ouest, qui lui fit un bail à un prix raisonnable. Les années passant, elle avait déjà rempli un cagibi entier d'un hangar de la XIe Avenue avec des trucs qu'elle avait achetés de-ci de-là, et dont elle avait fini par se lasser. Nous avions tout examiné ensemble et chargé l'arrière d'une commerciale de quantité de toiles et de lithos. Cela lui avait suffi pour ouvrir son magasin.

Vers la fin du premier mois, elle était allée revoir l'exposition Matisse au musée d'Art moderne et en était rentrée émerveillée.

« C'est extraordinaire, m'avait-elle dit. C'est encore mieux que la première fois. Ça m'a complètement soufflée, mais tu sais quoi ? J'ai compris quelque chose. Ses premiers tableaux ? Ses portraits et ses natures mortes ? Tu en sors certains de leur contexte, tu oublies qu'ils sont l'œuvre d'un génie, et c'est comme si tu regardais un truc qu'on trouve dans un bazar de charité…

– Je comprends, lui avais-je répondu, mais tu ne crois pas que c'est comme de regarder un Jackson Pollock et de dire : “Mon gamin pourrait en faire autant” ?

– Non. Je ne suis pas en train de descendre Matisse. Je ne fais qu'aider l'amateur anonyme de passage.

– Ce qui veut dire ?

– Que tout est dans le contexte. »

Le lendemain, elle avait bippé TJ et lui avait demandé de garder la boutique pendant qu'elle courait les bazars.

A la fin de la semaine, elle avait couvert à peu près tout Manhattan. Elle avait regardé des centaines et des centaines de tableaux et en avait acheté pas loin d'une trentaine, à un prix moyen de huit dollars soixante-quinze la pièce. Puis elle les avait alignés et m'avait demandé ce que j'en pensais. Je lui avais répondu que Matisse n'avait aucune raison de s'inquiéter.

« Moi, je les trouve géniaux, avait-elle insisté. Ils ne sont pas tous bons, mais géniaux, ils le sont. »

Elle en avait choisi six, ses préférés, et les avait fait encadrer en noir, dans le style galerie sans chichis. Elle en avait vendu deux la première semaine, le premier pour trois cents dollars et le second pour quatre cent cinquante.

« Tu vois ? m'avait-elle alors lancé d'un ton triomphant. Tu les colles dans un bac à dix dollars de l'Armée du Salut et c'est aussitôt du bibelot que personne n'aurait l'idée d'aller regarder à deux fois. Mais traite-les avec respect et mets-les à prix entre trois cents et cinq cents dollars, et c'est de l'art populaire et tout le monde s'imagine qu'il a fait une affaire... L'autre soir, juste avant la fermeture, j'ai eu une femme qui est tombée raide amoureuse de mon coucher de soleil sur le désert. "On dirait un tableau peint avec des cases numérotées qu'on remplit de couleur !" s'est-elle écriée. "Mais c'est exactement ça, lui ai-je répondu. C'est comme ça que le peintre travaillait..." Combien tu paries qu'elle revient demain et qu'elle me l'achète ? »

Il n'était plus loin de minuit lorsque nous quittâmes le Paris Green et revînmes à la IXe Avenue à pied. On prévoyait de la pluie, mais l'imaginer était difficile. L'air était sec et frais, et une brise légère montait de l'Hudson.

– Hildebrand m'a donné un chèque, lui annonçai-je. Je le dépose à la banque dès demain matin.

– Tu ne préfères pas faire un dépôt avec ta carte ?

– Non, je veux rentrer directement à la maison. Je suis un peu fatigué. Et je veux relire mes notes avant de me coucher.

– Tu crois vraiment... ?

– … que quelqu'un les tire comme des canards à la foire ? Je ne suis pas censé le savoir déjà. On m'a engagé pour trouver la vérité, pas pour me faire une opinion avant de commencer.

– Bref, tu restes ouvert à tout.

– Non, pas complètement, lui avouai-je. J'ai assez de mal à ne pas penser aux chiffres. Ça fait trop de morts. Et il doit bien y avoir une explication. Tout ce que j'ai à faire, c'est la trouver.

Nous nous arrêtâmes à un coin de rue et attendîmes que le feu passe au vert.

– Mais enfin… Qui pourrait avoir envie de faire un truc pareil ? me demanda-t-elle.

– Je n'en sais rien.

– Et s'ils avaient tous été en fac ensemble… et qu'ils avaient violé une nana au cours d'une soirée arrosée… et que le frère de la fille se vengeait, hein ?

– Intéressant, lui répondis-je.

– Ou alors c'est le fils de la nana violée, et sa mère est morte en couches… alors lui, il veut se venger, mais comme il faut aussi qu'il retrouve celui qui est son père… Qu'est-ce que tu en penses ?

– On dirait un épisode du « Téléfilm de la semaine »…

– A mon avis, le tueur doit être un des survivants…

– Tu sais, moi, je ne le vois pas tellement en victime…

– Non, je voulais seulement dire…

– … par opposition à quelqu'un de l'extérieur ? C'est ce que redoute Hildebrand, naturellement. C'est pour ça qu'il a été obligé de garder ses soupçons pour lui. Il aurait bien aimé s'ouvrir de ses craintes à un de ses camarades, mais imagine un peu qu'il se confie au méchant ? D'après lui, en dehors de ses membres, personne ne connaît l'existence du club.

– Tu as l'air d'en douter.

– C'est-à-dire que… Ça fait quand même trente-deux ans qu'ils jouent à ça. Tu crois vraiment que personne n'en a jamais parlé, même seulement une fois ? lui demandai-je en haussant les épaules. Mais bon, dans ce cas de figure, ça nous donne les quatorze survivants comme suspects numéro un.

– Mais pourquoi diable l'un d'entre eux voudrait-il tuer les autres ?

– Je l'ignore.

– Non, parce que si jamais tu en avais marre de tout ça, tu ne pourrais pas laisser tomber, tout simplement ? A propos de laisser tomber… Un membre du club l'a-t-il jamais fait ?

– Au bout de deux ou trois ans, Homer Champney a lu une lettre dans laquelle un des membres du club lui expliquait pourquoi il n'avait plus envie d'en faire partie. Il s'était installé en Californie et ne voyait pas l'intérêt qu'il pouvait y avoir à faire quatre mille cinq cents kilomètres en avion pour avaler une entrecôte de bœuf. Il proposait qu'on lui trouve un remplaçant. Tous étaient tombés d'accord pour reconnaître que c'eût été aller à l'encontre des principes du club et quelqu'un – à peu près sûrement Champney, d'après Hildebrand – a déclaré qu'il allait lui écrire une lettre pour le persuader de réintégrer les rangs.

– Et que s'est-il passé ?

– Il faut croire que la lettre a été écrite… et qu'elle était convaincante. Un an plus tard, le candidat fugueur était de retour à sa table.

– Juste à temps pour le veau gras, dit-elle. Eh bien voilà. Ils n'ont pas voulu le laisser filer, le ressentiment le consume et depuis ce jour-là, il leur rend la monnaie de leur pièce en les tuant un par un.

– Ah, mon Dieu ! m'écriai-je. M'est avis que tu as résolu le problème !

– Parce que… je ne l'aurais pas résolu ? Dis ?

– J'ai oublié le nom du type, mais je l'ai inscrit quelque part. Il n'a jamais raté une réunion depuis et si le ressentiment le consume, il l'a bien caché. Ah, voilà : il s'appelait Wayne Fletcher. Hildebrand m'a raconté qu'il plaisantait toujours beaucoup sur l'époque où il avait eu envie de tout lâcher et prétendait qu'il aurait été plus facile de larguer la Mafia.

– Plaisan… tait ?

– Si mes souvenirs sont bons, il est mort il y a huit ou neuf ans. Je ne me rappelle plus les circonstances de son décès, mais ça aussi, c'est dans mes notes. Ce n'est pas évident de ne pas se mélanger les pédales dans cette histoire. Tous ces mecs… et tous ces morts.

– Qu'est-ce que c'est triste ! s'exclama-t-elle. Tu ne trouves pas que c'est triste ?

– Si.

– Même si personne ne les avait tués, même si toutes ces morts étaient parfaitement naturelles, il y aurait quelque chose d'absolument tragique à penser que ce groupe ne cesse de s'étioler. C'est la vie, peut-être, mais ça ne la rend pas des plus gaies.

– Je ne vois pas qu'on aurait jamais dit le contraire.

En passant devant le bureau, nous échangeâmes quelques mots avec le réceptionniste. Nous avions porté nos deux noms sur la boîte aux lettres et dans le registre des locataires, mais pour le personnel nous étions déjà M. et Mme Scudder.

ELAINE MARDELL, tel était le nom que ma future épouse avait inscrit sur l'enseigne de son magasin.

Nous étions arrivés à bon port, elle prépara du café pendant que je relisais mes notes. Wayne Fletcher était mort six ans plus tôt, et non pas huit ou neuf, suite à un pontage coronarien. J'en informai Elaine lorsqu'elle entra dans le living, son thé et mon café sur un plateau.

– Il n'est pas impossible qu'il y ait eu faute professionnelle grave, d'après Hildebrand, mais il faudrait quand même beaucoup tirer sur la corde pour appeler ça un meurtre.

– C'est déjà ça de gagné. Au moins le pauvre homme n'aura-t-il pas signé son arrêt de mort en se laissant convaincre de rejoindre le club.

– A moins qu'on lui ait rendu visite à l'hôpital pour lui trafiquer son goutte-à-goutte, fis-je remarquer.

– Je n'y avais même pas pensé. Dis, chéri, tu crois que tu vas pouvoir vérifier tout ça tout seul ? Ça fait au moins douze directions à explorer en même temps. Et TJ ? Jusqu'où pourrait-il t'aider ?

TJ est un jeune Noir sans domicile fixe en dehors de son numéro de biper.

– TJ a de la ressource, lui rappelai-je.

– C'est ce qu'il dit. Et c'est vrai qu'il en a. Mais, va savoir pourquoi, je ne le vois pas trop en train d'interroger des businessmen d'un âge respectable à l'Addison Club.

– Il pourrait se renseigner à droite et à gauche. Pour le reste, je n'aurai pas besoin d'analyser ces dix-sept décès à la loupe. Tout ce que j'ai à faire, c'est de savoir si nous sommes en présence d'un meurtrier en série et de réunir assez de preuves dans ce sens pour refiler l'affaire aux flics afin qu'ils s'en occupent sérieusement. Si j'y parviens, l'affaire fera l'objet d'une enquête dans les règles de l'art et sans qu'on ait à se taper un grand circus médiatique avant de commencer.

– C'est vrai que dès que les journaux en auront connaissance…

– Je sais.

– Tu vois ce que ça donnerait dans *Inside Edition* ou *Hard Copy* ? Ton club ressemblerait vite à un gang d'adorateurs de la Lune.

– Ouais, c'est vrai.

– Et Boyd Shipton en faisait partie… Ça ne serait pas ce qu'il y a de mieux pour décourager les médias.

– Non. Il aurait tout de suite droit à la première page. Et ce n'est pas le seul membre important du club. Ray Gruliow ferait lui aussi la une, c'est évident. Quant à Avery Davis…

– Le géant de l'immobilier ?

– Oui. Sans compter les deux écrivains morts, dont l'un a écrit des pièces qui ont été produites, et… Gerard Billings, dis-je en consultant mes notes.

– C'était un dramaturge ?

– Non, le dramaturge, c'était Tom Cloonan. Billings est speaker à la télé. C'est lui qui fait le bulletin météo de la Neuf.

– Ah, oui ! Gerry Billings ! Le mec aux nœuds pap. Dis, peut-être que tu pourrais avoir un autographe…

– Tout ce que je dis, c'est que le public le connaît.

– Il est nul, mais quoi… je comprends ce que tu veux dire.

Elle se tut, je me remis à lire mes notes. Au bout de plusieurs minutes, elle me lança :

– Pourquoi ?

– Hein ?

– C'est juste une idée. Toutes ces morts et sur tant d'années ! Tout ça n'est pas du genre employé des postes qui en a brusquement marre et se pointe au boulot avec un AK-47. Celui qui fait ces trucs-là doit avoir une raison.

– Il faut croire.

– Et rayon fric ?

– Pour l'instant, ça m'a rapporté deux mille cinq cents dollars. A condition qu'Hildebrand ne m'ait pas fait un chèque en bois et que je n'oublie pas de le déposer.

– Non. Je veux dire pour le tueur.

– Il me semblait bien… S'il se trouve un bon agent, ça ne devrait pas être sale quand ils commenceront à tourner la mini-série télévisée. Sauf que s'il l'emporte en paradis, il n'y en aura évidemment pas. Ce qui nous mène où, à ton avis ?

– A rien. Et on ne gagne pas quelque chose, si on est le dernier survivant ?

– Le droit de démarrer le club d'après, lui dis-je. Et celui de lire la liste des morts.

– Tu es sûr qu'ils ne se lèguent pas tout leur argent entre eux ?

– Sûr et certain.

– Tu es sûr qu'ils n'ont pas tous foutu mille dollars dans le pot pour commencer et que l'argent n'a pas été investi dans une petite boîte qui serait devenue la Rank Xerox ?… Non ?

– Je crains que non.

– Ça serait pas une histoire de tam-tam, par hasard ?

– Pardon ?

– Je me suis trompée de mot. Un tam-tam, c'est un tambour. Merde, c'est quoi ce mot, déjà ?

– Où vas-tu ?

– Chercher dans le dictionnaire.

– Comment veux-tu chercher dans le dictionnaire si tu ne sais pas ce que tu espères y trouver ?

Elle ne répondit pas, je bus le reste de mon café et me replongeai dans mes notes.

– Ah ! s'écria-t-elle au bout de quelques minutes. (Je levai les yeux.) Tontine. Voilà le mot que je cherchais. C'est un éponyme.

– Si tu le dis...

Elle me fusilla du regard.

– Ça veut dire que ça vient du nom de quelqu'un. De Lorenzo Tonti, pour être exact, un banquier napolitain. C'est lui qui a inventé ce truc au dix-septième siècle.

– Quel truc ?

– La tontine. A cette époque-là, bien sûr, ça ne devait pas s'appeler comme ça. C'était une espèce de croisement entre l'assurance vie et la loterie. Tu rassemblais des souscripteurs qui mettaient tous un peu d'argent dans un pot commun.

– Et après, c'était le gagnant qui empochait tout ?

– Pas forcément. Des fois, ils s'arrangeaient pour que les fonds soient redistribués également lorsqu'il ne restait plus que cinq ou dix pour cent des types du début. Il y avait aussi des cas où l'argent restait bloqué jusqu'à ce qu'il n'y ait plus qu'un survivant. On était inscrit par ses parents dès la première enfance et lorsque les investissements rapportaient gros, il arrivait qu'on se retrouve à la tête d'une véritable fortune. Mais on ne ramassait le fric que lorsque tous les autres étaient morts.

– Tu as trouvé tout ça dans le dictionnaire ?

– Non, seulement le mot, et je suis allée regarder dans l'encyclopédie. Je connaissais le mot, mais je n'arrivais plus à m'en souvenir. Il y a quinze ou vingt ans de ça, j'ai passé un week-end dans une auberge des Berkshires. Quelqu'un avait laissé traîner un roman historique qui traitait du sujet. Je crois même qu'il s'intitulait *La Tontine*.

Je n'en avais lu qu'un tiers lorsqu'il a fallu partir, alors je l'ai fourré dans mon sac…

– Dieu devrait pouvoir te le pardonner.

– Il m'a déjà punie. J'ai lu le truc en entier et tu sais ce que j'ai trouvé tout en bas de la dernière page ?

– « Et alors elle se réveilla et découvrit que tout cela n'était qu'un horrible cauchemar » ?

– Pire que ça. FIN DU TOME 1.

– Et tu n'as jamais réussi à mettre la main sur le deuxième ?

– Jamais. Ce n'est pas non plus que j'en aurais fait la préoccupation essentielle de ma vie, remarque. Mais j'aurais quand même bien aimé savoir comment ça se terminait. J'ai connu des moments où c'est la seule chose qui m'ait empêchée de me jeter par la fenêtre. Et là, ce n'est pas du bouquin que je te parle, mais de la vie. J'ai toujours voulu savoir comment ça se termine…

– Tu es très en beauté, ce soir, lui dis-je.

– Eh bien, mais… merci, me répondit-elle. Je pourrais savoir ce qui me vaut ce compliment ?

– C'est juste un truc qui me frappe… le jeu des émotions sur ton visage. Tu es une belle femme, mais il y a des moments où tout se voit… force, douceur… tout.

– Ah, mon vieux nounours ! s'exclama-t-elle en s'asseyant sur le canapé à côté de moi. Continue à me dire des gentillesses comme ça et j'ai une idée assez claire de la manière dont notre soirée va s'achever !

– Moi aussi.

– Ah. Et si tu me donnais un baiser… qu'on voie un peu si tu ne t'es pas trompé.

Plus tard – nous étions allongés côte à côte –, elle me dit encore :

– Tu sais, quand je t'ai balancé que ce club était un truc de mecs, je ne faisais pas seulement que plaisanter sur la guerre des sexes. C'est quand même très masculin, cette idée de s'amouracher de sa condition de mortel. Vous autres, les mecs, aimez beaucoup voir les choses dans leur ensemble.

– Et les nanas, elles, n'aimeraient que rigoler ?

– Et choisir les rideaux, me renvoya-t-elle. Et échanger des recettes de cuisine, et parler mecs.

– Et chaussures.

– Mais c'est important, les chaussures ! Tu n'es qu'un vieil ours. Et d'abord, qu'est-ce que tu y connais, en chaussures ?

– Pas grand-chose.

– Voilà.

Elle bâilla.

– J'ai l'air de croire que les femmes ne s'intéressent qu'à des choses triviales alors que je n'en pense pas un mot, reprit-elle. Mais c'est vrai que nous voyons les trucs par le petit bout de la lorgnette. Des femmes philosophes, tu en connais, toi ? Moi, non.

– Je me demande pourquoi c'est comme ça.

– Ça doit être biologique. Ou alors anthropologique... Quand vous aviez fini de chasser et de faire la cueillette, vous pouviez vous asseoir autour du feu et penser à de grandes choses. Nous, il fallait bien qu'on s'occupe du feu et de la baraque...

Elle bâilla une deuxième fois.

– Je pourrais en faire une théorie, dit-elle encore, mais je suis du genre nénette pratique et je crois que je vais dormir. Je te laisse le soin de mettre tout ça en forme, d'accord ?

Je ne sais si je parvins à formuler quoi que ce soit, mais au bout de quelques minutes, je lui demandai :

– Et Hannah Arendt, hein ? Et Susan Sontag ? Tu ne crois pas que ce sont des philosophes ?

Je n'obtins pas de réponse. Mme Sens Pratique s'était endormie.

6

Le lendemain matin, je déposai le chèque de Lewis Hildebrand à la banque et gagnai la bibliothèque centrale, au coin de la Ve Avenue et de la 42e Rue Ouest. Une jeune femme qui avait toute l'énergie à géométrie variable d'une fumeuse de marijuana m'installa à une table et me montra comment enfiler les rouleaux de microfilms dans le scanner. Je dus m'y reprendre à deux ou trois reprises, mais je me retrouvai vite complètement accroché à une nouvelle drogue : les nouvelles du temps jadis.

Je n'avais pas eu le temps de dire ouf qu'il était déjà presque 2 heures et demie de l'après-midi. J'achetai une pita fourrée à un étal, un thé glacé à un autre, et m'assis sur un banc de Bryant Park, juste derrière la bibliothèque. Quelques années auparavant, le square était devenu l'épicentre ô combien florissant du commerce de la drogue dans le centre-ville. La situation s'était même tellement détériorée qu'en dehors des dealers et de leurs clients plus personne n'osait s'aventurer dans un parc où tout n'était plus que désolation pour l'œil. Sans même parler du danger.

A peine un an plus tôt, cependant, le parc s'était mis à revivre, deux ou trois millions de dollars ayant été investis pour lui redonner un peu d'âme. La vision héroïque d'un architecte avait eu le droit de prendre forme, et Bryant Park était maintenant une manière de vitrine, d'oasis véritable au cœur de Manhattan. Les junkies avaient disparu, et avec eux les dealers, et la pelouse était fournie et bien verte, des parterres de tulipes rouges et jaunes faisant oublier qu'on était en plein New York.

Toute la ville tombe en ruines. Les canalisations d'eau explosent, les rames de métro restent en carafe, les chaussées sont truffées de nids-de-poule. L'essentiel de la population vit dans des immeubles pourrissants et promis à la démolition depuis soixante ans, mais qui sont toujours là. Les HLM qui ont surgi après la guerre s'écroulent à leur tour, et sont en bien pire état que les taudis qu'ils étaient censés remplacer. A vivre ici, on est de plus en plus enclin à voir dans cette déliquescence générale une espèce de sens unique, de voie sans échappatoire.

Mais cela n'est jamais qu'une partie du tableau. Si la ville ne cesse de mourir chaque jour, elle est aussi toujours en train de renaître. Les signes en sont visibles absolument partout. Il n'est que de voir la station de métro Broadway-86e, avec les fresques peintes par des enfants des écoles sur ses murs carrelés. Ou encore le petit jardin de Sheridan Square, et les parcs minuscules qui refleurissent dans toute la ville.

Et il y a les arbres. Quand j'étais enfant, il fallait monter à Central Park pour en voir un. Aujourd'hui, la moitié des rues en sont bordées. La municipalité en plante certains et les propriétaires et les associations de quartier se chargent des autres. Les arbres n'ont pas la tâche facile à New York. C'est comme d'élever des enfants au Moyen Age : il faut en planter une demi-douzaine pour en voir un pousser. Ils meurent de soif, leurs branches basses se font écorner par des camions conduits par des chauffeurs peu soucieux, ils étouffent dans l'air pollué. Pas tous, néanmoins. Certains arrivent à résister.

Ce fut un vrai plaisir de rester assis sur un banc installé au milieu de mon petit parc tout en longueur et de me dire que, pour finir, ma ville n'était peut-être pas si mal que ça. J'ai plutôt tendance à remarquer ce qui, en pourrissant et s'effondrant, constitue l'entropie urbaine environnante. Ce doit être dans ma nature. Certains voient le verre à moitié plein. Moi je le vois aux trois quarts vide, et il y a des jours où c'est la seule chose qui m'empêche d'y porter la main.

Je retournai à la bibliothèque après avoir déjeuné et y passai encore trois heures. Et ce fut là mon emploi du temps pendant le reste de la semaine : de longs moments consacrés à la lecture des vieux journaux, avec des interruptions pour déjeuner à Bryant Park. Au début, je me concentrai surtout sur les membres du club qui s'étaient manifestement fait assassiner : Boyd Shipton, Carl Uhl, Alan Watson et Tom Cloonan. Puis je cherchai tout ce que je pouvais trouver sur les treize autres disparus, et m'attaquai enfin aux survivants.

Je m'octroyai deux jours de repos pour le week-end. Le samedi après-midi, je remplaçai Elaine pendant qu'elle allait courir les brocantes de Chelsea et certain marché aux puces qui s'est installé dans une cour d'école de Greenwich Avenue. Je vendis deux ou trois bricoles, Ray Galindez faisant un saut au magasin au milieu de l'après-midi – avec deux gobelets remplis de café. Nous bavardâmes un moment. Galindez est dessinateur à la police et doué d'un talent peu ordinaire pour faire le portrait de gens qu'il n'a jamais vus. Elaine avait accroché quelques-unes de ses œuvres, ainsi qu'un petit mot disant qu'il était libre et savait travailler d'après les souvenirs de chacun. Il lui avait fait un portrait remarquable de son père en passant plusieurs heures avec elle, et j'avais offert cette œuvre à Elaine pour la Noël. Au lieu de l'exposer à la galerie, elle l'a fait encadrer et l'a posée sur le dessus de la commode.

Le soir, nous allâmes voir une pièce dans un des petits théâtres qui se trouvent tout au bout de la 42e. Le dimanche après-midi, je regardai trois matchs de base-ball à la fois en zappant de chaîne en chaîne. J'avais tout du gamin qui joue à un jeu vidéo. Le soir, j'allai, comme d'habitude, manger chinois avec Jim Faber, mon parrain aux Alcooliques anonymes. Après, nous nous rendîmes à une réunion du Grand Livre qui se tenait à l'hôpital Saint-Clare. Un type nous y déclara : « Je vais vous le dire, moi, ce que c'est que d'être alcoolo. Etre alcoolo, c'est entrer dans un bar, y voir un panneau où on a écrit *Bibine à volonté pour un dollar* et lancer : “Génial, ça… Donnez-m’en pour deux dollars !” »

Le lundi matin, je retournai à la bibliothèque.

Le soir, je passai à mon hôtel et y trouvai un message de Wally, de la Reliable, agence de détectives privés qui me confie du travail de temps en temps. Je le rappelai le lendemain matin. Il voulait me faire bosser deux ou trois jours, une histoire de malfaçon pour laquelle je devais lui retrouver des témoins. J’acceptai. Le boulot que m’avait confié Hildebrand n’était pas d’une urgence si folle que je n’aurais pu y ajouter d’autres tâches en chemin.

Le plaignant affirmait que sa chaise longue s’était effondrée et que le résultat de l’affaire avait été fort pénible et ses conséquences des plus sinistres. Nous travaillions pour le compte du fabricant.

– C’est une vraie merde, cette chaise, me confia Wally, mais ça ne veut pas dire que le client soit totalement réglo. En plus, il s’est payé les services d’un avocat spécialisé dans les dommages corporels, un certain Anthony Cerutti, et ce type est une crapule qui passe ses jeudis à signaler des trottoirs endommagés et à en avertir la Ville de façon à ce que ses clients puissent se casser la gueule dans la journée et assigner la municipalité en justice dès le vendredi matin. Bref, notre client à nous aimerait bien lui coller celle-là dans le cul… Et si tu voyais un peu ce que tu peux faire ?

Le plaignant conduisait un camion d’UPS [1] avant son accident et n’avait plus jamais retravaillé depuis. Ayant appris qu’il partait rarement de chez lui avant 2 heures de l’après-midi, j’organisai mon emploi du temps en conséquence, ce qui me permit de passer quelques heures à la bibliothèque chaque matin avant de prendre une rame de la ligne F et de descendre à la station Parsons Boulevard. J’arrivais à siroter un Coca à la McAnn’s Hillside Tavern avant qu’il se pointe, faisant passer ses deux cannes en

1. Soit United Parcel Service, branche de la poste US chargée de l’acheminement et de la livraison des paquets.

plastique transparent dans sa main gauche pour pousser la porte avec la droite, et entrant en boitillant, une canne à nouveau dans chaque main.

– Hé ! Charlie ! lui criait le barman à chaque coup, tu sais quoi ? Je suis persuadé que tu marches mieux que la dernière fois.

Je filais dehors, trouvais toujours des gens à qui parler et, avant de rentrer chez moi, repassais au bistro pour y boire un autre Coca. Après deux ou trois jours de ce manège, je confiai à Wally qu'à mon avis, légalement ou au noir, Charlie ne travaillait nulle part.

– Merde ! s'écria-t-il. Tu crois donc que c'est pas du bidon ?

– Non, non, je suis sûr qu'il simule. Donne-moi encore un ou deux jours.

Le lundi suivant, je me pointai aux bureaux de la Reliable, qui se trouvent dans le building du Fer à Repasser, aux environs de midi.

– J'ai eu comme un pressentiment, dis-je à Wally. Samedi soir, j'ai emmené Elaine manger un curry à Jackson Heights. Et après, nous nous sommes mis en quête de Charlie.

– Tu l'as emmenée à la McAnn's Hillside Tavern ? Elle a dû apprécier !

– Charlie n'y était pas, mais le barman pensait qu'il pouvait être au Wallbanger. « Toute une bande y est partie, m'a-t-il précisé. Ils avaient ces conneries en Velcro. »

– Des conneries en Velcro ?

– Oui. Des bouts de Velcro qu'on colle au mur et toi, tu t'en bardes le ventre et tu sautes sur le mur en courant. Le but de la manœuvre est de rester collé au mur et de préférence la tête en bas.

– Putain de Dieu ! Mais pour quoi faire ?

– Ce n'est pas la question que tu es censé me poser…

– Ah non ?

Il réfléchit, puis son visage s'illumina. Il avait l'air d'un gamin qui découvre un paquet-cadeau joliment emballé.

– Ah, mince alors ! s'écria-t-il. Et cet enfoiré ne fait

jamais un pas sans ses deux cannes, c'est ça ? Et... il l'a fait, Matt ? Il s'est ficelé avec des bandes Velcro et s'est jeté sur un doughnut en roue libre ? Allez ! Dis-moi qu'il l'a fait !

– Il a terminé deuxième.

– Allez !

– Ils n'arrêtaient pas de l'encourager, lui répondis-je. « Vas-y, Charlie ! Il faut que t'essaies ça ! » Et lui, il leur disait de pas déconner, qu'il ne pouvait même pas marcher, alors... aller se coller sur le mur ! Pour finir, quelqu'un lui a apporté un verre contenant quatre ou cinq centilitres d'un liquide transparent, moi je dirais que c'était de la vodka ou de l'Aquavit, et lui a raconté que c'était de l'eau bénite en provenance directe de Lourdes. « Tu bois ce machin-là et t'es guéri ! Allez, Charlie ! L'heure du miracle a sonné ! » Il leur a répondu qu'au fond... peut-être que... du moment qu'on comprenait bien que ce n'était là qu'une guérison temporaire... Disons : l'affaire de cinq minutes. Comme Cendrillon. Et après, on redevient tous des citrouilles.

– Des citrouilles ? Nom de Dieu !

– En plus, c'est un grand type tout sec avec un petit pneu à bière autour, lui précisai-je. D'après la paperasse, il aurait 38 ans, mais, à le voir, on lui en donnerait à peine 30. Quand il a démarré, on aurait dit un coureur de haies ! Ce qu'il pouvait les remuer, ses jambes interminables ! Il a raté la palme de trois ou quatre centimètres. Ils ont bien tenté de le convaincre de faire un deuxième essai, mais il n'a rien voulu savoir. « Tu plaisantes, bonhomme. Je suis un invalide, moi... Ecoutez-moi, tous. Personne n'a rien vu, d'accord ? Ça n'est jamais arrivé, ce truc-là. »

– Ah, Matty, tu es trop mignon. Tu l'as vu ? De tes yeux vu ? Et Elaine ? Elle pourrait rédiger une déposition, ou témoigner au tribunal si jamais il fallait aller jusque-là ?

Je laissai tomber une enveloppe sur son bureau.

– Qu'est-ce que c'est que ce truc-là ? me demanda-t-il. Il l'ouvrit.

– Je n'en crois pas mes yeux !

– Je serais bien passé plus tôt, repris-je, mais comme

je me suis arrêté au Vos Photos En Une Heure… La lumière n'était pas terrible, mais ce n'était pas vraiment le moment d'aller donner des coups de flash à droite et à gauche et donc… ce n'est pas un cliché qui va remporter le premier prix, mais…

– Et moi, je te garantis que si ! Si j'étais président du jury, j'y donnerais le premier prix, moi, à cette putain de photo ! Même que j'y filerais le Prix humanitaire Jean-Hersholt, par-dessus le marché ! Parce que c'est bien lui, nom de d'là ! La tête en bas et collé à son mur comme si on l'y avait punaisé ! Ça fera un règlement judiciaire en moins. Quel connard, ce mec !

– Il a cru qu'il n'y avait pas de problème. Il connaissait tout le monde en dehors d'Elaine et moi, et il s'était habitué à me voir au bar…

– N'empêche : je n'arrive toujours pas à croire que tu aies pris une photo ! Je suis même franchement étonné que tu aies emporté un appareil. Quant à t'en servir… (Il tint le cliché dans la lumière.) Moi, quand je prends des photos de mes petits-enfants, je fais gaffe à être dans la bonne lumière, je les oblige à poser, et le résultat n'est certainement jamais meilleur que celui-ci. Ces petits cons se démerdent toujours pour remuer quand j'appuie sur le déclencheur…

– Tu devrais essayer le Velcro !

– Bonne idée, ça ! Je colle ces petits merdeux au mur et… (il laissa tomber la photo sur son bureau)… bref, voilà un beau marron sur le nez de Monsieur le Tricheur ! Il ferait mieux d'appeler son client et de lui conseiller de voir s'il peut retrouver son boulot à UPS, parce que là, ses jours d'invalide professionnel sont comptés. T'as fait du bon boulot, Matt !

– Ça mériterait un bonus…

Il réfléchit.

– Tu sais, dit-il enfin, ça le mériterait sacrément. C'est au client de décider, mais je pourrais le lui suggérer. Parce que là, tu ne t'es pas contenté de retrouver des témoins oculaires, genre voisine qui est pleine de ressentiment et jurerait sans broncher qu'elle l'a vu descendre jusqu'au coin de la rue sans ses cannes. Il suffirait de montrer à Tony Cerutti ce que tu m'as apporté pour qu'il laisse tomber, un peu comme si tu lui avais dégoupillé une grenade dans la main.

– Tu imagines ce qu'il pourrait payer pour avoir ce cliché ?

– Non, non. Inutile d'entrer dans ce genre de considérations. A quoi pensais-tu ?

– C'est au client de décider, répétai-je. A lui de voir combien ça vaut. Mais je veux aussi une lettre dans laquelle il me dise, à moi personnellement, toute l'admiration que lui inspire mon travail.

Il opina du bonnet.

– Bien. Ça ne devrait pas poser de problème. C'est toujours bon à avoir dans ses dossiers quand on est à son compte, pas vrai ? En fait même, c'est plus important que l'argent.

– Sans doute, lui répondis-je, mais ça ne veut pas dire que je crache sur le pognon.

– Et d'ailleurs, pourquoi faudrait-il que tu n'aies pas tout ? Ma recommandation, le bonus et le plaisir d'avoir coincé ce fumier.

– Ce n'est pas un mauvais bougre.

– Qui ça… Charlie ?

– Il y a de fortes chances pour qu'il se soit fait vraiment mal quand la chaise longue a lâché sous lui. Et quand il leur en a causé, tous ses potes lui ont dit d'attaquer en justice… et quelqu'un l'a aiguillé sur Cerutti. Lequel Cerutti l'a expédié à ses médecins préférés pour estimation et hydrothérapie. Ce sont probablement eux qui lui ont recommandé de ne jamais sortir sans ses cannes, deux au minimum. Evidemment, il a fallu qu'il renonce à son boulot, mais l'investissement en valait la peine si ça lui rapportait de solides dommages et intérêts. Cela dit et pour l'heure, il ne travaille plus depuis deux mois et il commence à se taper un petit pneu parce que, de fait, le seul exercice auquel il se livre est d'aller chez McAnn's en marchant comme un idiot. Même que, maintenant, les dommages et intérêts, c'est râpé, et Dieu seul sait si UPS le reprendra jamais...

– On dirait que tu le plains !

– Ben... après le coup de pied au cul que je viens de lui filer, je peux quand même me payer le luxe d'avoir un peu pitié de lui, non ?

Je dis aussi à Wally que j'attendais autre chose, et pas du client, mais de lui. Ce que je voulais ? Un compte rendu détaillé des finances de quatorze bonshommes. J'étais prêt à payer, il m'assura que ça ne présentait aucune difficulté, et je lui passai la liste des survivants du club.

– Ray Gruliow ? s'enquit-il. Je crois que ça va plutôt bien pour lui. Quant à Avery Davis, il pourrait nous racheter notre immeuble sans sourciller... A condition que ce soit bien le type auquel je pense, et qu'il habite au 888 de la Ve Avenue. Tiens, je crois même qu'il a été propriétaire du Fer à Repasser jadis... Non, attends une seconde, non : ça, c'est le mec qui s'est jeté d'une terrasse il y a deux ans. Comment s'appelait-il, bon sang de bonsoir ?

– Harmon Ruttenstein.

– Voilà. Avoir tout ce qu'on peut désirer et... mais sait-on jamais, pas vrai ?

– Faut croire.

Trois, sinon quatre, membres du club s'étaient suicidés. Nedrick Bayliss s'était tiré une balle dans la tête pendant un voyage d'affaires à Atlanta. Hal Gabriel s'était pendu dans son appartement de West End Avenue. Fred Karp, un monsieur qui travaillait toujours tard le soir, s'était jeté par une fenêtre. Ian Heller avait sauté, ou avait été poussé, d'un quai de métro noir de monde.

Sait-on jamais, pas vrai ?

Une série de coups de téléphone me permit de joindre un des policiers du métro qui avait tiré le cadavre d'Ian Heller de sous la rame. Un long silence se fit lorsque je lui annonçai que je voulais lui parler d'une mort qui remontait à presque quinze ans.

– Vous savez, me dit-il, j'ai gardé mes notes et je pourrais sans doute vous démêler un peu l'affaire, mais ne vous attendez quand même pas à ce que mes souvenirs soient très clairs après tout ce temps. Je me rappelle bien mon premier mort, mais on dit que c'est toujours le cas. Là, ça fait pas loin de dix-neuf ans que je travaille, et j'en avais déjà vu de toutes les couleurs quand ce type y est passé. N'espérez pas trop de moi.

Je le retrouvai à la Taverne de Pete, à Irving Place. Il avait nom Arthur Matuszak et me demanda de l'appeler Artie.

– Vous avez fait partie de la police de New York, n'est-ce pas ?

– C'est exact.

– On fait ses vingt ans et on rend son uniforme ?

– Je n'y suis pas resté assez longtemps pour ça.

– Ouais. Moi aussi, j'ai failli décrocher deux ou trois fois. Mais je ne l'ai pas fait, et le temps file beaucoup plus vite qu'on ne croit. Dix-neuf ans en septembre, et je vous jure que j'ai rien vu passer. Je bosse dans un bureau depuis deux ans, des tâches administratives… et c'est vrai que c'est moins éprouvant, mais je dois dire que les tunnels du métro me manquent. On est en état d'alerte permanente quand on est sous terre, si vous voyez ce que je veux dire.

– Bien sûr.

– On peut pas s'empêcher de se demander si ç'aurait pas été différent en surface. Etre au NYPD plutôt que de bosser pour la Transit Police… C'est pas très glorieux, le travail dans les tunnels. Combien de fois tombe-t-on sur un Bernie Goetz [1] ? Combien de fois règle-t-on une affaire assez sensationnelle pour faire la une des journaux plus qu'un ou deux jours ? Non, des types comme lui, il y en a des millions… (Il poussa un soupir.) Ça va me faire vingt ans de petits truands, de poivrots, d'arracheurs de colliers et autres connards de ce genre. Sans compter les j'ai-sauté-ou-on-m'a-poussé. Je vous ai dit que je n'avais pas oublié mon premier…

1. Voyageur qui abattit trois jeunes Noirs dans le métro.

– C'est vrai.

– C'était une femme. Une jeune fille, plutôt, et elle avait la jambe arrachée au-dessus du genou et un bout de l'autre pied en moins. Elle avait sauté, elle, il n'y avait pas de doute, et elle l'a reconnu tout de suite. Je suis allé la voir à l'hôpital et elle m'a regardé droit dans les yeux et m'a dit qu'elle y arriverait le prochain coup. Je ne sais pas si elle a réussi. Pendant toute une période, chaque fois qu'il y avait un truc comme ça, qu'on m'appelle ou qu'on m'appelle pas, je me demandais si c'était pas elle. C'était peut-être un mec genre deux mètres et cent cinquante kilos qu'était sous les roues, mais moi je m'attendais toujours à lui voir le visage de la jeune fille quand on le retournerait sur le dos. Toujours est-il que si elle a réussi, elle aura au moins épargné ça à un type de notre équipe.

– C'est gentil à elle.

– Ouais, bon... Ecoutez, Matt, j'ai relu mes notes et je me souviens de votre type. Ian Robinson Heller, tué par une rame de l'IRT n° 1 entrant dans la station Broadway-Ve Avenue, aux environs de 17 h 45 un samedi après-midi. Date : le 15 octobre 1988. C'est justement l'anniversaire de mon beau-père, sauf que comme ça fait dix ans qu'il est mort et que j'ai divorcé il y en a six... Comme s'il fallait que je me rappelle tout ça, pas vrai ? Heller rentrait du boulot. C'était sa rame habituelle. Il travaillait à deux rues de la station. Il prenait régulièrement cette ligne jusqu'à Times Square et attrapait un métro express pour Brooklyn, où il habitait. Ce que je veux dire par là, c'est qu'il était parfaitement normal qu'il se trouve là. Vous cherchez sans doute à savoir si c'était un suicide ou un accident...

– Ou un meurtre.

Il inclina la tête de côté.

– C'est vrai qu'on peut jamais écarter cette hypothèse, dit-il après un moment de réflexion. C'était à une heure de pointe, les quais étaient bourrés de banlieusards qui rentraient chez eux et il se trouvait au bord du quai quand la rame est entrée dans la station. Peut-être qu'il s'était arrêté pour boire un coup après le boulot, ou alors peut-être qu'il était pété aux antihistaminiques et qu'il avait du mal à garder l'équilibre... Peut-être aussi que quelqu'un lui est rentré dedans en reculant...

– Et peut-être qu'il a sauté...

– Voilà. Comment être jamais sûr ? Des fois, ils préparent leur coup. D'autres fois, ils en réchappent et on découvre qu'ils n'avaient rien planifié du tout, que ça les a pris comme ça et que ça les a dépassés. C'est peut-être ce qui est arrivé à Heller. Ou alors c'est quelqu'un qui s'est mis à côté de lui et a tout chronométré au petit poil. Une petite poussée, un croche-patte et hop, envolé, Ian Heller ! De toute façon, préparé ou pas, je vais vous dire un truc, moi : y en a des tonnes et des tonnes, de ces machins-là !

– Quoi ? Des gens qui se font tuer ?

– Ben tiens !

Il se leva, écarta les gens qui se tenaient au bar et nous rapporta une deuxième tournée : un gin tonic pour lui, un autre Coca pour moi. J'essayai de payer, mais il me fit signe que non.

– Je vous en prie, dit-il, ça me fait plaisir. Vous savez pas qui c'est qui venait boire ici ? O'Henry. L'écrivain, vous savez bien ? Ils en sont très fiers ici, ils vous laissent jamais l'oublier, mais je dois dire que moi, j'adore boire dans des endroits qui sont plus vieux que Dieu lui-même. Vous connaissez le McSorley, en bas de l'East Village ? « Nous étions déjà là avant ta naissance » ? C'est leur slogan. Aujourd'hui, ils ont que des étudiants. Putain, eux, c'est le World Trade Center qu'était déjà là avant qu'ils naissent !

– Et il y est toujours.

– Ouais, et c'est pas grâce à nos frères arabes...

Nous parlâmes du récent attentat, puis il me dit :

– A propos des gens qui se font pousser sous les rames... Oui, je pense que ça arrive très souvent. On se décide sur un coup de tête, on est complètement allumé, ou alors on est fou, tout bêtement, on n'a même pas besoin de drogue pour ça... Il n'y a rien de plus facile pour assassiner quelqu'un et s'en tirer.

– Mais ça serait plus difficile de tuer quelqu'un de précis, n'est-ce pas ?

– Vous voulez dire… quelqu'un qu'on aurait une raison particulière d'assassiner ?

Il réfléchit un instant.

– Hé bien, il suffirait de le suivre dans la station. Sauf que si le type reste loin du bord du quai… Dans une station noire de monde, il y aurait vite deux ou trois dizaines de personnes entre le tueur et sa victime. A moins qu'ils ne se connaissent.

– Comment ça ?

– Comment s'appelle-t-il, déjà ?… Ian ? « Hé, Ian ! Ça fait plaisir de te revoir ! Comment ça va, mon vieux ? » L'assassin lui passe le bras autour des épaules, on se promène ensemble, à droite, à gauche, et il arrive forcément un moment où le duo se tient juste au bord du quai quand la rame sort du tunnel. Si la victime croit que son assassin est un ami, elle ne recule même pas. Elle n'a aucune raison de se méfier et hop ! elle n'a pas le temps de dire ouf qu'elle est déjà sous les roues. Vous croyez que c'est ça qui s'est produit ?

– Aucune idée.

– Et quelqu'un commencerait à avoir des doutes au bout de quinze ans ? Vous me tenez au courant si jamais vous découvrez des choses ?

Je lui répondis que oui.

– Moi, le métro, je le prends sans arrêt. Que je vous dise la vérité : j'adore le métro. Je trouve que c'est un merveilleux moyen de transport, mais je fais toujours très attention. Je vois un type à l'air louche, je ne me mets jamais entre lui et le bord du quai. J'attends de pouvoir passer derrière lui. Pour tenter ma chance, je vais dans un delikatessen ou je m'achète un billet de loterie. Ou je joue aux courses. Deux dollars sur un bidet et en avant ! J'adore traîner dans les tunnels du métro, mais je ne joue jamais avec la chance quand je suis sous terre.

Il secoua la tête et conclut :

– Non, non, pas moi. J'en ai trop vu.

7

Hal Gabriel avait habité l'immeuble qui fait le coin de West End Avenue et de la 92e Rue Ouest. Je m'assis en face de Michael Selig, un jeune officier de police détaché au 24e Secteur. Il n'avait pas encore la trentaine et perdait déjà ses cheveux, promenant partout son air angoissé de chauve précoce.

– Il devrait être dans l'ordinateur, dit-il en parlant du dossier. On est en train de tout recopier, mais ça prend un temps fou.

46 ans, marié, mais séparé de sa femme, Hal Gabriel avait été retrouvé pendu dans son appartement du huitième étage, un après-midi de semaine, en octobre 1981. Il était manifestement monté sur une chaise, s'était passé une ceinture autour du cou, puis, après avoir coincé le bout de cette dernière entre le haut de sa penderie et le montant de la porte, avait donné un grand coup de pied dans la chaise.

– Fort taux d'alcool dans le sang, me fit remarquer Selig.

– Pas de mot ?

– Ils n'en laissent pas toujours, vous savez. Surtout quand ils sont saouls et commencent à s'apitoyer sur leur sort. Regardez ça… la mort remontait à cinq à sept jours avant la découverte du corps. Le cadavre devait être drôlement mûr, non ?

– C'est pour ça qu'ils ont défoncé la porte ?

– Il n'y en a pas eu besoin. D'après le rapport, le concierge avait une clé. C'est la voisine d'en face qui avait senti l'odeur.

Elle avait aussi révélé aux inspecteurs que Gabriel semblait paumé depuis que son épouse l'avait largué, quelques années plus tôt. Pour tout visiteur, il n'avait plus que les livreurs du magasin de vins et spiritueux et du restaurant chinois du coin. Il dirigeait un laboratoire de développement de films aux environs de la 40e, mais s'était fait virer de son boulot deux mois avant sa mort.

– Sans doute parce qu'il buvait, me suggéra Selig.

Informée de sa mort, son ex avait déclaré ne l'avoir jamais revu depuis qu'ils avaient signé les papiers du divorce, en juin 1980. Elle l'avait dépeint sous les traits d'un homme triste et solitaire et, bien qu'affectée par son suicide, n'en avait pas paru autrement étonnée.

Fred Karp, lui, avait laissé un mot. Il l'avait tapé sur l'écran de son ordinateur et en avait tiré deux exemplaires sur son imprimante. Il avait laissé le premier sur sa table et avait très proprement plié le second avant de le glisser dans la poche de sa chemise. *Désolé. Je ne supporte plus. Je vous demande pardon.* Après quoi il avait ouvert la fenêtre de son bureau au quinzième étage et s'était envoyé promener.

La chose n'est pas facile dans les bâtiments récents, où il est en général impossible d'ouvrir les fenêtres. Souvent même, il n'y en a pas, les bureaux modernes se réduisant à des murs en verre. A une réunion des AA, j'ai entendu un architecte nous dire un jour qu'il était parfois obligé de rassurer les employés qui avaient la phobie des parois en verre. Il prenait son élan et se jetait droit sur un mur, afin de leur montrer que le verre ne se brisait jamais. « Les gens comprenaient, avait-il ajouté, mais je me suis senti plutôt con, le jour où je me suis pété la clavicule. »

Cela étant, on pouvait ouvrir les fenêtres dans l'immeuble de Karp, haut de vingt-deux étages et donnant sur Lexington Avenue, à deux ou trois rues seulement de la gare de Grand Central et du Chrysler Building, son bureau datait d'avant la guerre. Karp travaillait dans l'import-export et s'occupait essentiellement de marchandises en provenance de Singapour et de Malaisie. Il avait renvoyé sa secrétaire chez elle à 17 heures et téléphoné à sa femme pour lui annoncer qu'il rentrerait tard. Un delikatessen de la IIIe Avenue lui avait fait monter deux sandwichs et du café aux environs de 19 heures. A 21 h 10, il s'était jeté par la fenêtre. Un grand nombre de gens l'ayant vu s'écraser sur le trottoir, la police avait pu déterminer avec précision l'heure de sa mort. Un des témoins s'était d'ailleurs effondré sur place et avait dû être soigné par les infirmiers.

L'affaire s'était déroulée à peine trois ans plus tôt et l'officier de police avec lequel je m'entretenais faisait toujours partie du 17e Secteur. Il n'avait rien oublié de l'incident :

– Une vraie boucherie. Et parlez d'une façon de procéder ! Pas moyen de changer d'avis en route. « Hé là ! Non, non, finalement j'abandonne. Je plaisantais ! » Ben tiens ! Bonne chance, les mecs !

Pour lui aucun doute n'était permis : il s'agissait d'un suicide. Il y avait le billet que Karp avait laissé – sur son bureau, dans sa poche et sur l'écran de son ordinateur toujours allumé. En outre, les blessures disaient toutes une chute d'une grande hauteur. C'est vrai, reconnut-il néanmoins, qu'à elle seule cette chute aurait effacé toute trace de coup porté à la tête avant le suicide. Il y aurait fallu une décharge d'arme à feu... et encore.

– C'est dommage que le billet n'ait pas été écrit à la main, lui dis-je. C'est la première fois que j'entends parler d'un billet d'adieu tapé à l'ordinateur...

– Le monde a changé, me renvoya-t-il. Une fois qu'on s'est habitué à l'ordinateur, on s'en sert pour tout. On paye ses factures avec, on tient ses comptes, on inscrit ses rendez-vous... Il devait tout gérer par ordinateur. Et donc il veut que son petit mot soit comme il faut, il peut faire mumuse tant qu'il veut jusqu'à ce que ce soit impeccable. Après, il a tout loisir d'imprimer le nombre d'exemplaires qui lui plaît d'un seul geste... et même de sauvegarder son texte dans son disque dur...

Agé d'une trentaine d'années, Michael Selig faisait lui-même partie des enfants de l'ordinateur et mourait d'envie de me montrer à quel point ces engins accélèrent la paperasse et la rendent plus agréable à expédier.

– Les ordinateurs, c'est génial, conclut-il. Mais ça rend paresseux. Et l'ennui avec la vie, c'est qu'il n'y a pas de touche *Annuler*.

Je me rendis au bureau de Karp. Il était maintenant occupé par un avocat spécialisé dans le droit des patentes et brevets. Il avait à peu près mon âge, le teint du buveur, et l'odeur âcre de l'échec lui collait à la peau. Il travaillait dans cette pièce depuis moins de deux ans et ignorait tout de ce qui s'y était passé avant son arrivée. Il me permit de regarder par la fenêtre, ni lui ni moi n'ayant la moindre idée de ce que nous pourrions découvrir en le faisant. Je ne lui racontai pas qu'un des locataires précédents l'avait ouverte pour sauter dans le vide. Je n'avais pas envie de lui donner des idées.

La veuve de Karp, Felicia, vivait à Forest Hills, où elle enseignait les maths dans un collège des environs de South Ozone Park. Je l'appelai chez elle à l'heure du dîner.

– On a rouvert le dossier ? voulut-elle savoir. Je n'arrive pas à y croire. C'est pour l'assurance ?

Je lui répondis que c'était lié à une autre histoire et que ma tâche consistait à essayer d'écarter définitivement toute hypothèse autre que celle du suicide.

– Je n'y ai jamais cru, me reprit-elle avec force. Mais il faut se rendre à l'évidence. Ecoutez... voulez-vous passer à la maison ? J'ai deux cours particuliers ce soir, mais je pourrais vous rencontrer demain. Disons... 16 h 30 ?

Elle m'attendait au deuxième étage d'une maison de Stafford Avenue, à quelques rues de l'endroit où se déroulent les internationaux de tennis. Grande et anguleuse, elle avait les cheveux noirs et une forte mâchoire. Au mur était accrochée une pendule en forme de chat noir, celle avec les yeux qui regardent à droite, puis à gauche, pendant que la queue de l'animal bat la mesure.

– Complètement ridicule, ce truc, n'est-ce pas ? me lança-t-elle. C'est un cadeau d'anniversaire de mes enfants, il y a quelques années de ça. Je dois reconnaître que je m'y suis faite. Parlons de Fred.

– D'accord.

– Je n'ai jamais compris pourquoi il aurait pu avoir envie de se tuer. Ils disent qu'il avait des problèmes de boulot. Ça faisait vingt ans qu'il dirigeait sa boîte, et des problèmes, il y en a toujours. Fred n'a jamais eu de mal à gagner sa vie. Ses affaires marchaient bien. C'était le bordel tous les jours, mais ça n'avait rien d'extraordinaire. Alors, se tuer pour ça…

– Il n'est pas facile de savoir ce qui se passe dans la tête des gens.

– C'est vrai, mais… Pourquoi êtes-vous ici, monsieur Scudder ? Vous ne vous êtes pas tapé tout ce trajet pour essayer de me faire avaler le suicide de mon mari, si ?

Je lui demandai si elle avait jamais entendu parler de certain club auquel son mari aurait appartenu.

– Quel club ? Il travaillait avec les hommes de la synagogue, mais il n'en foutait pas lourd. Ses affaires lui prenaient trop de temps. A un moment donné, il s'est affilié au Rotary, mais ça remonte à au moins dix ans et je ne suis même pas sûre qu'il y soit resté. Mais ce n'est sûrement pas de ça que vous parlez…

– Non. Il s'agit d'un club d'hommes qui se réunissait une fois par an, lui répondis-je. Cela se passait au printemps, dans un restaurant de Manhattan.

– Ah… ça, dit-elle. Ce qui m'a trompée, c'est que vous parliez de « club ». Je ne pense pas que c'était aussi formel que ça. A mon avis, c'était une bande d'anciens de la fac où il avait fait ses études qui voulaient garder le contact.

– C'est comme ça qu'il vous a parlé de ce groupe ?

– Il ne m'en a jamais parlé précisément, mais c'est bien l'impression que j'en ai retirée. Pourquoi ?

– D'après ce que je sais, c'était nettement plus formel que ce que vous croyez.

– C'est bien possible. Je sais qu'il ne ratait jamais son dîner annuel. Une année, un de mes collègues nous avait obtenu des billets pour une représentation du Manhattan Light Opera et Fred m'a dit que je devrais trouver quelqu'un d'autre pour m'accompagner. Dieu sait pourtant s'il adorait les opérettes de Gilbert et Sullivan ! Mais pour lui, ce repas annuel avait quelque chose de sacro-saint. Et mais… quel rapport avec ce dîner ? Fred est mort en décembre et ce repas avait toujours lieu en avril ou en mai…

– Le premier jeudi du mois de mai.

– Voilà. C'était fixé un an à l'avance. Je l'avais oublié. Et… ?

Je n'avais aucune raison de lui cacher la vérité.

– Il y a eu beaucoup de décès dans ce groupe, lui dis-je. Bien plus que ce à quoi on pourrait s'attendre. Et plusieurs de ces morts sont manifestement des suicides.

– Combien ?

– Trois ou quatre.

– Dites… c'est trois ou c'est quatre ? Il faudrait savoir.

– Trois sûrs et certains, et un possible.

– Je vois. Excusez-moi d'être un peu cassante, mais… Vous reprendrez du café ?

Je lui répondis que ce que j'avais me suffisait.

– Trois ou quatre suicides sur combien de membres ? reprit-elle.

– Trente et un.

– J'ai entendu dire qu'il y avait un virus du suicide, c'est comme ça qu'ils appellent ça. On prend une classe de collège de l'Ohio ou du Wisconsin où tout le monde est parfaitement heureux et, brusquement, il y a une véritable épidémie de suicides. Mais ce sont des trucs d'adolescents, ça. Ça ne se produit pas chez les hommes d'âge mûr. Ces suicides sont-ils groupés dans le temps ?

– Non. Ils s'échelonnent sur plusieurs années.

– Ça nous donne donc du dix à quinze pour cent, ce qui est assez élevé, mais de là à…

Elle n'acheva pas et je la regardai dans les yeux. J'aurais presque pu y voir tourner les rouages de son cerveau pendant qu'elle se livrait à ses calculs. Elle était loin d'être jolie, mais son esprit travaillait vite et bien, et son intelligence avait quelque chose de très attirant.

– Vous parliez d'un taux de décès élevé… Combien, en tout ?

– Dix-sept.

– Sur trente et un ?

– Oui.

– Et ils ont tous l'âge de Fred ? Oui, bon, forcément puisqu'ils étaient tous en fac ensemble…

– En gros, oui.

– Vous pensez que quelqu'un s'amuse à les tuer ?

– C'est une hypothèse de travail. En fait, je ne sais pas ce que j'en pense.

– Allons ! Je suis bien sûre du contraire… (Elle se détourna pour regarder sa pendule.) Evidemment, moi aussi, je préférerais croire à autre chose, reprit-elle. Je ne me suis jamais complètement faite à l'idée qu'il se soit suicidé. Mais c'est encore plus terrible de penser que quelqu'un… ah, mon Dieu !… l'aurait tué ? Et comment ? Il aurait fallu qu'il l'assomme, qu'il tape le mot sur l'ordinateur, qu'il ouvre la fenêtre et… (Elle fit un effort visible sur elle-même pour se reprendre.) S'il était déjà inconscient quand c'est arrivé, conclut-elle, il n'a pas dû beaucoup souffrir.

– Non.

– Mais moi, oui… J'ai beaucoup souffert, ajouta-t-elle doucement.

Puis elle se tut, pendant un bon moment. Enfin, elle releva la tête et me demanda :

– Mais pourquoi quelqu'un aurait-il envie de tuer des types qui n'ont jamais fait que fréquenter le Brooklyn College il y a trente-cinq ans de ça ? Des Juifs qui ont tous plus de 50 ans ? Je ne comprends pas.

– Des Juifs, il n'y en avait pas beaucoup, dans le tas.

– Comment ?

– Et ils n'étaient pas au Brooklyn College ensemble.

– Vous en êtes sûr ? Fred m'avait dit…

Je lui parlai un peu du club. Elle voulut savoir qui en faisait partie. Je retrouvai la page de carnet où j'avais inscrit la liste de ses membres par ordre alphabétique, morts et vivants mélangés, et la lui lus.

– Il y a un nom que je connais, me dit-elle tout de suite. Philip Kalish. Et lui, il était juif et Fred l'a connu en fac, enfin… si c'est bien du même Phil Kalish qu'il s'agit. Mais il est mort lui aussi, non ? Il y a longtemps.

– Dans un accident de voiture. C'est même le premier du groupe à avoir disparu.

– Raymond Gruliow, ça aussi, c'est un nom que je connais, enfin… s'il s'agit bien du grand Raymond Gruliow, et là, je ne vois pas très bien comment il pourrait en aller autrement. C'est bien le célèbre avocat, n'est-ce pas ?

– Oui.

– Si Hitler revenait sur terre, ce qu'à Dieu ne plaise, et qu'il avait besoin d'un avocat, il n'aurait qu'à s'adresser à lui. Parce que Raymond Gruliow, lui, il le défendrait ! (Elle secoua la tête.) Je dois reconnaître que pendant la guerre du Vietnam je le prenais pour un héros. Défendre tous ces gauchistes et tous ces gens qui refusaient la conscription ! Et dire que maintenant ses clients ne sont plus que des Noirs antisémites et des terroristes arabes ! Il y a des fois où j'ai envie de lui expédier un colis piégé ! Cela dit, Fred ne connaissait pas Raymond Gruliow.

– Il dînait avec lui une fois par an.

– Et il ne m'en aurait rien dit ? Quand Gruliow bavassait au journal de 23 heures, vous croyez que Fred n'aurait pas lâché, ne serait-ce qu'une fois : « Hé, je connais ce gars, c'est un ami » ? Est-ce que ça ne vous paraît pas évident ?

– Il faut croire qu'ils n'ébruitaient pas trop l'affaire…

Elle fronça les sourcils, puis me demanda :

– Ce n'était pas un truc de cul, ce club, par hasard ?

– Non.

– Parce que j'aurais du mal à le croire. Je sais bien qu'il n'y a plus à s'étonner de tous ces mecs qui se découvrent soudain gay jusqu'aux oreilles, mais je ne peux pas croire…

– Non.

– Ou alors… un genre de tournées des grands ducs où on boit trop et où, tout d'un coup, il y a une nana qui sort d'un gros gâteau ? Ce n'était pas son genre, mais…

– Rien à voir avec ça non plus.
– Bien. Boyd Shipton ?... C'est le peintre ?
J'acquiesçai d'un signe de tête.
– Lui, je sais qu'il s'est fait assassiner il y a quelques années de ça... à moins que je le confonde avec un autre ?
Je lui confirmai que Shipton avait été assassiné et lui appris qu'il n'était pas le seul membre du club à avoir succombé à un homicide. Elle me demanda de lui lire les noms des victimes, je les lui montrai sur la liste.
– Non, dit-elle enfin, je n'en connais pas un seul. Mais pourquoi tuer tous ces hommes ! Je ne comprends vraiment pas.

En rentrant à Manhattan, je me demandai ce que cette entrevue m'avait rapporté. Je n'avais pas appris grand-chose et avais laissé à Felicia Karp l'impression que son époux avait mené une vie secrète assez trouble. Il y avait toutes les chances pour que le réconfort qu'elle devait maintenant éprouver à penser que, tout compte fait, son mari ne s'était pas suicidé soit fortement contrebalancé par l'idée qu'il était peut-être mort assassiné.
Ce fut sans doute cela qui me poussa à laisser tranquille la veuve de Nedrick Bayliss. Après avoir passé une série de coups de fil à Atlanta, où il était mort (d'une blessure par balle) dans une chambre de l'hôtel Marriott, j'eus le sentiment que je n'en apprendrais pas plus sur lui que sur les circonstances de sa mort. Analyste financier, il était employé par une firme de Wall Street et quittait tous les jours sa maison de Hastings-on-Hudson pour se rendre à la Bourse. Il s'était spécialisé dans l'industrie textile et s'était rendu à Atlanta pour y rencontrer les cadres supérieurs d'une société qui l'intéressait.
Là encore, pas de mot, et rien qui aurait pu expliquer la présence d'un revolver non déclaré à côté de lui. « Je ne sais pas comment ça se passe chez vous, m'avait dit l'officier de police d'Atlanta, mais ici, il n'est pas très difficile de trouver quelqu'un à qui acheter une arme. » Je lui avais répondu que la chose n'était certainement pas plus difficile à New York.

Au lieu d'un mot, il y avait une feuille de papier à en-tête de l'hôtel posée au milieu du bureau. Un stylo décapuchonné se trouvait tout à côté, comme s'il avait essayé d'écrire quelque chose et n'avait pas trouvé la bonne façon de le dire. Il avait renoncé, puis appelé la réception et informé l'employé qu'ils feraient mieux de faire monter quelqu'un à la chambre 1102. « Je vais en finir », avait-il précisé avant de raccrocher.

Sur le moment, l'employé avait été bien incapable de se faire une opinion : tragédie, grosse blague ? Il avait rappelé la chambre et personne n'avait décroché. Il en était encore à se demander ce qu'il fallait en penser lorsqu'un autre client lui avait téléphoné pour lui signaler qu'il avait entendu un coup de feu.

Toutes choses qui indiquaient assez clairement un suicide. Bayliss avait été retrouvé affalé dans son fauteuil, une balle dans la tempe et son arme par terre, à l'endroit où on pouvait s'attendre à la trouver. Rien n'aurait pu laisser penser qu'il n'aurait pas été seul au moment fatal. Il n'avait pas fermé sa porte avec la chaîne – pour permettre au personnel d'entrer, sans doute. Bref, il s'était montré bien attentionné et l'avait suffisamment démontré en prévenant la réception de ce qu'il allait faire.

Organiser une pareille mise en scène présentait-il des difficultés ?

Quelqu'un oblige Ned Bayliss à lui ouvrir sa porte. Trouver un prétexte n'est pas plus difficile que se dégotter une arme en ville. Après, lorsque la victime est assise (disons qu'elle examine des documents qu'on lui a tendus), l'assassin, penché à côté d'elle, tire un revolver de sa poche. Ned n'a pas le temps de comprendre ce qui lui arrive qu'il a le canon de l'arme sur la tempe. Il ne reste plus qu'à appuyer sur la détente.

Après, il suffit d'effacer ses empreintes sur le revolver, de refermer la main de la victime dessus et de le laisser tomber par terre. On dispose le papier à en-tête et le stylo sur le bureau, on décroche le téléphone et on annonce son intention d'en finir. On retourne à sa chambre et on rappelle la réception pour signaler le coup de feu.

Pas très sorcier, tout ça.

Le test à la paraffine révèle à peu près sûrement si une victime s'est servie de son arme récemment ou non, mais combien d'heures de travail la police est-elle prête à accorder aux types du labo pour démontrer qu'il s'agit d'un suicide et de rien d'autre, toute la question est là. L'officier auquel j'avais parlé n'avait retrouvé aucune trace de test, mais avait ajouté que cela ne prouvait rien. Tout compte fait, l'affaire remontant à dix-huit ans, il était même étonné de voir qu'on en avait conservé le dossier aux archives.

J'aurais pu appeler la veuve.

Je me donnai la peine de chercher son adresse – sans grand problème, c'est vrai, puisqu'elle n'avait jamais cherché à disparaître dans la nature. Elle s'était remariée, avait divorcé, et avait convolé une troisième fois. Elle habitait Niles, Etat du Michigan.

Oui, j'aurais pu l'appeler pour lui demander si son premier mari, Ned Bayliss, avait l'air paumé avant de descendre à Atlanta. Buvait-il beaucoup, madame ? Avait-il un passé chargé, côté drogues ?

Je décidai de lui foutre la paix.

J'avais appelé Atlanta du Northwestern. Ma série de coups de fil terminée, quelque chose me retint dans ma petite chambre. J'approchai une chaise de la fenêtre et contemplai la ville.

Je ne sais pas combien de temps je restai assis sur ma chaise. Au début, je songeai à l'affaire des trente et un et à la manière dont leurs rangs s'étaient éclaircis au fil des trente dernières années. Puis, sans m'en rendre compte, je passai aux événements qui avaient marqué ma propre vie pendant ce même laps de temps. Le bilan était lourd. Je songeai aux gens que j'avais perdus, les uns morts, les autres parce que nos vies avaient suivi des cours divergents. Mon ex, Anita, s'était remariée depuis longtemps. La dernière fois que je lui avais parlé, ç'avait été pour lui présenter mes condoléances après la mort de sa mère. La dernière fois que je l'avais vue… je n'arrivai même pas à me rappeler à quand ça remontait.

Mes deux fils, Michael et Andrew. Tous les deux des hommes, tous les deux des inconnus. Michael vivait dans le nord de la Californie et démarchait les produits d'une société spécialisée dans la fabrication de composants électroniques. Cela faisait quatre ans qu'il avait quitté la fac, et je ne lui avais parlé que quatre fois depuis lors, au grand maximum. Deux ans plus tôt, il avait épousé une fille qui se prénommait June et m'avait envoyé sa photo de mariage. June est chinoise. Très petite et très mince, elle a l'air extrêmement sérieuse. Michael avait commencé à prendre du poids en fac. Avec sa mine rubiconde de représentant de commerce, il avait l'air assez incongru à côté de son insondable fille de l'Orient.

« Il faudrait qu'on se voie, me dit-il quand nous nous parlons au téléphone. La prochaine fois que je monte à New York, je te fais signe. On ira dîner ensemble… et si on se faisait un match des Knicks ? »

« Je pourrais peut-être aller en Californie », lui ai-je suggéré la dernière fois. Il y eut comme une pause dans la conversation, puis il s'empressa de me répondre que ce serait génial, vraiment génial, mais que le moment était peut-être mal choisi. Il était très occupé, il voyageait beaucoup, ça aussi, et en plus…

June et lui vivent dans un immeuble en copropriété de San Jose. Je lui ai aussi parlé, à cette mienne bru que je n'ai jamais rencontrée. Un jour ou l'autre, bientôt sans doute, ils fonderont une famille et je me retrouverai avec des petits-enfants que je ne verrai jamais.

Et Andy ? Aux dernières nouvelles, il se trouvait à Seattle et envisageait de monter à Vancouver. J'avais alors eu l'impression qu'il m'appelait d'un bar et sa voix m'avait paru bien pâteuse. Andy ne me téléphone pas souvent et quand il le fait, c'est toujours d'un endroit différent et toujours il me donne l'impression d'avoir bu. « Je m'amuse bien. Un jour, je finirai probablement par m'installer, mais pour le moment, c'est vrai que pierre qui roule… »

J'avais 55 ans et combien de mousse avais-je amassé ? Qu'avais-je fait de toutes ces années ? Et elles, qu'avaient-elles fait de moi ?

Et combien m'en restait-il ? Et lorsqu'elles auraient filé comme les autres, de quoi pourrais-je m'enorgueillir ? De quoi peut-on jamais s'enorgueillir quand on arrive au bout du chemin ?

Il y a un magasin de vins et spiritueux juste en face de mon hôtel. De l'endroit où je me tenais assis, j'avais vue sur les clients qui y entraient et en sortaient. En les regardant, il me vint à l'esprit que je pouvais trouver le numéro de téléphone du magasin dans l'annuaire et demander au patron de me faire monter une bouteille.

Je m'interdis de penser plus avant dans cette voie. Il m'arrive parfois de songer au genre d'alcools que je pourrais commander, jusqu'à la marque. Cette fois, j'écartai cette idée tout de suite et me forçai à la faire disparaître en respirant fort.

Puis je décrochai mon téléphone et composai un numéro que je n'avais pas besoin de chercher dans l'annuaire.

Je laissai sonner deux ou trois fois. J'avais le doigt prêt à couper la communication – je n'aime pas parler à son répondeur –, lorsqu'elle décrocha.

– C'est moi, Matt, dis-je.

– Ça, c'est drôle, me renvoya-t-elle. Je pensais justement à toi.

– Et moi à toi. Veux-tu un peu de compagnie ?

– Voyons voir…

Il lui fallut un certain temps pour étudier la question.

– Oui, répondit-elle enfin, j'aimerais assez.

8

Lorsque j'emménageai à l'hôtel Northwestern, Jimmy Armstrong tenait un bar juste au coin de la IXe Avenue, et c'était là que je passais l'essentiel de mes heures de veille. Peu après que j'eus renoncé à la boisson, Jimmy perdit son bail de location et rouvrit dans une longue rue plus loin, au coin de la Xe Avenue et de la 57e Rue Ouest. Aux réunions des AA, on recommande souvent d'éviter les gens, les lieux et les choses qui donnent envie de boire, et pendant plusieurs années je me tins à l'écart de son établissement. Maintenant, j'y passe de temps en temps. Elaine aime bien l'ambiance qui y règne le dimanche après-midi – il y a de la musique de chambre –, et on est sûr de ne pas se tromper en choisissant d'aller y dîner tard.

J'enfilai la 57e, mais, au lieu de saluer Jimmy, je gagnai le grand immeuble qui se trouve de l'autre côté de la rue. Le portier avait été informé de ma venue. Je lui donnai mon nom, il me dit qu'on m'attendait et me montra l'ascenseur. Je montai au vingt-huitième, la porte de la dame s'ouvrant au moment même où j'allais y frapper.

– Non, c'est vrai, dit-elle. Je pensais à toi juste avant que tu appelles. Tu as l'air fatigué. Ça va ?

– Ça va.

– Ça doit être l'humidité. Ça va être un sacré été, si c'est déjà comme ça en juin ! Je viens de mettre la climatisation. La température devrait baisser assez vite.

– Comment vas-tu, Lisa ?

Elle se détourna.

– Pas mal. Tu veux du café ? Tu préfères quelque chose de frais ? J'ai du Pepsi, du thé glacé…

– Non, merci.

Elle pivota pour me regarder.

– Je suis contente que tu sois là, dit-elle, mais je n'ai pas envie de faire quoi que ce soit. Ça ira quand même ?

– Evidemment.

– On pourrait bavarder un peu.

– Comme tu voudras.

Elle rejoignit la fenêtre. Son appartement est orienté à l'ouest et aucun building ne lui masque la vue. Je me postai derrière elle et regardai les bateaux à voile sur l'Hudson.

Elle avait mis du parfum, celui, musqué, qu'elle porte toujours.

– Allons, dit-elle, cessons de nous abuser !

Elle se tourna vers moi. Je la pris par la taille et refermai mes mains dans son dos. Elle se pencha en arrière et me regarda. Elle avait le front moite et des gouttes de sueur perlaient à sa lèvre supérieure.

– Oh ! fit-elle comme si quelque chose la surprenait.

Je l'attirai à moi et l'embrassai. Au début, elle trembla dans mes bras, puis elle m'enlaça à son tour et nous nous étreignîmes. Je sentis son corps contre le mien, je sentis ses seins, je sentis la chaleur de son ventre.

Je l'embrassai sur la bouche. J'embrassai sa gorge et respirai son parfum.

– Oh ! dit-elle à nouveau.

Nous gagnâmes sa chambre et ôtâmes nos habits, en nous arrêtant de temps à autre pour nous embrasser et nous accrocher l'un à l'autre. Nous tombâmes ensemble sur le lit.

– Oh, dit-elle, oh ! oh ! oh !

Elle s'appelle Lisa Holtzmann[1], et il ne serait pas faux de dire qu'elle pourrait être ma fille même si, de fait, elle est née presque dix ans avant mon fils aîné. Lorsque je la

1. Voir *Le diable t'attend*, publié dans cette même collection.

rencontrai pour la première fois, elle était mariée à un avocat du nom de Glenn Holtzmann et portait son enfant. Elle perdit son bébé au début du septième mois, peu après la mort de son époux. Glenn avait été abattu alors qu'il téléphonait d'une cabine publique à deux ou trois rues de chez eux, dans la XIe Avenue.

Je m'étais alors retrouvé avec deux clients, le premier étant la veuve du mort et le second le frère de celui qu'on accusait du meurtre. Je ne saurais dire si je leur fis beaucoup de bien à tous les deux. Le prétendu meurtrier – un des innombrables cinglés qui traînent dans le quartier – avait fini par se faire poignarder à la prison de Rikers Island, son assassin n'étant guère plus sain d'esprit que lui. La veuve, elle, avait terminé dans mon lit.

Que les choses se soient déroulées ainsi ne me paraît pas extraordinaire. La tradition assure que les veuves sont vulnérables et plus que portées sur la séduction. Le rôle que je jouai dans le drame qui frappait Lisa – celui du chevalier vieillissant volant à son secours – ne fit rien qui nous aurait empêché de finir dans le même lit. Profondément amoureux d'Elaine, je l'étais, et très décidé à ne pas me dérober à des engagements qui ne me mettaient nullement mal à l'aise, mais la carte chromosomique de l'homme est telle que toute femme nouvelle l'attire pour la seule et unique raison qu'il ne la connaît pas.

Je n'avais fréquenté aucune autre femme depuis qu'Elaine et moi nous étions retrouvés, mais il était assez inévitable que tôt ou tard j'en rencontre une. Je fus surtout surpris par le fait que cette aventure refusait de mourir. J'avais tout du lapin mécanique chargé aux piles Energizer. Je ne pouvais pas m'arrêter.

Inutile d'avoir un doctorat de psychologie pour comprendre ce qui se passait. Aux yeux de Lisa, j'étais une manière de figure paternelle, et un rien plus accessible que l'article véritable. Pendant l'enfance qu'elle avait passée à White Bear Lake, Minnesota, son père n'avait pas cessé de monter dans son lit. Il l'avait excitée du doigt et de la bouche, lui avait appris à gémir comme une dame, tout doucement, pour que le bruit s'arrête à la porte de la chambre. Il lui avait aussi appris à lui faire plaisir, la demoiselle étant déjà plus qu'experte dans ces matières lorsqu'elle était enfin partie faire ses études supérieures en faculté.

Experte, mais toujours vierge. « Il ne me la mettait jamais, me disait-elle. Ç'aurait été pécher. »

Si nous ne nous arrêtions pas à ce genre de frontières, nos relations avaient, par d'autres aspects, bien des points communs avec celle qu'elle avait eue avec Papa. Au début, c'était elle qui avait fait les avances, en me laissant clairement entendre qu'elle était libre, mais après, elle n'avait jamais plus rien initié. C'était toujours moi qui l'appelais, qui lui demandais si elle avait envie de ma compagnie, et toujours elle finissait par me dire de passer.

Nous ne quittions jamais son appartement. Nous ne sortions jamais ensemble, pour nous promener dans les rues ou boire un café. Un soir qu'Elaine et moi avions fait un saut chez Jimmy après un concert au Lincoln Center, Elaine avait repéré Lisa au milieu de la foule qui se pressait au comptoir. (C'était Elaine qui m'avait présenté à elle et à son mari, la première fois. Les deux femmes avaient fait connaissance à un cours du soir qu'elles suivaient au Hunter College.) « Mais... ça ne serait pas Lisa ? » m'avait-elle demandé, en me la montrant d'un signe de tête. J'avais regardé et en étais tombé d'accord avec elle, mais ni elle ni moi n'avions même seulement songé à la rejoindre.

Chez Lisa, dans son lit, je pouvais me couper du monde. Tout se passait comme si, Dieu sait comment, les pièces qu'elle occupait à son vingt-huitième étage existaient en dehors du temps et de l'espace. Je me débarrassais de ma vie comme on ôte ses bottes à la porte d'entrée.

Dire qu'elle me tenait lieu de drogue ou d'alcool ne serait pas exagéré. Brusquement, j'avais envie d'appeler le marchand de vins du coin, je décrochais mon téléphone... et au lieu de faire le numéro du magasin, je composais celui de Lisa. D'habitude pourtant, ce lien n'était pas aussi clair. Je me retrouvais en train de penser à elle, avec une très forte envie de la voir. Parfois, je résistais à la tentation. D'autres fois, non.

Je montais rarement à son appartement plus d'une fois par mois, l'hiver passé m'ayant même vu ne pas lui téléphoner pendant près de trois mois. Peu après le Nouvel An, j'avais pensé à nous et m'étais dit : « Bon, c'est fini », et en avais éprouvé un curieux mélange de tristesse et de soulagement. Au début du mois de février, je lui avais téléphoné, puis j'étais monté... et nous nous étions retrouvés à la case départ.

Plus tard, nous contemplâmes le coucher de soleil. Il devait être aux environs de 21 heures. Le soleil se couchait de plus en plus tard maintenant que nous arrivions à la Saint-Jean.

– Je travaille beaucoup, me dit-elle. J'ai décroché un boulot génial. Six couvertures de livres en format poche. Une série de romans sur l'Ouest.

– Bravo !

– Le plus pénible est de lire les bouquins. Ils appellent ça des « westerns pour adultes ». Tu sais ce que c'est ?

– Non, mais je devrais pouvoir deviner.

– Oui. Mais le héros ne dit pas « Zut alors, m'dame ».

– Ah non ? Et qu'est-ce qu'il dit ?

– Dans celui que je viens de finir, il dit : « Pourquoi t'enlèverais pas ce petit jupon, que je te broute la motte ? »

– C'est ainsi que l'Ouest fut conquis.

– Je trouve ça très choquant. On croit qu'on est en train de lire les aventures d'Hopalong Cassidy et, tout d'un coup, il y a un mec qui se fait enculer derrière l'enclos à bétail. Le héros s'appelle Cole Hardwick[1]. C'est assez clair, non ?

– Le message ne prête guère à confusion.

– Pour chaque couverture, je dessine une scène de western différente. Il y a deux constantes : le revolver et le décolleté. Et aussi le visage buriné de Cole Hardwick à l'arrière-plan, de façon à ce qu'on comprenne bien qu'il

1. Soit Cole Duremèche.

s'agit d'une nouvelle livraison dans la série. (Elle tendit la main en avant.) J'ai failli me servir de ce visage-ci, ajouta-t-elle en faisant courir son index sur ma mâchoire.

– Ah bon ?

– J'ai commencé un croquis et ce qui est apparu m'a semblé bien familier. J'ai été très tentée de laisser faire. Je ne sais pas si tu serais jamais tombé sur un de ces livres et si tu t'y serais reconnu.

– Peut-être.

– Mais j'ai décidé que tu ne convenais pas. Tu fais trop rusé de la grande ville.

– Et trop vieux aussi.

– Non, Hardwick n'est pas des plus jeunes. Regarde… Le soleil s'en va. Me lasserai-je jamais de le voir se coucher ? J'espère que non.

Le spectacle était encore plus somptueux après que le soleil avait disparu. L'horizon du New Jersey était comme taché par toutes les couleurs de l'arc-en-ciel.

– J'ai rencontré quelqu'un, me dit-elle soudain.

– Un type bien, j'espère…

– C'est l'impression qu'il me fait. Il est directeur artistique pour une revue consacrée aux avions de ligne. Je lui ai montré mon book. Il m'a dit qu'il n'avait rien pour moi, mais il m'a téléphoné le lendemain et m'a emmenée dîner. Il est beau, j'aime bien être avec lui et je lui plais.

– Mais c'est génial, ça !

– On s'est déjà vus quatre fois. Demain, on dîne tôt et on va voir *Onze mois d'hiver* au Playwrights Horizon. Et après… après, je crois que je vais coucher avec lui.

– Tu ne l'as pas encore fait ?

– Non. Des baisers appuyés, oui…

Elle croisa ses mains sur ses genoux et les regarda.

– Quand tu as appelé, j'ai tout de suite pensé à te dire de ne pas venir. Après, je t'ai raconté que j'avais envie de ne rien faire et… Combien de temps ai-je tenu, hein ? Trente secondes ?

– Environ.

– Je me demande ce qu'on a, tous les deux.

– Tu n'es pas la seule à te poser la question.

– Qu'est-ce qui se passera si je me mets à coucher avec Peter ? Qu'est-ce que je te dirai quand tu appelleras ?

– Aucune idée.

– « Monte », voilà ce que je te dirai. Et après, je me ferai l'effet d'une pute.

Je gardai le silence.

– Je n'arrive pas à me voir en bonne femme qui couche avec deux mecs en même temps, reprit-elle. Pas au sens littéral, évidemment…

– Je comprends.

– Commencer une relation avec Peter et continuer à coucher avec toi… Non, je ne me vois pas en train de faire ça. Mais je ne me vois pas plus en train de te dire non.

– Les trucs à Papa ?

– Eh bien… Oui, il faut croire. Quand tu m'as embrassée, j'ai même cru sentir une odeur d'alcool dans ta bouche. Des souvenirs et rien de plus, naturellement. Il ne montait jamais dans ma chambre sans avoir bu. Est-ce que je t'ai dit qu'il était en traitement ?

– Non.

– Dans le Minnesota. Le Minnesota et ses dix mille lacs et vingt mille centres de désintoxication pour alcooliques. En voyant la taille de son foie, son médecin a pris peur et l'a expédié dans un centre de cure. Ma mère dit qu'il ne boit plus qu'un peu de bière aux repas. J'ai l'impression que ça ne durera pas.

– Ça ne dure jamais.

– Peut-être son foie grossira-t-il tellement qu'il finira par exploser. Parfois, c'est ça que je souhaite. Ça te choque ?

– Non.

– Mais il y a d'autres moments où j'ai envie de prier pour lui. Pour qu'il arrête de boire, pour qu'il… je ne sais pas, moi. Pour qu'il aille mieux, sans doute. Qu'il soit enfin le père que j'ai toujours désiré. Sauf qu'il l'est déjà peut-être. Et n'a jamais cessé de l'être.

– Peut-être.

– De toute façon, je ne sais pas prier. Est-ce que tu pries, toi ?

– De temps en temps. Pas très souvent quand même.

– Comment fais-tu ?

– En gros, je demande à être plus fort.

– Plus fort ?

– Plus fort pour faire des trucs, ou les supporter. C'est de cette force-là que j'ai besoin.

– Et tu l'obtiens ?

– Oui, lui répondis-je, en général.

Je pris une douche avant de la quitter et arrivai dans les sous-sols de l'église Saint-Paul une demi-heure avant la fin de la réunion. Je levai la main et dis tout haut ce que j'avais pensé plus tôt :

– Je regardais le magasin de vins et spiritueux de l'autre côté de la rue et je me disais combien il serait facile d'appeler pour qu'on me fasse monter une bouteille. Cela fait déjà plusieurs années que je ne bois plus et il m'arrive assez rarement d'avoir ce genre d'idées. Je n'en reste pas moins un alcoolique et je ne suis sobre depuis longtemps que parce que je refuse de boire et viens régulièrement ici parler de tout ça. Et je suis heureux de ne plus boire et d'être ici ce soir.

Après, je rejoignis quelques habitués au Flame. J'avalai un hamburger, bus un verre de thé glacé et rentrai un peu avant 23 heures.

– Tu as l'air un rien fané, me dit Elaine. La climatisation a du bon, n'est-ce pas ? Joe Durkin a téléphoné. Il voudrait que tu le rappelles demain matin. Tu as aussi d'autres messages, que j'ai notés. J'espère que ta journée a été plus excitante que la mienne…

– Du mou dans les affaires ?

– C'est-à-dire que… avec le temps qu'il fait ! Les gens n'ont guère envie de lécher les vitrines. Mais j'ai l'impression que Ray Galindez va avoir du boulot. Une femme. Dans les 70 ans. Une rescapée de Buchenwald. Toute sa famille y est passée et, bien sûr, elle n'a plus une seule photo. Elle est arrivée ici après la guerre, avec pour seuls biens les vêtements qu'elle avait sur le dos. Elle voudrait que Ray lui fasse le portrait de tout le monde : ses parents, ses grands-parents, sa petite sœur. Elle n'a plus personne, Matt.

– Elle a de quoi payer ?

– Elle pourrait me racheter la galerie rien qu'avec la petite monnaie qu'elle a dans sa poche. Elle a épousé un autre rescapé et ils ont ouvert un magasin de bonbons. Ses fils se sont lancés dans les affaires et possèdent un atelier de moulages en fonte à Passaic. Elle a six petits-enfants, dont trois médecins et deux avocats.

– Et une brebis galeuse ?

– La brebis galeuse prépare son MBA à Harvard avant de rentrer à Passaic et de reprendre l'atelier. Enfin... à moins qu'elle ne s'égare en route et ne décide de prendre la direction de la General Motors.

– Parce que toi, tu connais déjà toute l'histoire...

– En noir et en couleurs. Non, l'argent n'est pas le problème. Sa seule inquiétude est de ne plus pouvoir se rappeler à quoi ils ressemblaient. « Je ferme les yeux, j'essaie de les revoir et je ne vois rien », m'a-t-elle dit. Je lui ai conseillé de contacter Galindez et de voir ce que ça donnait. Elle s'est mise à pleurer rien que d'y penser. J'ai essayé de la consoler en lui racontant ce que j'avais éprouvé quand Ray a fait le portrait de mon père. Tu aurais dû nous voir, mon amour. Deux vieilles nanas qui s'enlacent en pleurant sur tout et sur rien.

– Tu es vraiment trop.

– Qui ça ? Moi ?

– Tu es merveilleuse.

– Je ne suis qu'une vieille pute parmi d'autres, me renvoya-t-elle. Une vieille pute qui avait un cœur d'or... autrefois.

9

– Dis, tu pourrais m'expliquer ? me lança Joe Durkin. Non, parce que je me pose des questions, moi. Comment se fait-il que je sois devenu ton rabbin ?

– Tu as dû fréquenter une yeshiva et y travailler dur. Et longtemps.

– Tu sais quoi ? C'est exactement le genre de rabbin que j'aurais dû être. Une petite calotte sur la tête... et on se frotte la barbe chaque fois que la réponse ne vient pas. Tu crois qu'il est trop tard pour changer de carrière ?

– Il faudrait commencer par être juif. A mon avis.

– Je me disais bien qu'il y avait un hic. C'était trop beau pour être vrai.

Il se renversa complètement dans son fauteuil et se croisa les mains derrière la nuque.

– Non, sérieusement, reprit-il. Comment fus-je donc l'élu, celui qui fut choisi pour être ton ami en haut lieu ? Et pour jouer au ténia dans les profondeurs bureaucratiques du grand boyau policier ?

– Au ténia ? Bigre !

Il ricana.

– Ça te plaît, hein ? J'en étais sûr. J'aurais pu dire « ta patte de velours », ou « ta machine à tirer les marrons du feu ». J'ai préféré l'image du ténia.

Nous nous trouvions dans la salle des inspecteurs du commissariat de Midtown North. Il n'y avait personne dans le bureau d'à côté. Mais, deux bureaux plus loin, un officier noir et assez corpulent du nom de Bellamy interrogeait un jeune Hispanique tout maigrichon avec un petit bouc clairsemé au bout du menton. Le gamin avait allumé une cigarette et Bellamy n'arrêtait pas de gesticuler pour empêcher la fumée de lui monter dans la figure.

– Quatre enquêtes pour homicide, reprit Durkin. La première remonte à douze ans et la dernière au mois de février. Quatre hommes et une femme tués d'une manière différente, dans divers endroits du pays et sur une période de douze ans. Qu'est-ce donc que toutes ces affaires pouvaient avoir en commun ? me suis-je alors demandé. Et tu veux savoir la réponse qui m'est venue ?

– Oui. Vas-y.

– Que toutes les victimes étaient mortes. Et l'étaient encore, comme le général Franco. Ça te rappelle rien, cette blague ? Le bulletin d'informations de *Saturday Night Live* ?

– Oui, vaguement.

– « Dernières nouvelles de Madrid… Le generalissimo Francisco Franco est toujours mort. »

Il fit de grands gestes pour chercher dans les papiers étalés sur son bureau.

– Nous disons donc… Carl Uhl, tué par son amant dans son appartement de la 22e Rue Ouest. Victime homosexuelle, appartement décoré sado-maso, victime attachée avec des menottes et des liens en cuir, blablabla blablabla, blessures multiples au couteau, mutilation des organes génitaux… T'as besoin de tout ça ?

– Non, lui répondis-je. En gros, je connais. Il me manque certains détails, mais je pourrai consulter mes notes plus tard. Ce que j'aimerais savoir…

– Tu aimerais bien savoir si l'affaire est classée, c'est ça ? La réponse est non. Les copains du 10e Secteur ont ramassé quelques amis d'Uhl, mais leurs histoires concordaient. De temps en temps, ils alpaguent un gus qui se paie des homos en les séduisant dans un bar cuir de West Street et qui leur donne plus de plaisir qu'ils n'en demandent. Ils rouvrent les dossiers, ils examinent le modus operandi et ils essaient de voir si ça colle. Pour l'instant, Carl Uhl est toujours seul dans sa catégorie. Mais dis… Pourquoi ces questions ? Saurais-tu des choses que les mecs du 10e ignoreraient ?

– Non, rien. C'est comme ça que le tueur a procédé ? Il a dragué Carl Uhl dans West Street ?

– Personne n'en sait rien. Peut-être est-il descendu par la cheminée avec sa grande hotte. On n'arrivera jamais à savoir qui c'est. A moins qu'il se fasse coincer pour récidive, et il ne récidivera pas. Et tu sais pourquoi il ne récidivera pas ? Parce qu'il y a neuf chances sur dix pour qu'il soit déjà mort.

– Qu'est-ce qui te le fait croire ?

– Qu'est-ce qui me le fait croire ? Ce qui me le fait croire, c'est qu'il a commencé son manège il y a douze ans. Et qu'il s'est donc lancé dans ce genre de conduite sexuelle à haut risque à une époque où le sida se répandait dans les arrière-salles de bar et les bains-douches, mais où personne ne savait de quoi il s'agissait. Quant à prendre des précautions ! Non, le type qui s'est fait Uhl a sans doute tué cinquante fois plus de mecs en leur refilant le virus qu'en jouant avec son petit couteau. Et quand il n'a plus rien eu à refiler aux copains, il en est mort à son tour.

– Des traces de sperme ?

– Non, non, il le rapportait toujours chez lui dans un petit sachet !

Il ramassa le dossier et le parcourut des yeux.

– Traces de sperme sur l'abdomen de la victime, résuma-t-il. Celui d'Uhl, il y a des chances. En tout cas, c'est le même groupe sanguin. A cette époque-là, les identifications ne se faisaient pas encore à l'ADN. C'est que la médecine légale a avancé à pas de géant, l'ami !

– Assurément.

– C'est même pour ça que plus aucun assassin ne l'emporte en paradis. Mais... pourquoi cette question ? Pourquoi me demandes-tu s'il a laissé traîner son sperme un peu partout ? Tu saurais des choses ?

– Non, rien, lui répondis-je encore une fois. Je me demandais seulement s'il y avait la preuve tangible d'un rapport sexuel.

– Moi, tu sais, je n'ai pas l'impression qu'ils aient passé leur soirée à parler de la pluie et du beau temps. Sauf qu'avec les cuirs... ce qu'ils qualifient de rapport sexuel peut très bien ne rien avoir de commun avec ce que toi et moi nous y voyons. Tiens… une fois, j'ai eu une affaire où deux mecs avaient eu prétendument des rapports, mais je me suis aperçu qu'en fait l'un des deux se rendait chez l'autre et y recevait immédiatement l'ordre de se foutre à poil et de nettoyer la cuvette des chiottes. Pas avec la langue, non. Juste avec du produit et un rouleau de papier hygiénique. Pendant ce temps-là, l'autre s'installait dans le living et regardait Oprah à la télé. Après, il examinait la cuvette et insultait fermement son copain avant de le renvoyer chez lui. C'est comme si tu traitais ta femme de ménage de sale conne quand elle a fini son boulot !

– Je n'oserais jamais faire un truc pareil. Un jour, je lui ai demandé de nettoyer les vitres et… je ne recommencerai pas !

– Revenons à Uhl. Dans cette histoire, il y a quand même quelqu'un qui a baisé. A moins que le sperme qu'il avait sur le ventre y ait poussé tout seul… De deux choses l'une : ou bien c'est son sperme à lui parce qu'il était très content de ce que son copain lui faisait avant de passer au jeu du petit couteau, ou bien c'est celui du tueur, et dans ce cas tueur et victime étaient du même groupe sanguin. Ce qui change quoi, d'ailleurs ?

– Pas grand-chose, en effet.

– On passe au suivant ? Six ans plus tard, nous sommes en 1987, Boyd et Diana Shipton sont assassinés dans leur loft de Hubert Street. On a deux théories. La première est qu'ils sont tombés sur des cambrioleurs en rentrant chez eux.

– C'est ce que font penser les articles rédigés à l'époque.

– Peut-être, mais la presse n'a pas eu accès à tout. La bestialité avec laquelle ils ont été tués indique des motivations nettement plus personnelles.

– Il a été battu à mort, elle a été violée et étranglée.

– Il a été battu, mais pas seulement à mort. Il avait la tête complètement en bouillie, le crâne tellement défoncé qu'on n'aurait même pas pu en recoller les morceaux, et le visage absolument méconnaissable.

– Mais c'était lui, non ?

– Oui, c'était lui. On l'a identifié à ses empreintes digitales. Mais encore une fois, pourquoi cette question ?

– Aucune raison particulière. Moi, quand on me dit que le visage est absolument méconnaissable, la première question qui me vient à l'esprit…

– Je vois. Mais il n'y a aucun doute à avoir : c'était bien lui. Quant à la dame… garrottée avec un fil de métal. Sa tête est devenue toute violette et aussi grosse qu'un ballon de volley. Et il y a le viol, enfin… je ne sais même pas si on peut parler de viol dans ce cas-là, même s'il y a eu violation de son intégrité physique. On lui avait rentré un tisonnier dans le vagin et perforé l'abdomen.

– Jésus !

– Elle était déjà morte, ce qui, là encore, ne change pas grand-chose à l'affaire. Le coup du tisonnier n'a pas été divulgué à la presse pour des raisons évidentes, mais même si les journaux l'avaient su, personne n'aurait osé l'écrire. Sauf qu'au jour d'aujourd'hui je n'en suis plus si sûr.

– Au jour d'aujourd'hui, rien ne les rebute.

– La presse a-t-elle mentionné que certains tableaux avaient été saccagés ? Voyons… Ce qu'elle n'a pas dit, c'est qu'on y avait tracé des symboles à caractère satanique. Mais tous les experts s'accordent à reconnaître, poursuivit-il en levant les yeux au ciel, qu'il ne s'agissait pas d'inscriptions authentiquement sataniques. J'en conclus donc qu'un vrai adepte du culte de Satan aurait fait des trucs absolument horribles aux Shipton alors que là, on a affaire à des gens qui avaient seulement envie de se marrer un peu, et d'une manière bien innocente, en somme.

– Combien de tueurs ?

– Deux ou trois, d'après les estimations.

– Le crime aurait-il pu être commis par une seule personne ?

– L'hypothèse n'est pas à exclure, me répondit-il. Les flics d'East Hampton avaient un suspect qui leur plaisait bien en la personne d'un entrepreneur du coin qui tringlait la dame Shipton, à moins que ce soit le contraire, auquel cas ç'aurait été Papa Boyd qui ramonait la nénette du mec. Premier coup au crâne, Boyd est envoyé au tapis. Le type garrotte madame et la tue, puis il fait un peu de purée avec la tête de Boyd et couronne le tout en y allant de sa petite plaisanterie de collégien avec le tisonnier.

– Et l'entrepreneur qui plaisait beaucoup aux flics ?

– Rien. Il avait un alibi en béton. Alors, les théories ont fleuri. La victime était un artiste en vue, son épouse une ancienne ballerine, ils avaient des tonnes de fric à eux deux, un loft dans le bas de Manhattan, une villa à East Hampton, ils traînaient avec des gens ultrafriqués et pleins de talent... Ça te fait penser à quoi, tout ça ?

– Je ne sais pas. Cocaïne ?

– Non. Gros déballage dans les médias, des centaines de flics mis sur l'affaire tant à Manhattan qu'à East Hampton, c'est plutôt à ça que je pensais. La coke ? Ils s'en faisaient sans doute quelques lignes de temps en temps, mais si la drogue a joué un rôle important dans l'histoire, moi je n'en ai jamais entendu parler. Et le gars à qui j'en ai causé hier ne m'en a pas parlé, lui non plus. Pourquoi ça ?

– Pour rien. Je sais que personne n'a été arrêté, mais les flics ont-ils une idée sur l'identité de l'assassin ?

Il secoua la tête.

– Aucune. Des pistes, oui, et à profusion, mais rien de concluant. Pourquoi cette question ? Qu'est-ce que te dit ton mouchard ?

– Mon mouchard ? Quel mouchard ?

– Le tien ! Celui qui a l'air de renifler dans quatre directions différentes ! Qui est-ce qui lui plaît dans tout ça ?

– Tu sais bien que je n'ai pas de mouchard.

Il me regarda. A deux bureaux de là, l'officier Bellamy prit un mégot encore allumé dans le cendrier et l'éteignit.

– Hé mais ! s'écria le gamin au petit bouc. Je l'avais pas fini, moi !

Bellamy lui rétorqua qu'il avait beaucoup de chance qu'il ne le lui ait pas écrasé sur le front.

– Bon, reprit Joe Durkin, on laisse glisser pour l'instant. L'affaire suivante remonte à quatre ans, soit à 1989. La victime est un certain Thomas P. Cloonan. Un Irlandais tout ce qu'il y a de bien. Il conduisait un taxi pour mettre du beurre dans ses épinards. Personne ne l'a attaché, personne ne l'a branlé à mort, personne ne lui a rentré un tisonnier dans le cul. Que je te dise, Matt : ça m'étonne beaucoup que tu t'intéresses à un mec aussi peu reluisant !

D'après sa main courante, Tom Cloonan avait pris le dernier passager de sa vie un mardi soir, à 22 h 30. Il venait juste de déposer un client à l'hôtel Sherry-Netherland et avait roulé un peu à vide avant de se faire héler à la hauteur de la cathédrale Saint-Patrick. Dans son registre, il avait alors porté la mention *Centre médical presbytérien de Columbia, Washington Heights.*

Il était impossible de savoir s'il était arrivé à destination. Aux environs de minuit un quart, le commissariat du 34e Secteur avait reçu un appel anonyme et dépêché une voiture radio au croisement d'Audubon Avenue et de la 174e Ouest. Le taxi de Cloonan y avait été retrouvé devant une bouche d'incendie. Cloonan, qui avait alors 54 ans, s'était affaissé derrière son volant, avec des blessures par balles à la tête et au cou. Arrivés sur place, les ambulanciers n'avaient pu que constater son décès.

– Deux coups tirés quasiment à bout portant. Balles de 9 mm, mort instantanée ou presque. Plus de portefeuille, plus de changeur de monnaie et l'arme du crime avait disparu – ce qui ne me surprend pas énormément, la seule question qui se pose vraiment étant celle de savoir si le tueur avait fait toute la course avec Cloonan ou si ce dernier avait conduit un client jusqu'au Centre médical avant de prendre en charge le tueur sans avoir eu le temps d'inscrire cette dernière course dans son carnet. La réponse ? On s'en fout complètement vu que l'affaire est close et que l'assassin purge actuellement une peine de vingt-cinq ans à perpète au pénitencier d'Attica…

J'avais dû mal cacher ma surprise car il répondit à ma question avant même que je la lui ai posée :

– Il n'a pas été condamné pour le meurtre de Cloonan. En fait, dans les années 90-91, Harlem, le Bronx et autres parties du tiers monde new yorkais ont connu une véritable épidémie d'assassinats de chauffeurs de taxi clandestins. Ça a pris des proportions telles qu'un détachement spécial a été formé avec des flics de cinq secteurs du Bronx et du haut de Manhattan, et en faisant bosser de faux chauffeurs, la police a réussi à coincer un certain Eldoniah Mims. Un Norvégien, c'est l'évidence même.

– C'est vrai que les Norvégiens ont toujours aimé foutre la merde.

– Je sais. Entre eux et les Estoniens... Ils lui ont fait endosser une demi-douzaine de meurtres et l'ont déféré devant les tribunaux pour un seul d'entre eux, celui pour lequel, preuves matérielles et témoins oculaires, ils avaient tout ce qu'il fallait. Ils lui ont proposé de plaider coupable pour six homicides involontaires et de confondre toutes les peines encourues.

– Généreux, ça.

– Evidemment, il n'a pas pu faire autrement que de refuser. Ils lui ont alors collé un meurtre perpétré dans Manhattan pour ne pas avoir à se farcir un jury du Bronx, où tout le monde est fermement décidé à se venger de trois cents ans d'oppression raciale. Juge et jurés, tout le monde a fait son devoir. Résultat : Eldoniah doit d'abord se taper vingt ans de pénitencier avant de pouvoir demander sa libération conditionnelle, l'idée étant que si jamais il en sort vivant, on lui colle aussitôt un autre assassinat de chauffeur de taxi sur le dos. Bref, son futur ne sent pas la rose, à ce petit fumier.

– Et cet assassinat pourrait être celui de Cloonan ?

– Non. En fait, Cloonan est pratiquement le dernier de la liste et quand on coince un mec aussi bien que ça, on en profite pour refermer tous les dossiers en suspens.

– Et donc, vous ne savez pas s'il l'a tué ou non...

– Ecoute, l'ami : moi, je ne sais rien de rien parce que ça s'est passé à Washington Heights et dans le Bronx, alors, tu vois... Mais la rumeur, c'est autre chose, et la rumeur, elle me susurre que personne n'est certain que Mims se soit fait Cloonan, mais bon... Tu veux me dire le mal qu'il y aurait à lui coller l'affaire sur le dos jusqu'à ce qu'on trouve un coupable plus présentable ?

– Tu as parlé de chauffeurs de taxi clandestins… Mais si Cloonan a pris un client dans la Ve Avenue, ça ne voudrait pas dire qu'il avait forcément un compteur ?

Il acquiesça d'un signe de tête.

– Lui, il était au volant d'un taxi jaune et tous les autres conduisaient des taxis clandestins. En plus, Cloonan a été tué au 9 mm et les autres au 22. Ce n'est peut-être pas la même arme, mais le calibre, lui, est le même.

– J'ai dans l'idée qu'ils ont peu poussé pour le coincer.

– Ben… Non, je ne crois pas. En tout cas, il y avait des trucs qui se ressemblaient. Ils conduisaient tous des taxis et ils ont tous fini raides morts.

– Et, bien sûr, Mims a juré ses grands dieux qu'il n'avait pas flingué Cloonan…

– Il a surtout juré qu'il n'avait tué absolument personne. C'est vrai que s'il s'était mis à table, il n'aurait pu avoir que des pensées impures et qu'invoquer le nom du Seigneur en vain. Ecoute, Matt : c'est exactement la même chose que pour les vols à l'arraché et les cambriolages. Quand tu finis par l'alpaguer, ton coupable s'en est déjà tiré plus de cinquante fois et donc… Pourquoi ne pas clore cinquante affaires en les lui collant toutes au derrière ? Tout le monde s'y retrouve et si tu ne le fais pas, ton pourcentage de réussites a vraiment une sale gueule.

– Oui, oui. Je sais comment ça fonctionne.

– Bien sûr que tu le sais.

– Je croyais seulement que dans les cas d'homicides, c'était un peu différent.

– Ça l'est, me renvoya-t-il, et personne ne s'amuse à faire aussi fort dans l'à-peu-près que lorsqu'il ne s'agit que de vols avec effraction ou de simples arrachages de colliers. Dans le cas présent, néanmoins, il est clair que le dénommé Eldoniah s'est fait cinq ou six de ces chauffeurs de taxi. Personne n'en doute et personne n'a envie d'ergoter. Il ne s'est probablement pas payé le père Cloonan, et si jamais on trouvait quelqu'un de mieux, personne ne râlerait pour rouvrir le dossier…

Il prit un crayon et en tapota trois fois le bout gommé sur son bureau avant de l'y reposer.

– Tout ça pour te dire que si tu avais quelque chose d'intéressant, je serais plus qu'heureux de refiler le renseignement aux copains.

– Pourquoi veux-tu que j'aie quoi que ce soit d'intéressant ?

– Voyons voir… Tu n'as pas de voiture, donc tu prends forcément des tas de taxis. Et si un chauffeur t'avait raconté des trucs ?

– Du genre ?

– Du genre : « Hé, m'sieur, vous ressemblez drôlement à un ancien flic, et c'est pas ignoble, ce qui est arrivé à Tommy Cloonan ? »

– Personne ne m'a jamais dit un truc pareil.

– Personne. Hmm…

– Non. De fait, je prends beaucoup moins le taxi que tu le crois. Quand c'est trop loin pour y aller à pied, je préfère le métro.

– Et le bus ?

– Et le bus… des fois. Mais il arrive aussi que je reste chez moi. Et où ça nous mène, tout ça ? Tu pourrais me le dire ?

– Alan Watson, lui, il aurait dû prendre un tacot. Il travaillait au World Trade Center et rentrait à Forest Hills par le métro ligne E. Sauf quand il travaillait tard. Là, il prenait le bus express : aller jusqu'à la station de métro à pied ne devait pas trop lui plaire. Quant à traîner sur un quai désert… Et donc, il fait le trajet en bus avec tout le confort de la climatisation, il avale une tranche de pizza dans Austin Street et se retrouve à Beechknoll Place, soit à une rue de chez lui, lorsque quelqu'un lui rentre un couteau dans le plastron.

– Qu'est-ce qu'il avait fait ? Il avait résisté à un voleur ?

– Ça en a tout l'air, non ? Sauf que le copain à qui j'en ai parlé ne croit pas que ça se soit passé comme ça. A ce propos : il avait plus de questions à me poser que de réponses à me donner. Watson était courtier en Bourse et bien en fonds. Il avait deux enfants en fac et il était propriétaire d'une belle maison située dans un quartier comme il faut. Son affaire, tout le monde veut la résoudre. L'assassinat remontant à quatre mois, personne n'est prêt à renoncer. Bref, pourquoi tout cela me passionne-t-il tellement, et qu'est-ce que j'ai dans la manche qu'il n'aurait pas dans la sienne ?

– Qu'est-ce que tu lui as répondu ?

– Je ne me souviens plus. Qu'on avait une affaire avec le même genre de modus operandi, c'est probable. D'après lui, l'autopsie donnerait à penser que l'assassin l'a chopé par-derrière et l'a étranglé avec une clé au cou.

– Les voleurs aiment assez ce genre de méthode.

– Sauf qu'il s'est aussi empressé de le poignarder. Lame d'environ quatorze centimètres. En tout cas, il n'a pas pu la rentrer plus loin. Un seul coup de couteau, en plein cœur, ce qui nous donne une mort instantanée ou pas loin. Le portefeuille de Watson ayant disparu, on se dit que le motif est le vol... ou qu'on veut nous le faire croire.

– Et personne n'a rien vu.

Il secoua la tête.

– Cela dit, le corps d'Alan Watson n'est pas resté longtemps par terre. Un employé d'une société de gardiennage l'a vite découvert et nous a appelés tout de suite.

– Pourquoi poignarder quelqu'un qu'on a déjà étranglé ?

– C'est la question que tout le monde se pose à Forest Hills. C'est même pour ça que le copain s'est immédiatement intéressé à mon histoire de modus operandi similaire. J'ai été obligé de le décevoir en douceur. Je lui ai raconté que notre gus aimait taillader ses victimes plutôt que les poignarder. En plus, comme il n'y avait pas eu étranglement... blablabla blablabla. A ce propos... pourquoi les gens sont-ils toujours si surpris d'apprendre que, de temps en temps, les flics mentent un peu au tribunal ? Mentir, on fait ça du matin au soir. Ça fait partie du boulot. Tu mens pas, t'arrives jamais à boucler ton affaire.

– Je sais. C'est la même chose pour les privés. En fait, c'est même pire. Comment menacer ou intimider quiconque alors que légalement on n'en a pas le droit ? De là à essayer de truander tout le monde et son père…

– Tout ça dans l'intérêt de la justice et de la vérité.

– Tout ça au nom de l'intérêt supérieur. Ne jamais l'oublier.

– Jamais.

– Et la conclusion, Joe ? Un banal crime de rue ?

– Pour l'instant, ils n'ont rien de mieux. Mais ils sont prêts à envisager autre chose. Trouver quelqu'un qui aurait eu de bonnes raisons de tuer Watson n'est pas évident. Il n'avait pas changé d'épouse depuis vingt-cinq ans et si monsieur ou madame se payait des à-côtés, personne n'en a la preuve. Aimés de tous et très actifs dans leur communauté. Il y a environ un an, il a reçu des menaces téléphoniques émanant d'un client qui lui reprochait de s'être fait piétiner. Financièrement parlant, s'entend. Rien à voir avec la dégelée que tu prends dans une impasse quand deux vauriens te font les poches pendant qu'un troisième te défonce la cage thoracique.

– Et le client est parti ?

– A Denver, nom de Dieu ! De toute façon, ce n'est pas un grief suffisant pour planter un couteau dans le cœur de quelqu'un en essayant de maquiller ça en vol à main armée. Quand on veut se venger d'un type, ou bien on sort un flingue et on tire en l'air pour lui flanquer la trouille, ou bien on lui rentre dedans avec une batte de base-ball. On peut aussi lui rompre tous les os, lui écraser la cervelle, le… Qu'est-ce que t'as ?

– Vaudrait mieux que je ne te mette jamais en colère…

– Quoi ? Aurais-tu l'impression que l'idée de punir m'excite ?

Il rit et ajouta :

– Ça fait dix jours que j'ai arrêté de fumer.

– J'ai remarqué que le cendrier avait disparu.

– Tu vois le mouchard de Bellamy ? J'ai eu drôlement envie de lui dire de souffler sa fumée de mon côté, mais… Non, pas cette fois. Ce coup-ci, je ne pompe pas un petit coup sur la cigarette du copain et je ne fais pas les cendriers pour y trouver un mégot que je pourrais rallumer. Ce coup-ci, je fais ce qu'il faut.

– Bravo !

– Mais il y a des moments où je serais capable de tuer !

– Je te promets de ne pas t'énerver, lui dis-je.

Je sortis une enveloppe de ma poche et la glissai dans le fouillis de papiers qui encombraient son bureau.

Il regarda autour de lui, souleva le rabat de l'enveloppe et compta les billets sans les toucher.

Il y en avait deux – de cent.

– Je vois. De quoi se payer deux ou trois costumes !

– Ecoute, si ce n'est pas assez…

– Non, ça ira. Sauf que… qu'est-ce que j'ai fait pour mériter ça ? Passer deux ou trois coups de fil payés par la Ville… Non, ça me va. Mais ça ne me suffit pas.

– Qu'est-ce que tu veux dire ?

– Ce que je veux dire ? Que je veux savoir de quoi il retourne. Tu cherches des renseignements sur quatre homicides couvrant une période de douze ans, tous des affaires qui n'ont jamais été résolues…

– Celle de Cloonan exceptée…

Il me regarda de travers.

– Je me suis décarcassé, moi, reprit-il, et je saurai faire bon usage de tes costards. Mais je veux savoir de quoi il est question. Si tu as quelque chose qui pourrait nous aider à trouver la solution, tu n'as pas le droit de le garder sous le coude.

– Je n'ai rien, Joe.

– Pour qui travailles-tu ? Qui est ton client ?

– Comme si tu ne savais pas que quand on s'adresse à moi, ce n'est pas pour aller crier ce genre de choses sur les toits !

– Tu sais à quoi je pense ? dit-il en me regardant droit dans les yeux. Je pense aux AA.

– Pardon ?

– Ça ne serait pas la première fois que tu te dégottes un client à une réunion des AA. Y a pas des trucs à faire quand on arrête de boire ?

– Tout ce qu'il y a à faire, c'est de ne pas recommencer.

– Bon, d'accord, mais il n'y a pas tout un programme à suivre ? Il n'y a pas des trucs genre confession sauf qu'au lieu de réciter des Je-vous-salue-Marie, on s'excuse auprès de ceux qu'on a offensés et on remet les pendules à l'heure ?

– « Nettoyer les restes du passé », dis-je en citant une des phrases immortelles du Grand Livre. Joe ? Si ça t'intéresse, je serai très heureux de t'emmener à une réunion…

– Va te faire foutre, d'accord ?

– C'est-à-dire que… si tu as vraiment envie de savoir à quoi ça ressemble…

– Tu veux que je me répète ? Et arrête de changer de sujet.

– C'est toi qui as commencé à parler des AA, non ? Je ne savais pas que tu avais des problèmes de…

– Putain de Dieu ! Mais pourquoi est-ce que je te supporte ? Non, ce que j'avais commencé à te dire, c'est que tu avais peut-être rencontré quelqu'un des AA qui savait des choses sur les quatre homicides dont nous parlons. Je n'aimerais pas que tu nous caches des trucs qu'il vaudrait mieux déballer au grand jour et analyser comme il faut. Il y a des chances pour que le type qui a tué ton homo… Uhl, voilà… soit lui aussi mort à l'heure qu'il est. Quant au dossier Cloonan… l'affaire est classée, pour l'instant. Mais cela ne veut pas dire que les copains du 10e n'aimeraient pas avoir un petit renseignement dans l'affaire Shipton. Ne parlons même pas de Watson ! Avec son cadavre à peine froid… Ce dossier-là est toujours ouvert, tu sais ? Bref, si tu es au courant de quelque chose, il faut absolument répercuter ça aux bons endroits !

– Je ne suis au courant de rien.

– Il y aurait sûrement un moyen de mettre ton client à l'abri, au moins au début.

– Je n'en doute pas.

Il me regarda.

– Ce n'est pas lui qui se les est faits tous les quatre, par hasard ?

– Non.

– T'as répondu drôlement vite.

– Comme si je ne m'attendais pas à ta question ! Quant à la réponse… Il n'y avait pas besoin de beaucoup réfléchir.

– Peut-être, mais… Matt ?

Il fallait que je lui donne quelque chose. Sans réfléchir, je lançai :

– Ils se connaissaient.

– Qui ça « ils » ? Tu veux dire ton client et… et qui ?… Minute, minute. Les victimes… Les victimes se connaissaient ?

– Voilà.

– Ils avaient fait des trucs ensemble ? Ils avaient… nettoyé tout un village au Vietnam et il y a quelqu'un qui veut se venger ?

– Ils faisaient partie d'un groupe.

– D'un groupe ? De quel genre ?

– Disons une fraternité. Ils se réunissaient de temps en temps pour dîner et comparer leurs notes.

– « Mon engin est plus gros que le tien » ? Voyons un peu… On a un courtier en Bourse, un artiste célèbre, un chauffeur de taxi et un pédé. Tu parles d'une fraternité ! Mais… une seconde. C'était un truc gay ?

– Non.

– T'en es sûr ? Shipton et sa femme fréquentaient des gens bizarres. Je ne serais pas autrement surpris d'apprendre que Pépère Shipton voguait à voile et à vapeur.

– Venant de Shipton ou d'un autre, ce genre de révélations ne m'étonne plus depuis longtemps, lui renvoyai-je, mais non, ce n'était pas un truc de cul. Je ne peux pas t'en parler en détail sans avoir l'accord de mon client, mais ce groupe-là n'a rien d'extraordinaire. Le seul truc qui sorte de l'ordinaire, c'est qu'ils se sont fait assassiner tous les quatre.

– La taille du groupe ?

– Une trentaine de bonshommes.

– Trente ! Et quatre d'entre eux y sont passés ? Ça fait beaucoup… même pour New York.

Ses iris se rétrécirent.

– Et l'assassin est le même ?

– Il n'y a aucun indice dans ce sens.

– Peut-être, mais c'est quand même ce à quoi tu penses, non ? Tu m'as bien demandé si un seul homme aurait pu tuer les Shipton ?

– Tu n'oublies jamais rien, n'est-ce pas ?

– J'essaie. Tu as un suspect ? Un motif ? Quelque chose ?

– Rien.

– Je ne vais pas te dire de la jouer réglo avec moi, mais promets-moi au moins de ne pas me cacher la lune et les étoiles. D'accord ?

– Je ne te cache rien de concret.

– Bon, bon... Et ça veut dire quoi, ça, au juste ? C'est quoi, le contraire de concret ?

– Qu'on tue ?

– Ecoute, dit-il, il s'est passé douze ans entre le meurtre de Uhl et celui de Watson. C'est donc d'un monsieur qui aime bien prendre son temps que nous parlons. Au rythme où il va, il y a même des chances pour que les autres soient trop vieux pour s'inquiéter quand il décidera de les flinguer. Tu sais à quoi il me fait penser, ton mec ? Au cancer de la prostate. Quand enfin il se décide à frapper, il y a déjà longtemps que t'es mort d'autre chose.

10

Il y avait un message de Wally Donn à la réception.

– Je reste ici encore une heure, me dit-il lorsque je le rappelai. J'ai tes rapports financiers. Et j'ai aussi quelque chose d'autre qui pourrait te plaire.

Je commençai par biper TJ. Il ne devait pas être loin d'un téléphone car il me rappela moins de cinq minutes plus tard.

– Qui demande TJ ? s'enquit-il d'un ton impérieux.

– Personne qui aurait toute sa tête, lui renvoyai-je. Pourquoi éprouves-tu le besoin de le savoir ? Admettons même que tu ne reconnaisses pas ma voix… Mais mon numéro, hein ? Après tout ce temps…

– Bien sûr que j'te reconnais, René. « Qui demande TJ ? », c'est juste mon jingle. Mon paraphe de rappeur, si tu préfères.

– C'est vrai qu'un type comme toi doit avoir besoin d'un jingle. Ça vous distingue sérieusement de la masse…

– Si qu'on se causait au vidéophone, tu m'verrais rouler des yeux blancs.

– Je suis navré de rater ce spectacle. Tu viens me retrouver ? J'ai peut-être du boulot pour toi.

– Tu me dis où et quand.

Je lui donnai rendez-vous dans une cafétéria de la 23e, à une rue de l'immeuble du Fer à Repasser.

– On dit midi moins le quart, mais il se pourrait que je sois en retard de quelques minutes.

– Toi, peut-être, mais pas moi. On se retrouve dans un truc où il y a de la bouffe, j'y serai pile à l'heure.

– Pour finir, ce client est un gros radin, me dit Wally.
– Ce n'est pas rare.
– Mon Dieu, non. Le monde est plein de gros radins. Comment ça s'est passé… Je lui ai dit que c'était toi qui avais fait le boulot et que tu méritais un bonus. Je lui ai précisé qu'en tant qu'agence nous nous en tenions aux règlements habituels, ce qui est la vérité, mais que lorsqu'un type travaillant, comme toi, à son compte arrive à un résultat de ce niveau, il devrait pouvoir toucher quelque chose en plus pour sa peine… Il m'a donc demandé ce qui me paraissait raisonnable en l'occurrence. Tu connais l'expression « Un dessin vaut mieux que mille mots » ? Bon, donc, à raison d'un dollar le mot, je lui ai dit que mille dollars me sembleraient convenir. Ce qui, encore une fois, est la vérité.
– Et il t'a répondu que c'était trop…
– Il ne m'a rien répondu du tout. Il s'est contenté de me rédiger un chèque pour la moitié de la somme que je lui suggérais. Ah, oui… Voici ta lettre de recommandation : *Nous vous remercions du travail que vous avez bien voulu faire en notre nom…* et cetera, et cetera. Tu y jettes un œil et tu me dis si ça va ?
La lettre, à l'en-tête du client, me fit chaud au cœur.
– C'est superbe, lui dis-je.
– Sa prose est plutôt belle, tu ne trouves pas ?
– C'est toi qui l'as écrite ?
– Non, dictée. Je ne vois pas comment j'aurais pu obtenir ce résultat en procédant autrement. Au moins ce fils de pute a-t-il écrit tout ce que je lui disais sans rien y changer. Il aurait pu se dire que les mots, c'est de l'argent et s'en garder la moitié pour lui…
Il secoua la tête et ajouta :
– Tu sais… J'ai l'impression qu'il m'aurait donné la moitié de tout ce que j'aurais pu lui demander. Je lui aurais dit de te filer deux mille dollars qu'il en aurait lâché mille, et deux mille cinq cents si j'en avais exigé cinq mille. J'ai même songé à lui renvoyer sa lettre en lui demandant de tout payer ou gare aux ennuis… Je pourrais encore le faire si tu voulais…

Je secouai la tête à mon tour.

– Non, non. Cinq cents dollars me suffiront. Laisse tomber.

– De toute façon, reprit-il, tu vas t'y retrouver. J'ai les vérifications bancaires que tu voulais, les quatorze. Et au tarif habituel réservé aux clients de la classe B, ça vaut trente-cinq dollars pièce et nous donne un total de quatre cent quatre-vingt-dix dollars.

– Je te rends le chèque et on dit qu'on est quitte ?

– Il n'en est pas question. Tu gardes le chèque, tu prends tes rapports et tu n'oublies jamais que jouer les gros radins ne paie pas. Je ne veux pas un sou pour les rapports. Je les lui ai facturés.

– Comment t'y es-tu pris ?

– Nous avons déjà fait des tas de trucs pour lui et ce ne sont pas cinq cents dollars de frais de rapports financiers qui vont lui paraître bizarres. En plus de quoi… qu'il aille se faire foutre, c'est ce que je dis. Me demander mon avis et réduire de moitié la somme que je lui suggère ? Non mais, hé ! Tu vois ce qui arrive aux gros radins ? Il leur arrive que ça va quand même lui coûter mille dollars et qu'en plus, nous, on le hait !

– Parle pour toi, lui renvoyai-je. Moi, j'aime tout le monde.

J'arrivai quelques minutes en avance, mais il s'était déjà installé à une table près de la fenêtre et attaqué à deux cheeseburgers et une assiettée de beignets aux oignons. Je lui racontai l'histoire d'Eldoniah Mims et lui annonçai qu'il purgeait une peine de vingt-cinq ans/perpète dans le nord de l'Etat.

– Comme qui dirait qu'il a atterri au bon endroit, Leroi. Tuer des mecs pour de la petite monnaie, ça donne pas le droit d'être en liberté.

Je lui expliquai qu'on lui avait peut-être collé un meurtre de trop sur le dos.

– Et la peine est plus lourde ?

– Non.

– Alors, c'est quoi, le problème ?

La serveuse s'étant approchée, je lui commandai une tourte aux épinards et une petite salade grecque.

– T'as vu comment qu'elle nous a reniflés ? s'enquit TJ lorsqu'elle fut repartie. Comme si elle se demandait quel fou nous avait mis à la même table. Après, elle pige qu'on est ensemble et faut bien qu'elle arrive à trouver pourquoi. Elle se déroule toutes les possibilités dans le crâne, comme quoi toi tu serais le client et moi la pute, ou alors que t'es un flic et que moi je suis un vaurien que tu vas pincer.

J'avais enfilé un pantalon en coton gris à pinces et une chemise blanche dont j'avais relevé les manches et déboutonné le col. TJ, lui, portait un gilet en rayonne brillante à rayures noires et rouges – et rien d'autre que sa peau brune en dessous. Son pantalon à lui était du type short ample s'arrêtant aux genoux.

– Je suis un flic véreux et tu es un trafiquant de drogue plein aux as qui s'apprête à m'acheter ? lui suggérai-je.

– Ben tiens, me renvoya-t-il. Même que j'ai garé l'Excalibur le long du trottoir, Edouard.

Il but un coup et essuya une trace de lait sur sa lèvre supérieure.

– Dis donc, reprit-il, ce Mims… c'est quoi, son prénom, déjà ? El quelque chose ?

– Eldoniah.

– Eldoniah. C'est dans la Bible, ça ?

– Aucune idée.

– Je te jûre, l'âmi, où vont-ils donc chêrcher tout çââ ? me renvoya-t-il.

TJ est bon mime et sa réplique me parut assez bien rendre l'accent pointu des snobs de Long Island. Puis il reprit son ton de voix habituel (enfin… l'un de ceux qu'il pratique) et ajouta :

– Et si tu innocentes Mims de ce crime, il se tape quand même les vingt-cinq ans dont il a écopé ?

Je lui répondis que je n'avais aucune intention d'innocenter Mims, qui me paraissait avoir atterri à l'endroit qu'il méritait. Mon plat m'ayant été servi, je commençai à manger tout en lui retraçant l'histoire du club des trente et un.

– Donc, y a quelqu'un qui les bute, conclut-il.

– Ça en a l'air.

– D'après toi, c'est un mec du dedans ou c'est quelqu'un d'autre ?

– Je n'ai aucun moyen de le savoir.

– Faudrait trouver quelqu'un qu'a des raisons de le faire et que ça aille plus loin que de vouloir flinguer un chauffeur de taxi pour lui piquer son porte-monnaie.

Il finit son verre de lait et s'essuya de nouveau la bouche.

– Je bosse un peu pour Elaine, reprit-il. En gros, je lui garde la boutique.

– Elle m'en a parlé.

– C'est assez marrant de voir les gens entrer et me regarder. Qu'est-ce qu'ils croient ? Que je vais faucher un truc et aller le revendre devant la porte ? Après, ils pigent que c'est moi qui garde le magasin…

– Des Noirs qui tiennent des magasins, il y en a dans toute la ville, lui renvoyai-je. La boutique d'antiquités à deux maisons de chez Elaine est tenue par une Noire.

– Ouais, ouais. Et y a aussi des réceptionnistes noirs dans les grands immeubles de bureaux, et des Noirs aux comptoirs de renseignements des grands magasins et ils sont tous là où qu'on peut les voir. Mais eux, ils ont pas l'air de sortir tout droit du Deuce [1]. Ils sont sur leur trente et un, Firmin.

– Elaine t'a fait une remarque ?

– Non, dit-il en secouant la tête. Elle est cool. Mais j'pense quand même à me garder des fringues convenables dans son arrière-boutique.

Nous parlâmes de ça pendant encore un moment, puis il me dit :

– J'pourrais monter dans les quartiers nord et écouter un peu ce que les frères et les sœurs ont à dire de Tonton Eldoniah. Sauf qu'y a un os. Y pourraient me raconter des tas d'conneries. Le mec qu'est encore dehors, il aime bien te dire qu'il est super-méchant, genre qu'il a effacé six flics et s'est fait la Banque d'Angleterre. Et quand c'est qu'il est au trou, c'est toujours pour un truc qu'il a pas fait.

1. Nom donné autrefois à la 42e Rue à la hauteur de Times Square.

– Je sais. Les prisons sont surpeuplées et les types qui y traînent n'ont jamais fait ce pour quoi on les y a expédiés.

– Ecoute, je monte dans le Bronx et je vois s'il y a des gens qui savent des trucs. Ça remonte à quatre ans, c'est bien ce que tu m'as dit ?

– Ça fait en effet à peu près quatre ans que Cloonan a été assassiné. Le meurtre pour lequel Mims a été condamné fut commis plus tard, et son passage en justice repoussé deux fois de suite. Il n'a qu'un an et demi de prison derrière lui.

– Ça va me faciliter les choses. J'ai au moins une chance que quelqu'un se souvienne de lui.

Je réglai l'addition. Pendant que je m'occupais du pourboire, TJ me dit :

– Je pensais à un truc… Les mecs de ton club… Ça te paraît pas bizarre que la moitié d'entre eux soient morts au bout de trente ans ? Parce que c'est bien au bout de trente ans, non ?

– Plutôt trente-deux.

– OK, trente-deux, dit-il. Fonder un club comme ça dans le Deuce, y aurait jamais moyen. Trente-deux ans, tu parles ! T'aurais pas l'temps d'te retourner qu'y aurait plus personne de vivant. Et ceux qui s'raient pas morts, c'est qu'ils auraient flingué les autres !

Il sortit une casquette noire des Raiders de la poche arrière de son short, y enfourna ses cheveux et contempla son image dans la glace.

– Les mecs que j'connaissais y a quatre ou cinq ans, y en a la moitié de morts. Et il leur a pas fallu trente-deux ans pour y arriver. Vu le nombre de types qui y passent, sûr qu'ça doit pas être bien compliqué de mourir…

– Tu me promets d'apprendre lentement ?

– C'est que j'essaie, moi, me renvoya-t-il. Même que j'fais d'mon mieux !

11

Je m'octroyai un après-midi de repos et allai voir un film dans la 23e avant de redescendre au Village à pied. Je passai ensuite devant l'immeuble locatif qui avait remplacé le Cunningham et, une rue plus loin, devant la maison en pierre de taille où Carl Uhl s'était fait assassiner. J'arrivai à Perry Street à 16 heures et m'assis au dernier rang, avec un gobelet de café que j'avais acheté à la pâtisserie du coin de la rue.

L'orateur nous dit quel ami il avait cru trouver dans l'alcool, et comment cet ami s'était retourné contre lui.

– Vers la fin, lança-t-il, ça ne marchait tout simplement plus. Plus rien ne marchait. Plus rien ne me détendait, même pas mes cuites…

En attendant le bus dans Hudson Street, je remarquai l'étalage d'un fleuriste. Je demandai à la vendeuse de me préparer douze iris hollandais, montai jusqu'à la 54e en bus et gagnai la galerie d'Elaine à pied.

– Qu'elles sont belles ! s'écria-t-elle. Et qu'est-ce qui me vaut… ?

– J'allais t'acheter des diamants, mais, côté bonus, le client s'est montré nettement radin.

– Quel bonus ?

– Pour la photo qu'on a prise au Wallbanger…

– Ah, mon Dieu ! s'écria-t-elle. Folle soirée ! Je me demande combien il y a de bars de ce genre en ville… Aller se coller sur un mur !

– J'en connais un dans Washington Street, lui répondis-je. Ils se collent aux murs, mais sans Velcro.

– Mais avec quoi, alors ? De la Crazy Glue ?

– Des menottes et des fers.

– Je crois savoir de quel bar tu parles. Mais… ils n'ont pas été obligés de fermer ?

– Ils ont rouvert sous un autre nom.

– Et maintenant, c'est exclusivement réservé aux garçons ? Ou bien est-ce encore mixte ?

– C'est encore mixte. Pourquoi cette question ?

– Je ne sais pas. On n'est pas obligé de participer, n'est-ce pas ?

– On n'est même pas obligé d'entrer.

– Non, ce que je voulais dire, c'est que… On peut juste jeter un coup d'œil, non ?

– Pourquoi tu demandes, *kemo sabe* ?

– Je ne sais pas. Et si ça m'intéressait ?

– Tiens donc !?

– Bah… Vu le pied qu'on s'est pris à regarder la course au Velcro dans le Queens ! Ça serait peut-être encore plus hilarant de voir des gens se faire des trucs cochons ?

– Peut-être.

– J'aurais enfin l'occasion de porter ce truc en cuir que je n'avais vraiment aucune raison de m'acheter.

– Ah, ah ! C'est pour ça que tu veux y aller ? Rien à voir avec le cul, c'est ça ? C'est juste histoire d'en jeter un max, rayon fringues… Mais non, tu as raison : je ne vois pas beaucoup mieux que toi dans le genre dominatrice bien sapée. Mais… et moi, là-dedans, qu'est-ce que je mettrais ?

– Comme je te connais, ton costume gris à carreaux… Non, sans rigoler : tu serais très sexy en jeans et en T-shirt noir.

– Je n'ai jamais eu de T-shirt noir.

– Je vais t'en acheter un. Je te paierais bien un débardeur noir à trous si tu te décidais à le porter, mais…

– Non.

– C'est bien ce que je pensais. Je mets les fleurs dans de l'eau, je ferme la boutique et tu me raccompagnes ? A moins que tu veuilles monter les fleurs à l'appartement ?

– Non. Elles feront bien ici.

– C'est vrai. J'ai même un vase à la bonne taille. Là…

elles sont pas jolies ? On s'arrête chez l'épicier coréen, je prends des trucs pour une salade et je fais des pâtes pour dîner. On mangera à la cuisine ?

Je lui répondis que ça me convenait parfaitement.

Après le repas, j'ouvris l'enveloppe que j'avais trimbalée partout avec moi et en sortis mes rapports financiers et la lettre de recommandation que Wally avait dictée à son client. Elaine passa dans l'autre pièce pour regarder *Jeopardy* à la télé et je découvris tout ce que, à condition d'avoir deux ou trois dollars à dépenser, on pouvait apprendre sur les investissements et le standing financier des quatorze survivants de mon club de trente et un.

J'avais étudié les trois quarts de la pile lorsque Elaine m'apporta une tasse de café et m'informa qu'aucun des trois concurrents en lice ne savait que Benjamin Harrison était le petit-fils de William Henry Harrison.

– Je l'ignorais, moi aussi, lui avouai-je. Et c'était dans quelle catégorie ? Individus portant le nom Harrison ?

– Non, c'était dans la catégorie Présidents des Etats-Unis.

– Ah, oui. William Henry Harrison. Tippecanoe ? (Elle acquiesça d'un signe de tête.) Harrison et Tyler. Ça me revient. Il est mort, non ?

– Sherlock Holmes, le retour ! Il a été élu président en 1840 et donc… qu'est-ce que tu lui veux ? Et c'est quoi, ça ?

Elle me prit la lettre du client et la lut d'un bout à l'autre.

– Mais c'est génial, ça ! C'est Wally qui la lui a dictée ?

– C'est ce qu'il dit.

– C'est parfait, non ? Tu devrais insister pour que tes clients t'en rédigent de pareilles chaque fois que tu leur fais du bon boulot !

– Peut-être.

– Ton enthousiasme fait plaisir à voir…

– Tu veux que je la fasse encadrer et que je l'accroche au mur de mon bureau… si jamais j'arrive à m'en offrir un vrai ? Je pourrais aussi en glisser une photocopie dans le book que je montre à mes clients potentiels.

– Il faudrait d'abord que tu t'en fasses un, de book !

– C'est juste.

– Mais tu n'es pas très sûr d'avoir envie de tout ça, si ?

Le café était trop chaud. Je soufflai dessus pour qu'il refroidisse.

– Il serait temps que je me secoue, tu ne trouves pas ? Ça fait vingt ans que j'ai rendu mon insigne de flic.

– T'étais en train de toucher le fond à force de boire. Tu te rappelles ?

– Comme si c'était hier.

– Et après, tu as cessé de boire.

– Et maintenant j'ai la gorge si sèche que je pourrais « déclencher un incendie rien qu'en soufflant fort »... C'est une expression que j'ai entendue quelque part. Bref, qu'est-ce que j'ai foutu de ma vie ? (Je tapotai ma pile de rapports du bout des doigts.) Tiens, voilà des mecs de mon âge et ils ont tous une famille, une carrière et une maison, et les trois quarts d'entre eux pourraient prendre leur retraite du jour au lendemain s'ils en avaient envie alors que moi... Qu'est-ce que j'ai à mon actif ?

– Commençons par le commencement. Tu es encore vivant, alors que la moitié de ces mecs sont morts.

– Non, c'est des vivants que je te parle. En plus, personne n'a jamais essayé de me tuer.

– Ah bon ? Je crois pourtant me souvenir de certain individu qui avait assez sérieusement essayé. Si tu as oublié à quoi il ressemble, t'as qu'à regarder dans la glace.

– Compris.

– En outre, reprit-elle, accorde-toi quelques bonnes notes, tu veux ? Depuis que tu as quitté la police, tu as toujours gagné ta vie.

– Tu parles d'une vie !

– As-tu jamais été au chômage ? As-tu jamais raté un repas ou couché dehors ? As-tu jamais cassé des vitres de bagnole pour piquer des auto-radios ? Je n'ai pas souvenir de t'avoir jamais vu faire la manche sur le trottoir, genre « t'as pas dix cents ? ». Arrête-moi si je me trompe...

– De la démerde, tout ça.
– Non, dit-elle. Tu as toujours gagné ta vie en faisant ce pour quoi tu es le plus doué. Et tu n'as même pas couru après les clients. C'est toujours toi qui les as laissés venir.
– Un vrai privé zen.
– Et maintenant tu as 55 ans et tu trouves que tu devrais avoir plus de surface. Tu t'es débrouillé pour travailler sans licence pendant vingt ans, et maintenant il t'en faudrait une ? Dieu sait comment, tes clients ont toujours su aller à ton hôtel quand c'était là que tu travaillais et maintenant il te faudrait un bureau ? Ecoute, tu veux des trucs comme ça, c'est parfait. Tu peux louer un cagibi dans un immeuble de bureaux et te faire faire du papier à en-tête, des dépliants promotionnels, et aller pêcher du côté des cabinets-conseils et des grosses entreprises. Si c'est ça que tu veux, je t'appuie à fond. Je te tiens même ton bureau si ça peut te faire plaisir.
– Tu as déjà une boutique.
– Je peux embaucher quelqu'un. Tous les jours, j'ai des gens qui me demandent si je n'aurais pas besoin d'un assistant et, parmi eux, il y en a certains qui sont nettement plus qualifiés que moi. Je pourrais même fermer la boutique.
– Ne sois pas ridicule.
– Qu'est-ce qu'il y a de ridicule là-dedans ? Ce n'est jamais qu'un passe-temps, qu'un truc qui m'aide à ne pas devenir folle.
– Quand j'y suis monté tout à l'heure, lui renvoyai-je, je suis resté tout pantois devant la vitrine. Tout ce que tu y as fait !
– Allons !
– Non, je suis sérieux. Tu as sorti quelque chose d'un truc qui n'existait pas. Tu as pris un local vide et tous les objets d'art que tu avais amassés au fil des ans, et tu y as ajouté des choses auxquelles personne ne trouvait rien de beau jusqu'à ce que tu les mettes en valeur.
– Mes chefs-d'œuvre de quatre sous, c'est ça ?
– Et les dessins de Ray, pour l'amour du Ciel ! Faire

un artiste d'un flic qui n'avait que du talent pour dessiner…

– Un artiste ? Mais bien sûr que c'en est un !

– Oui, mais c'est toi qui as collé tous les morceaux ensemble. C'est toi qui as fait fonctionner tout ça. Je ne sais vraiment pas comment tu t'y es prise !

– C'est vrai que ça m'a plu, reconnut-elle. Mais je ne sais pas si j'arriverai jamais à y gagner de l'argent. Heureusement, ce n'est pas nécessaire.

– Parce que tu es une femme riche.

Elaine possède des immeubles locatifs dans le Queens, que lui gère une société spécialisée dans ce genre de travail. Elle en reçoit un chèque tous les mois.

– Ça en fait partie, non ?

– Qu'est-ce qui fait partie de quoi ?

– Que j'aie de l'argent de côté et pas toi.

– Oui, tu as de l'argent et je n'en ai pas.

– En plus, nous vivons dans un appartement que j'ai payé sur mes deniers.

– Ça aussi, c'est vrai.

– Tout ça pour dire que tu devrais avoir une carrière plus sérieuse pour que nous soyons à égalité.

– Tu crois que c'est ça ?

– Je ne sais pas. Qu'est-ce que tu en penses ?

Je réfléchis.

– Ça entre sûrement en ligne de compte. Mais moi, ça me pousse surtout à me regarder en face et à découvrir un type qui n'a pas réussi des masses de trucs.

– Tu as d'anciens clients qui ne seraient certainement pas de cet avis, tu sais. Ils ne pourraient peut-être pas t'écrire des lettres de recommandation sur du beau papier à en-tête, mais leur opinion vaut quand même beaucoup plus que celle d'un marchand de meubles de jardin qui essaie dc ne pas se faire assigner en justice. Et la façon dont tu as changé la vie des gens, hein ?

– Peut-être, mais la mienne, là-dedans ? lui demandai-je en lui brandissant mon petit tas de rapports financiers sous le nez. Tu sais, moi, je lis ces trucs-là et je me demande ce que dirait la banque en regardant mes comptes.

– Tu as toujours réglé tes factures.

– Oui, mais…

– Tu veux une licence, un bureau et le reste ? A toi de décider, mon chéri. C'est vraiment à toi de décider.

– Ben… c'est quand même assez ridicule de ne pas avoir de licence. Il y a eu des moments où ne pas l'avoir m'a empêché de décrocher des affaires…

– Et un bureau qui en jette et des employés que tu dirigerais, t'en veux aussi ?

– Je ne sais pas.

– Je n'en ai pas l'impression. Tu penses sans doute que tu devrais avoir tout ça, mais au fond tu n'en veux pas, et c'est ça qui te chagrine. Cela dit, c'est à toi de voir.

Je retournai à mes rapports financiers et travaillai lentement parce que je ne savais pas trop ce que je cherchais. J'espérais seulement le voir quand j'aurais le nez dessus.

Douglas Pomeroy. Robert Ripley. William Ludgate. Lowell Hunter. Avery Davis. Brian O'Hara. John Gerard Billings. Robert Berk. Kendall McGarry. John Youngdahl. Richard Bazerian. Gordon Walser. Raymond Gruliow. Lewis Hildebrand.

Je savais à quoi ressemblaient certains d'entre eux. J'avais vu Gerry Billings annoncer fronts froids et menaces d'averses à la télé. En effectuant des recherches à la bibliothèque, j'étais tombé sur des photos de presse de Gordon Walser (en train d'inaugurer sa boîte de pub avec deux associés) et de Rick Bazerian (en compagnie de deux chanteurs de rock un rien punkisés qui venaient de signer un contrat chez lui). Et, bien sûr, ça faisait des années que je voyais des photos d'Avery Davis dans les journaux.

Au fil des années, je m'étais trouvé plusieurs fois dans la même pièce que Ray Gruliow, mais on ne nous avait jamais présentés. Et je connaissais mon client, Lewis Hildebrand.

Il me semblait pourtant que je n'avais aucun mal à tous me les représenter, même ceux dont les visages ne me disaient absolument rien. En lisant leurs noms et en découvrant l'état de leurs finances, je ne cessais pas de les voir dans ma tête. Je les voyais pousser des tondeuses à gazon motorisées sur des pelouses, je les voyais en costume, je les regardais se pencher pour attraper un bambin et le tenir en l'air à bout de bras. Je les imaginais sur un parcours de golf, puis je les voyais en train de prendre un drink au club-house après s'être douchés et changés, un whisky-soda, disons, dans un grand verre glacé.

Je les voyais encore dans leurs beaux atours, en train de quitter leur résidence au petit matin, et d'y revenir au crépuscule. Je les voyais debout sur un quai de gare, en train de lire le journal en attendant le Long Islang Rail Road ou le Metro North. Je les voyais marcher sur un trottoir du centre-ville d'un air décidé – on a pris son attaché-case à fermetures en cuivre et on s'en va assister à une réunion.

Je les voyais à l'opéra ou au ballet, un rien empruntés dans leurs tenues de soirée, leurs épouses superbement habillées et couvertes de bijoux à côté d'eux. Les imaginer en train de faire une croisière, de se promener dans un parc national ou de préparer le barbecue dans le jardin de derrière n'avait rien de difficile.

C'était peut-être idiot, étant donné que je ne les connaissais pas, mais je les voyais.

– Je me donne encore un ou deux jours et j'appelle Lewis Hildebrand pour lui dire qu'il s'agit d'une anomalie statistique, lançai-je à Elaine. Son groupe se tape un taux de mortalité élevé et un nombre anormal d'homicides, mais cela ne signifie pas pour autant que quelqu'un se serait mis à buter ses copains les uns après les autres.

– C'est ça que te raconte ta pile de papiers ?

– Elle ne me renvoie guère que l'image de quatorze existences bien rangées. Je ne dis pas que ces types n'auraient pas une face cachée qui serait nettement plus sombre… Il y a des chances pour qu'un certain nombre d'entre eux picolent un peu trop, ou fassent des trucs qu'il vaudrait mieux dissimuler aux voisins… Qui sait même si l'un d'eux ne bat pas sa femme ou est incapable de garder son engin dans sa braguette ! Il n'empêche, ce qui me frappe dans tout ça, c'est une stabilité telle que la possibilité d'avoir un tueur en série dans le lot me semble bien mince.

– Peut-être, mais s'il tue des gens depuis si longtemps, c'est qu'il s'en tient à une discipline assez inhabituelle.

– Sans même parler de sa patience et de son sens de l'organisation, je ne le conteste pas. Mais je ne vois rien de chaotique dans sa vie. Il pourrait certes tenir tout ça sous un couvercle, mais cela impliquerait quand même des tas de recentrages et de remises à zéro. On change souvent de boulot, et on se balade beaucoup. Pour ne prendre que cet exemple, il est inconcevable qu'il soit toujours marié à la même femme depuis si longtemps.

– Et ils auraient tous cet exploit à leur palmarès ?

– Non, il y a pas mal de divorces. Mais tous ceux qui ont divorcé n'en ont pas moins des carrières plus que stables. Je ne vois personne qui aurait le profil du fou solitaire qu'il faudrait être pour déclencher de telles catastrophes dans ce groupe.

– Conclusion, le tueur n'en fait pas partie ?

– Peut-être, mais qui cela pourrait-il être ? Ils sont les seuls à savoir qu'ils forment un groupe. Je t'ai dit que j'étais allé voir la veuve de Fred Karp. Ça faisait vingt-cinq ans qu'ils étaient mariés. Elle savait qu'il dînait avec des amis une fois l'an, mais elle n'y voyait qu'une histoire d'anciens du Brooklyn College. Et elle ne savait même pas leurs noms.

– Et elle t'a dit qu'elle ne croyait pas au suicide de son mari ?

– Oui, mais ça, tous les veufs et veuves de suicidés le font. Monte en haut d'une tour et zigouille vingt personnes, et tu auras toujours un voisin pour déclarer à la presse que t'étais un mec sympa et qui ne faisait jamais d'histoires. Suicide-toi, et tout le monde dira aussitôt que tu avais tout pour réussir.

– Bref, tu serais plutôt d'avis qu'il s'est suicidé…

– En tout cas, ça y ressemble.

– Mais… tu ne m'as pas dit que ces suicides pourraient très bien avoir été maquillés ?

– La plupart, oui. Mais il y a des exceptions. Celle du pauvre couillon qui s'est suicidé en direct à la télé, par exemple.

– Je suis bien contente d'avoir raté ça.

– Cela dit, s'il est possible qu'on les ait maquillés, ça ne signifie pas qu'ils l'aient été. Dans la plupart des cas, un suicide n'est pas autre chose que ce à quoi ça ressemble. Idem pour les accidents.

– Et donc, la commission Warren [1] ne se serait pas gourée…

– Nom de Dieu ! Je ne m'attendais pas à celle-là !

– Ça m'est venu comme ça. Je me pose des questions, c'est tout. Pas toi ?

– En tout état de cause, elle me semble plus proche de la vérité qu'Oliver Stone. Tu penses que je crois un peu trop vite à ce que j'ai envie de croire ?

– Je n'ai pas dit ça.

– Que tu l'aies dit ou pas ne change rien au fait que ce soit possible. J'ai l'impression d'avoir beaucoup bossé pour prouver que quelqu'un les bute vraiment les uns après les autres et de devoir maintenant reconnaître, et bien malgré moi, que le grand méchant dans l'affaire n'est peut-être, et tout simplement, que notre vieille copine Miss Coïncidence. Mais il se peut aussi que ce soit très exactement ce que j'avais envie de croire depuis le début. Je ne sais plus.

– Tu veux savoir ce que j'en pense ? J'en pense que tu attaches peut-être trop d'importance à ton petit tas de rapports financiers.

– Ce n'est pas seulement que je donnerais mon feu vert pour que ces types aient le droit d'avoir une MasterCard. Tout leur style de vie, tout leur…

– Je sais. Tu lis ces rapports et tout ce que tu y vois, c'est un beau tableau à la Norman Rockwell. L'incarnation du Rêve américain, qu'ils sont, tous ces mecs… C'est pas ça ?

1. Nom de la commission d'enquête qui établit le rapport officiel sur l'assassinat du président Kennedy.

– Il faut croire.
– Et tu te sens exclu parce que cette vie-là, tu ne peux pas la mener… et encore plus exclu parce qu'au fond tu n'as même pas envie de la mener. Dis, ça compterait pas pour beaucoup dans ton truc, par hasard ?
Le téléphone sonna.
– Sauvé par le gong, m'assena-t-elle en souriant et en tendant la main pour décrocher. Allô ? Qui est à l'appareil ?… Un instant, s'il vous plaît. Je vais voir s'il peut vous prendre.
Elle couvrit l'écouteur avec sa main et me dit :
– Raymond Gruliow.
Je lui pris l'écouteur et saluai l'avocat.
– Monsieur Scudder… Raymond Gruliow à l'appareil. A mon avis, nous devrions nous rencontrer, vous ne trouvez pas ?
C'était bien sa voix, profonde et grasseyante, et il en jouait comme d'une rapière. La dernière fois que je l'avais entendue, c'était aux infos, et Monsieur dissertait complaisamment sur les effets pernicieux du racisme institutionnel sur son client du moment, Warren Madison. Ce Madison, si je me souviens bien, avait été tellement victime du racisme qu'il fourguait de la dope, détroussait les gens, assassinait d'autres dealers… et avait flingué six des flics qui se pointaient chez sa mère pour l'arrêter.
– Peut-être, lui répondis-je.
– Je dois me présenter au tribunal dans la matinée. Que diriez-vous d'un rendez-vous en fin d'après-midi ? Vers 16 heures ?
– Ce sera très bien.
– Voulez-vous passer chez moi ? J'habite dans Commerce Street. Vous savez où ça se trouve ?
– Oui, je connais.
– Evidemment, évidemment. Vous étiez flic dans le 6ᵉ Secteur, n'est-ce pas ? J'habite au 49, juste en face du théâtre de Cherry Lane.
– Je trouverai. 16 heures ? J'y serai.
– Je suis impatient de vous voir.

– Demain, 16 heures, dis-je à Elaine, et il m'attend avec impatience. Je me demande bien ce qu'il veut.

– Ça n'a peut-être aucun rapport avec ton affaire. Et s'il songeait à t'embaucher ?

– Ben voyons ! lui renvoyai-je. Il a entendu parler de mon coup d'éclat avec Mister Velcro et il a décidé de me prendre dans son équipe.

– Et s'il voulait avouer ?

– C'est sûrement ça. Gruliow le Coriace, avec pignon sur rue dans Commerce Street et petites conférences à vingt mille dollars la séance, a décidé de se mettre à table. Ça fait vingt ans qu'il bute ses petits copains et il aimerait bien que je l'aide à se rendre…

12

Commerce Street ne fait guère que deux pâtés de maisons. Parallèle à Barrow Street, elle commence dans la VIIe Avenue, à une rue de Bleecker Street. Le premier pâté d'immeubles est d'un seul tenant, les deux côtés de la rue étant bordés de maisons de ville à trois étages, en brique et de style fédéral. Ces bâtisses sont pour la plupart de type résidentiel, un très petit nombre d'entre elles possédant un magasin au rez-de-chaussée. Dans une des vitrines se trouve un panneau annonçant la présence d'un avocat, un deuxième panneau du même genre étant apposé juste en dessous. JE M'INTÉRESSE AUSSI AUX ANTIQUITÉS, proclame-t-il, divers objets d'art et pièces de collection renforçant ce propos. Deux immeubles plus bas, c'est un restaurant macrobiotique qui s'offre à la vue, avec, au menu, des plats à base de tofu, de seitan et d'algues marines. On s'y intéresse peut-être aussi à autre chose, mais rien ne l'indique.

Le deuxième pâté d'immeubles, après le croisement de Bedford Street, est d'une architecture plus disparate. On y découvre des maisons de hauteurs, formes et styles divers, toutes s'y serrant comme des voyageurs dans une rame de métro à une heure de pointe. Comme si ce brusque changement de personnalité l'affolait, Commerce Street vire alors brusquement à droite et se rue dans Barrow Street, où elle renonce au combat.

Le théâtre de Cherry Lane se dresse au milieu de ce deuxième pâté d'immeubles, juste après ce changement de direction. Avec ses quatre étages à deux fenêtres sur rue chacun, la maison de ville de Raymond Gruliow se trouvait sur le trottoir d'en face, entre un immeuble plus trapu et un autre plus grand qui semblaient lui tenir lieu d'arcs-boutants. Je grimpai quelques marches et me retrouvai face à un heurtoir en forme de tête de lion en cuivre jaune. J'avais déjà posé la main dessus lorsque je remarquai un bouton de sonnette légèrement en retrait de la porte. J'appuyai. Je déclenchai peut-être une sonnerie à l'intérieur, mais aucun son ne me parvint à travers la grosse porte en bois. J'allais passer au heurtoir lorsque Raymond Gruliow m'ouvrit en personne.

Un mètre quatre-vingt-dix ou à peu près, maigre comme un clou. Jadis noirs, ses cheveux avaient viré au gris fer. Il se les était laissés pousser, de grandes mèches lui tombant en cascade sur le cou et les épaules. Nez plus long, avancée du front plus prononcée, joues creuses et proéminence de la mâchoire inférieure, les années lui avaient travaillé le visage à la manière d'un caricaturiste. Il m'étudia un instant, puis me sourit comme s'il était vraiment heureux de me voir, comme si quelqu'un s'apprêtait à jouer un tour de dimensions cosmiques à notre monde et que nous étions tous les deux dans la confidence.

– Matthew Scudder, dit-il. Soyez le bienvenu.

Il me fit entrer en s'excusant de l'état de sa maison. Celle-ci me parut fort convenable même si, livres débordant des armoires murales et s'empilant par terre, tas de revues posées à côté d'un fauteuil club et veste de costume jetée sur le dossier d'un canapé victorien, j'y remarquai un certain désordre. Raymond Gruliow portait des sandales Birkenstock qui tranchaient bizarrement avec ses chaussettes noires en coton fin et son pantalon de costume à rayures.

– Mon épouse est montée à Sag Harbor, m'expliqua-t-il. Je dois l'y rejoindre demain après-midi et je rentrerai à New York lundi matin : je suis de tribunal. Bien sûr, je peux toujours appeler ma femme et lui dire que j'ai trop de travail. Il n'est même pas impossible que je le fasse. A quoi sert-il de quitter la ville si c'est pour y revenir deux jours après ? Comme si cela pouvait détendre !

– Ça se fait tout le temps.

– Et il y a aussi des gens qui font des concours de traction de camions, me renvoya-t-il. Il y en a même d'autres qui vendent des concessions Amway à leurs amis. Et d'autres encore qui croient que la terre est une boule creuse à l'intérieur de laquelle vivraient d'autres civilisations…

Il haussa les épaules d'un geste éloquent et ajouta :

– Il y en a aussi qui n'arrêtent pas de convoler. Vous êtes marié, Matt ?

– Virtuellement.

– « Virtuellement » ? L'adverbe me plaît. Ça ne vous dérange pas que je vous appelle Matt ?

Je l'assurai que non.

– Moi, c'est Ray. « Virtuellement »… Cela veut-il dire que vous vivez en concubinage ? C'est vrai que vous êtes déjà un privé sans licence ! Alors pourquoi ne pas vivre avec une épouse sans licence elle aussi ? Dois-je comprendre que vous auriez connu le mariage ?

– Oui. Une fois.

– Des enfants ?

– Deux fils.

– Et déjà grands, sans doute.

– Oui.

– Moi, j'en suis à mon troisième mariage, dit-il, et toutes mes femmes m'ont donné des enfants. Je suis âgé de 64 ans et j'ai une fille qui a eu 2 ans en mars. Son frère en aura 40 le mois prochain. Il est presque assez vieux pour être son grand-père ! Bref, j'ai une famille qui s'étale sur trois générations… (Il hocha la tête d'un air émerveillé.) Quand j'aurai 80 ans, mon dernier fils sera encore en fac.

– On dit que ça oblige à rester jeune.

– Simple question d'autodéfense, me renvoya-t-il. Et je crois qu'il est assez tard pour boire quelque chose. Qu'est-ce que je vous offre ?

– Un soda, merci.

– Du Perrier, ça vous va ?

Je lui répondis que oui. Il gagna le buffet de la salle à manger et y prépara les boissons, soit deux Perrier, dont un auquel il ajouta du whisky irlandais. Je reconnus la forme de la bouteille : c'était du JJ & S, Jameson étiquette premium. Je ne connais qu'une seule autre personne qui en boive : criminel de carrière et propriétaire d'un bar de Hell's Kitchen, il aurait pâli à l'idée de le diluer dans du soda.

Une fois revenu dans la pièce de devant, Gruliow me tendit mon verre, me débarrassa un fauteuil et s'assit sur le canapé à pieds hauts qu'il avait devant lui.

– Matthew Scudder, dit-il. Quand j'ai entendu votre nom l'autre jour, j'ai eu l'impression de le reconnaître. De fait, je suis assez surpris que nos chemins ne se soient pas croisés.

– Mais si, ils se sont croisés.

– Ah bon ? Ne me dites pas que je vous aurais traîné à la barre des témoins ? Je répète à qui veut l'entendre que je n'oublie jamais un témoin hostile.

– On ne m'a jamais cité à comparaître dans une de vos affaires. Mais je vous ai vu dans les couloirs du tribunal des affaires criminelles et dans deux ou trois restaurants des environs : chez Ronzini dans Reade Street, et dans certain petit boui-boui français de Park Row. Il a disparu depuis et je ne me rappelle plus comment il s'appelait.

– Moi non plus, mais je vois de quel endroit vous parlez.

– Et il y a bien des années, vous vous êtes assis à la table d'à côté, dans un bar « après fermeture [1] » de la 42e Rue.

– Ah, nom de Dieu ! s'écria-t-il. Au-dessus d'un théâtre expérimental irlandais avec des immeubles calcinés de chaque côté et un terrain vague envahi de cochonneries juste en face ?

– Si.

– Je me souviens qu'il était tenu par trois frères, reprit-il. Comment s'appelaient-ils donc ? J'ai envie de dire Morrison, mais ce n'est pas ça.

– Non, c'est Morrissey.

1. Nom donné aux bars qui continuent à servir de l'alcool après l'heure de fermeture fixée par la ville dans laquelle ils se trouvent.

– Voilà ! Les frères Morrissey. De sacrés numéros ! Avec des barbes qui leur tombaient jusqu'au milieu de la poitrine et des yeux d'un bleu glacé qui disaient la mort subite… D'après la rumeur, ils auraient eu des liens avec l'IRA.

– Tout le monde le disait.

– Le Morrissey. Ça fait des années que je n'y pense plus. Je ne crois pas y être allé plus de deux ou trois fois en tout. Et… je devais être assez allumé quand j'y arrivais.

– Il fut un temps où j'y allais beaucoup moi-même et où tout le monde y arrivait assez allumé. On s'y tenait bien, les frères y veillaient, mais il suffisait de regarder autour de soi pour comprendre que ça n'avait pas grand-chose à voir avec une garden party pour méthodistes.

– Ça doit bien remonter à vingt ans.

– Pas loin.

– Vous étiez toujours dans la police ?

– Non. Mais ça ne faisait pas longtemps que je l'avais quittée. J'avais emménagé dans le quartier et je buvais dans les troquets du coin, tous ou presque ayant disparu depuis longtemps. Quand ils étaient prêts à fermer et que j'avais envie de continuer, il y avait toujours le Morrissey.

– Boire après l'heure de fermeture légale avait quelque chose de très émancipateur. Dieu de Dieu, je buvais beaucoup plus à cette époque-là que maintenant ! Aujourd'hui, un verre de trop et je m'endors. En ce temps-là, c'était juste pour recharger les accus et ça me faisait fonctionner vingt-quatre heures sur vingt-quatre.

– C'est là que vous avez appris à boire à l'irlandaise ?

Il secoua la tête.

– Vous connaissez le secret de la réussite ancienne manière, « s'habiller anglais et penser yiddish » ? Moi, j'y ajouterais « boire irlandais » et « manger italien », et ces deux principes-là, je les ai appris ici même, dans le Village. J'ai appris à « boire irlandais » au White Horse, au Lion's Head et au Blue Mill, juste en face. Etes-vous jamais allé au Blue Mill du temps où vous étiez attaché au 6e Secteur ?

J'acquiesçai d'un signe de tête.

– La bouffe n'était pas géniale.
– Ça ! Elle était même assez ignoble. Légumes tout droit sortis de la boîte de conserve (et pleine de bosses, la boîte), mais on pouvait se payer un steak pour deux fois moins d'argent qu'ailleurs. On arrivait même à le couper quand on avait un bon couteau.
Il rit et ajouta :
– Pour traîner avec des amis et boire jusqu'à la fermeture, c'était un sacré endroit ! Ils ont pris un nouveau nom, The Grange, et la nourriture y est bien meilleure, mais on ne peut même pas s'y arrêter pour boire un coup tranquillement tellement il y a de bruit. Les clients ont l'âge de ma femme, quand ils ne sont pas plus jeunes. Et qu'est-ce qu'ils peuvent être bruyants, nom de Dieu !
– On dirait qu'ils aiment ça.
– Ça doit leur faire des trucs, mais de quel genre, je n'ai jamais réussi à le deviner. Moi, ça me fout tout bêtement mal au crâne.
– Même chose pour moi.
– Non mais, s'écria-t-il, on croirait entendre deux vieux cons en train de radoter ! Sauf que vous êtes nettement plus jeune que moi. Vous avez bien 55 ans, n'est-ce pas ?
– Ça se voit donc tellement ?
Il me regarda droit dans les yeux.
– Je me suis fait un devoir de me renseigner un peu sur votre compte. Ça ne devrait pas vous surprendre outre mesure. J'imagine que vous avez fait la même chose de votre côté.
– Côté bancaire, vous êtes assez solide.
– Voilà qui me soulage.
– Et vous avez 64 ans.
– Je vous l'ai dit tout à l'heure, non ? Pas que ça entrerait dans la catégorie renseignements confidentiels, remarquez… (Il se renversa en arrière en posant un bras sur le dossier de son canapé.) J'étais le deuxième en âge de notre club de trente et un. Sans compter Homer. Homer Champney, s'entend. C'est lui qui a perpétué le club.
– C'est ce que j'ai cru comprendre.
– J'avais 32 ans à l'époque. Je faisais de l'aide juridique

et songeais à rejoindre les rangs des démocrates indépendants du Village. J'avais envie de me faire une place en politique. Malheureusement, je me suis vite aperçu que ces démocrates prétendument réformés étaient encore plus odieux que les démocrates ordinaires. Les vieux routiers ne disaient que des conneries, mais au moins ils le savaient. Les réformés, eux… des petits merdeux pleins de morgue moralisatrice. Qui sait si à me faire à leurs discours, je ne serais pas devenu une manière d'Ed Koch[1] ?

– Tiens donc.

– Frank DiGiulio avait environ dix mois de plus que moi. Je ne l'ai guère connu, mais il me plaisait bien. Il avait une tête de Romain. Il est mort, vous le savez.

– En septembre dernier.

– J'ai vu sa notice nécrologique dans le *Times*. C'est toujours ce que je lis en premier maintenant.

– Itou pour moi.

– C'est même là ma définition de l'âge mûr. L'âge mûr commence le jour où on ouvre le journal à la rubrique nécrologique. Quand Frank a trépassé, je me suis dit : « A toi le relais, mon vieux Gruliow. »

Il plissa le front et ajouta :

– Comme si c'était moi qui devais crever après. En fait, c'est Alan Watson qui y est passé. Un mec bien… très convenable. Poignardé par un type qui voulait lui piquer sa montre et son portefeuille. A Forest Hills, c'est plutôt inattendu.

– On dirait qu'ils ont plus de crimes de rue ces derniers temps. C'est un gardien privé qui l'a trouvé et les gardiens privés, on n'en engage pas sans raison.

– Signe des temps, dit-il. Vous verrez qu'il y en aura bientôt partout… (Il jeta un regard dans son verre de whisky-soda.) J'ai reçu un coup de fil de Felicia Karp. Je ne savais pas qui c'était et quand elle m'a dit être la veuve de Fred Karp, je n'y ai pas vu plus clair. Fred Karp ? Mais qui c'était encore, celui-là ? Un avocat ? Un type de la

1. Ancien maire démocrate de New York.

Mafia ? Un gauchiste ? « Vous ne vous rappelez pas ? Vous dîniez avec lui une fois par an. Et il y a trois ans de ça, vous avez cessé de le voir parce qu'il s'était jeté par la fenêtre de son bureau ? » Il m'a fallu une bonne minute pour m'y retrouver et elle m'a alors appris qu'elle avait eu la visite d'un détective privé et que, de fait, son époux ne s'était peut-être pas suicidé… mais que, peut-être, on l'aurait assassiné. Et comme elle avait vu mon nom sur une liste de gens appartenant à une sorte de club et qu'il était le seul qu'elle avait reconnu… Bref, elle m'appelait pour me demander de faire un peu la lumière sur cette histoire…

– Et… ?

– Et j'ai fait de mon mieux pour lui cacher mon ignorance, qui était totale, et lui ai promis de m'en occuper. J'ai passé les coups de fil qui s'imposaient et quand j'ai eu le sentiment que j'en savais assez sur vous, je vous ai contacté.

Il me sourit d'un air engageant et conclut :

– Et vous êtes devant moi.

– Et je suis devant vous.

– Qui est votre client ?

– Je n'ai pas le droit de vous le dire.

– Vous n'êtes pas avocat, vous savez ? Ce n'est pas un renseignement confidentiel.

– Et nous ne sommes pas au tribunal non plus.

– Non, bien sûr que non. Je dirai donc que votre client fait partie de nos survivants… A moins que ce soit une de nos veuves, ou un survivant d'autre chose, ajouta-t-il au bout d'un moment.

– Il n'est pas impossible que mon client me donne la permission de vous dévoiler son identité. Mais pour ça, il faut d'abord que je le consulte.

– « Le »… « mon client »… Nous ne parlons donc pas d'une veuve. Cela dit, étant donné votre subtilité… Etes-vous subtil, Matt ?

– Pas très.

– Je m'interroge, mais bon : c'est à peu près sûrement un membre du club. Qui d'autre pourrait connaître le nom de ses membres ? On ne peut certes pas exclure que certains d'entre nous aient parlé ouvertement du club à leurs femmes... (Petit sourire, mais un rien plus sombre.) Les premières, s'entend : si le divorce ne vous apprenait qu'une seule chose, ce serait la discrétion.

– Le nom de mon client aurait donc de l'importance ?

– Sans doute pas, me répondit-il. Mais j'aime toujours tout savoir sur tout le monde, jurés, témoins, avocat de la partie adverse... Tout est dans le travail de préparation, vous le savez bien. Faire le clown au prétoire me vaut sans doute de décrocher beaucoup de tournées de conférences, mais c'est le travail que je fais avant de pérorer qui me permet de gagner mes procès. Et gagner, j'aime ça.

Il me demanda si je voulais encore du Perrier. Je lui répondis que j'en avais assez.

– Alors, Matt, votre sentiment ? Quelqu'un est-il en train de nous éliminer ? Ou bien... serait-ce confidentiel, ça aussi ?

– Vous avez eu beaucoup de morts.

– Je n'ai pas besoin d'un détective pour le savoir.

– Des assassinats, des suicides, quelques accidents qu'on aurait pu maquiller... Il me semble que parler de coïncidences serait un peu court...

– Oui.

– ... mais pas impossible. Il est à peu près certain que le tueur est un membre du club, mais nous n'avons rien côté motifs ou incitations financières... A moins que quelque chose m'ait échappé ?

– Non, rien ne vous a échappé. Au tout début, nous avions envisagé d'acheter une caisse de bons bordeaux pour le dernier d'entre nous. Après, nous avons pensé qu'il serait trop vieux pour la boire. En plus, ça nous paraissait frivole, voire de mauvais goût.

– Et donc, notre tueur serait forcément fou, lui renvoyai-je. Et sa folie ne serait pas du type impulsif, puisque ça fait des années que ça dure. Nous aurions plutôt affaire à un fou longue durée et vous me semblez tous mener une existence stable...

– Ah ! dit-il. J'ai deux ex qui vous reprendraient volontiers sur ce point… Et j'en connais certains qui seraient prompts à vous raconter que je mange avec une seule baguette. Et si j'étais votre assassin ?

– Vous l'êtes ?

– Vous dites ?

– Etes-vous mon assassin ? Avez-vous tué Watson, Cloonan et les autres ?

– Ah, mon Dieu, quelle question ! Non, bien sûr que non.

– Voilà qui me soulage.

– Je ferais donc partie de vos suspects ?

– Des suspects, je n'en ai pas.

– Mais pensez-vous sérieusement…

– Que vous auriez pu ? Aucune idée. C'est pour ça que je vous pose la question.

– Et vous croyez que je vous l'aurais dit ?

– Pourquoi pas ? On a vu plus étrange.

– Nom de Dieu !

– On m'a toujours dit de poser toutes les questions, même les plus idiotes. On ne sait jamais ce que les gens peuvent avoir envie de raconter…

– Intéressant, ça. Au prétoire, c'est tout le contraire, le principe de base étant de ne jamais poser une question au témoin sans être absolument sûr de sa réponse.

– Apprendre quoi que ce soit en procédant de la sorte ne doit pas être facile.

– Apprendre, apprendre ! Le problème n'est pas là ! s'écria-t-il. J'ai envie de reprendre quelque chose. Vous me tenez compagnie ?

Je l'autorisai à remplir mon verre de Perrier.

– Ecoutez, repris-je, je peux bien vous dire ceci : j'ai été assez surpris de trouver votre nom sur la liste.

– Ah bon ?

– Il m'a semblé que vous inscrire à ce club d'un genre inhabituel…

Il eut un rire sec.

– Moi, j'ajouterais que tout le monde trouverait ça

bizarre ! Célébrer son essence de mortel une fois par an, il faut le faire ! S'engager dans un truc de ce genre, je n'en vois pas du tout l'intérêt…

– Pourtant… !?

– Je ne me souviens plus très bien comment ça s'est passé… J'étais beaucoup plus jeune à l'époque, c'est l'évidence même. Aussi bien sur le plan personnel que sur celui de mon travail, je ne m'étais pas encore bien défini. Si la veuve de Karp… comment s'appelle-t-elle, déjà ? Felicia ?

– Oui.

– Prénommer sa fille Felicia, c'est vraiment supplier le monde de l'appeler Fellation, non ? Et donc, si Felicia Karp avait vu mon nom sur cette liste en 1961, elle ne s'y serait même pas arrêtée. Sauf à penser que Gruliow était une erreur typographique. Ça m'arrivait autrefois, vous savez ? On croyait que je m'appelais Grillo.

– Mais maintenant vous êtes célèbre.

– Je ne le conteste pas. Mon nom, mon visage, mes cheveux, ma voix, mon esprit sardonique, Gruliow le Coriace, tout le monde connaît. Bah, c'est ce que je voulais. Et c'est la plaie, vous savez. « Ayez tout ce que vous désirez » : ça c'est un des plus sales trucs à souhaiter aux gens !

– La rançon de la célébrité ?

– Oh, ce n'est pas si terrible que ça. On me donne les bonnes tables dans les restaurants, il y a toujours des inconnus pour me saluer dans la rue… Il y a même une cafétéria de Bleecker Street où on a donné mon nom à un sandwich ! Entrez et demandez un « Ray Gruliow » et vous vous retrouverez avec un mélange pas possible de corned-beef, d'oignons crus et autres ingrédients du même tonneau !

Son deuxième whisky-soda était plus foncé que le premier et il me sembla que mon illustre avocat s'appliquait à le faire disparaître plus rapidement.

– Bien sûr, il n'y a pas que le corned-beef et les oignons, reprit-il. Il y a aussi les gens qui jettent des pierres dans mes fenêtres.

Je regardai celle de devant.

– J'ai fait remplacer la vitre, dit-il. En fait, c'est du plastique à forte résistance. A moins que le soleil ne le frappe pile au bon endroit, on dirait du verre, mais ce n'en est pas. C'est censé arrêter les balles. Pas une rafale de projectiles haut de gamme, ça, même le béton n'y arriverait pas, mais la petite balle ordinaire ne l'entamerait pas. C'est à ça que j'ai eu droit la dernière fois et on m'a juré qu'avec ça, la prochaine ne ferait que rebondir dessus. Le poli de la vitre n'en souffrirait même pas.

– Et on n'a jamais attrapé le coupable ?

Il pencha la tête de côté.

– Vous ne pensez tout de même pas qu'on se serait fatigué pour ça, si ? A mon idée, c'est un flic.

– Vous avez probablement raison.

– Ça s'est passé juste après que douze citoyens du Bronx, tous épris de justice, eurent décidé d'absoudre Warren Madison de ses crimes et ça, ça a beaucoup agacé certains flics.

– Sans compter quelques citoyens lambda.

– Dont vous seriez ?

– Mon opinion sur le sujet n'a pas grande importance.

– Et si vous me la donniez tout de même ?

– Pourquoi ?

– Pourquoi pas ?

– Je pense que Warren Madison est un petit salaud qui devrait terminer ses jours en prison.

– Nous sommes d'accord. (Je le regardai.) Warren fait partie de ce que certains de mes clients appellent les tueurs froids. Je le traiterais plutôt de sociopathe sans remords et aimerais assez que l'Etat de New York lui offre l'hospitalité dans une de ses prisons pour le restant de ses jours.

– Mais… c'est vous qui l'avez défendu !

– Il n'avait pas le droit d'être défendu ?

– Vous l'avez fait élargir…

– Il n'avait pas droit à la meilleure défense possible ?

– Vous ne vous êtes pas contenté de le défendre ! lui renvoyai-je. Vous avez mis toute la police en accusation. Vous avez fait avaler aux jurés que Madison était un indic qui bossait pour les flics du Bronx, travail pour lequel on le payait en le laissant vendre de la drogue, quand on ne lui en fourguait pas des doses prélevées sur le stock confisqué à d'autres dealers. Bref, les flics auraient eu peur qu'il se mette à table – pour parler à qui et pour quelle raison, je me le demande bien – et ne se seraient pas rendus chez sa mère pour l'arrêter, mais pour l'assassiner...

– Pas sale, comme scénario, vous ne trouvez pas ?

– Ridicule, oui !

– Les flics n'auraient donc pas recours à des indics ?

– Bien sûr que si. Ils ne boucleraient pas la moitié de leurs dossiers s'ils n'en avaient pas !

– Et les flics ne permettraient pas à ces indics de poursuivre leurs activités criminelles en échange de leurs tuyaux ?

– C'est bien comme ça que ça fonctionne, en partie.

– Et la drogue confisquée ne retrouverait jamais le chemin du trottoir ? Et certains officiers de police ayant déjà triché avec la loi ne feraient pas ce qu'il faut pour se couvrir ?

– Si, dans certains cas, mais...

– Comment savez-vous, et de manière irréfutable, que ces flics ne sont pas allés chez la mère de Warren pour le tuer ?

– De manière irréfutable ? répétai-je.

– Oui, irréfutable.

– Oui, bon, non, je ne le sais pas.

– Eh bien, moi, je le sais, me renvoya-t-il. Je sais très bien que c'est du flan. Warren n'a jamais travaillé pour la police. Elle aurait préféré se servir de lui pour se torcher le cul, et ce n'est pas moi qui le lui reprocherais. Mais les jurés ont avalé mon histoire.

– Vous la leur avez bien vendue !

– Je suis heureux que vous le pensiez, mais ça ne m'a pas demandé beaucoup d'efforts. Ils en mouraient d'envie. Il y avait beaucoup de Noirs et de basanés parmi eux, et les conneries que je leur avais préparées leur ont paru parfaitement vraisemblables. Dans leur univers, les flics font des coups comme ça tous les jours et mentent comme des arracheurs de dents après. Pourquoi devraient-ils croire un seul mot de ce que raconte la police ? Ils préféreraient croire n'importe quoi d'autre. Je me suis contenté de leur fournir une autre religion… acceptable.

– Et Warren court à nouveau les rues.

Il me regarda d'un drôle d'air, puis il haussa les sourcils, ses lèvres s'ourlant presque d'un sourire. Je connaissais : c'était sa célèbre moue du sceptique déçu, celle qu'il infligeait aux témoins qui l'embarrassaient, ou aux journalistes peu coopératifs qu'il croisait dans les couloirs du Palais.

– Et d'abord, reprit-il, pensez-vous sérieusement que la qualité de la vie dans notre ville soit sensiblement différente si Warren ou un autre est libre ou pas libre de s'y balader à sa guise ?

– Sans doute pas, mais le flic de base a tout intérêt à le croire s'il veut continuer à avoir le courage de partir au boulot tous les matins.

– Vous n'êtes plus dans la police.

– Non, mais c'est comme d'avoir reçu une éducation catholique : on ne s'en remet pas. Et en plus, je crois que ça change effectivement les choses. Pas au sens où Warren pourrait se remettre à tuer, mais pour ce que ressentiront les gens lorsqu'ils le verront traîner à nouveau dans les rues.

– Ils ne l'y verront pas.

– Comment ça ?

– Ils ne l'y verront pas à moins d'être eux-mêmes enfermés à la prison de haute sécurité de Green Haven. Parce que c'est là qu'il est, et il a de fortes chances d'y rester jusqu'à ce que vous et moi l'ayons depuis longtemps oublié. Vous vous rappelez ce que Torres a déclaré en condamnant un gamin pour le meurtre d'un petit mormon dans le métro ? « Votre officier de conditionnelle n'est pas encore né… » On pourrait en dire autant de Warren. Il a tué des dealers, il a été condamné, il restera derrière les barreaux jusqu'à la fin de ses jours.

– Vous n'avez pas réussi à faire passer ces chefs d'accusation à la trappe ?

– Je n'ai même pas essayé. Il avait pris un autre avocat.

Et je n'aurais pas accepté de le défendre. Tuer un dealer, c'est tuer pour de l'argent, et il y a des tas d'autres avocats qui peuvent s'en occuper. Tuer un flic, c'est lancer un défi à la société et là, il n'y a que les types dans mon genre qui peuvent vous donner un coup de main.

– Va savoir pourquoi, tout le monde a oublié que Madison est en train de purger une peine de prison !

– C'est évident. Tout ce dont on se souvient, c'est que Ray le Coriace l'a tiré d'affaire. Et les flics, eux, se foutent pas mal qu'il soit enfermé à Green Haven ou qu'il tringle Madonna à Hollywood. Cette affaire leur inspire le même sentiment qu'à vous : on a mis la police en accusation. Je n'ai rien fait de tel. C'est tout le système que j'ai mis sur la sellette et, en gros, c'est toujours ce que je fais. Que ce soit pour défendre des combattants des droits civiques, des réfractaires au service militaire, des militants palestiniens ou, oui, des Warren Madison, c'est le système que je mets aussitôt en accusation. Mais ça, tout le monde ne le voit pas.

Il me montra sa fenêtre et ajouta :

– Certains vont même jusqu'à prendre ça comme une injure personnelle.

– Je ne peux pas m'empêcher de revoir la photo où on vous voit avec Madison après le procès.

– Celle où nous nous enlaçons ?

– Voilà.

– Et vous en pensez quoi ? Que c'est de mauvais goût ? Que nous nous livrons à des pitreries ?

– Non, mais l'image est mémorable.

– Avez-vous jamais entendu parler d'un certain Earl Rogers ? Avocat aux affaires criminelles, très brillant, beaucoup de succès. C'est lui qui a représenté Clarence Darrow quand ce grand bonhomme a été inculpé de corruption de jurés. Son client était aussi accusé d'un meurtre particulièrement odieux dans une autre affaire. J'ai oublié les détails, mais Rogers a décroché l'acquittement.

– Et… ?

– Et quand les jurés ont lu le verdict, l'accusé s'est rué sur lui pour lui serrer la main, mais Rogers a refusé tout net. « Laissez-moi tranquille ! lui a-t-il crié en plein prétoire. Espèce de fils de pute ! Vous êtes coupable comme c'est pas permis ! »

– Nom de Dieu !

– C'est ce que j'appelle du grand théâtre, moi, dit-il en s'en léchant les babines. Sans parler du mauvais goût et de l'aspect pour le moins discutable de la remarque… d'un point de vue éthique, s'entend. « Vous êtes coupable comme c'est pas permis » ! Comme si les neuf dixièmes de nos clients ne l'étaient pas ! Un avocat qui ne voudrait pas défendre des coupables ferait mieux de changer de métier tout de suite ! Cela dit, quand on accepte de les défendre et qu'on a la chance de gagner, leur serrer la main, ah oui alors !

Il sourit et précisa :

– Ou les serrer sur son cœur, ce qui est plus dans mon style. Eh oui, j'avais envie de le serrer sur mon cœur, moi, ce Warren. Je n'ai pas eu à me forcer. « Non coupable »… Vous n'imaginez pas à quel point ça monte à la tête, d'entendre ça. On a envie d'embrasser tout le monde. En plus, Warren, je l'aimais bien.

– Vraiment ?

Il acquiesça d'un signe de tête.

– Un homme charmant, dit-il, quand il n'avait pas de raison de vous tuer.

13

– J'ai faim, m'annonça-t-il aux environs de 18 heures.

Et il téléphona à un restaurant chinois.

– Bonjour. Ray Gruliow à l'appareil, dit-il.

Il commanda plusieurs plats et deux bouteilles de Tsingtao, et leur rappela de ne surtout pas oublier les petits gâteaux porte-bonheur[1].

– Mon ami et moi avons grand besoin de savoir ce que nous réserve l'avenir.

Il raccrocha et me demanda :

– Vous faites partie du programme, non ?

– Du programme ? Quel programme ?

– Ne jouez pas les coquettes avec moi. Vous m'avez quand même demandé, et chez moi, si je n'étais pas un tueur en série ! Je dois bien avoir le droit de vous demander si vous êtes aux AA !...

– Je ne jouais pas les coquettes. Les gens extérieurs aux AA appellent rarement ça « le programme ».

– Je suis allé à plusieurs réunions, il y a quelques années de ça.

– Oui ?

– Ici même, dans le quartier. Dans les sous-sols de l'église Saint-Luke, quelque part dans Hudson Street, et dans une petite boutique de Perry Street. Je ne sais pas si on s'y réunit encore.

– Si, si.

1. Dans les restaurants chinois des USA, à la fin du repas le client a droit à un petit gâteau dans lequel est glissé un ruban de papier lui prédisant son avenir.

– Personne ne m'y a crié : « Gruliow, tire ton cul de là, t'es pas des nôtres », et j'y ai entendu des choses qui ne m'ont pas laissé indifférent.

– Mais vous n'êtes pas resté.

Il secoua la tête.

– Ça faisait trop de renoncements. J'ai regardé un peu la Première Etape et j'y ai lu un truc où l'on disait que la vie échappe à tout contrôle. J'ai oublié la formulation…

– « Nous reconnûmes que nous étions impuissants devant l'alcool et qu'il nous rendait l'existence invivable. »

– C'est ça, voilà. J'ai fait mon examen de conscience et non, je n'ai pas trouvé que mon existence était invivable. Il y avait des nuits où je buvais sec et des matins où je le regrettais, mais il me semblait que c'était trop cher payer. Je me suis contenté de réduire consciencieusement ma consommation.

– Et ça a marché ?

Il acquiesça d'un signe de tête.

– Les deux verres que je viens de boire commencent à se faire sentir. C'est pour ça que j'ai commandé à manger. Je ne bois généralement pas autant avant les repas. Je suis un peu stressé depuis quelque temps. Il est assez naturel de boire plus quand on est fatigué, vous ne pensez pas ?

Je lui répondis que ça me paraissait raisonnable.

– Je n'aurais pas mis ça sur le tapis, mais… je ne voulais pas vous commander de la bière si vous étiez effectivement le non-buveur que vous me semblez être. Et comme je ne voulais pas non plus vous paraître inhospitalier…

Il cafouilla un peu sur ce dernier mot, mais préféra ne pas se reprendre et embraya sur autre chose.

– La femme avec qui vous vivez… Quel âge a-t-elle ?

– Il faudra que je le lui demande.

– Mais elle n'a pas trente ans de moins que vous, n'est-ce pas ?

– Non.

– Vous n'êtes donc pas le grand crétin que je suis. Quand nous avons fait notre premier repas annuel au club,

Michelle portait encore des couches. Putain de Dieu ! Elle avait l'âge de Chatham !

– Chatham est votre fille ?

– Oui. Je commence même à m'habituer à son prénom. Une idée de sa mère, vous l'avez sans doute deviné. Un homme de 60 ans n'aurait jamais idée d'appeler sa fille comme ça. J'ai dit à Michelle que si elle avait envie de donner le nom d'un Premier ministre anglais à sa fille, elle devrait penser à Disraeli. Ça va mieux avec Gruliow. Dizzy Gruliow... Ça sonne bien, non ?

– Mais elle n'a pas apprécié.

– Elle n'a pas compris. J'ai deux fois son âge, pour l'amour du Ciel, mais Dieu me garde de jamais la traiter comme une enfant. Il faut que je la traite comme un égal. Je lui ai déjà dit en plaisantant que, jeune ou vieux, mâle ou femelle, je ne traitais jamais personne en égal et vous ne savez pas ce qu'elle m'a répondu ? « Oui, j'avais remarqué ! » Tenez... Je ne crois pas que je vais aller la rejoindre à Sag Harbor demain. J'ai l'impression que le boulot va avoir raison de moi.

Nous mangeâmes dans la pièce de devant, nos assiettes posées en équilibre sur nos genoux. Il me trouva un Coca et but ses deux bouteilles de bière chinoise.

– C'est drôle, dit-il soudain, le décès d'Homer m'a beaucoup choqué. Il était très vieux quand il est mort, de fait même, je n'avais jamais connu personne d'aussi vieux que lui, mais... je devais croire qu'il ne mourrait jamais. Et ce n'est pas lui qui est parti le premier, vous savez ? Il est arrivé bon troisième.

– Je sais.

– La mort de Phil m'a secoué, elle aussi, mais un accident de voiture... c'est le genre de catastrophe auquel il faut toujours s'attendre. Ça finit toujours par frapper quelqu'un, tôt ou tard. Avez-vous grandi à New York ?

– Oui.

– Moi aussi. Dans le reste du pays, il est rare de terminer sa scolarité sans qu'un ou deux copains ne meure dans un accident de voiture. A chaque fête de fin d'études, on sait qu'une voiture ne résistera pas au Virage de l'Homme-Mort. En ville au moins, les jeunes ne conduisent pas. Ça fait un écrémage de population en moins.

– Il y en a d'autres.

– Dieu, oui ! Il y a depuis toujours une forme de punition divine qui éclaircit les rangs de la jeunesse. Hier, c'était la guerre, et elle s'est brillamment tirée de sa tâche jusqu'à l'aube de l'ère nucléaire. Cela dit, les guerres limitées et les escarmouches locales retendent bien la corde. Dans les ghettos, c'est la drogue qui s'en charge. Les jeunes se tapent des overdoses ou s'entretuent pour vendre de la came.

Il eut un rire sec.

– Mais je digresse… Si jamais j'écris mes mémoires un jour, ce sera le titre que je leur donnerai : *Mais je digresse.*

– Vous me parliez de la mort de Kalish.

– Elle ne m'a pas fait peur. C'est bien de ça que nous nous entretenions, n'est-ce pas ? La peur, la peur de mourir ?… On dit que l'homme est le seul animal qui se sache mortel. C'est aussi le seul qui picole.

– Vous voyez un lien ?

– Je ne suis même pas très sûr d'accepter la première thèse. J'ai eu des chats et j'ai toujours eu l'impression qu'ils étaient aussi conscients de leur mortalité que moi de la mienne. La seule différence, c'est qu'ils n'ont peur de rien. Peut-être s'en foutent-ils royalement.

– Je n'arrive même pas à savoir ce que ressentent les gens, lui renvoyai-je. Alors, les chats…

– Je comprends. Vous savez pourquoi la mort de Phil ne m'a inspiré aucune peur ? Il n'y a pas plus simple : je ne possédais pas de voiture.

– Et donc, vous ne pouviez pas…

– Mourir comme lui. Voilà. J'ai eu la même réaction, quelques années plus tard, lorsque Steve Kostakos s'est écrasé avec son avion privé. Piloterais-je un avion ? Non. Et donc, pourquoi s'inquiéter de ça ? Non, pas question !

– Et quand James Severance s'est fait tuer au Vietnam ?

– Ça ne m'a rien fait du tout. Vous vous rendez compte ? Une année, il ne se pointe pas au dîner et nous apprenons qu'il fait son service. L'année suivante, nous apprenons qu'il est mort et… je crois que je m'y attendais.

– Parce qu'il était au front ?

– En partie, sans doute. Putain de guerre ! Chaque fois qu'un type y partait, on se disait qu'il ne rentrerait pas. Et pour Severance, ce n'était pas difficile à imaginer. Je ne sais pas si j'y mets trop de je-vous-l'avais-bien-dit après coup, mais il avait quelque chose de… une aura ? une énergie particulière ? Appelez ça comme vous voudrez. Je suis sûr qu'il y a un terme pour désigner ça dans la philosophie New Age, mais comme mon épouse n'est pas là pour nous le dire… Vous est-il jamais arrivé de rencontrer quelqu'un et de vous dire tout de suite : ce type est condamné ?

– Oui.

– C'est ça qu'il m'inspirait. Ce n'était pas qu'il aurait dû mourir jeune, seulement qu'il était, enfin… condamné. Je n'ai pas d'autre mot pour le dire… (Il pencha la tête en arrière comme s'il recherchait un souvenir.) Vous dites que m'avoir pressenti pour ce groupe était assez bizarre. En fait, non, pas vraiment. A l'époque, je ressemblais plus à tous ces types que maintenant. L'armure que je me suis faite au prétoire et une grande part de mon image médiatique ne sont venues qu'après. Il est possible que tout cela ne soit que la conséquence naturelle de ce que j'étais en 61, mais ce n'était même pas en germe à ce moment-là. J'étais comme les autres. Un peu plus vieux, c'est vrai, mais tout aussi enthousiaste et décidé à jouer le jeu de la vie et à y marquer des points qu'un autre. Je cadrais parfaitement dans le tableau.

Il vida son verre et ajouta :

– S'il y avait quelqu'un qui jouait le rôle du mouton noir, c'était bien Severance.

– Pourquoi ?

Il réfléchit un instant.

– Vous savez, dit-il enfin, je ne le connaissais pas vraiment. J'essaie de le revoir dans ma tête et l'image n'est pas nette. Il me semble quand même qu'il ne jouait pas au même niveau que nous.

– Comment ça ?

– Bien sûr, ce n'est là qu'une impression et elle ne se fonde que sur trois repas pris ensemble il y a une trentaine d'années de ça. Elle aurait peut-être changé s'il avait vécu assez longtemps pour remplir la zone en pointillés et se débarrasser de son côté jeune chien émotif et grassouillet. La vie ne lui en a pas laissé la possibilité… (Il reprit son souffle.) Cela dit, sa mort ne m'a pas fait peur, elle non plus. Je n'avais jamais traîné dans des rizières où des petits hommes en pyjama noir vous tiraient dessus. A cette époque-là, je passais mon temps à aider des jeunes gens qui refusaient de faire l'armée… (Il posa son verre sur la table.) C'est alors qu'Homer Champney a décidé de casser sa pipe et j'ai brusquement eu l'impression qu'on avait cessé de rigoler.

– Parce que vous croyiez qu'il ne mourrait pas ?

– Pas du tout. Je savais bien qu'il n'était pas plus éternel qu'un autre et je savais aussi qu'il commençait à décliner. Bref, je n'avais aucune raison d'en prendre plein la tête. Qu'un type qui a plus de 90 ans finisse par mourir dans son sommeil n'a rien d'une tragédie et ne saurait constituer une surprise. Ce qu'il faut comprendre, c'est qu'il avait un dynamisme remarquable…

– Ça ne m'a pas échappé.

– En plus, il marquait vraiment la fin d'une époque. C'était le dernier de sa lignée. La mort de Phil et de Jim, oui, mais ce n'étaient que des accidents. Ils auraient tout aussi bien pu mourir foudroyés. Ça tombe du ciel, boum, c'est terminé. Avec la mort d'Homer, notre tour était venu.

– Votre tour de quoi ?

– De mourir.

Nous parlâmes coïncidences et probabilités, morts naturelles et morts qui ne le sont pas.

– La solution de facilité serait de fourguer tout ça aux médias et de leur lâcher la bride. Evidemment, c'en serait fini de notre club. Et l'attention que nous porteraient les flics et la presse serait peut-être hors de proportion. Sans compter que si tout cela n'est que pure coïncidence, quelque chose comme un gigantesque coup de pied dans la fourmilière des calculs de risques, nous chamboulons notre univers pour rien...

– Et s'il y a un tueur en série qui se balade dans la coulisse ?

– Je ne vous le fais pas dire...

– S'il fait partie des quatorze survivants, une enquête en règle permettrait, peut-être, de l'appréhender. Si on y mettait assez de flics pour renifler à droite et à gauche et vérifier tous les alibis, vous auriez bien du mal à rester dans l'ombre. On n'obtiendrait peut-être pas assez de preuves pour que ça se termine devant un tribunal, mais élucider une affaire et gagner un procès, ça n'est jamais la même chose.

– Et si ce tueur n'est pas du sérail ?

– Vous aurez un peu moins de chances de le retrouver. Cela dit, j'ai l'impression que l'enquête et la publicité qu'on lui ferait suffiraient à lui flanquer la trouille et, qui sait, à le dissuader de continuer.

– Pendant le temps que durerait l'enquête, s'entend.

– Euh... oui.

– Sauf que ce fumier n'a pas l'air pressé, dit-il.

Se penchant soudain en avant, il battit l'air de ses mains aux longs doigts et s'écria :

– C'est qu'il a une patience de glacier, ce salaud ! A condition qu'il n'y en ait qu'un, ça fait plusieurs décennies qu'il s'amuse à nous buter ! Alors, lui foutre la trouille, vous savez... Et après ? Monsieur rentre bien tranquillement chez lui, glisse une cassette dans son magnétoscope, se prépare une lessiveuse de café... et attend encore un ou deux ans. Ne pas oublier que les médias, eux, ont moins d'attention dans le suivi que la mouche à fruit. Une fois le brouhaha passé, il aura tout le temps de préparer l'accident suivant, de mettre en scène sa prochaine agression et de fignoler le faux suicide d'après.

– Si les flics lui collaient suffisamment aux fesses, il se pourrait aussi qu'il soit pris d'une trouille à caractère permanent. Même s'ils n'arrivaient pas à le faire crouler sous les charges... Evidemment, s'il réussit à passer à travers les mailles du filet, je vous accorde que vous auriez raison. Il se contenterait de laisser passer du temps avant de recommencer.

– Et même s'il ne recommençait pas, il gagnerait.

– Comment ça ?

– Le club serait foutu. La presse l'aurait tué depuis longtemps. Comme s'il n'était pas déjà assez anachronique de voir quatorze hommes d'âge mûr se réunir une fois par an pour compter les survivants ! Je ne crois pas que nous aurions le cœur de poursuivre dans cette voie après que nos amis de la presse se seraient intéressés à nous...

Il se leva, se prépara un autre verre – en n'y versant, cette fois, que du whisky – et en but quelques gorgées en regagnant son canapé. Manger lui avait éclairci les idées. Il ne bafouillait plus et l'alcool restait sans effet sur lui.

– Il est impossible que ce soit l'un d'entre nous, reprit-il. Est-on d'accord sur ce point ?

– Pas tout à fait. Disons que c'est peu probable.

– Sauf que j'ai un avantage sur vous. Je les connais tous, moi, pas vous. (Des boucles de cheveux gris lui étaient tombées en travers du front, il les rejeta en arrière d'un seul geste de la main.) A mon avis, nous devrions nous réunir ici même, et je ne crois pas que nous devions attendre le premier jeudi du mois de mai prochain. Je passe quelques coups de fil et je rassemble le plus de monde possible.

– Tout de suite ?

– Non, bien sûr que non. On dit lundi ? Non, non... Je n'arriverai sans doute pas à joindre tout le monde d'ici là. A cette époque de l'année, on part souvent en week-end. Mardi. Disons... mardi après-midi. Je me débrouille pour annuler mes rendez-vous. Et vous ? Vous pouvez passer mardi après-midi ? Aux environs de 15 heures ?

– Ici ?

– Pourquoi pas ? C'est mieux qu'à mon bureau. J'ai assez de place pour quinze personnes et puis... nous aurons bien de la chance si nous arrivons à rassembler la moitié de nos gens dans des délais aussi brefs. Mais même si vous n'aviez que cinq ou six membres du club dans cette pièce…

– Oui, dis-je, pour moi, ce serait assez utile.

– Et pour nous aussi. Il faut que nous sachions ce qui se passe. Si nous sommes en danger, si quelqu'un nous traque vraiment, il y a même sacrément intérêt à ce que nous en soyons avertis.

– Est-ce que je pourrais téléphoner ? J'aimerais savoir ce qu'en pense mon client.

– Dans la cuisine. Au mur… vous ne pouvez pas le rater. Et laissez-moi lui dire un mot quand vous aurez fini.

– Hildebrand a accepté, dis-je à Elaine. Il m'a même paru soulagé.

– Et donc, tu as toujours un client.

– J'en avais toujours un il y a deux heures de ça.

– Que penses-tu de Gruliow ?

– Il me plaît bien.

– Et tu ne t'y attendais pas.

– Non. J'avais tous mes préjugés de flic quand je suis entré chez lui. Mais il est assez désarmant. Manipulateur, oui, et avec un ego grand comme le Texas, aussi, et à elle seule la liste de ses clients convaincrait n'importe qui de l'absolue nécessité de la peine de mort, mais…

– Mais il te plaît quand même.

– Ouais, ouais. J'ai cru que boire comme il le faisait allait finir par me le rendre insupportable, mais non, ça ne s'est pas produit.

– Ça ne t'a pas gêné ?

– Il m'a posé la question. Je lui ai répondu que mon meilleur ami buvait la même marque de whisky que lui, et en bien plus grandes quantités. Je lui ai aussi dit que, côté assassinats, ses scores se situaient entre ceux de Warren et ceux de la peste noire.

– Jolie formule, mais ça ne fait pas vraiment le tour du problème.

– Non, tu as raison. S'il fallait évaluer le bonhomme…

– Ce que, spirituellement parlant, tu es bien trop éclairé pour entreprendre…

– … je dirais que c'est un poivrot. Et j'ajouterais qu'il le sait. Il domine et il est clair qu'il arrive à intégrer ça dans sa vie sans que ça dégénère… Il décroche de grosses affaires et il gagne. A ce propos… j'ai compris quelque chose. Je me demandais comment il gagnait sa vie en défendant des clients qui n'ont pas un sou…

– Et… ?

– Il gagne son fric en faisant des tournées de conférences. Il défend presque tous ses clients gratuitement. Mais ça ne veut pas dire qu'il n'y trouve pas son intérêt : plus ses dossiers sont brûlants, plus il se fait de publicité pour ses livres et peut donc augmenter ses tarifs de conférencier.

– Intéressant.

– Tu trouves, toi aussi ? J'ai voulu savoir s'il refusait jamais de défendre des clients. Il ne veut pas des patrons de la Mafia, des petits malins en col blanc genre habitués du délit d'initié et autres pilleurs de banques d'épargne. Pas qu'au niveau humain ils seraient forcément pires que les autres, mais il ne les comprend pas. Je lui ai aussi demandé s'il accepterait de représenter un membre du Ku Klux Klan.

– Et alors ?

– Il y aurait de fortes chances pour qu'il refuse si le bonhomme était du genre sudiste ségrégationniste de base ou White Power du Middle West. Après, il a ajouté qu'il serait peut-être intéressant de défendre les skinheads qui se sont fait arrêter à Los Angeles… ceux qui voulaient déclencher une guerre raciale en tuant Rodney King et en mitraillant l'église noire de l'AME. J'ai oublié son raisonnement, mais à ses yeux ces gens-là ne sont que des parias. « Cela dit, a-t-il précisé, il est probable qu'eux ne voudraient pas d'un avocat qui s'appelle Gruliow. » Et je n'ai toujours pas répondu à ta question, je sais. Non, le voir boire ne m'a pas gêné. Il n'est pas devenu ignoble ou agressif et, après avoir mangé, il m'a paru ne plus ressentir les effets de l'alcool. D'un autre côté, j'avais l'intention de passer chez Grogan ce soir pour dire bonjour à Mick et je crois que je vais remettre à demain ou à samedi.

– Parce que tu as vu assez d'alcool pour aujourd'hui ?

– Voilà.

– Je ne l'ai jamais rencontré, dit-elle d'un ton pensif, mais j'aurais pu.

– Tiens donc.

– C'est un gros client, enfin… c'en était un, autrefois. Toutes ces belles paroles de la nouvelle gauche… toujours est-il que c'était un chaud supporter de la fille des trottoirs. Tu sais pas qui le voyait souvent ? Connie Cooperman.

– Bénie soit-elle.

– D'après elle, il était sympa et d'agréable compagnie. Un rien bizarre dans ses goûts…

– Je croyais que les call-girls ne parlaient jamais de leurs clients célèbres ?

– C'est exact, mon chéri. Même que si tu mets ta dent sous ton oreiller en te couchant, la Bonne Fée mettra un quarter à la place.

– Je préfère garder ma dent.

– Tu n'es qu'un vieil ours, c'est bien connu. Quoi qu'il en soit, il faisait dans le cuir et adorait qu'on l'attache…

– On a bien essayé !

– Oui, et tu t'es endormi !

– Avec toi, je n'avais pas peur. Ecoute, ça m'intéresse beaucoup de savoir que Ray Gruliow est le prince du bondage, mais…

– Sans parler des « douches d'or [1] »…

– Les « douches d'or » ?

– Mieux vaut oublier ça. Mais je parie qu'il ne refuserait pas d'emmener une fille jusqu'à la Chambre de Marilyn.

– Pardon ?

– Ex-Club des Feux de l'Enfer. On en parlait l'autre jour, tu te rappelles ? C'est comme ça qu'ils l'ont rebaptisé : la Chambre de Marilyn. C'est une salle de torture à laquelle on a donné le nom de la célèbre reine du porno [2], il faut croire. Tu vas dire bonjour à Mick demain soir et tu m'emmènes chez Marilyn samedi ?

1. Nom vernaculaire donné à l'ondinisme.

2. Marilyn Chambers, grande prêtresse du cinéma porno dans les années 70.

– Tu tiens vraiment à y aller ?

– Pourquoi pas ? Je me suis renseignée, c'est cinquante dollars par couple et on ne t'oblige pas à faire quoi que ce soit. En plus, la boisson est comprise et c'est toujours sans alcool.

– Bref, on n'a droit qu'au fouet et aux chaînes…

– Il y a une démonstration de piercing au programme. Dis, tu as 55 ans, tu crois pas qu'il serait quand même grand temps que tu voies ça un jour ?

– Je me demande comment j'ai fait pour vivre aussi longtemps sans rien y connaître.

– J'ai essayé ma tenue cuir et ça me donne l'air sexy.

– Ça ne me surprendrait pas.

– Mais elle est un peu trop serrée. J'ai l'air mieux quand je ne mets rien en dessous.

– C'est vrai qu'avec cette chaleur…

– Il y a des chances pour que ça soit climatisé, tu ne crois pas ?

– Dans une cave de Washington Street ? Je n'y compterais pas trop.

– Bah… Si je sue, je sue.

Elle s'humecta les lèvres du bout de la langue et ajouta :

– Ça n'est pas ça qui va te gêner, si ?

– Non.

– Tiens, j'ai envie de la remettre, cette tenue. Tu me dis ce que tu en penses ?

Elle me prit par la main et je me levai bien volontiers. Arrivée à la porte de la chambre, elle me dit :

– Tu as des messages. TJ voudrait que tu l'appelles dès que tu pourras. Mais il n'a pas dit que c'était urgent et donc, ça devrait pouvoir attendre jusqu'à demain.

– Il faudra bien, lui répondis-je.

14

Le lendemain matin, je bipai TJ et le retrouvai au café d'en face, le Morning Star. Il portait les mêmes short et casquette que la veille, mais avait remplacé son gilet par une chemise en blue-jean ouverte jusqu'au deuxième bouton et dont il avait relevé le col et remonté les manches. J'avais commandé et étais déjà servi lorsqu'il arriva. Il se laissa tomber sur la chaise en face de moi et dit au garçon qu'il voulait deux cheeseburgers et une grosse portion de pommes de terre à la poêle, et bien cuites.

– Pas de frites ? lui demandai-je.

– Au petit déjeuner ?

– Excuse-moi, j'ai dû perdre la tête.

– Ouais. Même que ça remonte à l'époque où tu m'as expédié dans le Bronx pour aller fouiller dans des trucs qui sont vieux de trois ans. Comment veux-tu que je retrouve quoi que ce soit dans ce genre de quartier ? Autant chercher une aiguille dans une meule de crack. Sans compter que même si tu y arrivais, i'te causeraient pas, les mecs.

– Bah, c'était peut-être trop demander, mais ça valait le coup d'essayer. Et donc, tu as l'impression d'avoir perdu ton temps ?

– J'ai pas dit ça, Lea. Tout ce que j'ai dit, c'est que c'est pas faisable. Et ça veut pas dire que je l'ai pas fait.

– Bon.

– Nous avons donc couru par tout le Bronx. Nous sommes allé dans des coins que même le métro, il y va pas. Ce que nous avons fait ? Nous en sommes descendu et nous avons pris le bus… (Il hocha la tête comme s'il en était encore tout émerveillé.) Ça m'a pris du temps, mais j'ai fini par trouver des types qui l'avaient connu, ton Eldoniah. Sauf que c'est pas comme ça qu'ils l'appelaient.

– Comment l'appelaient-ils ?

– Le Timide.

– Le Timide ? Un cobra serait moins réservé…

– Ben justement, il s'est réservé une place en prison, à l'heure qu'il est… Non, quand je dis réservé, c'est plutôt par comparaison avec le gang où il bossait, enfin, tu vois… rien que des mecs qui te regardent droit dans les yeux et sourient en appuyant sur la détente…

– Voilà bien l'Eldoniah dont j'ai entendu parler.

– Ben non. Parce que lui, tu vois, il était encore trop réservé pour ça. Tiens, même que c'est aussi pour ça qu'il a été drôlement content le jour où il a pensé aux chauffeurs de taxi. Eux, y a pas besoin de les regarder dans les yeux. Suffit de leur tirer une balle dans la nuque.

– Et c'est pour ça qu'ils l'appellent le Timide ?

– Je l'aurais pas déjà dit ?

– Bref, la rumeur affirme bien qu'il se faisait des chauffeurs de taxi…

Il acquiesça d'un signe de tête.

– Ça, on l'a pas arrêté pour rien. Mais le mec qui conduisait le taxi jaune, c'est pas le Timide qui l'a buté.

– Ils te l'ont dit ?

– Y a pas eu besoin. Le modus operandi était pas le même. (Il sourit en voyant ma grimace.) Ben quoi ? C'est pas comme ça qu'on dit ? Tant qu'à faire d'être détective, vaudrait mieux apprendre la langue, non ? Le Timide, lui, il appelait toujours des chauffeurs en livrée. Et c'est pas dans Audubon Avenue qu'il les laissait parce que Audubon Avenue, c'est dans un quartier espagnol et ça aurait attiré l'attention. Cela dit, rien que pour être sûr, j'ai demandé à des gens qui le connaissaient.

– Et ils ont accepté de te parler ?

– Je leur ai raconté des salades comme quoi Maman pensait que mon Papa, c'était sûrement lui. Même qu'elle me l'avait confié sur son lit de mort, Nestor, et que donc, moi, je mettais mon point d'honneur à essayer de le retrouver.

– Quel âge a Mims ? Je ne crois pas qu'il ait jamais eu celui d'être ton père.

– Bien sûr que non, mais les gus auxquels j'en ai causé se sont même pas donné la peine de faire le calcul. Et le Timide devait pas être si timide que ça côté baise parce qu'y a un de ses copains qui m'a présenté à un gamin en disant qu'on devait être frères, c'était clair. Le gamin avait dans les 12 ans et l'air aussi gentil qu'un chacal. Je crois pas qu'il arrive jamais à l'âge pour voter, à moins qu'ils l'empêchent de se faire tuer en l'enfermant pendant au moins six ans.

Il sourit et ajouta :

– Mais il était vachement content de m'voir. Ça lui plaît assez d'avoir un grand frère. Quelqu'un qui pourrait y remonter les bretelles et lui apprendre un peu à vivre...

– Tu lui ferais du bien.

Il roula des yeux blancs.

– Celui-là, pour l'influencer, faudrait faire comme le Timide avec ses chauffeurs de taxi. Tu lui tires une balle dans le crâne, par-derrière. En gros, quand même, il m'a rien dit que j'aurais pas déjà deviné. Le Timide s'est pas fait le mec du taxi jaune. Mais tu le savais, non ?

– En tout cas, tout le laissait penser.

Il fit descendre son dernier bout de cheeseburger avec sa dernière gorgée de lait, sortit une serviette du présentoir et s'essuya la bouche.

– Mais y a un truc que tu sais pas.

– Il y a beaucoup de choses que j'ignore.

– Le mec qui l'a tué, c'était un Blanc.

– Comment le sais-tu ?

– C'est une nana qui me l'a dit.

– Fascinant. Je me demande comment une rumeur pareille a pu arriver jusque dans le Bronx...

– Je t'aurais causé du Bronx ? Non, non. C'est d'Audubon Avenue qu'on cause, nous autres. A Washington Heights. Là où le type s'est fait buter.

– Qu'est-ce que tu étais allé faire là-bas ?

– La même chose que je fais partout ailleurs : m'occuper des oignons du voisin. T'aurais-je dit qu'il s'agit d'un quartier espagnol ? Je ne m'y suis pas vraiment fondu.

– Ton espagnol serait-il un peu rouillé ?

– Vaudrait mieux que je m'achète les cassettes que t'apprends en dormant. Sauf que parler espagnol en dormant, je vois pas trop… (Il haussa les épaules.) C'est assez con. Ce que j'ai fait ? Je me suis fait passer pour un assistant de Melissa Mikawa… La nana qui tient la rubrique société à Canal 1 ?

– Je vois de qui il s'agit. Et tu leur as fait croire que tu travaillais pour elle ?

– Pourquoi pas ? J'avais changé d'habits, Denis. Je m'étais collé un pantalon long avec une chouette petite chemise polo et des penny loafers[1]. J'ai embrayé sur l'accent costard Brook Brothers pour que ça aille avec la tenue. Qu'est-ce que t'as ? Tu me crois pas capable de ressembler à l'assistant d'un reporter de la télé ?

– Et les cheveux ?

Il ôta sa casquette. Ses cheveux d'ordinaire épais et bouclés avaient à peine un centimètre de long.

– Je me les suis fait couper. Qu'est-ce que t'en penses ?

– Ça te va bien.

– Ça me va mieux sous la casquette, enfin… quand je traîne dans le Deuce.

Il fouilla dans la banane Kangaroo qui lui ceignait la taille, en sortit une paire de lunettes à montures en corne et les chaussa.

– J'avais mis ça, reprit-il. Et je me baladais avec un carnet de notes. C'est encore mieux que les binocles. Un type qui se trimbale avec un carnet de notes, ça fait tellement réglo qu'on ferait quasi la queue pour y filer la combinaison du coffre. Tu sais pas qui c'est qui m'a dit ça ?

– Un arnaqueur de grand talent, j'imagine.

– Ouais, bon. Il est peut-être pas aussi brillant que ça

1. Souliers plats à fausses boucles dans lesquelles on peut glisser une pièce d'un cent.

vu que c'est le mec qu'est en train de me payer mon petit déjeuner.

– C'est moi qui t'ai dit ça ?

– Ça va faire un an, oui. On prenait un café et je t'écoutais me raconter des souvenirs, me dire des trucs, quoi. Tu te rappelles pas ? C'est que je fais attention, moi, quand le Matthew Scudder il cause. Même si toi tu fais pas gaffe…

– Et que t'ont raconté les habitants d'Audubon Avenue ? Melissa Mikawa envisagerait-elle de faire un sujet sur les meurtres de chauffeurs de taxi ?

Il acquiesça d'un signe de tête.

– Ce que je leur ai raconté, c'est qu'elle avait effectivement l'intention de faire un sujet sur cette affaire-là et comment ça se fait qu'on l'avait jamais résolue et donc, qu'est-ce qu'on saurait dans l'avenue sur le dénommé Mims le Timide et son pavillon de chasse dans le nord de l'Etat ? J'ai même ajouté que tous ceux qui se trouvaient là au moment des faits, que tous ceux qui auraient vu des choses ou entendu parler de trucs pourraient bien passer à la télé. Et rencontrer Melissa en chair et en os. Putain, qu'est-ce qu'ils l'aiment, cette nana, dans Audubon Street ! Elle est bien japonaise, non ?

– Si elle ne l'est pas, l'imitation est superbe.

– Ouais, mais eux, on dirait qu'ils la prennent pour une Porto-Ricaine. Les conneries qu'ils m'ont pas demandées ! A quoi elle ressemblait, si elle avait un petit copain… Quand j'ai eu fini de leur raconter mes salades, j'y croyais presque. Toujours est-il que j'ai trouvé une nana qu'était là quand Cloonan s'est fait buter.

– Qu'a-t-elle vu ?

– Elle a vu le taxi se garer devant l'arrêt du bus au coin de l'avenue et, un peu après, elle a vu un mec en descendre, refermer la portière derrière lui et s'en aller.

– « Un peu après » ? C'est-à-dire ? Cinq minutes ? Dix ?

– Hé mais, bonhomme ! Ça remonte à quatre ans, ce truc-là ! Et vu qu'elle était encore au lycée, quel âge elle avait quand c'est arrivé, hein ? Quant à se rappeler combien de temps il a fallu à ce mec pour descendre de son tax... Elle y aurait même pas prêté attention si les flics étaient pas arrivés pour sortir un cadavre de la voiture.

– Elle n'a pas entendu de coups de feu ?

– Elle dit que non.

– Il a dû mettre un silencieux. Tu dis qu'elle l'aurait regardé ?

– Elle l'a regardé. Mais bien ou pas, je n'en sais rien.

– Et d'après elle, ce serait un Blanc. Est-ce que ça pourrait être un Hispanique ?

– C'est ce que je lui ai demandé, mais elle m'a seulement répondu que c'était un Blanc.

– Du genre : « Non, ce n'était pas un Hispanique, c'était un Blanc » ?

– Ce genre-là, ouais.

– Et il serait descendu du taxi et aurait...

– Il se serait penché en avant comme s'il voulait dire un truc au chauffeur, genre « Attendez-moi ». C'est même pour ça que personne a été étonné que la bagnole reste là.

– Et il avait mis le compteur ?

– Il ne l'avait même jamais mis.

– Il aurait remonté son drapeau avant de se garer ? Ils le font parfois, mais...

– Ce qu'elle m'a dit, et il faut pas oublier que ça remonte à quatre ans...

– Et qu'elle n'était qu'une gamine, oui, j'ai compris. Qu'a-t-elle dit ?

– Que le mec était pas un client.

– Quoi ? Le passager ? Le type qu'elle a vu ?

– Il était devant.

– Tu ne vas pas me dire que c'était lui qui conduisait alors qu'on a retrouvé Cloonan derrière le volant, si ?

– J'ai pas dit qu'il conduisait. J'ai seulement dit qu'il était devant. Sur le siège passager sauf qu'i'devraient appeler ça autrement vu que quand t'es passager, t'es assis derrière, Mémère. Toujours est-il qu'il était assis devant avec le chauffeur.

– Elle était loin ?

– Deux ou trois maisons plus bas. Elle m'a montré le magasin de bonbons devant lequel elle était avec ses copines. Après, elle m'a expliqué comment Melissa Mikawa pourrait lui faire l'interview devant la vitrine. Parce qu'elle, elle pourrait l'être, assistante de Melissa Mikawa. Avec toutes les conneries médiatiques qu'elle débitait…

– A quoi ressemblait-il ?

– A un Blanc.

– Grand, petit, gros, maigre, jeune, vieux…

– Blanc, c'est tout. Mais faut pas oublier…

– Que ça remonte à quatre ans et qu'elle n'était encore qu'une enfant, je m'en souviens… Tu crois que j'arriverais à quelque chose si je la mettais entre les mains de Galindez ?

– Pour qu'Elaine puisse accrocher un tableau de plus au magasin ? Je la vois assez bien s'intéresser au bazar, mais ce qui en sortirait risquerait beaucoup plus d'être des conneries inventées que des souvenirs véritables. Elle lui collerait des nichons et des oreilles en pointe sans hésiter rien que pour pouvoir passer à Canal 1.

– Je devrais peut-être lui parler.

– Comme quoi tu serais un flic ? Ou alors que tu bosserais pour la mère Mikawa, toi aussi ?

– Je pourrais être directeur adjoint des infos. Qu'est-ce que tu en penses ?

Il réfléchit à la question, puis acquiesça d'un signe de tête.

– Je vais chercher ma chemise polo et mon pantalon kaki, dit-il. Et mes penny loafers. De toute façon, j'avais envie de les apporter et de les laisser chez Elaine.

Il examina ma tenue et ajouta :

– Mais tu ferais peut-être bien de t'habiller un peu mieux, toi aussi. Faudrait quand même pas faire croire aux gens que Canal 1 est au bord de la faillite.

J'allai enfiler un blazer bleu, histoire d'éviter que la réputation d'élégance de Canal 1 soit à jamais ternie. Nous prîmes le métro A, direction nord, et passâmes quarante minutes à chercher Sombrita Pardo, et trente de mieux à lui arracher son histoire pendant qu'elle avalait une pizza à la saucisse à la pizzeria qui jouxtait le magasin de bonbons devant lequel elle s'était tenue quatre ans plus tôt. Du genre grassouillette à cheveux noirs et soyeux, elle avait le teint olivâtre, des traits d'Indio [1] et des yeux marron clair qui surprenaient. Son prénom voulait dire Petite Ombre, nous informa-t-elle, ce qui lui paraissait idiot. Autrefois, elle détestait, mais maintenant elle commençait à aimer parce que c'était ?... différent ?

Son histoire n'avait pas changé. Le type qui était descendu du taxi était blanc, mais c'était à peu près tout ce qu'elle pouvait nous en dire. Oui, il était descendu du côté passager et elle avait alors eu l'impression qu'il allait faire une course et revenir, mais il avait tourné le coin de la rue et n'était jamais reparu. Après, elle avait dû rentrer chez elle et elle avait tout oublié de l'incident. Mais le lendemain elle avait appris qu'il y avait eu des histoires, avec la police et tout et tout, et que le chauffeur était mort. Tué d'une balle... Enfin, c'est ce qu'on disait, mais peut-être qu'il avait eu une crise cardiaque ou autre, non ? Même que l'autre type était peut-être parti chercher du secours et que...

Et qu'il avait oublié de revenir ?

Ben, avait-elle répondu, peut-être, quoi. Peut-être qu'il s'était tapé une overdose, le chauffeur, s'entend, et que le copain, il avait pas voulu être mêlé à ça et qu'il avait appelé Police-Secours avant de rentrer chez lui ? Sauf qu'elle savait quand même qu'ils avaient retrouvé des balles chez lui, enfin... en tout cas, c'est ce qu'elle avait entendu dire, mais comme on entendait dire des tas de trucs, qu'est-ce qu'il fallait croire, hein ?

Hein, assurément.

Au bout d'un quart d'heure-vingt minutes, TJ s'était excusé pour aller aux toilettes, Petite Ombre en profitant aussitôt pour se faire tout à la fois plus vieille et plus jeune. Elle s'était redressée et m'avait dit :

1. Terme mexicain désignant les métis latino-indiens, par opposition aux métis hispano-africains.

– Et si vous me disiez la vérité ? Je ne passerai jamais à la télé, pas vrai ?

– Je le crains.

– Vous êtes de la police ? Vous peut-être, mais M. TJ Smith sûrement pas. Et j'ai jamais cru non plus qu'il était l'assistant de Melissa Mikawa.

– Ah non ?

– Il est bien trop jeune et bien trop gamin des rues pour ça. Faut aller en fac pour décrocher des boulots pareils, non ? Et lui, il y est sûrement jamais allé.

Plus vieille donc, je l'ai dit. Je lui demandai alors pourquoi elle s'était montrée aussi coopérative si elle avait compris le manège de TJ.

– Ben, c'est qu'il est vraiment mignon, me répondit-elle en pouffant.

Et là, on aurait dit une gamine de 12 ans.

– J'effectue des enquêtes pour le compte d'une compagnie d'assurances, lui dis-je. M. Smith est en apprentissage. Mais… inutile d'aller lui dire que vous avez… euh… compris son manège ?

– Je ferais jamais un truc pareil ! s'écria-t-elle en aspirant son reste de Coca à la paille. Vous travaillez pour une compagnie d'assurances ? J'espère que je n'ai mis personne dans le pétrin.

– Certainement pas !

– Ou que j'ai empêché des gens de toucher la prime…

– Je me contente de remettre de l'ordre dans la paperasse et d'empêcher la compagnie de laisser trop de dollars aux impôts.

– Ah, bon ! Dans ce cas, dit-elle, c'est bien, non ?

15

Nous reprîmes la ligne A et nous séparâmes à Columbus Circle. Il avait décidé de retourner au magasin afin de montrer à Elaine de quoi il avait l'air en Jeune Homme Plein d'Avenir. Je gagnai le commissariat de Midtown North pour m'entretenir avec Durkin. Je l'attrapai à son bureau, où il mangeait un sandwich en sirotant une bouteille de thé glacé.

– Thomas Cloonan, lui dis-je. Dramaturge, chauffeur de taxi à temps partiel, abattu il y a quatre ans, croisement d'Audubon Avenue et de la 174e Ouest, le coupable n'étant jamais passé devant les tribunaux…

– Putain ! s'écria-t-il. Je suis quoi, moi ? Tu me prends pour la mémé dans le feuilleton *Carte Vermeil* ? Tu crois que j'ai plus toute ma tête ?

– Je voulais juste te rafraîchir la mémoire.

– Elle a pas vraiment eu le temps de se dessécher. Y a même pas huit jours qu'on parlait de ce fils de pute !

– Comment se fait-il que Cloonan soit devenu un pareil moins-que-rien ?

– Pas Cloonan, nom de Dieu ! Celui qui a tiré !

Il plissa les paupières pour réfléchir.

– Mims, dit-il enfin. Ça te va, côté mémoire, étant donné qu'en plus, c'est un dossier dont je n'ai aucune raison de me soucier ?

– On essaie le prénom ?

– Obadiah.

– Et si on disait Eldoniah ?

– Et merde ! C'était pas assez près pour toi ? Eldoniah… Bon et alors ?

– Le type qui a descendu Cloonan était blanc.

Je lui communiquai tous les renseignements que j'avais. Ce n'était pas lui qui s'occupait de l'affaire, mais il était bien trop flic pour ne pas s'y intéresser et il passa un bon moment à trier mes renseignements et à échafauder et rejeter des hypothèses.

– Devant, côté passager… récapitula-t-il. Ça nous donne quoi ?

– Qu'en Australie, c'est devant qu'on monte, et automatiquement, quand on prend le taxi.

– Pourquoi ça ? Parce que les amortisseurs arrière sont nazes ?

– Parce qu'il n'y a pas de lutte de classes et que tout le monde est pote. Monter derrière serait insultant.

– Ah bon ? Et les Australiens ne flingueraient pas leurs chauffeurs de taxi pour leur tirer la recette ?

– Ça nous change des Norvégiens !

– Toutes conséquences secondaires mises à part, ça voudrait donc dire que l'assassin était un copain du chauffeur, c'est bien ça ?

– En tout cas, quelqu'un qu'il connaissait.

– Siège passager à l'avant, compteur éteint, rien sur la feuille de route. Il prend un client au centre-ville, il le conduit jusqu'à la Columbia Presbyterian. Mais… comment le tueur sait-il que c'est là qu'il va arriver ?

– « Hé, Tommy, le prochain client que tu montes dans le quartier, tu t'arrêtes à l'Emerald Grill ? J'ai un truc à te dire… »

Il réfléchit à mon idée.

– Je ne sais pas, moi. C'est à peu près aussi facile à avaler que l'histoire de Crocodile Dundee.

– Ou alors c'est Cloonan qui en a eu l'idée. Il est déjà dans le quartier, il décide d'aller dire bonjour à son copain ?

– Qui saisit aussitôt l'occasion de le flinguer ?

Il avala une gorgée de thé glacé.

– Parfumé à la framboise, m'annonça-t-il. Avec les dix ou douze parfums qu'on a en ce moment… Autrefois je me disais : pourquoi remplir des rayons entiers de parfums différents ? Comment veux-tu qu'on reste au niveau des Russes si on déconne avec ça pendant qu'ils construisent des tanks et tracent leur route vers la Lune ? Et voilà que maintenant tout leur bazar s'est effondré et que nous, on continue à ajouter des parfums au thé glacé et que ça ne nous empêche pas de vivre. Tout ça pour te dire que je connais rien à rien.

Il avala une autre gorgée et changea de sujet :

– Et ton témoin est fiable ?

– Disons que sur une échelle de 1 à 10, je lui mettrais bien entre 0 et 1.

– Non, écoute, je me disais que... Le tueur en colle deux dans la nuque de Cloonan et... Non : comme s'il était possible de faire un truc pareil quand on est assis à côté du mec !

– « Hé, Tom, t'as vu ? Là ! Par la fenêtre !? »

– Et Cloonan se tourne pour regarder et pan pan ? Ouais, peut-être. Il faudrait voir les rapports du labo. Mais pourquoi jouer à ce jeu-là ? Pour faire croire qu'on a tiré de la banquette arrière ?

– Pour que Cloonan ne se doute pas de ce qui va lui arriver ?

– Possible. Et ça, tiens ?... Le tueur est à l'arrière, le taxi se range le long du trottoir, le tueur en colle deux dans la tête à Cloonan. Après quoi, il descend. Puis il remonte, mais à côté du chauffeur, auquel il pique son portefeuille, son changeur de monnaie, enfin... tout ce qu'il a envie de lui piquer. Pour finir, il redescend encore une fois de la voiture et c'est à ce moment-là que Carmen Miranda le regarde bien en face.

– Pourquoi pas ?

– Ou alors... tiens, attends... Même topo, deux balles tirées de la banquette arrière, puis le tueur descend côté chaussée, de façon à ce que devant le magasin de bonbons où on ne raconte que des conneries personne ne puisse le voir. Et s'il était originaire du même village de Norvège que ton Obadiah, hein ? Non, excuse-moi, que ton Eldo-niah... Ou alors, c'est un Hispanique qui ressemble à tous les Hispaniques du quartier et, dans un cas comme dans l'autre, il va jusqu'au coin de la rue et se fait rare.

– Et alors ?

– Et alors, un peu après, nous avons un Blanc qui descend la rue et ce Blanc a envie de prendre un taxi, vu le quartier, remarque, ça se comprend... un Blanc dans ce genre d'environnement...

– Ce n'est pas un quartier dangereux.

– Et si on disait seulement qu'un Blanc qui se balade dans ce coin-là pourrait très bien avoir envie de prendre un taxi, hein ? Et alors, il voit la voiture et dedans y a un type derrière le volant et il ouvre la portière pour lui demander s'il attend un client...

– Et c'est à ce moment-là qu'il constate que le chauffeur est mort.

– Voilà. Et il fait ce que ferait n'importe qui ou presque, surtout dans ce genre de quartier : il se barre à toute vitesse parce que être témoin, hein ? Même que si, en plus, il traînait justement dans Washington Heights pour y vendre de la drogue ou draguer les putes... pourquoi se mêler de tout et de rien ?

– Et la fille ne l'aurait pas vu avant qu'il s'éloigne du taxi ?

– Pourquoi veux-tu qu'elle l'ait vu ?

– Je ne sais pas. Elle ne voit pas l'assassin descendre de la voiture et elle ne voit pas le Blanc non plus...

– Pourquoi veux-tu qu'elle les voie, l'un ou l'autre ? Elle a d'autres trucs en tête.

– Possible...

– Résumons-nous : en gros, tu n'as rien, c'est ça ?

– Rien, non.

– Je parlais de preuves tangibles.

– Même de loin, je n'ai rien.

– Sauf que si tu veux monter un dossier tendant à prouver que c'est un seul type qui s'est fait tes quatre bonshommes...

– Cinq, en comptant la femme de Shipton.

– ... ça ne fout absolument rien en l'air. Mais là, je n'ai personne à te recommander au 34ᵉ Secteur. Ils ont suffisamment de dossiers en cours pour ne pas se ruer sur un truc qu'est déjà réglé.

– Je comprends.

– A moins que tu veuilles faire une déposition. Ça te rouvrirait tous les dossiers d'un coup. Tu crois que ton client marcherait ?

– Mon client et un certain nombre de ses amis vont se réunir dans quelques jours pour voir ce qu'il faut faire.

– Quoi ? Les vingt-six bonshommes ?

– D'où sors-tu ce chiffre ?

– Trente mecs moins quatre tués. Ça fait bien vingt-six survivants, non ? (Il sourit.) Cette vieille mémé a encore du répondant !

– Ce n'est pas le bon résultat.

Il me regarda.

– Trente moins quatre égale…

– Quatorze.

– Pardon ?

– Il y a quatre meurtres, et douze décès en plus.

– Quel genre de décès ?

– Quelques suicides et autres accidents, plus des suites de maladies.

– Putain, Matt !

– Ce n'est pas tout du bidon, lui remontrai-je. Maquiller un meurtre en un cancer des testicules ou en une mort au combat dans le Sud-Est asiatique, tu sais… Mais les suicides, oui, peut-être, et quelques accidents aussi…

– Bref, tu en penses quoi ?

– Y compris les quatre officiellement étiquetés homicides ? Au pif, je dirais qu'on tourne autour de douze.

– Putain de Dieu ! Et étalés sur combien d'années ?

– Difficile à dire. Trente-deux depuis la formation du groupe, mais les premiers décès n'étant survenus qu'au bout de quelques années et pouvant être considérés comme normaux… Disons vingt-vingt-cinq ans.

Il repoussa sa chaise en arrière.

– Pas moyen de s'asseoir là-dessus, dit-il.

– De quoi tu parles ? De ta chaise ou de ces affaires ?

– Et tu es sûr que c'est pas un club de cul ?

– Je te le jure sur la Bible, si tu en as une sous la main…

– Tu sais ce que je pense ? Je pense que je devrais prendre ta déposition.

– Comme tu veux. Tu écris *Sans commentaires* et je signe.

– Tu ne veux rien nous dire ?

– Pas avant d'y être obligé.

– Je pige pas, dit-il. Qu'est-ce qui effraie plus ton client que la perspective de se faire assassiner ?

– Un gros tapage médiatique.

– Qu'est-ce qui te fait croire que ça intéresserait les médias ?

– Tu plaisantes ? Un clown qui s'attaque à un groupe d'hommes et met plusieurs décennies à les abattre ? Si ce n'est pas là le genre de truc qui fait baver les reporters…

– Ouais, tu as raison. Et avec Boyd Shipton au nombre des victimes…

– Sans parler de trois survivants qui sont tout aussi importants que lui.

– Vraiment ? Un sacré club, dis donc. Avec un chauffeur de taxi, un courtier en Bourse… et il faisait dans quoi, le gay ? La décoration intérieure ?

– Carl Uhl ? Il était traiteur. Co-directeur de sa boîte…

– Même chose donc. Et tes trois autres bonshommes seraient aussi importants que Shipton ?

– C'est ce qu'on dit dans les milieux bien informés.

– Putain !

– Ecoute, Joe, ce n'est pas que ça ne m'intéresse pas, mais…

– Ouais, d'accord. Et donc ils sont quatorze à se réunir ?

– Quelques-uns d'entre eux au moins, ça, c'est sûr.

– Et ça se passerait quand ?

– Mardi.

– Nous sommes vendredi… Qu'est-ce que tu vas faire en attendant ?

– De mon mieux, lui renvoyai-je. Je pensais filer à Forest Hills.

– Le mec qui s'est fait poignarder ? Le courtier en Bourse… Watson ?

– Voilà. Je me demande ce que le vigile a bien pu remarquer…

– Il a remarqué un type couché par terre, il s'est précipité pour nous téléphoner. S'il avait vu quoi que ce soit d'autre, ce serait au procès-verbal. Crois-moi, les flics le lui ont sûrement demandé.

– Lui auraient-ils posé des questions sur ce qu'il aurait pu voir avant ?

– Avant ?

– Si quelqu'un attendait Watson et se préparait à lui sauter dessus…

– Ah, je comprends. Ils l'auraient peut-être fait au moment où ils croyaient encore à l'hypothèse du client mécontent. Mais ça ne ferait pas de mal de lui reposer la question. Tu veux son nom ?

– Et l'endroit où il travaille.

Il tendit la main vers son téléphone, puis se tourna vers moi pour me regarder.

– T'as vu la pub d'AT & T pour les autoroutes de l'information ? Comment ça se fait qu'ils ne disent jamais qu'elles sont toujours à sens unique ?

– Tu as raison, Joe…

– Non, c'était juste pour que tu n'oublies pas.

Et il passa son coup de fil.

16

J'attrapai un métro de la ligne 7 et descendis à la station de la 103e Rue, quartier de Corona, à deux arrêts du Shea Stadium. Deux rues plus loin, dans Roosevelt Avenue, les bureaux de la Queensboro-Corona Protective Services occupaient le premier et unique étage d'un immeuble en brique. Au rez-de-chaussée se trouvait un magasin d'habillement pour enfants, avec des tas d'animaux en peluche dans la vitrine.

Les trois quarts des sociétés de gardiennage sont dirigées par d'anciens flics dont beaucoup ont la gueule de l'emploi. Martin Banszak, le patron, aurait mieux cadré à l'étage en dessous, à vendre des salopettes pour bambins qui commencent à marcher. Petit, les épaules rondes, les yeux bleus, le cheveu rare et le nez en trompette sur une moustache parfaitement peignée, il avait dans les 60 ans et, l'air triste, regardait les gens derrière des lunettes à double foyer aux montures transparentes.

J'ai toujours deux types de cartes de visite sur moi. Offertes par Jim Faber, mon parrain aux AA, les premières ne révèlent que mon nom et mon numéro de téléphone. Offertes par la Reliable, les secondes signalent que je travaille pour le compte de cette société. Ce fut une de ces dernières que je tendis à Banszak, mon geste déclenchant un joli quiproquo : je n'avais pas eu le temps de dire ouf que Banszak m'expliquait que la Queensboro-Corona avait surtout pour vocation de fournir des vigiles en uniforme et des unités de surveillance mobiles à ses clients, qu'elle embauchait rarement des gens de mon niveau, mais que si je voulais bien remplir un questionnaire, il le conserverait certainement dans ses dossiers, étant donné que de temps à autre quand même on avait effectivement besoin d'enquêteurs et que donc, oui, il n'était pas impossible qu'il m'appelle pour un boulot.

Après avoir remis les choses au point, je lui dis qui j'étais et ce que je voulais.

– Il s'appelle James Shorter, me répondit-il. Pourriez-vous m'expliquer pourquoi vous vous intéressez à lui ?

– Il y a quelques mois de ça, il y a eu un incident à Forest Hills. Et M. Shorter a été le premier à arriver sur les lieux du crime...

– Ah oui, bien sûr. Horrible, non ? Un homme d'affaires qui travaillait dur... Se faire tuer comme ça en rentrant chez soi...

– Je me disais que votre employé aurait pu voir quelque chose d'inhabituel ce soir-là... Quelqu'un qui n'aurait pas été du quartier...

– Je sais que la police l'a longuement interrogé.

– J'en suis persuadé, mais...

– Cette histoire l'a profondément ébranlé. Il n'est même pas impossible que ce soit ça qui ait déclenché l'autre problème.

– De quel autre problème s'agit-il, monsieur Banszak ?

Il me regarda par en dessous.

– Dites-moi, monsieur Scudder, Jim Shorter a-t-il fait une demande d'emploi dans votre firme ?

– Quoi, à la Reliable ? Non, je ne crois pas, mais je n'en saurais rien si c'était le cas. Je ne fais pas partie de la direction. Je n'offre mes services à la Reliable que de manière occasionnelle.

– Et ce n'est pas pour eux que vous travaillez en ce moment...

– Non.

Il réfléchit, puis me lança :

– Comme je vous l'ai dit, cette affaire l'a profondément affecté. Il ne faut pas oublier que ça s'est passé pendant son tour de garde. Rien n'indique qu'il aurait pu empêcher ce crime, mais... Nos unités mobiles surveillent de très grands secteurs. Nous cherchons à atteindre une dissuasion maximale au moyen d'une visibilité elle aussi maximale. Les criminels voient nos voitures de patrouille, ils savent que le secteur est sous surveillance permanente et en sont d'autant moins enclins à passer à l'acte.

– Ne serait-ce pas plutôt qu'ils commettraient leurs crimes ailleurs ?

– Que voulez-vous, monsieur, publique ou privée, qu'y peut la police ? Nous ne pouvons pas changer la nature humaine. Le fait d'arriver à réduire le nombre de crimes dans les secteurs qu'on nous demande de protéger nous permet de penser que nous faisons bien notre boulot.

– Je comprends.

– Cela étant, j'imagine que Shorter a dû se sentir en partie responsable. Ça aussi, c'est dans la nature humaine. Sans parler du choc qu'il a dû éprouver. Découvrir un cadavre... Et je ne vous parle pas du stress inhérent à tout interrogatoire de police... et il en a subi beaucoup. Je ne dis pas que tout cela en a été la cause, mais que ça l'ait précipité me paraît évident.

– Précipité quoi, monsieur ?

En guise de réponse, il fit le geste de porter à sa bouche un verre imaginaire.

– Il s'est mis à boire ?

Il soupira.

– Tu bois, tu prends la porte. C'est la règle, ici. Et elle ne souffre aucune exception.

– Ça se comprend.

– Mais j'en ai fait une, reprit-il, à cause du stress auquel il avait été soumis. Je lui ai dit que j'étais prêt à lui offrir une deuxième chance. Mais il y a eu un deuxième incident et on en est resté là.

– Et cela remonte à...

– Il faudrait que je vérifie. Je ne crois pas qu'il ait tenu plus d'un mois après le meurtre de cet homme. Allons jusqu'à six semaines, maximum. Quand ce type a-t-il été tué ? Fin janvier ?

– Début février.

– Je dirais que Shorter nous a quittés à la mi-mars... A la Middlemarch, comme dirait George Eliot, ajouta-t-il de la manière la plus surprenante qui soit. C'est un roman. Vous l'avez lu ?

– Non.

– Moi non plus. Il n'a pas bougé de mon étagère. Il appartenait à ma mère, qui est morte, et maintenant c'est moi qui l'ai. Avec deux ou trois cents autres bouquins que je n'ai jamais ouverts. *Middlemarch*. George Eliot. Je suis sûr que je ne le lirai jamais. (Il leva les bras en l'air, comme pour me montrer la futilité de l'existence.) J'ai le numéro de téléphone de James Shorter. Voulez-vous que je vous l'appelle ?

Personne ne décrocha chez Shorter. Banszak me copia son numéro et me donna aussi son adresse : 94e Rue Est, Manhattan. Je mangeai un morceau dans un delikatessen italien et repris le métro pour rentrer en ville. A la station de Grand Central, je changeai pour le métro express de Lexington Avenue et descendis à la 86e. J'essayai de joindre Shorter en l'appelant d'une cabine publique et récupérai mon quarter au bout de six ou sept sonneries.

Il était 16 h 45. A condition qu'il ait retrouvé un emploi, Shorter devait être au boulot, comme les trois quarts des employés de Manhattan à cette heure. D'un autre côté, s'il avait retrouvé le même genre de travail, il n'y avait aucun moyen de deviner son emploi du temps. Il aurait tout aussi bien pu garder un centre d'encaissement de chèques à Sunset Park qu'être veilleur de nuit dans un entrepôt de Long Island City. Il n'y avait absolument aucun moyen de le savoir.

Il m'arrive d'avoir un horaire détaillé des réunions des AA sur moi, mais vu le nombre de ces dernières dans le seul secteur métropolitain, cela est assez rare. Je ne l'avais pas ce jour-là et remis donc mon quarter dans la fente afin d'appeler l'Intergroupe de New York. Un volontaire m'y apprit qu'il y avait une réunion à 17 h 30 dans les sous-sols d'une église située au croisement de la Ire Avenue et de la 84e Rue.

J'y arrivai tôt et constatai qu'ils n'avaient pas de café – il y a des groupes avec et des groupes sans. Je gagnai une bodega de l'autre côté de la rue et y trouvai deux autres membres des AA qui s'étaient lancés dans la même entreprise. J'en reconnus un qui, comme moi, allait souvent à la réunion de midi au West Side Y. En petite troupe, nous retraversâmes la rue avec nos cafés et nous assîmes autour d'une table de réfectoire. Il était 5 heures de l'après-midi lorsque, une petite poignée de participants s'étant ajoutée à nous, la réunion débuta enfin.

Nous étions à peine une douzaine – le groupe venait juste de se former et si j'avais eu mon répertoire sur moi, jamais je ne l'y aurais trouvé, étant donné que personne n'en avait encore enregistré la création. Une certaine Margaret, qui ne buvait plus depuis un peu plus d'un an, commença à nous raconter son histoire et cela lui prit les trois quarts de la réunion pour arriver au bout de son récit. Elle avait en gros mon âge et, fille et petite-fille d'alcooliques, avait fait tout son possible pour éviter l'alcool pendant des années, se contentant de boire un cocktail ou un verre de vin quand elle se trouvait dans une réception. Jusqu'au jour où son mari était mort d'une hémorragie de l'œsophage car, bien sûr, elle avait épousé un alcoolique. Agée d'une quarantaine d'années, elle s'était alors mise à boire et avait découvert qu'en fait elle n'attendait que ça depuis toujours. L'alcool l'avait vite investie entièrement et refusait de la lâcher. La progression du mal avait été rapide, soudaine et très vilaine. En un rien de temps, elle avait tout perdu, hormis son appartement à loyer protégé et le chèque de la sécurité sociale qui lui permettait de le payer.

– Je fouillais dans les poubelles, reprit-elle. Je me réveillais dans des endroits que je ne connaissais pas, et pas toujours toute seule alors que, de par mon éducation catholique, je n'avais jamais couché qu'avec mon mari. Je me rappelle avoir refait surface un jour et découvert que je… je ne vous dirai pas ce que j'étais en train de fabriquer, mais une seule chose me vint à l'esprit : « Ma petite Peggy, les sœurs ne seraient vraiment pas fières de toi ! »

Lorsqu'elle en eut fini, nous fîmes passer le chapeau et

effectuâmes un tour de table. Je me retrouvai en train de raconter que, parti à la recherche d'un vigile, j'avais appris qu'on l'avait viré pour alcoolisme.

– Je m'identifie facilement aux gens. J'ai commencé à boire comme un trou après avoir lâché la police. Je suis sûr que si j'avais continué, j'aurais fini par trouver le même genre de boulots que ce gars-là, et les aurais perdus pour les mêmes raisons. En fait, je ne sais pas grand-chose de ce type et j'ignore tout de son existence, mais penser à lui m'a donné une assez bonne idée de ce qu'aurait pu être ma vie si je n'avais pas trouvé les AA. Je suis heureux d'être ici et fier de ne plus boire.

Après la réunion, j'allai prendre un café avec deux ou trois de mes compagnons et nous continuâmes à parler de nos expériences. J'avais encore une fois essayé d'avoir Shorter au téléphone en arrivant, je remis ça un quart d'heure plus tard et recommençai à nouveau avant de sortir, soit à 19 heures et quelques. Mon quarter m'étant revenu pour la énième fois, je m'en servis pour appeler Elaine.

Personne ne m'avait téléphoné et il n'y avait rien d'intéressant au courrier. Je lui racontai ce que je faisais et lui annonçai que je ne rentrerais probablement pas avant la fin de la soirée.

– S'il avait un répondeur, ajoutai-je, je lui laisserais un message et le rappellerais dans deux ou trois jours s'il ne se manifestait pas. Mais comme il n'en a pas, que je me trouve dans son quartier et que c'est un quartier où je ne vais pas souvent…

– Tu n'as pas à m'expliquer tout ça, me dit-elle.

– C'est plutôt que je réfléchis à haute voix. Et ce n'est même pas tellement qu'il aurait des réponses à me donner. Les flics de Forest Hills ont déjà répondu à toutes les questions que je pouvais me poser. Et donc, qu'est-ce qu'il pourrait bien avoir d'autre à me dire ?

– Et si c'était toi qui avais des trucs à lui dire ?

– Comment ça ?

– Non, rien. Ecoute, il y a une conférence avec projection de diapos à l'Eglise française. Il se peut que j'y aille et si Monica a envie de m'accompagner, on pourrait se payer une petite soirée entre nanas après. Tu rentreras tard, non ?

– Il y a des chances.

– Tu ne devais pas aller dire bonjour à Mick ? Je ne voudrais pas que tu sois en retard pour la soirée de demain. La Chambre de Marilyn, tu te rappelles ?

– Tu as toujours envie d'y aller ?

– Après tout ce qu'on s'est fait hier soir ?... (Je n'eus aucun mal à imaginer l'air qu'elle avait pris.) Plus que jamais ! reprit-elle. Vous êtes drôlement chaud lapin, mon général !

– Tu arrêtes, oui ?

– « Tu arrêtes, oui ? »... Tu sais qui je crois entendre ? Jack Benny [1].

– C'est bien lui que j'essayais d'imiter.

– Dans ce cas, ce n'est pas très réussi.

– Mais tu ne viens pas de me dire...

– Je sais très bien ce que je viens de te dire. Je t'aime, mon gros nounours. Qu'est-ce que tu dis de ça ?

Au nord de la 86e, le paysage de l'Upper East Side fait penser à une zone urbaine intermédiaire, ni tout à fait Yorkville ni tout à fait East Harlem, mais avec un peu de chaque. Des immeubles luxueux face à des HLM, les murs des uns et des autres très impartialement couverts de graffitis. Des cadres en route vers les sommets de la hiérarchie s'y promènent avec des mallettes et des sacs à provisions de Chez D'Agotisno, cependant que d'autres personnes, qui, elles, semblent glisser sans retour sur la pente descendante, font la manche en tendant des gobelets en papier, quand elles ne se saoulent pas au whisky bon marché ou ne tirent pas sur des pipes de crack qui brillent comme des lucioles.

Je trouvai l'immeuble de Shorter dans la 94e, entre les IIe et IIIe Avenues. Je ne dénombrai pas moins de cin-

1. Célèbre présentateur comique des débuts de la télévision.

quante sonnettes dans l'entrée, chacune d'elles flanquée d'une étiquette censée porter le nom du locataire. La moitié de ces étiquettes étaient vierges et je n'en trouvai aucune au nom de Shorter.

A l'origine, l'immeuble avait dû contenir quatre appartements par étage, mais ces appartements avaient été divisés au fil du temps, tout le bâtiment se réduisant aujourd'hui à une manière de pension où on loue la chambre au mois. J'avais déjà vu des centaines d'endroits de ce genre et que tous soient différents n'empêche pas qu'au fond ils soient tous pareils. Les odeurs de cuisine qui se répandaient dans les couloirs et les cages d'escaliers de celui-là variaient avec l'origine ethnique des locataires, mais les autres odeurs étaient bien celles que je sentais ailleurs dans la ville depuis des dizaines et des dizaines d'années. Ça puait l'urine, la souris, le manque d'air et l'abandon généralisé. Il arrivait qu'une chambre soit plus accueillante, voire plus aérée et mieux éclairée que le reste du clapier, mais les bâtiments étaient tous les mêmes, sombres, pitoyables et sordides.

C'était bien le genre d'immeuble où j'aurais échoué après m'être fait virer de l'hôtel. Si je n'avais pas cessé de boire, j'aurais fini par ne plus pouvoir payer le loyer ou suffisamment bobarder le propriétaire pour qu'il me fasse crédit jusqu'à la prochaine embellie. Ou alors, je serais descendu si bas que, argent ou pas, j'aurais eu trop honte de moi pour oser passer devant le réceptionniste et me serais mis à chercher des lieux plus en rapport avec mon état.

Je demandai à quelqu'un qui s'apprêtait à sortir s'il connaissait un certain James Shorter. Il ne ralentit même pas l'allure et se contenta de me dire non d'un signe de tête en continuant de marcher. Je posai la même question à une petite vieille à cheveux gris qui entrait dans l'immeuble en s'appuyant sur une canne et portait ses commissions dans un filet à mailles serrées. Elle me répondit qu'elle ne connaissait personne, mais que tous les gens de l'immeuble avaient l'air gentil. Son haleine puait la menthe et la bibine, Madame devait se poivrer au schnaps allongé de peppermint, ou à coups de gin qu'on fait suivre d'un petit verre de menthe.

Je gagnai la IIe Avenue à pied et tentai une nouvelle fois de joindre Shorter au téléphone. Sans succès. Je me dis alors que s'il ne travaillait pas, il y avait de fortes chances qu'il soit en train de se saouler, le quartier lui offrant tout ce qu'il fallait pour parvenir à ses fins : jusqu'au croisement de la 94e, on ne trouvait pas moins de douze tavernes. Je les fis les unes après les autres, demandant à chaque fois au barman s'il ne connaissait pas un certain Shorter. Etait-il là ? Etait-il passé avant ? Personne ne le connaissait, par son nom du moins, mais le barbu qui officiait derrière le comptoir du O'Bannion m'informa que ses clients lui disaient rarement leur nom, et encore moins leur prénom.

– Ça pourrait être n'importe lequel de ces mecs, me précisa-t-il même.

J'envisageai de crier son nom dans le bar : « James Shorter ? James Shorter est-il ici ? » Sauf qu'il me faudrait alors refaire le même coup dans tous les établissements que j'avais déjà visités et je ne m'en ressentais pas. J'en avais plus qu'assez des ambiances alcoolisées.

Et les bars à gin de la Ire Avenue ? pensai-je soudain. Ne me devais-je pas d'aller y chercher le très fuyant M. Shorter ?

J'aurais pu, mais j'essayai d'abord de le rappeler chez lui, et ce coup-ci il décrocha.

Je lui dis qui j'étais, l'informai que j'avais eu son nom par la police et ses adresse et numéro de téléphone par M. Banszak, de la Queensboro-Corona.

– Je sais qu'on vous l'a déjà demandé des dizaines de fois, lui expliquai-je, mais j'aimerais bien que vous m'accordiez un peu de votre temps. Il se trouve que je suis dans le quartier et je me disais que si je pouvais passer vous…

– On se retrouve quelque part ? me proposa-t-il. Il y a un bistro agréable au coin de la Ire Avenue, le Blue Canoe. On y sera tranquilles pour parler. On dit dans dix minutes ?

Le Blue Canoe était lambrissé à la manière d'une cabane en rondins. Plusieurs trophées de chasse étaient accrochés aux murs, un marlin empaillé s'étalant au-dessus du comptoir du fond. Lumière tamisée et musique enregistrée, où le jazz alternait avec le soft rock. Il y avait peu de monde, la clientèle étant plutôt chic pour le quartier.

Je m'arrêtai un moment sur le pas de la porte, regardai autour de moi, puis rejoignis tout de suite une table où un homme seul s'était installé devant une bière.

– Monsieur Shorter ? lui demandai-je, tout en sachant déjà que c'était lui.

Je l'avais suivi depuis son immeuble et lui avais laissé le temps de s'asseoir avant de faire mon entrée.

Il faut croire que les vieilles habitudes ne disparaissent pas facilement.

Nous nous serrâmes la main, puis je m'assis en face de lui. Je m'étais fait par avance une image mentale du bonhomme. Pour nombre de gens, les représentations qu'ils imaginent correspondent à la réalité. Pas pour moi, et Shorter ne faisait pas exception à la règle : il était plus vieux, plus sombre de peau et, oui, plus petit[1] que l'individu que je m'étais imaginé. Il devait approcher de la cinquantaine. Un mètre soixante-cinq environ, le corps noueux, il avait une bouille ronde et des yeux très enfoncés dans leurs orbites. Nez retroussé, lèvres pincées. Ni barbe ni moustache, mais un chaume de deux jours lui ombrait les joues et le menton. Cheveux noirs dans la faible lumière du Blue Canoe, coupés court et aplatis sur son crâne rond. Il portait un T-shirt, des poils sombres et nombreux lui couvrant les avant-bras et les poignets.

– Ça a dû vous secouer, lui dis-je. Tomber sur le cadavre de Watson…

– Ça, pour une secousse !

La serveuse s'étant approchée, je lui commandai un Coca. Puis je sortis mon carnet et nous reprîmes toute son histoire.

1. Shorter signifie « plus petit » en anglais.

Il n'y avait pas grand-chose de plus à ajouter. Il l'avait répétée mille fois aux inspecteurs de la Criminelle du Queens et du 112e Secteur et avait eu quasiment cinq mois pour tout se remémorer. Non, il n'avait vu personne de bizarre dans le quartier. Non, il n'avait pas remarqué Watson avant et ne l'avait pas vu quitter l'arrêt d'autobus pour rentrer chez lui. Non, non et non, il n'avait rien à ajouter, absolument rien.

– Comment se fait-il que vous me posiez toutes ces questions maintenant ? s'étonna-t-il ensuite. Vous auriez une piste ?

– Non.

– Vous êtes d'un autre commissariat ?

Il croyait que j'étais flic, idée que je n'avais rien fait pour lui ôter. Ce fut pourtant le moment que je choisis pour l'informer que j'étais détective privé.

– Ah, dit-il. Mais vous ne travaillez pas pour la boîte, n'est-ce pas ?

– La Queensboro-Corona ? Non, je bosse en indépendant.

– Et vous enquêtez sur l'agression de Forest Hills ? Qui vous a engagé ? L'épouse de la victime ?

– Non.

– Quelqu'un d'autre ?

– Un de ses amis.

– Un ami de Watson ?

– C'est ça.

Il attira l'attention de la serveuse et commanda une autre bière. Je n'avais pas envie d'un deuxième Coca, mais j'en demandai un quand même.

– Il faut croire que les gens friqués voient les choses autrement, reprit-il. Je me disais justement que si un de mes amis se faisait poignarder dans la rue… est-ce que j'engagerais un privé pour savoir qui a fait le coup ?… Ben non, se répondit-il en souriant et haussant les épaules, je crois que non.

– Je ne peux pas vous parler de mon client.

– Oui, je comprends.

La serveuse nous apporta nos boissons.

– Bref, c'est comme ça que vous faites, vous ? Vous ne buvez pas pendant les heures de boulot ?

– Que voulez-vous dire ?

– Ben… que si vous étiez flic vous ne boiriez pas pendant les heures de travail. Flic ou privé, d'ailleurs, si vous bossiez pour des boîtes comme la mienne… Mais un indépendant comme vous doit être à même de savoir si c'est le bon moment ou non pour s'en téléphoner un petit… Et comme vous êtes au Coca, je suppose que c'est mûrement réfléchi de votre part…

– C'est ce que vous pensez ?

– Si c'est pas ça, c'est que vous aimez le Coca !

– Ce n'est pas mauvais, mais je n'en raffole pas. En fait, je ne bois pas.

– Ah…

– Au contraire d'autrefois, ajoutai-je.

– Ah bon ?

– Et qu'est-ce que j'aimais ça ! Surtout le whisky. Cela dit, j'ai dû boire assez de bière pour y faire flotter un cruiser sans qu'il racle le fond. Auriez-vous fait partie de la police, vous aussi ? (Il secoua la tête.) Moi, si. Je suis même passé inspecteur. Mais je buvais tellement que je me suis fait virer.

– Vraiment ?

– Pas que boire m'aurait causé des ennuis avec la hiérarchie, enfin… pas directement. Mais si j'avais continué sur ma lancée… Et donc j'ai tout lâché : mon boulot, ma femme, mes enfants, toute ma vie.

« Qu'est-ce qu'il pourrait bien avoir d'autre à me dire ? » avais-je demandé à Elaine et Elaine m'avait répondu : « Et si c'était toi qui avais des trucs à lui dire ? »

Bien vu.

La méthode AA fonctionne d'une manière remarquablement simple. On prend les choses au jour le jour et on ne boit pas. On va à des réunions où on partage son expérience avec d'autres, ce qui redonne force et espoir pour continuer.

Et on porte la bonne parole.

Pas question de prêcher ou de marteler l'évangile à quiconque, on raconte seulement son histoire – comment c'était avant, ce qui s'est passé et comment c'est maintenant. Ainsi procède-t-on quand on dirige une réunion, ainsi procède-t-on aussi lorsqu'on s'adresse à une personne particulière.

Je lui racontai donc mon histoire.

Lorsque j'en eus fini, il leva son verre, le regarda, et le reposa.

– Moi, j'ai tellement bu que je me suis fait virer de la Queensboro-Corona… dit-il. Mais vous le savez sans doute déjà.

– On m'en a parlé.

– Ça m'a drôlement secoué de trouver ce cadavre. C'est pas le genre de truc auquel je suis habitué, si vous voyez ce que je veux dire…

– Evidemment.

– Alors, j'ai un peu forcé sur la bouteille. Ce sont des choses qui arrivent, n'est-ce pas ?

– Ce sont effectivement des choses qui arrivent.

– Parce qu'en règle générale je ne bois pas trop.

– C'est moins la quantité qu'on boit que ce à quoi ça sert.

– Je dois dire que ça me sert pas mal. Ça m'aide à me détendre et à réfléchir un peu. Oui, moi, c'est à ça que ça me sert.

– Mouais… Et qu'est-ce que ça vous fait ?

– Ah, là… C'est autre chose, pas vrai ?

Il reprit son verre, puis il le reposa de nouveau.

– Vous êtes drôlement accroché à ce truc des AA, on dirait.

– Ça m'a sauvé la vie.

– Ça fait longtemps que vous ne buvez plus ? Deux ans, trois ans ?

– Disons une dizaine.

– De Dieu ! s'exclama-t-il. Et pas de petits, euh… pas de petits écarts ?

– Jusqu'à maintenant, non.

– De Dieu ! répéta-t-il en hochant la tête pour avaler la nouvelle. Dix ans !

– Ça se fait au jour le jour. Et il y a un moment où ça commence à faire…

– Et vous allez encore aux réunions après tout ce temps ? Combien de fois par…

– Au début, j'y allais tous les jours. Dans les premières années, j'y allais même souvent plusieurs fois par jour. J'y vais encore tous les jours quand j'ai envie de boire ou que je me sens très stressé. A d'autres moments, je n'y vais qu'une ou deux fois par semaine. Les trois quarts du temps pourtant, j'assiste à trois ou quatre réunions par semaine.

– Même après toutes ces années ? répéta-t-il. Et où trouvez-vous le temps ?

– Bah… je trouvais bien celui de boire !

– Ouais, c'est vrai que ça fait passer le temps.

– Et je n'ai pas trop de mal à caser mes réunions dans mon emploi du temps. C'est ça qu'il y a de bien à New York : des réunions, il y en a à toute heure du jour et de la nuit.

– Ah ouais ?

J'acquiesçai d'un signe de tête.

– Et absolument partout, ajoutai-je. A Houston Street, il y a un groupe qui se réunit tous les soirs à minuit et un autre qui attaque à 2 heures du matin. Le plus comique est que ça se passe dans un endroit où se trouvait autrefois un des bars les plus célèbres de la ville. Il restait ouvert bien après l'heure de fermeture légale… et aujourd'hui c'est pareil.

Il trouva lui aussi que c'était assez drôle. Je m'excusai un instant pour aller aux toilettes, puis je décidai de passer un coup de fil avant de revenir m'asseoir en face de lui. J'étais à peu près certain qu'il y avait une réunion à la 82e Rue Est, mais je voulais m'assurer du lieu et de l'heure exacts. J'appelai l'Intergroupe, une femme décrocha, qui n'eut même pas besoin de consulter son calendrier pour répondre à mes questions.

Je retrouvai Shorter en train de contempler son fond de

bière. Je lui annonçai qu'il y avait une réunion dans le quartier à 22 heures et que j'avais l'intention de m'y rendre. J'ajoutai même que ça faisait deux jours que je n'étais pas allé à une réunion, ce qui était faux, et que cela me ferait du bien, ce qui était vrai.

– Vous voulez venir ?

– Qui ça, moi ? s'enquit-il.

Comme si je m'adressais à quelqu'un d'autre !

– Allez, insistai-je, vous me tiendrez compagnie…

– Ben, c'est que… je sais pas, dit-il. Je viens de me taper des bières… et comme j'en avais déjà bu deux ou trois avant…

– Et donc ?

– Il ne faut pas avoir arrêté de boire ?

– Du moment que vous ne vous mettez pas à beugler et à renverser les chaises… Mais je ne pense pas que vous soyez prêt à faire des trucs pareils… ?

– Non, dit-il, mais…

– Ça ne coûte rien et, en général, le café et les petits gâteaux sont gratuits. Et on y entend des trucs vraiment intéressants.

Je me remis debout en précisant :

– Mais je ne veux pas vous forcer. Si vous êtes sûr que vous n'avez pas de problèmes avec…

– Je n'ai jamais dit ça.

– C'est exact, vous ne l'avez jamais dit.

Il se leva à son tour.

– Bah et puis zut, dit-il. Dépêchons-nous d'y aller avant que je change d'avis.

17

La réunion se tenait dans un immeuble en pierre de taille de la 82e Rue, un peu en retrait de la IIe Avenue. Un groupe des AA en louait le deuxième étage et y organisait une demi-douzaine de réunions par jour, la première débutant à 7 heures du matin et la dernière s'achevant à 11 heures du soir. Concession faite aux voisins de ce quartier résidentiel, on n'applaudissait pas pendant la dernière réunion de la journée. On montrait qu'on était d'accord, voire enthousiaste, en faisant claquer ses doigts.

L'orateur était un ouvrier du bâtiment qui ne buvait plus depuis cinq ans. Son histoire était tout ce qu'il y a de plus classique et il la raconta sans fioritures en moins de vingt minutes. La pause qui s'ensuivit fut occupée par diverses annonces, chacun en profitant pour faire passer le chapeau à son voisin. Après quoi, ceux qui désiraient intervenir levaient la main.

J'en fus soulagé. En gardant les siennes dans ses poches, Jim ne serait pas obligé de parler. Il n'y avait aucune raison pour qu'il se retrouve sur la sellette dès sa première réunion comme cela lui serait forcément arrivé si la procédure du tour de table avait été adoptée.

Lorsque j'avais assisté à ma première réunion, ma plus grande crainte avait été de devoir ouvrir la bouche dans une salle remplie d'alcooliques et j'avais longtemps refusé de prendre la parole. « Je m'appelle Matt et je passe mon tour », me contentais-je de dire, une réunion après l'autre. Des mots par centaines me tournaient dans la tête, mais aucun n'arrivait jamais à franchir mes lèvres. « Je m'appelle Matt… et je vous remercie de bien vouloir m'accepter parmi vous. Ce soir, je me contenterai d'écouter. »

A 23 heures, nous descendîmes au rez-de-chaussée et sortîmes du bâtiment. Je lui proposai d'aller prendre un café, il me répondit que c'était une bonne idée. Nous gagnâmes la 86e où se trouvait un *diner* qu'il aimait bien. J'avais tellement faim que je commandai un sandwich au fromage fondu et un plat de rondelles d'oignons en beignets. Il se contenta d'un café.

– J'ai bien failli lever la main, dit-il. A ça, que j'en étais !

– Vous pouvez le faire à tout moment. Mais vous n'êtes pas obligé.

– Les gens disent tout ce qu'ils veulent, n'est-ce pas ? Je croyais qu'on ne pouvait parler que de ce qui était à l'ordre du jour, mais ça ne fonctionne pas forcément comme ça, c'est bien ça ?

– On dit tout ce qu'on a envie de dire.

– Chez moi, on me serinait de ne jamais raconter ma vie à des inconnus. C'est comme ça que j'ai pris l'habitude de garder mes secrets pour moi.

– Je comprends.

– Et ça marche vraiment, hein ? On ne boit pas, on va à des réunions et on reste sobre ?

– Ça marche pour moi.

– De Dieu ! Faut croire que ça marche, alors. Dix ans…

– Un jour après l'autre, ça finit par compter.

Et Dieu, voulut-il savoir. Et le signe sur le mur ? Et les Douze Etapes ? On ne boit pas et c'est tout, lui répétai-je. On ne boit pas, on va à des réunions et on garde l'esprit ouvert. Est-ce que je croyais en Dieu ? De temps en temps, lui répondis-je. Je n'étais pas obligé de croire en lui tous les jours. Tout ce que j'avais à faire, et là c'était à chaque instant, c'était de ne jamais prendre un verre.

– Je ne voudrais pas vous retenir, me dit-il. Vous avez sans doute à faire.

– Je suis heureux que vous me teniez compagnie.

– Vous savez, je me disais… pendant la réunion, parce

que pendant que les gens parlaient, il y avait des moments où je pensais à autre chose… Pour Alan Watson ? Le type qui s'est fait poignarder ?

– Oui ?

– Il y a quelque chose qui me travaille, mais je n'arrive pas à mettre le doigt dessus.

– Si on reprenait la soirée pas à pas…

– Je ne sais pas. Peut-être que ça me reviendra tout seul. Vous dites que d'après votre ami, ça n'aurait pas été une agression au hasard ?

– C'est ce que j'essaie de déterminer.

– Pourquoi ça ? Quelqu'un aurait-il eu une raison de le tuer ?

– Pas que je sache.

– Ben alors…

Pourquoi le lui cacher ?

– Il y a d'autres décès, lui dis-je.

– Dans le même quartier ?

– Non, lui répondis-je, et il ne s'agit pas non plus de crimes de rue.

– Et le lien, c'est quoi, alors ?

– Que les victimes se connaissaient.

– Les victimes ? Ils se seraient tous fait assassiner ? Comme Watson ?

– Certains, oui. Pour les autres, ce n'est pas impossible.

– Ce n'est pas impossible ?

– Il y a des suicides qu'on aurait pu arranger et un certain nombre d'accidents qu'on aurait pu organiser.

– Bref, on a un groupe de types… C'est quoi, ça ? Un club ?

– Je ne peux pas vous donner de détails.

– Oui, je comprends. C'est un de ces types qui vous a engagé ? Pourquoi ne sont-ils pas allés voir les flics ?

– Parmi les tâches qui m'attendent, la première sera sans doute de décider si ça concerne la police ou pas.

– C'est assez clair, non ? Si des types qui ont formé un groupe se font descendre les uns après les autres…

– C'est ça qu'il faut savoir avant tout.

– Mais je croyais que vous…

– Il se pourrait que ces assassinats n'aient aucun lien entre eux. Et que les suicides soient authentiques.

– Et les accidents sans problèmes, conclut-il. Oui, je vois. Et vous avancez ?

– Je ne peux pas…

– … entrer dans les détails, je sais. Excusez-moi. J'essaie seulement de me faire une idée de ce que je devrais me rappeler. Vous savez, j'ai toujours supposé qu'il s'agissait d'un vol qui a mal tourné, mais… on appelle ça un vol induit par l'occasion. Je crois avoir entendu un des flics utiliser cette expression, ce qui voudrait dire que le voleur espérait se faire quelques dollars en agressant quelqu'un et, brusquement, il y a Watson qui débarque, le quartier est du genre huppé, Watson a l'air d'en faire partie, costume, cravate et le reste, il fait très profession libérale et semble rentrer du boulot, l'agresseur se dit qu'il doit avoir une belle montre au poignet et de gros billets dans son portefeuille… (Il plissa le front.) Sauf que si c'était un type qui s'apprêtait à tuer Watson… comment s'y serait-il pris ? Il aurait espionné sa baraque et attendu qu'il rentre du boulot ?

– C'est effectivement une façon de procéder.

– Mais alors… on aurait quelqu'un qui aurait traîné dans le coin et je n'ai rien vu de semblable. Evidemment, je ne sais même pas si je l'aurais remarqué. Repérer les petites frappes avec une barbe et des habits dégueulasses, ça oui, ça faisait partie de mon boulot de ne pas les rater et de les virer de là tout seul ou d'appeler Police-Secours pour leur refiler le bébé… Mais le type que vous cherchez s'y serait pris autrement, n'est-ce pas ?

– Il y a des chances.

– Il aurait été bien habillé et aurait surveillé la maison de Watson ou ses abords. Et, j'y pense tout d'un coup, il serait très probablement venu en voiture, non ? Quand on pense agression, on voit un type à pied, mais un type qui aurait voulu brouiller les pistes serait probablement venu en voiture, n'est-ce pas ?

– C'est tout à fait possible.

– Y avait-il une voiture garée dans les environs ? Il y

en avait beaucoup et donc la question qu'il faut poser serait plutôt celle-ci : quelqu'un attendait-il dans une voiture, la réponse étant que ça ne m'aurait absolument pas frappé. A quoi ressemble le type que vous cherchez ?

– Aucune idée.

– Vous n'avez pas de suspect ? Pas le moindre signalement ?… (Je secouai la tête.) Ce qui fait que s'il avait une voiture…

– Et pas la moindre idée de la marque, du modèle ou du numéro minéralogique non plus.

– Non, ce que je me disais, Matt…

– Je ne sais même pas s'il a une voiture, lui précisai-je encore. Vous comprenez bien que si je savais qui a fait le coup, je jouerais la partie d'une manière entièrement différente.

– Oui, je vois ce que vous voulez dire.

Nous parlâmes encore un peu du travail de détective et des manières de procéder auxquelles j'avais eu recours dans d'autres affaires. Il n'était pas au courant des méthodes policières, mais d'avoir passé quelque temps à surveiller et patrouiller dans les rues avait éveillé son intérêt pour ce genre de problèmes. Les questions qu'il me posa étaient bonnes et il comprenait vite les réponses que je lui faisais. Nous cessâmes de parler lorsque la serveuse nous remplit nos verres, puis nous repartîmes sur AA, l'alcoolisme et ce qu'il ferait peut-être après notre soirée.

– Je ne sais pas si je suis un alcoolique, me dit-il honnêtement. J'ai entendu des tas de trucs intéressants ce soir, mais je n'ai jamais vécu certaines des choses qui étaient arrivées à l'orateur. Je n'ai jamais été hospitalisé et n'ai jamais dû aller en cure de désintoxication.

– D'un autre côté, lui, il n'a jamais perdu son boulot parce qu'il buvait.

– C'est vrai et moi, si. Je le reconnais.

– Ecoutez, lui dis-je, je ne sais pas si c'est un truc pour vous ou pas. Mais vous n'avez pas de boulot pour l'instant et comme vous me disiez que vous aviez beaucoup de temps libre en ce moment… ça vous coûterait moins cher d'assister à des réunions des AA que de traîner dans les bars. Le café est gratuit et les conversations plus intéressantes. Ce sont les mêmes gens, vous savez… La seule différence, c'est que ceux qui vont aux réunions ne boivent pas. Ça les rend plus fréquentables, et nettement moins enclins à vous dégueuler sur les chaussures…

J'avais profité de la pause pour acheter un calendrier des réunions, je le parcourus avec lui et lui en indiquai quelques-unes qui se tenaient dans son quartier. Il me demanda auxquelles j'allais, je lui répondis que je fréquentais surtout celles de mon coin.

– Aucun groupe n'est identique, ajoutai-je. Faites-en plusieurs et vous finirez bien par trouver celui qui vous plaît le plus.

– Bref, c'est comme les bars. Ils ne sont pas tous pareils.

Je lui donnai ma carte de visite série minimaliste, avec seulement mon nom et mon numéro de téléphone.

– C'est à mon bureau, lui dis-je, mais quand je n'y suis pas, les appels sont transférés automatiquement chez moi. S'il y a urgence, n'hésitez pas à m'appeler, jour et nuit. En dehors de ça, me téléphoner après minuit n'est pas génial. Si c'est à ce moment-là que ça commence à vous démanger, vous pouvez toujours appeler l'Intergroupe. Le numéro est dans ce répertoire et il y a des volontaires qui répondent aux appels à toute heure.

– Vous voulez dire… J'appelle et je parle à un type que je ne connais ni d'Eve ni d'Adam ?

– Ça vaut mieux que de lever le coude.

– Putain, dit-il, c'est que vous m'avez donné à réfléchir, vous savez ? Je ne m'attendais vraiment pas à celle-là !

– Ni moi non plus !

– Quand vous m'avez appelé, je me suis dit : « Bah, pourquoi pas ? Je le retrouve, je bois une ou deux bières, on papote un peu et si j'ai de la chance, c'est lui qui réglera les conso… » Jamais je n'aurais cru que ce seraient les deux dernières de mon existence !

Il rit et ajouta :

– Parce que, si je l'avais su, j'aurais commandé des bières d'importation !

18

Il était bien plus de minuit lorsque j'arrivai à la maison. La Soirée Entre Nanas s'était de toute évidence terminée assez tôt : Elaine dormait profondément et ne bougea même pas lorsque je me glissai dans le lit à côté d'elle. J'étais épuisé – la journée avait été longue –, mais le temps que j'avais passé avec Jim m'avait rempli d'énergie et j'étais surtout très excité. Je sautais sans arrêt d'une idée à une autre et crus bien que je devrais me relever et lire ou regarder la télé pour parvenir à me détendre. Je me préparais à le faire lorsque le sommeil me tomba dessus par surprise.

Au petit déjeuner, je racontai ma soirée à Elaine.

– Je ne sais pas s'il ira jamais à une autre réunion, lui dis-je. Quant à cesser de boire et à s'y tenir… Il m'a dit qu'il ne picolait pas énormément et que ça ne l'affectait pas trop, et, pour ce que j'en sais, il a probablement raison. Toujours est-il que moi, je te le dis tout net, cette soirée m'a fait du bien. D'après certains, il n'y aurait rien de mieux que de travailler avec un néophyte pour refonder son engagement…

– Des trucs intéressants sur le meurtre de Forest Hills ?

– Non, rien. Il m'a posé des tas de questions et a échafaudé pas mal de théories, mais il ne m'a rien dit que je n'aurais pas déjà envisagé. Pour ce qui est de Forest Hills, je crois donc que je vais être obligé d'y retourner. Qu'est-ce que donne la météo ? Est-ce qu'il va pleuvoir ?

– Chaud et humide.

– Ça va nous changer drôlement, tu ne trouves pas ?

– Et ça sera du pareil au même demain. Possibilité d'averses lundi.

– On est gâtés. Moi qui espérais qu'il pleuvrait ou que ça menacerait au moins un peu...

– Pourquoi ?

– Ça m'éviterait d'aller traîner mes guêtres jusque là-bas. Il faudrait que je voie la veuve de Watson et ça ne m'enchante guère.

– Peut-être pas, mais tu le feras quand même, me renvoya-t-elle. Et tel que je te connais, tu t'y rendrais même s'il pleuvait. Ça serait la même chose, la pluie en plus. Conclusion : tu as drôlement de la chance qu'il ne fasse que chaud et humide.

– Très heureux que tu me l'aies fait remarquer.

– Or donc, amuse-toi bien avec ta veuve. Qu'est-ce qu'il y a ? J'ai dit un truc qu'il fallait pas ?

– Non, bien sûr que non. Mais je ne peux pas dire que ça m'emballe.

– Comme tu veux, mon chéri. Du moment que tu reviens avant 20 heures... Tu n'as pas oublié notre rendez-vous, n'est-ce pas ?

– Tu as toujours envie d'y aller ?

– Ouais, ouais. Il faudrait qu'on y soit avant 22 heures et comme j'aimerais dîner avant... Tu veux que je prépare quelque chose ou qu'on aille manger un morceau dehors ?

Je lui dis de ne pas faire la cuisine. Il y avait profusion de restos sympa près de la Chambre de Marilyn, et à moins de cinq minutes à pied, encore.

– Mais quand même, ajoutai-je, pour cinquante dollars par couple, ils pourraient aussi nous donner à manger, tu ne trouves pas ?

– Les corps sont pour le spectacle, me renvoya-t-elle. Ce serait assez mal vu de les manger.

Je traversai la rue pour gagner mon hôtel, pris mon courrier à la réception, montai et appelai chez Alan Watson. Ça sonna dix fois sans que, répondeur ou être humain, on daigne décrocher. Je triai mon courrier, en jetai les trois quarts, réglai le loyer et le téléphone par chèque, appelai les renseignements du Queens pour m'assurer que j'avais le bon numéro, puis je réessayai. J'eus encore droit à neuf ou dix sonneries.

Je coupai, puis appelai Lewis Hildebrand. La femme qui décrocha m'informa qu'il était parti au bureau et me demanda si je voulais le numéro. Je lui répondis que je l'avais déjà, puis je le composai, Lewis Hildebrand me répondant aussitôt.

– Vous êtes aussi incorrigible que moi, dit-il. Travailler un samedi… En fait, je ne sais pas si je travaille ou si j'avais seulement envie de sortir de chez moi. Ces enfilades de bureaux m'ont toujours paru très apaisantes quand on est le seul à s'y trouver. J'ai l'impression que tout le bâtiment m'appartient.

– Vous n'en êtes pas le propriétaire ?

– Si… enfin… façon de parler. Mais c'est différent quand je suis seul ici… tard le soir ou pendant le week-end. Ray Gruliow m'a passé un coup de fil.

– Je sais. J'y étais.

– Non, un autre. Hier soir, il lui restait encore deux membres du club à joindre. Trois autres lui ont certifié qu'ils ne pourraient pas venir mardi, un quatrième ayant des problèmes qu'il essaiera de résoudre.

– Mettons qu'il n'y arrive pas… Combien de membres du club Gruliow espère-t-il réunir ?

– Huit.

– Vous et Gruliow y compris ?

– Oui, vous ferez le neuvième. On vous attend à 15 h 30, c'est ça ?

– Ce n'est pas à 15 heures ?

– Nous nous réunirons effectivement à 15 heures, me répondit-il. Nous, c'est-à-dire les membres du club. Nous sommes tombés d'accord pour discuter une demi-heure entre nous, et après vous pourrez vous joindre à nous.

– Très bien, dis-je. Ça me paraît juste. Je ne sais pas trop quel rôle je vais jouer dans tout ça, mais j'imagine que je vous rapporterai mes conclusions et vous donnerai quelques conseils sur ce que, d'après moi, vous devriez faire.

– C'est ce que je pensais, moi aussi.

– Mais comme c'est vous qui m'avez engagé, je tenais à vous mettre au courant avant.

Ce que je fis en lui détaillant ce que j'avais appris et ce que j'en étais venu à soupçonner. Puis je lui récapitulai le tout, pour son bénéfice comme pour le mien.

– On dirait que vous avez beaucoup avancé, me dit-il.

– Je le crois aussi. J'ai été très occupé. Je n'ai pas tenu le décompte de mes heures, mais j'ai l'impression d'en avoir fait beaucoup.

– Si vous en avez fait plus que mon avance…

– Je n'en sais rien, et ce n'est pas quelque chose dont j'ai envie de me soucier pour l'instant. Non, l'important là-dedans, c'est que si j'ai beaucoup travaillé et rassemblé pas mal de renseignements, je ne sais pas trop ce que ça nous donne. Suis-je plus près de résoudre l'affaire que le jour où nous avons déjeuné à l'Addison Club ? Je n'en suis pas sûr.

– Qu'entendez-vous par « résoudre » ?

– Avoir la réponse aux questions essentielles.

– Qui seraient ?

– Quelqu'un est-il en train de vous supprimer les uns après les autres ? Et si oui, qui ? Et où se cache-t-il, et comment allons nous faire pour le coincer ? Telles sont, à mon avis, les questions essentielles. Je serais assez enclin à répondre un petit oui à la première, mais pour les autres, je suis toujours aussi peu avancé qu'avant.

– Répondre à ces questions voudrait dire que toute l'affaire aurait trouvé sa solution ?

– Je crois.

– En somme, il n'y a rien d'étonnant à ce qu'elles soient toujours sans réponses. Quant à moi, j'en ai une autre, et elle me paraît assurément très importante, même si, de fait, elle prête moins à recherches qu'à décision. Le moment est-il venu de nous montrer au grand jour ? Sommes-nous allés aussi loin que nous le pouvions en adoptant un profil bas et en faisant nos recherches dans la plus grande discrétion ?

– La question est en effet d'importance. Mais ce n'est

pas à moi d'y répondre. Je suis content que vous soyez huit chez Gruliow mardi prochain. J'aurais aimé vous y voir plus nombreux. Que vous y soyez tous, même…

– Oui, moi aussi.

– Parce que la question de savoir ce que nous faisons après sera l'une de celles auxquelles il vous faudra répondre. Et mardi prochain sera bel et bien le jour où il faudra que vous preniez votre décision.

Je passai le reste de la journée dans ma chambre d'hôtel. Toutes les heures, ou presque, j'essayais le numéro de Forest Hills sans obtenir de réponse. Je téléphonai à d'autres personnes pendant le reste de la journée et regardai un match des Yankees sur Canal MSG. (Elaine m'avait un jour demandé, et avec le plus grand sérieux, m'avait-il semblé, pourquoi on avait donné les initiales de Mono-Sodium de Glutamate, qui est un adjuvant alimentaire très en vogue dans les restaurants chinois, à une chaîne câblée. Madison Square Garden, Elaine ! lui avais-je renvoyé. Ah, avait-elle conclu.) Wade Boggs avait ramené les Yankees au match nul en réussissant un home run au début de la neuvième reprise. Mais deux manches plus tard, Travis Fryman expédiait la balle en rase-mottes jusqu'à la ligne de troisième base. Boggs l'avait récupérée, puis lancée par-dessus la tête de Mattingly. Fryman s'était alors retrouvé sur la deuxième base et avait marqué un point lorsque Cecil Fiedler avait lancé sur la gauche, toutes manœuvres qui avaient beaucoup plu à l'équipe de Detroit.

Je venais d'éteindre le poste lorsque le téléphone sonna. C'était Jim Shorter.

– J'espère que je vous… vous savez bien… que je ne vous dérange pas, dit-il. Mais comme vous m'avez donné votre carte de visite en me précisant que je pouvais vous téléphoner à n'importe quelle heure…

– Je suis content que vous ayez appelé. Comment ça va ?

– Pas trop mal. Je n'ai pas encore bu de la journée.

– C'est très bien, Jim.

– Ben… on n'en est qu'au début et la journée sera

longue. Mais comme il y a des jours où je ne bois pas du tout…

Il marqua une pause et ajouta :

– Je suis allé à une réunion.

– Bravo.

– Je crois que ça m'a fait du bien, mais… Je ne sais pas. Tout ce que je peux dire, c'est que ça ne m'a certainement pas fait de mal.

– Bien sûr. Où êtes-vous allé ?

– Au même endroit qu'hier soir. J'ai mis un dollar dans le chapeau et j'ai bu du café et grignoté une poignée de petits gâteaux. En gros, je ne crois pas y avoir perdu.

– Tout ça m'a l'air d'avoir été payé au juste prix.

Il me parla de la réunion. Il y avait vu moins de gens que la veille, mais dans le nombre il avait reconnu deux ou trois personnes. Il me résuma les points importants du speech qu'avait fait l'orateur.

– J'avais envie de lever la main, reprit-il.

– Vous auriez pu.

– Il y avait des types qui ne buvaient plus depuis moins de quatre-vingt-dix jours et qui racontaient leur journée et se faisaient applaudir. J'étais sur le point de lever la main et d'annoncer que j'en étais à mon premier jour, mais je me suis dit que non, merde, il valait mieux attendre un peu.

– Vous faites comme vous le sentez.

– Peut-être que j'y retournerai ce soir. C'est pas gênant d'y aller plus d'une fois par jour ?

– Vous pouvez y rester toute la journée, si vous voulez. Il n'y a pas de limite.

– Vous pensez aller à une réunion ? Je pourrais voir ce qu'on fait dans le West Side et comparer…

– J'aimerais beaucoup, lui dis-je sans mentir, mais ma soirée est déjà prise.

– Une autre fois, alors ? Comment se porte votre enquête ?

– Disons que ça avance lentement, aujourd'hui.

– Bon, je ne vous retiens pas plus longtemps. Je pourrais… euh… vous passer un coup de fil demain ?

– Quand vous voudrez, lui répondis-je, et ce n'est pas une parole en l'air.

Je traversais l'entrée du Northwestern pour retourner chez moi lorsque je me souvins que je n'avais pas branché le transfert d'appels. Je remontai à ma chambre, entrai le code, appelai l'appartement de l'autre côté de la rue et avertis Elaine que je débarquais dans deux minutes.

– Alors, pourquoi t'appelles ? me demanda-t-elle. Ah, oui, c'est vrai… Le transfert d'appels…

Elle était déjà habillée lorsque j'arrivai. Elle avait enfilé la tenue cuir qu'elle m'avait montrée et s'était mis plus de parfum et de maquillage que d'habitude.

– En fait, m'expliqua-t-elle, je ne pense pas que les chambres de torture soient des endroits où il faille faire dans la nuance.

– On se libère de tous ses liens, c'est ça ?

– Je te pardonne cette mauvaise astuce, mais seulement parce que je t'aime, me renvoya-t-elle. Si tu veux prendre une douche… Je t'ai préparé tes habits sur le lit.

Je me douchai, me rasai, passai le pantalon en coton noir qu'elle m'avait sorti et entrai dans le living en tenant ma chemise à deux mains.

– Qu'est-ce que c'est que ça ? lui demandai-je.

– Une guayabera.

– Je le vois bien, mais… d'où sort-elle ?

– Du Yucatan… enfin… à l'origine car j'ai dans l'idée que celle-là a été fabriquée à Taïwan. Ou alors en Corée. C'est marqué sur l'étiquette.

– Non, ce que je voulais dire…

– Je sais ce que tu voulais dire. C'est moi qui te l'ai achetée. Essaie-là. J'aimerais voir. Hé, mais… elle te va drôlement bien !

– A quoi servent toutes ces poches ? Et ces passants ?

– C'est le style. T'aimes pas ?

– Si tu m'avais prévenu, j'aurais pu me laisser pousser des rouflaquettes et une petite moustache. En me faisant couper les cheveux comme il faut, je pourrais ressembler à un maquereau dans un film des années 40.

– Moi, je trouve que tu as l'air relax et plein d'autorité. A propos, c'est un cadeau, mais… inutile de me remercier.
– C'est déjà ça, lui renvoyai-je.

La Chambre de Marilyn se trouvait dans les sous-sols d'un hangar de Washington Street. Des grossistes en viandes occupaient les deux immeubles voisins et ceux qui se dressaient de l'autre côté de la rue. Rien ne signalait la présence de la Chambre dans le quartier. La porte verte du bâtiment ne portait aucune indication particulière, une ampoule rouge de faible intensité pendait au-dessus du linteau. Il était 22 heures lorsque nous y frappâmes, et nous fûmes aussitôt accueillis par un jeune Noir à la peau très sombre. Crâne rasé et masque noir sur la tête, il portait une salopette, noire elle aussi, et sans manches. Il était 0 h 45 lorsque le même jeune Noir nous rouvrit la porte pour nous laisser sortir.

Je repérai un taxi qui descendait Washington Street, m'avançai au bord du trottoir et le hélai. Je donnai notre adresse au chauffeur, m'adossai à la banquette arrière et proposai à Elaine de rentrer chez nous en observant un aimable silence lorsqu'elle commença à faire des commentaires.

– J'aimerais mieux en parler, reprit-elle.
– Je préférerais que tu t'en dispenses, lui renvoyai-je.
– Tu as peur que ça choque le chauffeur ?
– Non, je crains seulement que…
– Non, parce que lui, il s'appelle Manmatha Chatterjee. Ce qui en fait un Hindou et l'Inde étant le pays du Kama Sutra, lequel Kama Sutra est le premier manuel de baise olé olé…
– Je t'en prie…
– Et donc, je ne risque pas de le scandaliser.
– Mais moi, si, tu risques.
– Même qu'en plus, si jamais il rougissait, je vois pas comment on s'en apercevrait.
– Nom de Dieu, Elaine !
– Mais je chuchote, moi ! me renvoya-t-elle. Comment

veux-tu qu'il entende, espèce de gros nounours idiot ! Bon, j'arrête et je me tiens bien. Promis, juré.

Et elle garda effectivement le silence pendant le reste du trajet. Mais une fois dans l'ascenseur, elle me relança :

– Puis-je vous parler, Maître ? Oh, pardon ! J'oubliais que l'ascenseur est sur table d'écoute !

– Je crois qu'on est à l'abri.

– Je me suis bien amusée. Et je n'ai pas eu trop chaud dans ma tenue.

– Ça te serait peut-être arrivé si tu n'avais pas enlevé le haut.

– Peut-être. Mais toi, alors ! Tu étais d'un chic dans ta guayabera !

– Je sais. Relax, mais plein d'autorité.

– Ça ! Je suis vraiment contente qu'on y soit allés. Que je te dise un truc : c'est pas demain la veille qu'on verra des machins comme ça à la télé.

– Espérons-le.

– Ce qui m'a beaucoup plu, c'est de voir combien les gens avaient l'air ordinaire. Je ne te parle pas de ce qu'ils portaient, mais de la gueule qu'ils avaient. S'attendre à tomber sur des figurants dans un film de Fellini et se cogner dans des types qu'on pourrait rencontrer à une soirée Tupperware…

– Tu parles d'un underground sexuel !

– Mais c'est justement ça qui rend la chose excitante ! s'écria-t-elle. C'est encore plus réel. T'aurais vu le côté terre à terre du truc quand ils ont commencé à se transpercer ! Alors que c'est quand même assez bizarre, non ? Tribal, quoi, complètement primitif…

– Et permanent.

– C'est comme les tatouages, mais ça va plus profond. Moi, j'ai les oreilles percées et, si on va au fond des choses, quelle différence y a-t-il entre un lobe et un téton ?

– Si tu trouves que c'est la même chose, moi, je renonce.

Nous étions déjà arrivés à l'appartement.

– Eh bien, je n'en sais rien, me dit-elle en me passant

les bras autour de la taille. Et tu connais la différence entre un tas de purée et une chiée de wagons ?

– Ouais, ouais. Tout le monde est capable d'écraser des pommes de terre.

– Je te l'avais déjà dite ? C'est ça ?

– Au moins cent fois.

– Plus c'est éculé, mieux ça vaut. C'était chouette, non ? Tu t'es bien amusé ?

– Oui.

– Ça t'a choqué quand j'ai enlevé le haut ?

– Ça m'a surpris, lui répondis-je. Mais non, ça ne m'a pas choqué.

– Ben, c'est-à-dire qu'avec tous les nichons que t'avais sous les yeux, je voulais pas que t'oublies à quoi ressemblent les miens.

– Il n'y avait pas de danger. Les tiens sont les plus beaux.

Elle s'éloigna en dansant.

– Ah ! s'écria-t-elle. De toute façon, ce soir tu passes à la casserole. C'est même pas la peine de mentir.

– Qui t'a dit que je mentais ?

– Disons... tiens : disons que si t'étais Pinocchio, ça serait le moment rêvé pour s'asseoir sur ton nez...

– Il y a autre chose qui m'a surpris, enchaînai-je. Je croyais qu'on avait juré de ne pas prendre part au spectacle.

– Mais on n'y a pas pris part ! Ah, tu veux dire... le truc entre nanas ? J'ai jamais pensé que ça pouvait compter...

– Tiens donc !

– Faut croire que l'esprit de la fête m'a gagnée. Ça t'a gêné ?

– « Gêné » n'est pas le mot qui convient.

– Choqué, alors ?

– Je ne crois pas que ça convienne mieux.

– Mais en gros, ça t'a fait quelque chose ?

– Voilà : ça m'a fait quelque chose.

– Bah, dit-elle, c'est quand même bien pour ça qu'on y est allés, non ? Pour que ça nous fasse des choses, quoi.

Espèce de vieux nounours ! Tu sais ce que je vais faire ? Je crois bien que je vais t'attacher. Et cette fois-ci, tu ne t'endors pas. Vu ?

– Pas avant plusieurs heures au moins, ça, c'est certain.

19

Le dimanche, le Paris Green offre un excellent brunch à sa clientèle, qui peut s'asseoir dehors, sous des parasols vert et blanc. C'est là qu'après avoir fait la grasse matinée nous entamâmes notre journée. Après, Elaine prit un taxi pour descendre au marché aux puces de la VIe Avenue, où elle voulait se remettre à chasser l'objet d'art urbain. J'avalai une deuxième tasse de café et regagnai la maison à pied.

Jim Shorter avait téléphoné pendant notre absence et laissé un message sur le répondeur. Je le rappelai et nous convînmes de nous retrouver une heure plus tard à une réunion qui devait se tenir dans Amsterdam Avenue, à la hauteur de la 96e Ouest. Puis j'appelai un autre Jim, Faber celui-là, mon parrain des AA, et lui demandai à quel restaurant chinois nous allions confier l'honneur de nous servir à dîner ce soir-là.

Faber et moi nous retrouvâmes aux Délices Végétariens de la 58e Ouest, à quelques maisons de la VIIIe Avenue. Situé en sous-sol, ce restaurant est doté d'une salle à manger qui évoque une caverne et contient une multitude infinie de tables, presque toutes désertes à cette heure-là.

– Je suis content qu'on ait décidé de venir ici, me dit-il. Ça fait un moment que j'avais envie d'essayer ces Délices, mais vu la vulgarité du décor extérieur… Tu crois qu'ils n'ont jamais de clients ? J'espère pour eux qu'ils importent de l'héroïne et que ce restaurant leur sert seulement de couverture.

– Ils ont parfois beaucoup de monde à midi, lui répondis-je, et Elaine adore y venir parce qu'elle peut commander tout ce qu'elle veut au menu. Les trois quarts des restaurants chinois n'ont que quatre ou cinq plats de légumes à offrir, et toujours les mêmes, et il y a longtemps qu'elle s'en est lassée.

– Elle pourrait venir ici tous les jours de la semaine, me renvoya-t-il en feuilletant le menu. Tu veux commander ? Comme tu connais les lieux...

– Bien sûr. Tu as envie de quoi ?

– De bouffer, dit-il. Beaucoup, et que ce soit bon.

En mangeant, je lui racontai mon après-midi et lui expliquai comment, en me lançant sur une piste assez peu prometteuse dans une enquête elle-même fort difficile, j'en étais, bien malgré moi, venu à répondre à une demande du type Douzième Etape.

– Ça ne te ressemble guère, me dit-il. Tu n'as jamais fait montre d'un grand zèle missionnaire...

– Je n'ai jamais cru qu'il était de mon devoir d'aider les gens à ne pas boire. Au début, je n'étais même pas très sûr de vouloir arrêter, alors tu imagines... Non, essayer de vendre ce genre de camelote à d'autres était vraiment la dernière chose dont j'avais envie. Après, au fur et à mesure que les jours sans alcool s'accumulaient, je me suis convaincu que savoir si le voisin buvait ou non ne me concernait pas. Qui sait si les poivrots ne s'en tirent pas mieux que les autres ? En tout cas, je suis assez mal placé pour le dire.

– Ton ami Ballou...

– Mon ami Mick Ballou boit comme un trou tous les jours que Dieu fait et je suis sûr que s'il se pointait à une réunion des AA, personne n'oserait lui dire qu'il n'y a pas sa place. Je suis aussi certain que ça l'affecte physiquement et moralement, même si ça ne se voit pas encore. Mais bon... c'est un adulte, lui, nom de Dieu ! Il sait ce qu'il fait.

– Alors que ton bonhomme de l'Upper East Side...

– J'ai dû m'identifier à lui. J'ai analysé sa vie, ou ce que je m'en imaginais, et j'ai compris que j'aurais très bien pu suivre le même chemin que lui. Quoi qu'il en soit, je n'étais pas du tout prêt à le traîner à une réunion. Il s'est seulement trouvé que je lui ai parlé des AA, qu'il a eu l'air intéressé et ouvert à mes suggestions et…

– A mon avis, ça te fera du bien. Tu n'aides personne d'autre, n'est-ce pas ?

– Je ne veux pas être responsable de lui.

– Peut-être, mais moi, appelle ça comme tu veux, j'ai quand même l'impression que c'est ce que tu es en train de faire. En plus, je crois vraiment que ça te fera du bien de bosser avec un débutant. Du moment que tu ne tombes pas à la renverse le jour où il se remet à picoler…

– Il n'y a pas de danger.

– On ne peut jamais aider personne à ne pas boire et que ça dure. Tu le sais bien.

– Evidemment.

– Et j'espère que tu n'as pas oublié la règle d'or que tout parrain se doit d'observer pour réussir.

– Oui, oui, continuer à ne pas boire.

– Et comment !… Tu sais quoi ? On pourrait s'y tromper. On croit manger de la viande alors que ce n'en est pas. Ça serait quoi, ce truc ? De l'anguille ?

– C'est fait avec du soja… je crois.

– A force, il viendra un jour où tout sera à base de soja. Chaises, tables, bagnoles, sandwichs à la dinde chaude, tout, quoi ! Le plus étonnant est que c'est censé ressembler à de l'anguille, et en avoir le goût, et que si c'en était, je n'y toucherais pas parce que, c'est ainsi, je déteste l'anguille. Je crois même y être vaguement allergique…

– Tu aurais dû me le dire quand j'ai commandé.

– Veux-tu me dire l'intérêt puisque c'est de la fausse, que la fausse anguille, je n'y suis pas allergique et que tiens, pour finir, j'aime assez ?

– Tu veux en reprendre ?

– J'y compte bien. Et Elaine mange ça tout le temps ? Pas ça en particulier, non, disons… végétarien ? Elle ne mange même pas de poisson ?

– Non.

– Moi, c'est la viande qui me manquerait. Ça va entre vous ?

– On ne peut mieux.
– Tu vois toujours l'autre ?
– De temps en temps.
Au début, je ne lui avais pas parlé de Lisa, mais pas parce que j'aurais craint sa désapprobation. Jim connaît Elaine et je ne voulais pas le charger d'un secret qui, peut-être, n'aurait plus de raison d'être quelques semaines plus tard. Les choses prenant un autre tour et ne promettant guère de changer, j'avais fini par lui avouer ma liaison.
– La dernière fois que je l'ai vue, lui dis-je, j'ai commencé par avoir envie de boire. C'est là que je l'ai appelée.
– Si c'est le seul choix que tu avais, je dirais que tu as bien fait. Je ne crois pas que votre aventure soit promise à un grand avenir, mais comme j'ai vu un reportage sur l'effet de serre l'autre soir à PBS [1], et qu'on pourrait en dire autant de tous les humains... Elle n'est pas du genre à essayer de te casser ton mariage, des fois ?
– Je ne suis pas marié.
– Tu sais très bien ce que je veux dire.
J'acquiesçai d'un signe de tête.
– Non, repris-je. Elle fait seulement partie du paysage. Elle ne m'appelle jamais et quand c'est moi qui lui téléphone, elle me dit de passer.
– Mais c'est le paradis, cette nana ! s'écria-t-il. Dis, tu veux pas me rendre un service ? Tu lui demandes si elle n'aurait pas une sœur, d'ac ?

Nous restâmes longtemps à discuter et arrivâmes quelques minutes en retard à la réunion du Grand Livre qui se tenait à Saint-Clare. Après, je raccompagnai Jim chez lui et poussai jusque Chez Grogan, au coin de la 50e Rue Ouest et de la Xe Avenue. Même si son nom ne figure pas sur la licence, c'est Mick Ballou qui est le propriétaire du lieu. A deux heures de New York, il possède aussi une ferme dans le comté de Sullivan, mais là non plus, son nom ne figure pas sur le titre de propriété. Il a encore deux ou trois appartements en ville et conduit une Cadillac

1. Célèbre chaîne éducative de la télévision américaine.

Brougham, mais rien n'en transparaît nulle part. Le jour où il sera enfin traîné devant les tribunaux, la justice aura un mal fou à lui confisquer quoi que ce soit.

J'avais eu l'intention d'y faire un saut le vendredi précédent, mais avais passé ma soirée à sauver des âmes de l'alcool dans l'Upper East Side. Deux jours s'étaient écoulés depuis lors et la salle était quasiment vide, seuls trois vieillards se tenaient au comptoir en silence cependant que deux autres partageaient une table. Burke, qui officiait derrière le bar, me dit du coin de ses lèvres fines que le grand patron n'était pas attendu ce soir.

Je restai assez longtemps pour boire un Coca et regarder un bout du match sur ESPN. Les Brewers jouaient contre les White Sox, les uns et les autres ayant de bons batteurs qui expédiaient leurs balles jusque dans les gradins. Mais je ne prêtais guère attention à la partie et, lorsque mon verre fut vide, je rentrai à la maison.

Le lendemain matin, Wally Donn m'appela quasiment aux aurores.

– J'aimerais bien te faire bosser deux ou trois jours, me dit-il. Tu t'en sens ?

– Je suis en plein sur une affaire, lui répondis-je.

– Et ça t'occupe beaucoup ?

Ça ne me prenait guère de temps... enfin pas trop. Je ne pouvais pas faire grand-chose avant la réunion qui devait se dérouler chez Gruliow le mardi après-midi suivant.

– Et si je t'appelais mercredi ? lui proposai-je. Ou demain en fin d'après-midi, si je peux ? J'aurai déjà une meilleure idée de ce qui m'attend.

– En fait, c'est aujourd'hui que j'ai besoin de toi. Si tu m'appelles mercredi, il se pourrait que je n'ai rien à t'offrir. Mais bon... tu appelles et on voit.

Pour ce que je finis par fabriquer ce jour-là, j'aurais été mieux inspiré de passer à la Reliable. Comme d'habitude j'appelai Forest Hills et ne fus pas autrement surpris lorsque personne ne décrocha. J'avais déjà décidé que

Mme Watson avait quitté New York et commençais même à me demander quelles questions je pourrais bien lui poser si jamais elle refaisait surface un jour.

Un peu après le déjeuner, j'allai faire un tour au magasin d'Elaine dans l'intention de la remplacer, mais elle n'y était pas. Très cool et très pro dans sa tenue de jeune homme sorti des meilleures écoles, TJ tenait la boutique. Je passai une demi-heure à bavarder avec lui, temps pendant lequel il vendit une paire de serre-livres en bronze à un homme voûté portant un T-shirt des Grateful Dead. L'homme lui en offrit trente dollars, puis quarante, puis accepta de payer les cinquante dollars inscrits sur l'étiquette, à condition que TJ lui fasse cadeau de la taxe d'Etat. TJ tint bon.

– Vous êtes dur, lui dit l'homme d'un ton admiratif. Je paie sans doute dix fois plus que ce que ça vaut, mais quoi ? Dans dix ans, quand je les regarderai sur mes étagères, je ne me rappellerai même plus combien je les ai payés.

Il tendit sa carte de crédit à TJ, qui rédigea la facture et fit tout ce qu'il fallait faire en pareil cas, comme s'il accomplissait ce genre de besogne depuis toujours.

– Ils sont vraiment beaux, dit-il enfin à son client en lui tendant son paquet bien emballé.

– C'est ce que je pense, moi aussi, dit l'homme.

Pendant le dîner, je décrivis la transaction à Elaine, et par le menu.

– Tout bien considéré, je crois que tu as fait une affaire, lui dis-je enfin. Où crois-tu qu'il ait appris à parler comme ça ?

– Aucune idée, me répondit-elle. Pourquoi lui a-t-il fait payer le prix fort ? Je lui avais dit de baisser de dix pour cent s'il tenait à conclure.

– Il savait très bien que son bonhomme finirait par payer s'il arrivait à tenir bon.

– Avec la taxe d'Etat en plus ?

– Avec la taxe d'Etat en plus.

– Il faut croire qu'on apprend des tas de choses en

faisant le pet pour les joueurs de bonneteau. C'est vrai que quand on sait acheter et vendre dans la 42e, on doit pouvoir faire ça absolument n'importe où.

– C'est évident.

– Mais je suis toujours aussi étonnée de l'entendre prendre le ton bon chic bon genre à volonté. Et si c'était un gamin de la moyenne bourgeoisie et que son argot des rues n'était que du flan ?

– Non, non.

– C'est ce que je me disais, moi aussi. Mais on ne sait jamais, n'est-ce pas ?

– Des fois si, lui répondis-je.

Jim Shorter n'avait pas téléphoné. Je le rappelai après le repas, mais n'obtins pas plus de réponse. Je me rendis à Saint-Paul. La femme qui prit la parole avait des opinions bien arrêtées sur tout et sur rien. Je partis à la pause et regagnai ma chambre d'hôtel, où je m'assis pour regarder par la fenêtre.

J'avais débranché le transfert d'appels dès que j'étais arrivé. J'essayais d'en faire un automatisme : on branche quand on s'en va, on débranche quand on arrive. Je pris un livre et lus un moment, puis je reposai le volume et regardai à nouveau par la fenêtre. Alors le téléphone sonna, et c'était Shorter.

– Salut, dit-il. Comment ça va ?

– Bien, dis-je. Et vous ?

– Ben, je n'ai toujours pas bu.

– C'est rudement bien.

– Et je suis allé à une réunion, ajouta-t-il avant de me dire où ça s'était déroulé et de me raconter l'affaire avec un luxe de détails dont je me serais bien passé.

Nous parlâmes des AA encore quelques instants, puis il me dit :

– Et votre enquête ? Ça marche ?

– Ça fait du surplace.

– C'est demain le grand jour, non ?

– Le grand jour ?

– Vous savez bien… celui où tout le monde se réunit et

où vous allez être fixé sur la suite des événements. Vous croyez que le tueur y sera ?

– Je n'y avais pas pensé. Mais je ne suis même pas sûr qu'il y en ait un.

– Hé, Matt, n'oubliez pas que c'est moi qui ai découvert le corps de Watson et je suis sûr que quelqu'un l'a tué. On ne se fait pas des trucs pareils à soi-même.

– Un tueur et un seul, dis-je. Je ne sais toujours pas s'il y en a un et je n'ai aucune raison de croire qu'il ferait partie du groupe.

– Qui d'autre cela pourrait-il être ?

– Je l'ignore.

– Moi, ce que je pense… mais non, moi et mes opinions ! Laissez tomber. Ça vaut pas la peine de m'écouter.

– Si, Jim, si.

– Vous êtes sûr ? Bon. Alors moi, je parie que c'est un type du club. Un type qui a l'air impec en surface, mais qui est plein de merde en dessous. Vous voyez ce que je veux dire ?

– Oui.

– Ils seront tous là demain ?

– La plupart. Quelques-uns ne pourront pas venir.

– Vous iriez, vous, si vous étiez le tueur et qu'on organisait une réunion de ce genre ? Diriez-vous que vous ne pouvez pas venir ?

– Difficile à décider.

– Moi, j'irais. Rester à l'écart de ça, non. Ne pas savoir ce qui pourrait se raconter…

– Peut-être.

– Vous feriez mieux de bien dormir, dit-il. Demain, vous serez dans la même pièce que l'assassin, Matt. Vous pensez arriver à un résultat ?

– J'en doute.

– En fait, je ne sais pas. Vous avez été longtemps flic. Vous sentez les trucs d'instinct. Ça pourrait le dissuader de venir.

– Je sentirais les trucs d'instinct ? Moi ?

– S'il sait que vous viendrez… A moins qu'il ait envie de jauger son adversaire. Qu'en pensez-vous ?

– J'en pense que vous regardez trop la télé.

– Vous savez quoi ? dit-il en riant. Je crois que vous avez raison. Où est-ce que ça se passe ? Dans le bureau de quelqu'un ?

– Je ne peux pas vous le dire, Jim.

– Mais c'est à Manhattan, non ? Excusez-moi de mettre mon nez partout, je ne voulais pas…

– C'est dans le Village, mais je ne peux pas vous en dire davantage.

– Aucune importance. A propos du Village… Je me proposais de passer à la réunion de Houston Street. Vous n'auriez pas envie d'y aller ?

– Pas ce soir.

– Non, bien sûr. Demain, vous aurez une journée chargée. Je ne sais même pas si je tiens tellement à me coucher tard. Finir à une heure du matin et se taper tout le trajet de retour… Sans compter qu'il risque de pleuvoir. Ça menace sérieusement. Vous savez quoi ? Je crois que je vais rester chez moi.

– Ce n'est pas moi qui vous le reprocherai.

Il rit.

– Ça me fait du bien de parler avec vous, Matt. Croyez-moi, ça aide. Avant de vous appeler, je me disais que… Au diable tout ça, pourquoi je ne me paierais pas une petite bière… Comme si ça pouvait avoir des effets qu'on remarque…

– C'est-à-dire que…

– Ne vous inquiétez pas. Je ne vais pas me la payer. Je n'en ai même pas envie. Bonne chance pour demain. Vous m'appelez après si vous pouvez ? Vous le ferez ?

– Je le ferai.

J'avais dû attendre son coup de téléphone. Dès que j'eus fini de lui parler, je branchai le transfert d'appels et rentrai à la maison. Ray Gruliow avait téléphoné pendant mon absence. Je le rappelai.

– 15 h 30, demain, dit-il. Ça vous va ?

– C'est très bien.

– J'ai dit aux autres d'arriver à 15 heures. Ça nous

laissera le temps de nous mettre au courant avant de vous voir.

Ils seraient huit en tout, poursuivit-il, neuf si Bill Ludgate parvenait à se libérer. Et il serait assurément très étrange de revoir tout le monde aussi vite, deux mois à peine après la dernière réunion. Sans parler du fait qu'ils se retrouveraient dans un lieu inhabituel, un living-room au lieu d'une salle à manger de restaurant.

– A ce propos, reprit-il, j'ai beaucoup apprécié la conversation de l'autre soir.

– Moi aussi.

– Il faudra remettre ça. Quand toutes ces bêtises seront finies. D'accord ?

– D'accord.

Je raccrochai et me versai une tasse de café. Puis j'allai regarder la télé avec Elaine, mais n'arrivai pas à m'intéresser à l'émission.

Selon que Bill Ludgate pourrait ou non annuler ses rendez-vous, il y aurait huit ou neuf membres du club chez Gruliow, et cinq ou six absents. Le tueur serait-il là ? La curiosité le ferait-elle venir ? La peur le retiendrait-elle chez lui ?

Et si c'était chez lui que ça se passait ?

Penser que l'assassin pouvait être Gruliow me parut ridicule. Gruliow le Coriace en tueur diabolique ? C'est vrai qu'il était capable de tout manigancer jusque dans les moindres détails, et suffisamment décidé pour mener l'affaire à son terme sans bobos. Et il y aurait sûrement des gens pour le trouver assez brutal pour ça, voire assez cinglé.

Mais je n'arrivais pas à y croire. Cela dit, comme je ne voyais aucun d'entre eux dans ce rôle et que personne ne semblait avoir de raisons de tuer... Côté motifs, il valait mieux laisser tomber tout de suite : ce club, personne n'en connaissait même seulement l'existence.

Pouvais-je pour autant écarter tout le monde ? Hildebrand, me dis-je. Sauf que mettre un détective privé dans le coup aurait été la dernière chose à faire.

A moins que...

Tout cela était bien fou, mais vouloir qu'un type qui zigouillait systématiquement tous ses copains se conduise raisonnablement… Faire entrer un privé dans la danse pour ajouter du piquant à l'affaire ? À la longue, oui, tuer un bonhomme chaque année pouvait devenir lassant, et constater que les autres refusaient de comprendre ce qui se passait, un rien énervant. Et donc Hildebrand décide de faire monter les enchères en amenant un privé. Mais comme il ne veut pas non plus se compliquer la tâche outre mesure, il en choisit un qui n'est pas des plus géniaux…

Surtout bien dormir, m'avait conseillé Jim Shorter.

Ben voyons !

20

Neuf sur quatorze (sur trente et un) ils étaient lorsque, le dernier mardi de juin à 15 heures – il faisait chaud et brumeux et l'air épais puait l'ozone qui brûle –, enfin ils se rassemblèrent. Personne n'arriva en avance tant chacun était anxieux, personne n'arrivant non plus en retard, genre regardez comme je suis cool… Les deux premiers à se montrer furent Gerard Billings et Kendall McGarry, leurs deux taxis les lâchant en même temps devant chez Gruliow. Où ils sonnèrent à 14 h 55. Ils ne s'étaient pas plus tôt installés que la sonnette retentissait à nouveau. Neuvième du groupe, Bob Berk débarqua à 15 h 02 en s'excusant d'être en retard. Il était 15 h 05 lorsque Ray Gruliow se leva enfin pour ouvrir la séance.

Il l'avait déjà fait une fois. Lorsque Frank DiGiulio était mort au mois de septembre précédent, il était en effet devenu le plus vieux du club et avait donc présidé la réunion annuelle du mois de mai. Homer Champney, Frank DiGiulio et maintenant Ray Gruliow, c'était seulement la deuxième fois que la présidence changeait de main en trente-deux ans.

Mais pas plus qu'un autre Gruliow n'avait encore ouvert une réunion qui se tenait en un lieu et à une heure aussi inhabituels. Il avait un peu réfléchi au tour qu'il convenait de donner à l'affaire, consulté certains de ses camarades du club sur ce point et conclu qu'il fallait dévier le moins possible du cérémonial ordinaire. Il commença donc par réciter la liste des morts dans l'ordre chronologique de leurs décès Philip Michael Kalish, James Severance et

Homer Gray Champney ouvrant la marche funèbre, Francis DiGiulio et Alan Walter Watson la fermant.

– Je tiens à vous remercier d'être venus, dit-il ensuite. Je me suis entretenu de la situation avec chacun d'entre vous, et je sais que certains membres du club en ont en outre discuté entre eux. Je vais essayer de vous résumer le problème que nous rencontrons, après quoi nous pourrons procéder à un tour de table et nous faire une idée de ce qui nous attend. Un homme viendra nous rejoindre à 15 h 30. Il est détective privé et s'appelle Matt Scudder. Il serait souhaitable que nous parvenions à une décision commune avant qu'il se présente…

J'arrivai à Commerce Street un quart d'heure en avance et tuai le temps en me promenant dans les rues sinueuses du quartier. Mon errance me ramena bien des années en arrière et me fit revivre l'époque où j'étais tout nouveau au commissariat du 6e Secteur, lequel se trouvait alors dans Charles Street. Je ne connaissais pas le Village et, tout excité que j'étais, ne cessais de me perdre dans ces rues bizarres. Je croyais que jamais je ne parviendrais à me faire à ces lieux, mais rien ne familiarise plus avec un quartier que d'y faire des patrouilles, et je m'y étais fait.

A 15 h 30 exactement, je gravis les marches du perron de Gruliow et cognai à la porte avec le heurtoir en tête de lion. L'avocat m'ouvrit aussitôt et me décocha un sourire dont il m'avait déjà gratifié, celui qui voulait dire que lui et moi nous partagions un secret.

– Vous êtes pile à l'heure, me dit-il. Entrez donc. Il y a ici des gens qui aimeraient faire votre connaissance…

Malgré la chaleur, je fus heureux d'avoir enfilé un costume. Ils en portaient tous un, et de couleur sombre, hormis Lowell Hunter, qui en avait revêtu un en tissu gaufré et Gerard Billings, Monsieur Météo, qui arborait un blazer vert pomme et son éternel nœud papillon. Gruliow me présenta à l'assemblée, je serrai les mains de tout le monde en essayant de fixer dans ma mémoire chaque visage nouveau et le nom qui s'y rapportait. Cela ne faisait pas trop : sur les neuf présents, j'avais déjà rencontré Gruliow et

Hildebrand et je reconnus tout de suite Billings et Avery Davis. Il ne me restait plus qu'à situer Hunter, Bob Berk, Bill Ludgate, Kendall McGarry et Gordon Walser.

Parmi les cinq absents, Brian O'Hara faisait les pistes de l'Himalaya avec son fils aîné et ne rentrerait pas avant dix jours. John Youngdhal, lui, vivait à Saint Louis, où il avait emménagé huit ans plus tôt. Il n'avait jamais raté une réunion annuelle, mais cette fois il n'avait pas pu prendre ses dispositions à temps. Bob Ripley, lui, était parti assister à la remise de diplôme de licence de sa fille dans une université de l'Ohio, Douglas Pomeroy et Rick Bazerian ayant pour leur part des rendez-vous d'affaires qu'ils n'avaient pas pu annuler.

Après les présentations, nous nous assîmes et tous attendirent que je dise quelque chose. Je regardai leurs visages à l'air interrogatif et ne pensai plus qu'à boire un verre. J'aspirai un grand coup, expirai lentement et chassai cette mauvaise pensée.

Puis je leur dis que je leur étais reconnaissant d'être venus.

– Je sais que vous n'avez guère eu le temps de discuter de la situation, mais je crois que vous dire la manière dont moi, qui suis en dehors et exerce la profession de détective privé, je vois les choses pourra vous aider.

Je parlai entre quinze et vingt minutes, leur décrivis les divers types de décès auxquels nous avions affaire et abordai la question des suicides et des accidents. Je ne me rappelle plus très bien ce que je leur racontai, mais je ne me pris pas la langue dans le tapis et je crois même pouvoir dire que ce que je leur assenai n'était pas totalement dénué de sens. A voir leurs expressions, j'eus même la sensation qu'ils étaient suspendus à mes lèvres.

– La suite à donner à cette affaire, leur dis-je enfin, est une décision qui vous appartient. Avant de vous énumérer les diverses possibilités qui s'offrent à vous, j'aimerais profiter de l'occasion pour vous poser quelques questions.

– De quel genre ? voulut savoir Gruliow.

– Votre club a une mortalité qui dépasse, et de loin, la moyenne habituelle. C'est ce qui a poussé Lew à m'engager. J'aimerais savoir combien d'entre vous ont été semblablement troublés par ce nombre élevé de morts et s'il vous est jamais arrivé de songer qu'il y avait peut-être de l'assassinat dans l'air.

Kendall McGarry – celui dont un ancêtre avait signé la Déclaration d'Indépendance – me répondit qu'il y avait déjà pensé et que cette idée lui était venue deux ans plus tôt.

– Mais je l'ai vite rejetée : c'était ridicule et complètement tiré par les cheveux, le genre même de bêtises dont on fait des mini-séries. C'était peut-être assez bon pour la télé, mais absolument invraisemblable dans la réalité.

Bob Berk avoua avoir eu, mais brièvement, le même soupçon. Gordon Walser – celui qui, dès la première réunion, avait tenu à informer tout un chacun qu'il était né avec un doigt de plus à chaque main – déclara qu'il avait perdu ses parents et plusieurs membres de sa famille pendant la décennie écoulée et que c'était peut-être ça qui l'avait empêché de remarquer qu'on mourait beaucoup dans le club. Lowell Hunter avait, de la même manière, perdu plus d'amis qu'il n'en pouvait compter à cause du sida et nous assura que le taux de mortalité du club n'était rien à côté du nombre de gens qui mouraient dans les milieux où il évoluait.

Gerard Billings, lui, expliqua que le présent état des choses l'aurait inquiété si une proportion plus élevée de décès avait été imputable à la maladie.

– Parce que ce qui nous menace vraiment, reprit-il, c'est le cancer, la crise cardiaque et toutes les petites bombes à retardement que nous avons dans les cellules et les vaisseaux sanguins. Le suicide, par contre, est une affaire de choix personnel et ce choix-là, je ne l'ai jamais envisagé. Se tuer aux commandes de son avion privé ? Bah… je n'ai pas d'avion et donc, comment cela pourrait-il m'arriver ? Quant au meurtre… Pour moi, c'est aussi peu probable que de tomber foudroyé. Ça fait partie des choses qui arrivent aux autres. Du moment qu'on évite les quartiers dangereux, qu'on ne touche pas à la femme d'autrui, qu'on ne traîne pas à Central Park une fois la nuit tombée et qu'on… qu'on n'enquiquine pas Jim, comme dit la chanson de Jim Croce…

Il nous en chanta quelques mesures, sa voix se faisant de plus en plus faible au fur et à mesure que les autres le dévisageaient.

Bill Ludgate, lui, avait certes été très frappé par le taux de mortalité du club, mais n'avait jamais soupçonné quoi que ce soit. L'avait seulement beaucoup troublé le fait que, les gens de sa génération commençant à disparaître, il était peut-être plus près de la mort qu'il ne le pensait.

– Moi, vous savez, dit alors Avery Davis, constater cela m'a conduit à des conclusions diamétralement opposées. Je me suis dit que tous ces gens qui mouraient le faisaient à notre place. Plus ils mouraient et moins je risquais d'y passer tout de suite. Ce qui, quand on y réfléchit, est passablement idiot, mais m'a paru presque logique à l'époque.

Je leur demandai s'ils avaient remarqué quoi que ce soit d'étrange. S'étaient-ils jamais sentis suivis, voire traqués ? Les avait-on souvent appelés au téléphone en prétendant s'être trompé de numéro et sans jamais dire son nom ?

Personne n'eut rien de bien substantiel à m'offrir. Bob Berk, qui habitait à Upper Montclair, dans le New Jersey, m'informa qu'il y avait eu beaucoup de friture sur sa ligne pendant un temps, comme si on l'avait mis sur table d'écoute, mais que ce problème avait disparu quelques mois plus tôt, et tout aussi mystérieusement qu'il était apparu. Bill Ludgate nous apprit, lui, que sa femme avait été importunée par un correspondant anonyme qui raccrochait toujours sans rien dire et qu'il avait été sur le point de prendre certaines mesures lorsqu'il avait compris que c'était une petite amie à lui qui essayait de le joindre.

– Espèce de gros cochon ! lui lança Gerry Billings.

Sa liaison ayant pris fin, précisa-t-il enfin, les appels avaient cessé.

Je leur posai encore quelques questions. Je ne le leur dis pas, mais c'était plus une impression générale que les renseignements qu'ils me donnaient qui m'intéressait. Si je savais où ils habitaient, connaissais leur âge et n'ignorais rien de la manière dont ils gagnaient leur vie (qui n'était pas des plus tristes), j'avais envie de comprendre le genre d'individus qu'ils étaient.

Pour en faire quoi, ça je n'en avais pas la moindre idée.

Lorsqu'ils furent à court de réponses et moi de questions, je leur énumérai les choix qui s'offraient à eux. Ils pouvaient se tourner vers les flics, par exemple vers Joe Durkin, qui connaissait certains aspects du problème, mais aussi n'importe quelle autre personne dans la hiérarchie policière. Si la réponse qu'on leur faisait ne leur plaisait pas ou s'ils voulaient s'assurer que l'enquête démarre plein pot, ils pouvaient aussi faire appel aux médias.

Je pouvais poursuivre mon enquête, mais, parce que j'étais seul, elle progresserait lentement et trier mes renseignements ne suffisant pas, il me faudrait attendre que quelque chose se produise. Cela leur éviterait certes de se retrouver sous les feux de l'actualité et permettrait à chacun de ne pas voir son nom à la une des journaux, mais il se pouvait aussi que mon travail ne mène à rien. Cela dit, je pourrais leur recommander certaines mesures de sécurité et ils pourraient, eux, me servir d'adjoints en se tenant en contact avec moi et en me rapportant immédiatement tout ce qui leur semblerait douteux ou anormal.

– Rien ne garantit que je réussisse, leur précisai-je. Mais les flics, eux non plus, ne peuvent rien vous garantir. Et ils vous foutront votre vie en l'air.

– A cause des médias, vous voulez dire ?

– Pas seulement. Vous savez la première chose que je ferais si j'étais flic ? Je vous demanderais à tous de me dire ce que vous faisiez le soir de février où Alan Watson a été assassiné…

Deux ou trois eurent une forte réaction. Aucun n'avait pensé être suspect.

– Vous devriez peut-être le faire, dit Avery Davis. Interrogez-nous donc tous, y compris les cinq qui n'ont pas pu venir.

Je secouai la tête.

– Pourquoi pas ? insista-t-il.

– Parce que je n'ai pas les moyens de vérifier efficacement vos histoires. En plus, je ne crois pas que la police essaierait de résoudre le problème en vérifiant tous vos alibis. En gros, vous seriez un certain nombre à ne pas pouvoir prouver que vous n'auriez pas pu suivre Watson jusque chez lui pour le tuer, et cela n'indiquerait pas que vous soyez coupable. De fait même, celui qui a tué Watson pourrait très bien avoir un alibi en réserve, et tel qu'il serait impossible de le mettre en pièces. Cela dit, les flics devraient tout vérifier parce qu'on ne peut rien laisser passer dans une enquête officielle. Surtout quand l'affaire concerne des gens très en vue.

– Que nous recommandez-vous, Matt ? me demanda Gruliow.

– Rien. Comment voulez-vous que je vous recommande quoi que ce soit ? C'est vous, messieurs, qui devez prendre une décision. C'est vous qui jouez votre tête.

– Et si c'était la vôtre ?

– Je ne sais pas, lui répondis-je. Il est facile de prouver tout et son contraire. Il semble évident que le plus sûr pour vous serait de rendre tout cela public, mais je n'en suis pas certain. Notre tueur est très patient. Que ferait-il si la police faisait de cette enquête une affaire prioritaire et si les journaux l'étalaient en première page ? A mon avis, il se terrerait dans son trou et attendrait que ça passe. Il n'est pas pressé, il n'a pas de train à prendre. Il peut très bien se payer le luxe de patienter un an ou deux. Et lorsque tout le monde sera convaincu qu'il n'y a jamais eu de tueur, il sélectionnera sa prochaine victime et frappera de nouveau.

– Mais pourquoi, pour l'amour du Ciel ? s'écria Lowell Hunter. Ce n'est quand même pas l'un d'entre nous, n'est-ce pas ? Ce n'est pas possible !

– Je n'arrive pas à croire qu'il se trouve dans cette pièce, dit Bob Berk.

– Ou dehors ? Vous croyez que c'est Ripley, Pomeroy, Brian O'Hara ou… qui d'autre encore ? John Youngdhal ? Rick Bazerian ?

– Non.

– Si le tueur est l'un d'entre nous, reprit Bill Ludgate,

cela veut dire que l'un d'entre nous est fou. Pas seulement excentrique, pas seulement du genre à n'en faire qu'à sa tête, non... complètement et authentiquement cinglé. Je ne vous vois tous qu'une fois par an, mais je vous crois tous assez raisonnables...

– On peut te citer, Billy ?

– Et donc, c'est forcément quelqu'un d'extérieur, reprit-il, sauf que... qui pourrait vouloir nous tuer ? Qui sait même seulement que nous existons ?

– Une ex-épouse ? lança Ray Gruliow. Combien sommes-nous à avoir divorcé ?

– Pourquoi une ex voudrait-elle...

– Je ne sais pas. Les sentiments qui changent ? Qui saura jamais pourquoi une ex fait ceci ou cela ? Nous tournons en rond, n'est-ce pas ? Nous sommes venus ici pour arrêter une décision et je crois que nous devrions le faire avant toute chose... (Il se tourna vers moi.) Matt, cela vous ennuierait-il de nous accorder dix minutes pour que nous décidions de la procédure à suivre ? Vous pouvez attendre là-haut... il y a une chambre où vous pourrez vous étendre si vous en avez envie.

Je lui répondis que je préférais prendre l'air, le choix de cette dernière expression s'avérant particulièrement malencontreux. Dès que j'eus quitté la maison climatisée de Ray Gruliow, la chaleur me frappa de plein fouet. Je restai un instant immobile en haut des marches afin de reprendre mes esprits. De l'autre côté de la rue, une limousine noire était garée devant le théâtre de Cherry Lane. Le chauffeur, appuyé contre une aile de la voiture, fumait une cigarette. L'espace d'un instant, je crus qu'il me dévisageait, mais il ne me suivit pas des yeux lorsque je descendis les marches du perron. Je compris alors qu'il regardait la porte pour voir si quelqu'un d'autre allait sortir.

– Dans un quart d'heure ! lui criai-je. Au minimum.

Il me jeta un regard méfiant : il était content de le savoir, mais ne semblait pas trouver convenable que je lui parle. Va te faire foutre, me dis-je, et je descendis la rue jusqu'à un endroit d'où je pourrais voir l'arrière de la voiture. Le numéro d'immatriculation étant ABD-1, j'en conclus qu'elle appartenait à Avery Blanchard Davis et me congratulai d'avoir enfin trouvé quelque chose. Ce n'était pas trop tôt.

J'étais sorti de chez Gruliow à 16 h 19, et il était un peu plus de 16 h 30 lorsque, la porte s'étant rouverte, Ray le Coriace mit le nez dehors et regarda à gauche, puis à droite. Sans me voir.

J'avais gagné la VIIe Avenue, y avais acheté un café glacé dans un delikatessen, puis m'étais assis sur le perron d'un immeuble de location juste en face de chez lui. Le chauffeur de Davis avait fini sa cigarette et s'était terré à l'abri des vitres teintées de sa limousine. A pied ou en voiture, il n'y avait personne dans la rue, hormis un petit rouquin qui tourna le coin de Bedford Street sur son skateboard, me passa devant à toute allure et disparut à jamais à l'autre coin. J'avais terminé mon café et jeté mon gobelet dans une poubelle sans couvercle. C'est alors que la porte s'était rouverte et que Gruliow avait mis le nez dehors et m'avait cherché sans me trouver.

Je me levai, ce mouvement attirant l'attention de l'avocat. Il me fit signe, je laissai passer une voiture et traversai. Il avait déjà descendu les marches pour m'accueillir.

– Nous aimerions que vous continuiez à travailler pour nous, me dit-il.

– Vous êtes sûrs de votre fait ?

– Rentrons, me dit-il, que je vous l'annonce officiellement.

21

– Ils ont mis chacun mille dollars dans le pot, dis-je à Elaine. Ceux qui avaient leur carnet de chèques en ont fait un, les autres signant une reconnaissance de dette.

– Et tu as été obligé de les accepter ?

– C'est Gruliow qui a pris les reconnaissances de dette. Et les chèques. C'est lui qu'ils ont engagé. Collectivement, en qualité d'avocat conseil.

– Qu'est-ce qu'ils veulent faire ? Poursuivre l'assassin en justice ?

– Et Gruliow m'a embauché. Il m'a remis un chèque de neuf mille dollars à tirer sur le compte de son cabinet, soit la somme de tous les chèques et de toutes les reconnaissances de dette des autres plus mille dollars de sa part à lui.

– Et donc, c'est pour lui que tu travailles...

Je secouai la tête.

– Non, il m'a officiellement demandé d'enquêter pour le compte de son client, ledit client étant l'ensemble du groupe. L'intérêt de la chose serait, selon lui, de me placer sous la protection de la loi qui régit le secret client-avocat.

– Ce qui veut dire ? Que tu peux refuser de répondre à certaines questions devant un tribunal ?

– Je ne crois pas que ça les intéresse beaucoup. Non, ça veut seulement dire que je ne suis pas tenu de communiquer les résultats de mon enquête aux flics, ou de leur répéter les paroles de mon employeur, Ray Gruliow, ou de ses clients.

– Tu es donc entièrement couvert ?

– Je ne sais pas. Gruliow a l'air de le penser. De toute

façon, si j'estimais de mon devoir de cacher quelque chose aux flics, je le ferais, quelles que soient les conséquences juridiques de mon acte. Ça ne peut pas me faire de mal d'être protégé par Gruliow, mais, avec ou sans lui, je le ferais s'il le fallait.

– Ah, mon héros ! s'écria-t-elle. Il ferait tout pour son client !

– Pas tout, non, lui renvoyai-je. Je leur ai quand même annoncé que je me réservais le droit de faire intervenir les flics à n'importe quel moment. Mon premier souci est de coincer ce type avant qu'il se remette à tuer.

– Et eux, non ?

– Ce serait normal, mais... Je ne sais pas ce qui s'est dit pendant que j'attendais sur les marches en face de chez Gruliow, mais j'ai l'impression qu'ils craignent bien davantage les chaînes de télé à scandale que la rubrique nécrologique des grands journaux. Que l'histoire se sache et c'en est fini de leur club. Ne pas oublier qu'il existait avant eux et qu'ils espèrent bien qu'il leur survivra. S'ils ne sont pas très chauds pour lui sacrifier leur existence, ils n'ont pas envie de vivre sans non plus.

– Ah, les mecs ! s'exclama-t-elle.

– Bah, et ce n'est même pas ce qu'il y a de pire, lui renvoyai-je. Deux d'entre eux portaient des cravates à rayures rouges et blanches absolument identiques et personne n'a moufté. Je me demande même s'ils l'ont remarqué...

– Voilà qui est choquant ! dit-elle. Sauf que je n'en crois pas un mot. Tu inventes.

– De fait... oui. Mais... Comment as-tu deviné ?

– Parce que tu ne l'aurais pas remarqué, toi non plus, espèce de gros nounours !

– Mais si ! C'est que j'ai l'œil du pro, moi.

– Ben tiens. Décris-moi donc leurs cravates.

– Leurs cravates ? Lesquelles ?

– Toutes.

– Ben... Gerry Billings portait un nœud pap.

– Il en porte toujours un. De quelle couleur ?

– Euh...

– Et on n'invente pas, s'il te plaît. Y en a-t-il même seulement une dont tu te souviennes ?
– Il y en avait des rayées.
– Ouais. Et des pas rayées, d'accord.
– J'avais des trucs plus importants en tête.
– Tiens donc. Je m'en remets à la Cour.

Avant d'empocher le chèque de Gruliow, je leur avais parlé sécurité.

« Ce qu'il faut faire, c'est prêter attention à tout ce que vous avez l'habitude d'ignorer ou de considérer comme acquis. Vous suit-on dans la rue ? La même voiture fait-elle dix fois le tour de votre pâté de maisons ou est-elle toujours garée en face de chez vous ? Recevez-vous beaucoup d'appels téléphoniques qui vous semblent bizarres ? Y a-t-il de la friture sur la ligne ? Entendez-vous des séries de déclics suivis de brusques augmentations du volume sonore quand vous téléphonez ?

– Vive la paranoïa, c'est ça ? lança quelqu'un.

– Jusqu'à un certain point, la paranoïa fait partie de notre existence, lui dis-je. Mais vous, vous avez le droit d'être un peu plus parano que la normale. Vous venez tous de me donner mille dollars parce que quelqu'un cherche à vous tuer. Vous auriez envie de lui faciliter la tâche ?

– Et si on engageait des gardes du corps ?

– Moi, mon chauffeur est armé, dit Avery Davis, et ma limousine est à l'épreuve des balles. Mais ça n'a rien à voir avec la menace qui nous occupe. Deux de mes amis ont été enlevés dans leur voiture… Ed et Rhea Feibock.

– Tiens, mais j'ai lu ça dans les journaux, moi, dit Bill Ludgate.

– Oui, mais moi, c'est d'Ed lui-même que je le tiens. Ces fumiers les ont braqués au pistolet. Quand j'ai appris qu'ils n'étaient pas les seuls à qui c'est arrivé, j'ai loué une limousine et j'ai engagé un pro pour la conduire. Et, tant qu'à faire, j'ai choisi un type qui avait déjà travaillé comme garde du corps.

– Et tu crois qu'il se mettra en travers des balles pour

te sauver la vie ? voulut savoir Bob Berk. Tu crois qu'il mangera le pruneau à ta place ?

– Non, je ne pense pas. Pas avec ce que je le paie.

– Ecoutez, leur dis-je, je ne veux pas vous dissuader d'engager des gardes du corps, mais je ne crois pas que la situation l'exige. Je crois beaucoup plus important que vous soyez constamment sur la défensive. Il va falloir apprendre à ne jamais baisser sa garde.

– En vérifiant si on n'est pas suivi ?

– Entre autres choses. N'oubliez pas la façon dont est mort Ian Heller.

– Il s'est jeté sous un métro.

– A moins qu'on l'ait poussé, et moi, à votre place, je ferais comme si c'était le cas. Le flic qui s'est occupé de l'affaire a passé assez de temps dans le métro pour savoir qu'il faut faire gaffe quand on se tient sur un quai. Il redoute les psychotiques en liberté, il fait toujours attention à ne pas se retrouver entre un fou potentiel et le bord du quai. Sauf que même ça n'aurait pas suffi à mettre Heller à l'abri.

– Pourquoi ?

– Imaginez que Heller ait connu son agresseur. Imaginez que ç'ait été un de ses amis…

– Vous êtes en train de nous dire que c'est l'un d'entre nous qui a fait le coup ? demanda Ken McGarry.

– Pas forcément, quoique l'hypothèse ne soit pas à écarter. Vous ne vous êtes pas tous et automatiquement exonérés en me signant un chèque de mille dollars. Mais… disons qu'Heller est en train d'attendre une rame de métro et que quelqu'un s'approche de lui…

– Quelqu'un qu'il connaît ?

– Quelqu'un qui le connaît, lui. Quelqu'un qui l'appelle par son nom. « Vous êtes bien Ian Heller, n'est-ce pas ? » Le type en sait assez sur lui pour engager la conversation et qu'Heller ne soit pas sur ses gardes. Au contraire même, il se sent plus tranquille. Il n'est plus seul au milieu de tous ces inconnus potentiellement dangereux. Il a un ami avec lui. »

Gordon se récria que c'était diabolique.

« Vous savez que ça me rappelle *Le Parrain* ? dit Lowell Hunter. “L’agression, quand elle viendra, sera commise par quelqu’un en qui vous avez confiance, quelqu’un dont il ne vous viendrait jamais à l’idée de douter un seul instant.”

– C’est comme ça qu’il faut faire, acquiesçai-je. D’une certaine façon, la mort d’Ian Heller n’est pas un bon exemple. Elle s’est produite à une heure de pointe. Le quai était bondé et tout le monde pouvait se placer de manière à le pousser au bon moment. Mais cela aurait pu lui arriver à une heure creuse dans une station déserte et de la manière même que je viens de vous décrire.

– Bref, on évite les stations de métro, dit quelqu’un.

– Ce qu’il faut faire, c’est voir votre assassin plus en individu insoupçonnable qu’en tueur au regard fou. Voyez-le en homme qui a repéré le trajet que fait Alan pour rentrer chez lui et qui se heurte, comme par hasard, dans sa future victime qui s’est arrêtée pour acheter une pizza dans Austin Street. « Alan ! Comment ça va ? Tu rentrais chez toi ? J’allais justement dans cette direction, je t’accompagne un bout ? » Même si Watson n’a jamais vu le type avant, il se dit que ce doit être un voisin, quelqu’un qu’il a rencontré, mais complètement oublié. Il est probable qu’ils ont même agréablement bavardé jusqu’au moment où l’assassin a enfoncé son poignard dans la poitrine de Watson... »

– Je ne sais pas si je me suis bien fait comprendre, dis-je encore à Elaine. Deux ou trois d’entre eux voulaient savoir s’ils devaient s’armer. Que leur répondre ? Ils n’avaient sans doute pas de permis de port d’armes et en obtenir un rapidement étant impossible, ils auraient pu se faire arrêter...

– Ce qui vaut quand même mieux que de se faire assassiner, non ?

– Evidemment. Sans compter que ce sont des messieurs éminemment respectables et que s’ils devaient jamais se défendre en tirant, je ne pense pas qu’on se précipiterait pour les accuser de port d’arme illégal. Mais imaginons que quelqu'un de parfaitement innocent leur demande du feu ou perde l'équilibre et se tape dans un de nos héros porte-flingue ?

– Boum boum.

– Je leur ai dit de m'appeler au cas où il se produirait quelque chose d'anormal. En plus, ils se tiendront tous au courant de tout... Drôle, non ?

– Qu'est-ce qu'il y a de drôle là-dedans ?

– La façon dont ça va les obliger à se comporter ensemble. D'une certaine manière, ça devrait les rapprocher. S'ils partagent une expérience très intime depuis plus de trente ans, ils ne la partagent quand même qu'une fois par an. Ils sont unis par des liens fraternels très profonds alors que, de fait, ils ne se connaissent pratiquement pas.

– Et... ?

– Et maintenant tout a changé et il n'est rien qui rapproche plus d'autrui que le besoin partagé de se protéger d'un ennemi commun. A ceci près que ledit ennemi pourrait se trouver parmi eux.

– Pogo[1] n'a-t-il pas dit des choses là-dessus ?

– « Nous avons rencontré l'ennemi et cet ennemi, c'est nous... » Le hic, c'est que l'ennemi, personne ne l'a rencontré, enfin... pas ouvertement. Il se pourrait qu'il soit parmi eux, mais le contraire est tout aussi possible. Et donc...

– Et donc ils sont encore plus liés qu'avant, mais ça les met plutôt à l'aise.

– En gros, oui. C'est la première fois qu'ils doivent rester en contact étroit les uns avec les autres. C'est aussi la première fois qu'ils n'osent pas se faire confiance : l'histoire des cannibales et des chrétiens, quoi. (Elle me regarda d'un air ahuri.) Mais si, tu sais bien... C'est un problème de logique. Il y a six bonshommes qui veulent traverser un fleuve, trois cannibales et trois chrétiens. Le bateau ne peut contenir que trois personnes à la fois et on ne peut pas y laisser un chrétien seul avec deux cannibales, sans quoi il se ferait bouffer.

1. Héros de bande dessinée.

– Ce n'est pas très réaliste, ton truc.

– Mais bon sang, Elaine ! Ce n'est pas censé être réaliste ! C'est un problème de logique.

– Tu sais, moi, je suis juive, me renvoya-t-elle. Les cannibales, les chrétiens, tout ça, c'est du pareil au même. Je ne vois pas qui pourrait les distinguer.

– Pas toi, c'est clair.

– Pas moi, c'est exact, reconnut-elle. Comme je le dis toujours : « Les goyim, c'est les goyim ! »

Nous dînâmes dans un restaurant italien de la rue voisine. Il n'était toujours pas tombé une seule goutte d'eau, mais la pluie menaçait comme jamais.

– Alors, comme ça, tu as fait la connaissance de Gerry Billings, reprit-elle. J'espère que tu lui as demandé s'il pouvait faire quelque chose contre ce temps pourri.

– Qu'est-ce qu'il doit en avoir marre d'entendre ce genre de remarque !

– S'il en a pas marre de montrer des trucs sur un mur et de parler fronts chauds et fronts froids, il est probable qu'il n'en aura jamais marre de rien. Tu sais que quand il indique des machins sur une carte ou sur un croquis, c'est pas vraiment lui qui le fait ?

– Quoi ? Quelqu'un d'autre le ferait à sa place ?

– Non, mais en fait, il ne montre rien du tout. C'est seulement une image où on le voit montrer des bazars qui est superposée à sa carte ou à son croquis. Ça a l'air vrai comme ça, mais lui, il est obligé de rester planté devant un mur vide et de faire semblant d'y montrer des trucs. Se rappeler l'endroit du mur où se trouve le Wyoming ne doit pas être facile.

Nous nous disputâmes pour régler la note. Elle voulait payer parce qu'elle avait revendu un tableau pratiquement dix fois plus cher que ce qu'elle l'avait acheté, et je lui fis remarquer qu'elle n'avait guère empoché que quelques centaines de dollars alors que je venais de recevoir un chèque de neuf mille.

– Peut-être, mais toi, il va falloir que tu les gagnes alors que moi, c'est fini : mon tableau a changé de main et il n'est même plus dans ma boutique. La transaction est réglée. Finie, *finis*, *finito*.

– C'est bien dommage parce que là, c'est moi qui paie, lui renvoyai-je.

Une fois rentré à l'appartement, j'écoutai les messages sur le répondeur. Contrairement à ce que j'espérais, Jim Shorter n'avait pas téléphoné. J'essayai chez lui, mais personne ne décrocha. J'appelai mon hôtel pour vérifier si j'avais bien enclenché le transfert d'appels et tombai sur un signal occupé qui m'indiqua que je n'avais pas oublié de le faire.

Je tentai d'avoir la veuve d'Alan Watson à Forest Hills, mais n'obtins pas de réponse.

– Tu es drôlement nerveux, me dit Elaine. Tu veux aller au ciné ? Tu crois que tu devrais aller à une réunion ?

– Je songeais à prendre un taxi pour monter à Yorkville.

– Pour quoi faire ?

– Il y a une réunion.

– Saint-Paul est plus près. Pourquoi aller au diable ? Tu as envie de voir ta nouvelle recrue ?

– Je ne suis pas responsable de lui.

– Officiellement non, c'est vrai. Mais il ne t'a pas appelé et tu t'inquiètes pour lui.

– Il faut croire. Qu'en diraient tes copains d'Al-Anon [1] ?

– Ils en diraient que je n'ai pas à me mêler de la manière dont tu gères ton truc d'Alcooliques anonymes.

– Ce n'est pas ce que je voulais dire.

– Je sais. Tu voulais savoir ce qu'ils te diraient de faire. Mais si c'est ça, il faudra que tu le leur demandes toi-même.

– Il vaudrait mieux que je lui foute la paix, dis-je.

– Tu crois ?

– Les réunions, il faut y aller pour soi, pas pour quelqu'un d'autre. Il continue de ne pas boire, très bien ; il se remet à la bouteille, très bien aussi.

– Et donc ?

1. Organisation qui aide les parents et amis d'alcooliques.

– Et donc, j'ai peur qu'il retombe et que ce soit de ma faute. Sauf que ça ne sera pas de ma faute s'il se remet à boire, et que ça ne sera pas de ma faute non plus s'il continue à ne pas boire et comme, en plus, il a son Tout-Puissant à lui... Non ?

– Tout ce que tu énonces est juste, ô Maître.

– Et merde !

– Bref, tu fais quoi ? Tu sautes dans le premier taxi qui passe et tu montes à Yorkville ?

– Non. Qu'il aille se faire foutre. On va au ciné.

Nous vîmes un film où Don Johnson jouait le rôle d'un gigolo assassin, et Rebecca De Morney celui de son avocate. En quittant la salle, Elaine me dit :

– C'est pas croyable ce qu'elle ressemble à Hillary !

Qui ressemblait à Hillary quoi, j'aurais bien aimé le savoir.

– Mais... Hillary Clinton ! s'écria-t-elle. Qui veux-tu que ce soit d'autre ? Et Rebecca De Morney lui ressemblait assez pour tromper le Président lui-même. T'as pas remarqué ? Je n'en crois toujours pas mes yeux. Mais dis... où avais-tu la tête ?

– Ailleurs. A pleurer le passé et redouter l'avenir.

– Rien de bien nouveau, en somme. Ceci pour te mettre au courant : le méchant, c'était Don Johnson.

– Ça, je l'avais vu.

– Que veux-tu savoir d'autre ? J'ai l'impression qu'il va enfin pleuvoir. Je viens de sentir une goutte. A moins qu'elle ne soit tombée d'un climatiseur...

– Non, moi aussi, j'en ai senti une.

– Duel de climatiseurs ? C'est assez peu probable. Bon, qu'est-ce que t'as envie de faire maintenant ?

– Je ne sais pas. Rentrer, j'imagine.

– Pour t'asseoir dans un fauteuil et regarder fixement par la fenêtre ? Passer quelques coups de fil à des gens qui ne sont pas là ? Faire les cent pas dans le living ?

– En gros.

– J'ai une meilleure idée. Tu me raccompagnes et tu vas chez Mick voir s'il a envie de faire la fête. Tu te fais sauter au café et au Perrier. Tu regardes le lever du soleil. Tu vas à la messe et tu te tapes la Sainte-Réunion…

– Communion.

– Comme tu voudras.

– « Les goyim, c'est les goyim », c'est ça ?

– Tu l'as dit !

Arrivée au Parc Vendôme, elle me lança :

– Cette fois, il pleut vraiment. Tu veux monter chercher un parapluie ?

– Il ne pleut pas si fort que ça.

– Tu veux voir si quelqu'un a appelé ? Tu veux attraper le bulletin météo et voir de quelle couleur est le nœud pap de ton copain Gerard Billings ? Mais non ! T'as pas besoin de Monsieur Météo pour savoir de quel côté tombe la pluie.

– Non, c'est vrai.

– C'est l'évidence même. T'as seulement envie d'aller chez Grogan. Tu fais mes amitiés à Mick, d'accord ? Et… amuse-toi bien !

22

– Tu l'as raté de peu, me lança Burke. Il n'y a pas un quart d'heure qu'il est parti. Mais il va revenir. Il a dit que tu passerais peut-être.

– Il a dit ça ?

– Oui. Et il faut que tu l'attendes. Il ne sera pas long. Il y a du café frais, si tu en veux.

Il m'en versa une tasse, que je portai à la table où Mick et moi finissons régulièrement par nous asseoir, sur le côté, sous le miroir publicitaire Tullamore Dew. Quelqu'un avait laissé un exemplaire du *Post* sur une table voisine, je l'ouvris aux pages des sports pour voir ce que les éditorialistes avaient à dire. J'eus autant de mal à lire leurs phrases qu'à suivre le film un peu plus tôt. Pour finir, je reposai le journal et songeai à essayer encore une fois chez Jim Shorter. Etait-il déjà trop tard ? Je réfléchissais à la question lorsque Mick Ballou poussa la porte.

Il resta debout sur le seuil, ses vêtements trempés de pluie et ses cheveux complètement aplatis sur le crâne. Il m'aperçut enfin et son visage s'illumina.

– Nom de Dieu ! s'écria-t-il. Je l'avais bien dit que tu passerais ce soir ! Mais t'as drôlement choisi ton moment !

– A peine s'il bruinait quand je suis arrivé...

– Je sais. N'y aurais-je donc point goûté moi-même ? Le jour est doux, comme disent les Irlandais. Un putain de déluge, que c'est, oui !

Il se frotta les mains et tapa des pieds sur le carrelage ancien.

– Attends que j'enlève ces trucs mouillés. T'attrapes un rhume maintenant, tu le gardes jusqu'à Noël.

Il passa dans son bureau derrière la salle. Il y dort parfois, sur un canapé en cuir vert, et il y a toujours des vêtements de rechange dans une armoire en chêne. On y trouve aussi un bureau, et un coffre Mosler aussi vieux que gigantesque. Et ce coffre est invariablement rempli d'argent liquide, et je n'arrive pas à croire qu'il faudrait se donner beaucoup de mal pour l'ouvrir. Jusqu'à présent, personne n'a été assez fou pour tenter le coup.

Mick émergea de son bureau au bout de quelques minutes. Il s'était recoiffé et avait enfilé un pantalon en coton et une chemise de sport fraîchement lavée. Il dit quelques mots à un joueur de fléchettes, posa gentiment la main sur l'épaule d'un vieil homme qui portait une casquette en drap et se glissa derrière le comptoir pour se verser un petit verre, qu'il but cul sec. J'en sentis presque la chaleur m'irradier le plexus. Ça réconfortait, ça redonnait vigueur au corps et à l'âme. Il remplit à nouveau son verre et l'apporta à la table, avec une deuxième tasse de café pour moi.

– Voilà qui va mieux, dit-il en se laissant tomber sur le siège en face de moi. Etre obligé d'aller régler des affaires par un temps pareil… Affreux, affreux.

– J'espère que ça s'est bien passé.

– Bah, ce n'était pas grand-chose. Un type qui avait perdu quelques dollars au jeu et m'avait signé une reconnaissance de dette pour être au clair. Sauf que tout d'un coup il décide que j'ai triché et qu'il n'est pas question de payer.

– Et alors ?

– Il a changé d'avis.

– Il va payer ?

– Il *a* payé. On peut donc dire que l'investissement fut excellent, et les intérêts encore meilleurs puisqu'ils ont connu un développement très précoce.

Mon ami Mick est un monsieur imposant. Grand et fort, il a une tête qui ne serait pas déplacée parmi les antiques sculptures de l'île de Pâques. L'homme a quelque chose de primitif et de monolithique. Il y a quelques années de ça, un humoriste qui sévissait chez Morrissey après l'heure de fermeture nous décrivit Stonehenge comme une manière de rassemblement familial où Mick aurait été entouré de ses frères.

Il n'est donc peut-être pas étonnant qu'il compte parmi les derniers membres d'une espèce en voie de disparition, celle des durs à cuire irlandais qui, dès avant la guerre de Sécession, commencèrent à boire, se battre et foutre la merde entre les 40e et 50e Rues Ouest. Dans ces quartiers, divers gangs et groupes mafieux tinrent longtemps le haut du pavé : les Gophers, le Rhodes Gang, le Parlor Mob, les Gorilles. Beaucoup de leurs chefs étaient aussi tenanciers de bars, de Murphy le Maillet à Owney Madden, en passant par Paddy le Prêtre. Joyeusement vicieux ils l'étaient tout autant que les pires des pires, et auraient laissé une trace plus durable s'ils n'avaient pas été atteints d'une soif inextinguible. D'après Mick, Dieu aurait créé le whisky pour empêcher les Irlandais de conquérir le monde. Il avait certainement empêché les voyous de Hell's Kitchen de s'emparer du reste de la ville.

Il y a quelques années, les journalistes se sont mis à appeler « Westies » nos voyous irlandais d'aujourd'hui. Malheureusement pour eux, lorsque ce sobriquet fut enfin adopté par tout le monde, il ne restait pratiquement plus personne à qui l'appliquer. Les trois quarts des grands vilains du quartier avaient disparu à jamais – boisson, baston, prison, ou pension (complète et définitive) dans les services annexes de l'hôpital d'Etat de Manhattan. Ou alors on s'était marié et on habitait maintenant dans des banlieues du New Jersey où on engraissait à ne rien faire, tenait des ateliers de réparation automobile crapoteux, truquait les tables de jeu lors des collectes d'argent pour l'église, comme à Las Vegas, bossait toute la semaine pour son beau-père et se pintait à mort le week-end.

Fils d'une femme du comté de Mayo et d'un père né en France, pas très loin de Marseille, Mick était un homme qui descendait son whisky comme on boit de l'eau, un criminel de carrière, un tueur sans pitié qui pouvait enfiler le tablier de boucher de son père pour se lancer dans une nuit de massacres, puis porter le même tablier à la messe à Saint-Bernard. Il n'y avait aucune raison pour que nous soyons devenus amis, et rien qui puisse rendre notre amitié intelligible. J'aurais été bien incapable d'expliquer pourquoi nous passions des nuits entières ensemble à nous raconter des histoires qui coulaient comme eau courante – ou whisky. Mick buvait pour deux et ne cessait de remplir son verre d'un bon Jameson vieux de douze ans. Je lui tenais compagnie en me gorgeant de café, de Coca et d'eau gazeuse.

Peut-être était-ce, ainsi qu'il me l'avait suggéré, ma manière à moi de me saouler sans risquer la gueule de bois, de retrouver la douceur des bars sans avoir d'attaque ni m'endommager le foie. Peut-être était-ce aussi, ainsi qu'Elaine me l'avait laissé entendre, que nous avions un long passé d'intimité dans notre karma et tentions seulement de renouer les liens qui nous avaient unis dans d'innombrables vies antérieures. Peut-être était-ce enfin, comme je l'avais souvent pensé, que Mick était le frère que je n'avais jamais eu et le chemin que j'avais renoncé à explorer.

Et si nous étions tout bêtement deux hommes qui adorent passer une nuit blanche dans un bar bien tranquille en se racontant de bonnes histoires ?

– Tu te souviens quand je suis allé en Irlande il y a deux ans ?

Son avocat, Mark Rosenstein, lui avait fait quitter les Etats-Unis pour éviter une citation à comparaître.

– Je devais aller te rejoindre, lui rappelai-je[1], mais il est arrivé quelque chose entre-temps.

– Ah, c'est que nous aurions embrasé la lande, toi et moi ! poursuivit-il. Un peuple curieux, ces Irlandais. Est-ce que je t'ai parlé du pub de Paddy Meehan ?

– Je ne crois pas.

– Paddy Meehan tenait une taverne à West Cork, et

1. Voir *La Balade entre les tombes*, ouvrage publié dans cette même collection.

m'est avis que c'était à peine un abri à vaches bien que je ne l'aie pas vu à l'époque. Mais il avait un oncle à Boston, lequel était vieil homme et mourut, en lui laissant une belle somme, ainsi que je l'ai entendu dire.

– A Paddy, s'entend ?

– A Paddy, assurément, lequel Paddy montra pour la première fois de sa vie qu'il avait le sens des affaires. Il investit tout son argent dans la rénovation de son établissement. Il fit lambrisser les murs en pin noueux, installa des lustres dont on pouvait régler la lumière et, sur la porte, apposa un nouveau panneau électrique. Une merveille c'était, et on la voyait à des kilomètres à la ronde... (Il sourit à cette évocation.) Il fit encore recouvrir ses parquets du plus beau linoléum, s'acheta des tables et des sièges neufs et très certainement ne barguigna point à la dépense. Mais le plus merveilleux dans son petit bar de campagne fut bien les deux portes neuves qu'il perça dans le mur du fond et sur lesquelles il fit mettre une inscription en vieille écriture ogham. Sur la première porte, il y avait ainsi *FIR*, qui désigne les hommes en gaélique, et sur la seconde *MNA*, qui signifie « Femmes ». Il n'avait pas oublié d'y mettre la silhouette d'un homme et celle d'une femme, comme sur les portes des toilettes d'aéroport, pour les touristes qui n'auraient pas parlé gaélique.

– Et après, il a fait installer les toilettes.

– C'est ce qu'on aurait pu croire. Sauf que Paddy Meehan était un sacré bonhomme. *FIR* ou *MNA*, qu'on franchisse l'une ou l'autre de ses portes, on se retrouvait dans le même champ de deux hectares.

Il me raconta autre chose sur l'Irlande, son anecdote me rappelant un incident qui s'était produit à un dîner de l'Emerald Society quelques années plus tôt. Notre conversation avait trouvé ses marques, les instants de silence y alternant agréablement avec la parlote. Dehors, il tombait des cordes.

– T'ai-je jamais parlé de Dennis et de son chat ?

– Pas que je me rappelle.

– Oh, tu t'en souviendrais ! s'exclama-t-il. Même si

tu buvais, tu ne l'aurais pas oublié. C'était un drôle, le Dennis.

– Je me souviens de lui.

– Nous avons été bien élevés, tu sais ? Il n'y a que moi qui ai mal tourné. Francis est devenu prêtre. A l'heure qu'il est, il vend des voitures quelque part dans l'Oregon. Le changement est assez radical, non ? John, lui, habite White Plains, et il est un monsieur très important de la communauté.

– Il est avocat, n'est-ce pas ?

– Droit et immobilier. Et chaque fois qu'il lit des trucs sur moi dans le journal du matin, ça lui fout son déjeuner en l'air... (Ses yeux brillaient rien que d'y penser.) Dennis, lui, c'était ce qu'on appelle un insouciant. Pas une once de méchanceté en lui, rien de sombre. Bien sûr, il ne détestait pas la bouteille.

– Ça va de soi.

– Il aimait bien se pinter de temps en temps. Juste après l'école, il s'est mis à travailler pour la Railway Express. Minuit-8 heures du matin, cinq jours par semaine à la gare centrale. Il ne ratait jamais son service... et ne cessait pas de boire dès qu'il avait pointé. Jusqu'à l'aube que ça durait. Ils buvaient tous comme lui, et quand ils ne buvaient pas, ils volaient, et quand ils ne volaient pas, ils préparaient le mauvais coup d'après. La boîte a fait faillite et il n'y a pas besoin d'être un génie pour comprendre pourquoi.

– Naturellement.

– Mais le truc le plus chouette qui leur soit arrivé, reprit-il, c'est quand ils ont eu leur chat. Une bête de concours qui appartenait à une nana. Un persan, je crois. Enfin... il avait de longs poils. Et donc, la dame avait fait construire une caisse spécialement pour lui et, un jour, elle l'apporte dans un centre d'expédition pour qu'on l'envoie en Californie.

– Mais ils l'ont volé.

– Non, non, ils ne l'ont pas volé. Pourquoi voler un chat ? Ils se sont contentés de le laisser tomber, avec sa caisse. Qui s'est brisée. Debout au milieu du désastre, le chat a regardé tous ces crétins alcoolisés avant de disparaître en un éclair. D'après toi, qu'est-ce qu'ils ont fait après ?

– Je ne sais pas.

– Ils ont reconstruit la caisse. Ils ont trouvé un marteau et des clous et l'ont refaite, et assez superbement… à les entendre, du moins. Sauf que quand ils ont fini, le chat n'avait toujours pas reparu et c'est pas moi qui lui en voudrais, à cette bête. Bref, ils ne pouvaient quand même pas expédier une caisse vide à San Diego et, tous autant qu'ils étaient, ils se sont mis à cavaler partout en faisant « Minou, minou » et divers bruits de chat.

– Ça devait être un sacré spectacle…

– S'il l'a vu, le chat, lui, a fait très attention à ce qu'on ne le trouve pas : jamais personne n'a revu le bout de sa queue. Par contre, nos lascars ont trouvé un autre chat, une espèce d'ignoble matou auquel il manquait un œil et une oreille. Il avait la fourrure toute sale et rongée par la gale. Il s'était installé dans l'entrepôt, où il bouffait les rats. Et les petits enfants, je n'en serais pas autrement étonné… (Il eut un grand sourire en repensant à la scène.) C'est Dennis qui a trouvé la solution. « Sur l'étiquette, il y a seulement marqué *Un chat*, leur dit-il. Elle a mis un chat dans sa caisse, c'est un chat qu'elle en retirera. Je ne vois pas où ça poserait problème. » Ils ont donc collé le vieux matou dans la caisse, qu'ils ont fermée, et ont expédié le tout en Californie.

– Oh non !

– Oh si ! me renvoya-t-il. Non mais… t'imagines la scène ? La pauvre femme ouvre la caisse et boum ! c'est une espèce de bête sauvage qui en bondit, avec un regard mauvais dans le seul œil de bon qu'elle a !

– « Ah, mon minet !, dis-je en montant le plus haut que je pouvais dans les aigus, mais qu'est-ce qu'ils t'ont fait ? »

– « Ah, mon minet ! c'est à peine si je te reconnais ! »

– « Le voyage a été dur, on dirait, mon minet ? »

– Non, mais… tu vois ça d'ici ! T'aurais dû entendre

Dennis raconter l'histoire ! Jamais je ne la dirai aussi bien que lui.

Son visage s'étant assombri, Mick avala une grande lampée de whisky.

– Quand je pense qu'ils l'ont appelé pour aller au Vietnam et que cette espèce d'andouille y est allée ! J'aurais réussi à le tirer de là, moi. Rien n'aurait été plus facile : j'aurais eu qu'à passer un coup de fil.

– Et il n'a pas voulu te laisser faire ?

– « Je veux y aller, qu'il me disait tout le temps. Je veux servir mon pays. – Mais Dennis, lui répétais-je, t'as qu'à laisser partir quelqu'un d'autre... » Mais il ne voulait rien entendre. Et il y est allé, et il y est mort, et ils nous l'ont renvoyé dans un sac à viande. Putain de Dieu, quel gâchis !

– Pourquoi crois-tu qu'il soit parti, Mick ?

– Qui le saura jamais ? Il était chez lui juste avant qu'ils l'expédient là-bas. Je lui ai dit que s'il voulait se tirer, il faudrait sans doute plus qu'un coup de fil, mais que ce serait sans doute assez facile de lui faire quitter le pays. Il pourrait passer au Canada, aller en Irlande... « Mickey, qu'il me disait, qu'est-ce que je foutrais au Canada ? Qu'est-ce que je foutrais en Irlande ? Comme si j'avais jamais fait quoi que ce soit ici ! » Et il m'a fait un doux sourire, un sourire à te briser le cœur, et... Et j'ai su qu'il allait mourir là-bas, et j'ai senti qu'il l'avait compris.

Je réfléchis un instant.

– Tu crois que c'est pour ça qu'il est parti ?

– Oui.

– « J'ai rendez-vous avec la mort », dis-je.

Et je lui citai les quelques vers du poème d'Alan Seeger dont je me souvenais.

– C'est exactement ça : « un rendez-vous avec la mort »... Il avait rencard avec elle et il n'était pas question de lui poser un lapin. Pauvre garçon.

Un peu avant 2 heures du matin, Burke ferma les robinets à pression et renvoya les clients chez eux – ils étaient une poignée –, moins le petit vieux à la casquette en drap. Celui-ci resta assis sur son tabouret pendant que Burke rangeait les chaises sur les tables afin qu'elles ne gênent pas lorsqu'on passerait la serpillière par terre le lendemain matin. Lorsqu'il en eut fini, il prit la bouteille de Mick et un thermos plein de café et les posa sur la table voisine, à portée de main.

– Je m'en vais, Mick, dit-il.

– T'es gentil.

– M. Dougherty est toujours là. Je le raccompagne chez lui ?

– Demande-lui s'il ne préférerait pas rester jusqu'à ce qu'il arrête de pleuvoir. Il ne nous gêne pas. Tu fermes et je lui ouvrirai quand il sera prêt.

Mais le vieux ne voulut pas rester après la fermeture. Il suivit Burke jusqu'à la porte et les deux hommes partirent ensemble. Mick éteignit les lumières, sauf celle qui éclairait notre table, revint et se reversa à boire.

– C'est Eamonn Dougherty, reprit-il. Il n'avait jamais mis les pieds ici jusqu'à ce qu'ils ferment la Rose de Galway dans la XIe Avenue. L'immeuble est promis à la démolition, à moins qu'ils ne l'aient déjà abattu. Je ne suis pas allé vérifier. Dougherty s'y rendait tous les jours, et maintenant c'est ici qu'il vient. Il reste assis huit heures d'affilée et boit deux pintes de bière sans jamais dire un mot.

– Je ne crois pas le connaître.

– Pourquoi le connaîtrais-tu ? Il zigouillait des mecs quinze ans avant ta naissance.

– Tu plaisantes !

– Ecoute, tout à l'heure, on parlait de West Cork, du pub de Paddy Meehan et des améliorations qu'il voulait y apporter ? Eh bien, Eamonn Dougherty est originaire de West Cork, de Skibbereen exactement. Pendant les troubles, il a combattu dans les colonnes de Tom Barry. « Oh, n'est-il pas beau de voir/La RIC et les Auxies/Et les Black and Tans se sauver le soir/Loin des colonnes de Barry »... Tu connais ?

– Je ne comprends même pas les paroles.

– Les Auxies, c'étaient les forces auxiliaires, la RIC la Royal Irish Constabulary, et les Black and Tans... tu sais bien. Tiens, je te chante un truc que tu comprendras sans glossaire :

Le dix-huitième jour de novembre
Aux abords de Macroom s'en vinrent
Les Tans et coururent à leur perte
Car la colonne les attendait.
Et fusils et poudre lors fit parler
La belle Irish Republican Army
Et de tous fit grande bouillie.

Ce fut un vrai massacre et il n'y a que des Irlandais pour écrire une chanson sur un truc pareil. Eamonn Dougherty était en plein milieu. Et pour tuer, il a tué. Les Anglais avaient mis à prix sa tête et le gouvernement de l'Etat libre aussi. C'est à ce moment-là qu'il est venu ici. Un de ses parents lui a trouvé un boulot de débardeur dans un entrepôt. A le voir aujourd'hui, on ne le dirait pas, mais il était taillé pour. Après, il a été longtemps dispatcher dans une boîte de taxis, puis il a pris sa retraite. Maintenant, il boit ses deux pintes par jour, ne dit rien du matin au soir, et Dieu seul sait ce qu'il a dans le crâne !

– Quand tu as commencé à me parler de lui, lui dis-je, je me suis mis à penser à un autre petit vieux. Un certain Homer Champney.

– Je ne le connais pas.

– Je ne l'ai jamais rencontré moi-même, mais il avait lancé… ou continué quelque chose, c'est difficile à dire. C'est une histoire pas possible.

– Ah ! dit-il. Je suis tout ouïe.

23

Ainsi lui racontai-je l'histoire du club des trente et un. Je parlai longtemps. Quand j'en eus fini, il commença par garder le silence. Il remplit son verre et le tint à la lumière.

– Je me souviens bien du Cunningham, dit-il enfin. Ils avaient de la bonne viande de bœuf et la boisson était convenable. Quand je pense à tous ces trucs qui ont disparu, à tous ces gens qui ne sont plus... Je ne comprends rien au temps, tiens. Rien de rien.

– Moi non plus.

– Le coup des grains de sable dans le sablier... On tient quelque chose dans sa main un instant et pouf, brusquement il n'y a plus rien, ajouta-t-il en soupirant. Quand ont-ils commencé à se réunir ? Il y a trente ans ?

– Trente-deux.

– J'en avais 25. Un sacré filou que j'étais, à l'époque. Ils n'auraient jamais voulu de moi dans leur club. Aucun groupe d'hommes honorables n'aurait voulu de moi. Cela dit, j'y serais bien entré dans ce club, si on me l'avait demandé.

– Moi aussi.

– Et je n'aurais jamais raté une réunion. Etre ensemble. Porter témoignage. Attendre le Bonhomme à la Hache.

– Qui ça ?

– La mort. C'est comme ça que je la vois. En homme, épaules et bras nus. Il porte une cagoule noire sur la tête et se trimbale avec une grande hache.

– Elaine en conclurait qu'on t'a exécuté dans une vie antérieure et que ce type était ton bourreau.

– Je ne vois pas qu'elle aurait forcément tort, dit-il en

secouant sa grosse tête. Le coup des grains de sable dans le sablier… Eamonn Dougherty, la Terreur de Skibbereen, qui passe son temps assis sur un tabouret de bar à regarder les années lui filer sous le nez. Il a survécu à la Rose de Galway, ce petit fumier d'assassin. Tu verras qu'il nous enterrera tous, avec sa petite casquette et ses deux pintes de bière…

Il but un coup et ajouta :

– La grande lignée des hommes morts.

– Comment dis-tu ça ?

– Oh, c'est juste une histoire. Est-ce que tu connais Barney O'Day ? Il passait souvent chez Morrissey.

– Je ne l'y ai jamais rencontré, mais je le connaissais quand je travaillais au 6e Secteur. Il tenait un bar dans la 13e Ouest. Il avait engagé un orchestre et parfois il se levait pour pousser la chansonnette.

– La voix était comment ?

– Pas pire que les musiciens qu'il payait. En plus, je le voyais assez souvent au Lion's Head. Mais… dis-moi ton histoire.

– C'est un type qui me l'a racontée à une veillée funèbre. Et donc, la mère de Barney est à l'hôpital. Elle est très âgée, Barney est venu à son chevet et elle lui dit qu'elle est prête à mourir. « Je n'ai pas à me plaindre de la vie que j'ai eue, lui lance-t-elle, j'en ai tiré tous les plaisirs que je pouvais et je n'ai aucune envie qu'on me prolonge en me branchant sur des machines et en me collant des tubes tout partout. Or donc, donne-moi un baiser, Barney, mon garçon, conclut-elle, car je n'aurais jamais pu souhaiter meilleur fils que toi, et après, je t'en prie, va-t'en dire au docteur de me débrancher et laisser mourir. » Et donc, Barney lui donne son baiser, s'en va chercher le docteur et lui répète tout crûment les désirs de la vieille. Mais le docteur est jeune et sans grande expérience, et Barney comprend tout de suite qu'il n'en aura jamais le courage, étant donné que, pour lui, l'essentiel est de prolonger la vie et pas du tout d'y mettre un terme. Bref, ça ennuie beaucoup le jeune monsieur et Barney qui, malgré ses airs de dur à cuire, est un tendre, décide de ne pas le buter. « Docteur, lui dit-il, ne vous inquiétez pas. C'est pas si terrible à faire. Que je vous dise : nous autres, O'Day, sommes issus d'une grande lignée d'hommes morts. »

Le vent soufflait fort et chassait la pluie contre les vitres. Je regardai dehors et vis passer des voitures dont les lumières se reflétaient sur le trottoir mouillé.

– C'est une histoire merveilleuse, lui dis-je.

– Depuis qu'on me l'a racontée, j'ai toujours cette repartie en tête. Car ne sommes-nous point tous issus d'une grande lignée d'hommes morts ?

– Si.

– C'est ton histoire de club qui m'y a fait repenser. Trente et un bonshommes qui vont à la tombe les uns après les autres et le dernier qui remet toute la machine en route… Une grande lignée d'hommes morts qui remonte à la nuit des temps…

– Jusqu'à Babylone, on le dit.

– Jusqu'au père Adam, oui ! Jusqu'au premier poisson qui se fit pousser des pattes pour aller se balader sur la plage ! Mais dis… un petit salaud serait donc en train de zigouiller tes bonshommes ?

– Ça m'en a tout l'air.

– Et tu ne sais pas qui c'est ?

– Non. C'est peut-être l'un d'entre eux, mais le contraire est tout aussi possible, et, dans un cas comme dans l'autre, ça n'a pas de sens. L'un d'eux m'a donné de l'argent au début et j'ai beaucoup travaillé pour lui, mais je ne vois pas que j'aurais fait grand-chose d'utile. Et maintenant ils se tous mis ensemble pour m'engager, et moi j'ai accepté leur argent et je ne vois toujours pas ce que je pourrais faire pour le mériter.

– Je suis sûr que tu trouveras ton assassin.

– Comment veux-tu que je le trouve ? Je ne sais même pas où je vais. Je n'ai aucune idée de la marche à suivre.

– Tu attends, c'est tout.

– J'attends ?

– Combien en reste-t-il de tes bonshommes ? Quatorze ?

– C’est ça : quatorze.

– Tu attends et quand il n’en reste plus qu’un, tu l’arrêtes.

Un peu plus tard, il dit :

– Il y a un monument aux morts à Washington. Une espèce de long mur avec les noms de tous ceux qui sont morts là-bas. Tu l’as vu ?

– Seulement en photo.

– Je me demande pourquoi je voulais tant y aller, vu que je savais à quoi il ressemblait… Et ce n’était pas non plus que je n’aurais pas su le nom de famille de Dennis. J’aurais pu le graver sur un mur à moi, si j’en avais eu envie. Mais quelque chose m’a poussé à y aller. Je ne saurais pas te dire quoi…

« J’ai pris le train, puis un taxi à la gare, et j’ai dit au chauffeur de me conduire au monument aux morts de la guerre du Vietnam. C’était vraiment pas loin. C’est rien qu’un mur, tu sais, un mur d’une forme toute simple. Mais tu m’as dit que tu l’avais vu en photo et donc, tu sais à quoi il ressemble…

« Je l’ai regardé et j’ai commencé à lire les noms. Dans le genre longue lignée d’hommes morts… Des milliers qu’il y en a, et dans aucun ordre particulier. Et bien sûr, dans tout ça, il n’y avait qu’un nom qui m’intéressait, mais je me suis quand même mis à lire les autres. Pourquoi, je n’en savais rien. Sans compter que retrouver le sien dans tout ça…

« A un moment donné, j’ai entendu quelqu’un dire qu’il y avait un endroit où on pouvait trouver comment chercher le nom qu’on voulait. J’ai arrêté de lire les noms sur le mur, je suis allé consulter un grand annuaire et j’y ai trouvé indiqué l’endroit où ils avaient gravé son nom. J’avais peur qu’ils l’aient oublié, mais non : il était bien là. Et je l’ai retrouvé sur le mur. Juste son nom et rien d’autre : *Dennis Edward Ballou.*

« Alors j’ai regardé son nom et ma gorge s’est serrée et là, dans ma poitrine, il y a eu brusquement quelque chose de dur, comme si j’avais pris un coup… Les lettres de son nom se sont tellement brouillées que j'ai dû cligner des paupières pour y voir clair et que je me suis demandé si je n'étais pas en train de chialer. Je n'avais pas pleuré depuis mon enfance, j'avais appris à me contenir quand mon père me battait, et cette leçon-là, je l'avais trop bien apprise. J'aurais été si heureux de pleurer quelques larmes ce jour-là, mais… il y avait trop longtemps que c'était fini pour moi. Elles ont toutes séché en moi et ne sont plus que poussière…

« Il n'empêche : je n'arrivais pas à me détacher de ce putain de monument. J'ai lu et relu son nom des dizaines de fois et puis j'ai lu celui juste au-dessus et celui juste en dessous, et après je me suis mis à marcher en lisant des centaines de noms. Des heures entières que j'ai passées devant ce truc. Combien de noms ai-je lus ? Je serais incapable de te le dire. De temps en temps, je revenais en arrière et je retrouvais le sien, et je le lisais, encore et encore…

« J'avais prévu de passer la nuit à Washington pour visiter un peu la ville. J'avais loué une chambre dans un hôtel en face de la Maison-Blanche. Mais je suis resté devant le mur jusqu'à la nuit tombée, et après j'ai marché jusqu'au moment où j'ai trouvé un bar. J'y suis entré et j'y ai bu un verre. Puis je suis entré dans un autre bar, et dans un autre encore, etc., etc. Pour finir, je me suis acheté une bouteille et j'ai pris un taxi pour retourner à la gare.

« Et j'ai sauté dans le premier train pour New York et n'ai pas débouché ma bouteille jusqu'à Wilmington, Delaware. Mais là, je l'ai fait et j'ai bu un coup. Et quand je suis arrivé, la bouteille était vide. Pour ce que ça m'a fait, j'aurais aussi bien pu boire de l'eau. J'ai pris un taxi à la gare de Penn Station et je suis venu directement ici. Andy Buckley m'attendait. Un de nos amis du Bronx m'avait appelé : un type qu'on cherchait avait été vu en train d'entrer dans une baraque de Gun Hill Road. Andy m'a fait monter dans sa voiture, nous sommes allés à Gun Hill Road et nous avons retrouvé notre lascar. Et je l'ai battu jusqu'à ce que mort s'en suive.

– Dis-moi un peu, Matt : comment était ton père ?

– Je ne suis pas très sûr de le savoir. Je n'étais encore qu'un enfant quand il est mort.

– Il était flic, lui aussi ?

– Dieu, non !

– Je croyais que c'était un truc de famille.

– Pas du tout. Il… euh… il faisait des tas de choses.

– Est-ce qu'il buvait ?

– Ça oui ! Oh que oui, c'était bien une des choses qu'il faisait. La plupart du temps, c'étaient des gens qui le faisaient travailler, mais une ou deux fois il a monté sa propre affaire. Je me souviens d'un magasin de chaussures dans le haut du Bronx. Le bâtiment comptait vingt-deux étages et nous habitions juste au-dessus de la boutique.

– Et il vendait des godasses…

– Pour enfants surtout. Et aussi des chaussures de travail, genre bottes à bout renforcé en acier qu'on porte sur les chantiers de construction. C'était une boutique de quartier où les gens amenaient leurs gamins une fois par an pour leur acheter des souliers et il y avait un appareil à rayons X dans un coin. On se mettait devant et on se regardait les os des pieds quand on voulait savoir si on avait vraiment besoin de chaussures neuves.

– Parce que se pincer le bout de la chaussure pour voir où arrivent les orteils, on pouvait pas ?

– Je pense que si et c'est sans doute pour ça qu'on ne voit plus ces machines aujourd'hui. Mais quand mon père avait sa boutique, c'était du dernier cri. Je me demande d'ailleurs si c'était si bon que ça pour les pieds. A l'époque, personne ne s'en souciait. C'est vrai que l'amiante, tout le monde s'en foutait aussi…

– Vivre assez longtemps, c'est toujours finir par découvrir qu'il n'y a jamais rien de bon sur terre. Qu'est-il advenu de la boutique ?

– Elle a dû péricliter, ou alors il l'a vendue. Un jour, il a fallu qu'on déménage et je n'ai plus jamais revu ce magasin depuis. J'ai voulu y retourner bien des années après, mais toute la rue avait disparu. On l'avait passée au bulldozer et repavée entièrement pour élargir les voies du Cross-Bronx ExpressWay.

– C'est là que tu as grandi ? Dans le Bronx ?

– On bougeait pas mal, lui répondis-je. Oui, dans le Bronx, le haut de Manhattan et le Queens. Mes grands-parents maternels vivaient à Brooklyn dans le quartier d'East New York, et nous avons souvent habité chez eux : mes parents se sont séparés plusieurs fois. Après, ils se rabibochaient et on emménageait dans un nouvel appartement.

– Quel âge avais-tu quand ton père est mort ?

– 14 ans.

Quelques instants plus tôt, j'étais passé au Perrier, je soulevai mon verre et y contemplai longuement les petites bulles de gaz.

– Il avait pris le métro, la ligne de la 14e Rue, la « Double L », comme on l'appelait à l'époque. Aujourd'hui, c'est juste la « L ». On lui a tout simplement sucré une lettre. Par mesure d'économie, j'imagine… Toujours est-il qu'il voyageait entre deux voitures. Il s'était installé là pour fumer, il est tombé, et les roues l'ont déchiqueté.

– Ah, putain !

– La mort a dû être rapide. Et comme il devait être bien imbibé… tu ne crois pas ? En dehors d'un poivrot, je ne vois pas qui pourrait trouver intelligent de s'installer entre deux voitures de métro…

– Qu'est-ce qu'il buvait ?

– Mon père ? Du whisky. Il ne dédaignait pas la bière pendant les repas, mais quand il buvait sérieusement, c'était toujours du whisky. Du whisky-soda. Du Three Feathers, du Four Roses, du Carstair's. Je ne sais pas si ces marques existent toujours, mais c'est ça qu'il buvait.

– Le mien buvait du vin.

– Du vin ? Je n'en ai jamais vu à la maison. Pour ce que j'en sais, mon père n'en a probablement jamais bu un verre de sa vie.

– Le mien l'achetait par bouteilles de quatre litres. Il

l'achetait à un type qui le fabriquait, un autre Français. Et il buvait aussi du *marc*[1]. En as-tu jamais avalé ?

– Je ne suis même pas sûr de bien savoir ce que c'est. Un genre de cognac ?

Il hocha la tête.

– Quand le vin est fait, on fabrique du cognac à partir des grappes écrasées. Les Italiens font à peu près la même chose et appellent ça la *grappa*. Quel qu'en soit le nom, c'est un des trucs les plus vicieux qu'on puisse boire. J'y ai goûté en France, dans la ville natale de mon père, et j'ai eu un mal de chien à l'avaler sans tout recracher. C'était à un autre immigrant qu'il l'achetait. Il y avait beaucoup d'immigrants français dans ces quartiers-là, tu sais ? Ils travaillaient surtout dans les hôtels et les restaurants, mais mon père, lui, bossait à la halle aux viandes.

Il descendit une gorgée de whisky.

– Il te battait, ton père ? reprit-il. Enfin, je veux dire… quand il avait bu ?

– Seigneur, non. C'était l'être le plus doux qui soit.

– Vraiment ?

– C'était un homme tranquille, insistai-je. Tranquille et triste. Un désespéré, peut-être. Mais quand il buvait, il était heureux. Il poussait la chansonnette et… je ne sais pas, moi… il faisait le con. Après, il continuait de boire et devenait encore plus triste qu'avant. Mais je ne l'ai jamais vu se mettre en colère et, c'est sûr, il n'a jamais frappé personne.

– Mon père aussi, c'était un calme. Ce fumier ne disait jamais rien… (Il remplit à nouveau son verre.) Il ne parlait pas bien anglais et avait un fort accent. On avait du mal à le comprendre. Sauf qu'il parlait si rarement que ça n'avait aucune importance. Mais avec ses mains, là, il savait y faire…

– Il te battait ?

– Il nous battait tous. Pas elle, non, car je crois qu'elle le terrifiait. Le coup de l'éléphant qui a peur de la souris… Mon père était une espèce de grande brute et ma mère

1. En français dans le texte.

était toute petite et fluette. Mais elle pouvait faire bien plus de dégâts avec sa langue que lui avec ses poings.

Il renversa la tête en arrière et contempla le plafond en étain martelé.

– Ça, il m'a appris à marcher droit, reprit-il, et il n'a pas attendu longtemps. Il me battait sans dire un mot, et moi je prenais ses raclées sans parler plus que lui, jusqu'au jour où… je n'avais pas tout à fait 16 ans et… la coupe a débordé. Je n'ai même pas cillé quand il m'a giflé, j'ai tenu bon et je l'ai frappé avec mon poing fermé, en plein dans la bouche. Il m'a regardé avec de grands yeux ronds en se demandant ce qui lui arrivait. Alors je l'ai frappé encore une fois et je l'ai expédié au tapis. Puis j'ai pris une chaise, l'ai tenue au-dessus de ma tête et… j'aurais pu le tuer si j'avais voulu. Ma chaise pesait un sacré poids, mais j'étais tellement en colère qu'elle me semblait aussi légère que du balsa. C'est à ce moment-là qu'il a éclaté de rire. Il était étendu par terre avec du sang plein la gueule et moi j'étais sur le point de lui péter ma chaise sur le crâne, et il s'est mis à rigoler. Je ne l'avais jamais entendu rire et pour ce que j'en sais, il n'a jamais plus ri après ça, mais là, qu'est-ce qu'il s'est marré ! Ça lui a sauvé la vie, d'ailleurs. Et moi, ça m'a empêché de commettre le plus noir des péchés. J'ai reposé la chaise par terre, je l'ai pris par la main et je l'ai aidé à se relever. Il m'a flanqué une grande claque dans le dos, il est parti sans demander son reste et il ne m'a plus jamais cogné après ça... Un an plus tard j'avais un appart à moi et je faisais l'encaisseur pour deux Italiens en chapardant tout ce que je pouvais chaparder. Et un an plus tard encore, mon père est mort.

– Comment est-il mort ?

– Rupture d'un vaisseau sanguin dans le cerveau. Décès instantané et sans avertissement. Mon père avait presque vingt ans de plus que ma mère et était plus vieux que je ne le suis maintenant. Il avait 45 ans quand je suis né et donc il devait avoir… quoi ? 62 ans quand il est mort ? Il était en train de bosser. Il était allé à la messe le matin et donc, ouais… il est mort en état de grâce. Je ne sais d'ailleurs pas trop si ça change vraiment grand-chose. Je sais qu'il est mort un hachoir à la main et son tablier plein de sang autour des reins. Je les ai gardés tous les deux, tu sais ? Le tablier, je le mets pour aller à la messe. Il y a eu aussi des fois où le hachoir m'a été bien utile...

– Je sais.

– Evidemment que tu sais. Il se rendait à la messe tous les matins et j'ignore toujours pourquoi. Quant à savoir si ça lui aurait fait du bien... Je ne sais même pas pourquoi j'y vais moi-même et si ça me fait du bien.

Il garda le silence un instant, puis ajouta :

– Ta mère n'est plus en vie, n'est-ce pas ?

– Non, elle est morte il y a bien des années.

– La mienne aussi. C'est le cancer qui l'a eue, mais je pense depuis longtemps que ce cancer, c'est la mort de Dennis qui le lui a fait attraper. Elle n'a plus jamais été la même après avoir reçu le télégramme... (Il me regarda.) Bref, on est orphelins tous les deux, dit-il en tendant la main vers la fenêtre où la pluie tapait fort. Orphelins de la tempête, précisa-t-il avant de boire une gorgée de whisky.

– D'après un avocat de mes amis, repris-je après quelques instants, l'homme est le seul animal qui sache qu'il doit mourir. C'est aussi le seul animal qui boive.

– Drôles de propos pour un avocat.

– C'est un drôle d'avocat. Mais... dis, tu vois un rapport, toi ?

– Je sais qu'il y en a un.

Je ne me rappelle plus comment nous en vînmes à parler des femmes. Mick ne semblait plus en avoir autant besoin et n'était pas très sûr de devoir attribuer la chose à ses années de boisson.

– C'est-à-dire que moi... je ne bois plus, lui rappelai-je.

– Mais c'est vrai, ça, nom de Dieu ! Même que d'Inwood à la Battery, il n'y a plus une femme qui se sente tranquille !

– Oh, elles n'ont rien à craindre.

– Et l'autre, tu la vois toujours ?

– De temps en temps.

– Et Madame est au courant ?

– Je ne crois pas, quoique l'autre jour elle m'ait flanqué une trouille pas possible. J'essayais de joindre la dame dont le mari a été poignardé à Forest Hills et j'ai dit à Elaine que j'allais être obligé de filer la voir. Une minute après, elle m'a dit de bien m'amuser avec la veuve et j'y ai entendu beaucoup plus de choses que ce qu'elle m'avait dit. J'ai dû avoir l'air un peu étonné, mais j'ai réussi à masquer.

Cela lui rappela une histoire, qu'il me raconta, la conversation repartant alors dans d'autres méandres. Un petit moment après, il me dit encore :

– La veuve de Forest Hills... Pourquoi voulais-tu aller la voir ?

– Pour lui demander si elle ne savait pas des trucs.

– Qu'est-ce qu'elle aurait pu savoir ?

– Elle aurait pu voir des trucs. Son mari aurait pu lui confier certaines choses.

Je lui énumérai quelques-unes des questions que j'avais l'intention de lui poser et lui exposai certains des points que j'entendais éclaircir.

– C'est comme ça que tu enquêtes ? me demanda-t-il.

– Oui, en partie, lui répondis-je. Pourquoi ça ?

– Parce que je n'ai toujours aucune idée de la manière dont tu t'y prends.

– Les trois quarts du temps, je n'y vois pas plus clair que toi.

– Mais si ! Et tu essaies toutes les approches possibles jusqu'à ce qu'il y en ait une qui marche. Je n'aurais jamais assez d'imagination pour en inventer la moitié, sans même parler de la patience. Moi, quand j'ai besoin de savoir quelque chose, je ne m'y prends jamais que d'une seule façon.

– Savoir ?

– Je vais voir le type qui a la réponse et je fais ce qu'il faut pour qu'il me la donne. Même que si je ne savais pas qui aller voir, je serais complètement perdu.

Je serais peut-être parti plus tôt si la pluie avait cessé. Je commençai à perdre un peu les pédales aux environs de 4 heures et demie-5 heures du matin. Il y eut même un moment où la conversation s'arrêta complètement et où je regardai vers la fenêtre. Mais il tombait toujours des cordes et, au lieu de plaider l'épuisement et de gagner la porte, je repoussai mon verre de Perrier de côté et me reversai une tasse de café du thermos. Un peu plus tard, je retrouvai un second souffle et ce second souffle me fit franchir le cap de l'aurore et descendre à Saint-Bernard pour assister à la messe des bouchers.

Nous étions quinze ou vingt dans une petite chapelle latérale, dont huit ou dix hommes de la halle aux viandes, tous ceints de leur tablier blanc, comme celui de Mick exactement, certains d'entre eux tout aussi tachés que le sien. Il y avait également quelques nonnes, deux ou trois ménagères et quelques hommes qui s'étaient mis sur leur trente et un pour assister à l'office. J'aperçus deux ou trois petites vieilles et petits vieux, dont un qui, jusqu'à la casquette en drap, ressemblait à s'y méprendre au très assassin Eamonn Dougherty.

Nous partîmes quand la messe fut dite, sans prendre la communion. Le ciel était toujours couvert, mais il avait cessé de pleuvoir. La Cadillac de Mick n'avait pas bougé de l'endroit où il l'avait garée, à l'emplacement qu'il s'est réservé juste en face du funérarium de Twomey. Lequel Twomey était justement sur le pas de sa porte et nous fit un signe de la main en nous voyant. Mick lui adressa un sourire et un petit hochement de tête.

– Les affaires vont bien pour lui, me confia-t-il. Il a doublé son chiffre depuis que tout le monde s'est mis à crever du sida. Le vent mauvais, quoi.

– C'est vrai.

– Que je te dise, Matt : il n'y en a pas d'autres.

Il me lâcha devant chez moi. Je montai à l'appartement et essayai de faire le moins de bruit possible en ouvrant la porte. Je n'avais pas envie de réveiller Elaine si elle dormait encore.

Mais elle était déjà debout et vêtue d'une robe de chambre que je lui avais achetée. Rien qu'à voir la mine qu'elle avait, je compris qu'il s'était passé quelque chose de grave.

Je n'avais pas eu le temps de lui poser la question qu'elle me disait déjà :

– Tu es au courant, non ? Tu sais la nouvelle ?

– Non. Quelle nouvelle ?

Elle prit ma main dans la sienne.

– Gerard Billings a été assassiné cette nuit.

24

Douze années durant, Gerard Billings avait été le Monsieur Météo d'une chaîne de télévision indépendante de la région de New York. Si officiellement on reconnaissait en lui le chef météorologue de la station, ses fonctions étaient essentiellement celles d'un journaliste reporter. Sa tenue haute en couleurs, sa personnalité volubile et la bonne volonté qu'il mettait à faire le clown devant les caméras avaient plus contribué à son ascension que ses capacités à lire correctement une carte météo.

Il passait à l'écran deux fois par jour : à 18 h 55, juste avant la fin des nouvelles, et à 22 h 15, au beau milieu du dernier bulletin d'informations de la journée, avant le spécial sports. En général, il arrivait à la station à 17 heures, préparait son speech et mettait ses cartes en ordre, puis allait dîner après l'émission. Parfois, il traînait une ou deux heures au restaurant avant de retourner au studio d'enregistrement. D'autres fois, il rentrait chez lui en début de soirée pour faire un somme et changer de tenue avant de regagner la station – entre 22 heures et 22 h 30 –, pour son deuxième passage à l'antenne. Aussi bien n'avait-il plus alors besoin d'autant de temps pour se préparer, ses cartes et son petit numéro étant essentiellement les mêmes que pour l'émission précédente.

Ce mardi soir-là, il était retourné directement à l'appartement de la 96e Rue Ouest où il habitait depuis son divorce, quatre ans plus tôt. Il s'était fait monter de la nourriture chinoise par un restaurant d'Amsterdam Avenue. Peu après 22 heures, il était descendu dans l'entrée de son immeuble et avait pris un taxi conduit par un certain

Rahkman Ali, immigrant récemment arrivé du Bengale. Alors que celui-ci attendait pour tourner à gauche dans Columbus Avenue, le taxi avait été heurté par une voiture qui tentait de le doubler par la droite. Le chauffeur de la voiture avait bondi hors de son véhicule et s'était mis à engueuler bruyamment Ali. Les choses s'envenimant, l'inconnu avait alors tiré trois balles dans la figure et le haut de la poitrine d'Ali et, après avoir ouvert la portière du taxi, avait vidé son revolver sur le passager assis à l'arrière. Après quoi, il s'était empressé de filer dans sa voiture, les témoins de la scène donnant entre deux et douze ans d'âge à son véhicule. Tous semblaient pourtant d'accord pour affirmer qu'il s'agissait d'une familiale quatre portes de couleur sombre et qui avait connu des jours meilleurs.

Elaine, qui regardait les nouvelles, avait compris qu'il s'était passé quelque chose de grave avant même que le remplaçant de Gerard Billings se soit installé devant la caméra. Personne n'avait osé plaisanter sur l'absence bien nébuleuse de Monsieur Météo, tous les présentateurs donnant au contraire l'impression de partager un terrible secret. Ils avaient appris la nouvelle juste avant de passer à l'antenne et avaient décidé de la taire tant que la famille de leur collègue n'aurait pas été avertie par la police. Mais cette décision avait été rapportée avant la fin de l'émission, la direction de la station ayant senti qu'ils risquaient de se faire battre dans la course au scoop par les chaînes de télévision concurrentes. Le présentateur avait alors annoncé la triste nouvelle, juste après le résumé des événements sportifs de la journée.

– Je ne savais pas quoi faire, me dit Elaine. Comme je savais que tu étais chez Grogan, j'ai cherché le numéro dans l'annuaire et je pensais t'appeler quand je me suis demandé ce que tu pourrais bien y faire par une nuit aussi pluvieuse. Sans compter que, pour ce que j'en savais, il ne s'agissait quand même que d'une dispute d'automobilistes qui avait mal tourné. Ce n'est pas rare et comme maintenant tout le monde a une pétoire sur soi... Après, je me suis dit qu'ils attraperaient peut-être tout de suite le pauvre crétin qui avait fait le coup et donc… pourquoi te gâcher ta soirée avec Mick ? Pour finir, j'ai allumé la radio et j'ai écouté la station WINS jusqu'à pas d'heures. Je l'avais mise tout bas parce que j'avais un livre à lire et je me tapais les mêmes infos toutes les demi-heures. Quand ils attaquaient sur Billings, je reposais mon livre et je montais le son, mais ils répétaient toujours la même chose, mot pour mot. J'ai fini par m'endormir avec la radio allumée, et je me suis réveillée à 7 heures en l'entendant gueuler. Est-ce que j'aurais dû t'appeler ? Je ne savais pas quoi faire.

Je trouvais tout aussi bien qu'elle s'en soit abstenue. Je n'aurais effectivement rien pu y faire. Je n'avais d'ailleurs pas grand-chose à faire maintenant non plus, hormis filtrer mes appels en attendant les coups de fil des membres du club. Ray Gruliow, Lewis Hildebrand et Gordon Walser m'appelèrent. Il me fallait en savoir davantage avant d'arrêter la procédure à suivre, et je le leur dis à tous les trois.

En début d'après-midi, la voiture de l'agresseur fut retrouvée. Il s'agissait d'une Ford Crown Victoria, modèle 1988, avec plaques d'immatriculation du New Jersey et carte grise délivrée à un ophtalmo de Teaneck. Le véhicule avait été repéré à la fourrière où on l'avait remorqué suite à un stationnement illicite dans le quartier des théâtres. L'identification avait été faite à partir d'un bout de numéro minéralogique fourni par un témoin, et confirmée par les éraflures et les fragments de peinture retrouvés sur le taxi de Rakhman Ali. L'épouse de l'ophtalmo avait alors dit à la police que son époux se trouvait à Houston, où il assistait à un congrès professionnel. Il s'y était rendu le vendredi soir précédent et avait pris l'avion à Newark après avoir garé sa voiture dans un parking longue durée.

Il y avait bien des empreintes digitales sur le volant et sur le tableau de bord, mais on s'était vite aperçu qu'elles appartenaient à l'officier de police qui avait ouvert la voiture pour la mettre au point mort et permettre son enlèvement. Aucune des empreintes retrouvées n'appartenait au tueur, dont on avait donné le signalement suivant : taille moyenne, casquette de base-ball sur la tête, veste en duvet bleu fluo avec nom brodé au-dessus de la pochette. Aucun des témoins ne s'était trouvé assez près de lui pour déchiffrer son nom.

L'incident paraissait bien ordinaire et n'aurait offert aucun intérêt pour les médias si l'une des deux victimes n'avait pas été un personnage relativement célèbre. On avait piqué une voiture dans un parking d'aéroport, sans doute dans l'intention de s'en servir pour commettre un forfait. Le chauffeur était-il drogué ? Avait-il passé une mauvaise journée ? Toujours est-il qu'il avait assez violemment réagi à ce qui n'était jamais que de la tôle froissée. Au lieu d'échanger permis de conduire et formulaires d'assurances avec le chauffeur adverse, il avait sorti une arme et s'était mis à arroser à tout va.

Les choses pouvaient très bien s'être déroulées ainsi.

A moins que l'assassin n'ait garé son véhicule volé à un endroit d'où il pouvait surveiller l'entrée de Billings, suivi le taxi qui y prenait Monsieur Météo et manigancé la collision et tout ce qui s'en était suivi.

Rien n'aurait été plus simple.

Je ne me couchai pas de la journée et résistai à la fatigue en buvant trop de café. A 20 h 30, je me forçai à aller à la réunion de Saint-Paul, mais ne pus prêter grande attention à ce qui s'y disait ni m'empêcher de partir à la pause. Je venais à peine de rentrer dans l'appartement qu'Elaine m'ordonna de prendre un bain chaud et d'aller me coucher.

– Tu le fais, un point c'est tout, me dit-elle.

Le bain chaud m'ayant un peu détendu, je sombrai dans le sommeil presque aussitôt après m'être mis au lit. Je rêvai sans doute de Jim Shorter car je me réveillai en pensant à lui. Je le dis à Elaine, qui m'apprit alors qu'il avait appelé la veille au soir, pendant que j'étais à Saint-Paul.

– Il a dit que ce n'était pas très important et que ce

n'était pas la peine de le rappeler parce qu'il se préparait à sortir. C'est pour ça que je ne t'en ai pas parlé.

J'appelai Jim Shorter, mais n'obtins pas de réponse.

J'écoutai les nouvelles, mais personne ne parla de Billings. J'allai acheter le *New York Times* et les trois journaux à sensation de la ville et y lus quatre versions de la même histoire. L'article en première page du *Times* renvoyait le lecteur à la rubrique nécrologique, où se trouvait une notice de quinze centimètres de long agrémentée d'une photo. Je la parcourus et passai à la demi-douzaine d'autres qui l'accompagnaient. Un bon tiers de ces dernières étaient consacrées à un monsieur qui, décédé la semaine d'avant, avait manifestement beaucoup donné à un vaste éventail d'organisations charitables, chacune de ces dernières s'efforçant maintenant de le remercier à l'aide d'une annonce disant toute la peine qu'on avait de sa disparition.

Je parcourus rapidement tous ces remerciements, puis m'attachai plus longuement aux autres annonces, ainsi que je le fais depuis quelque temps. Comme c'est généralement le cas, mon attention baissa un peu vers la fin. Dès que j'ai dépassé les S sans y trouver mon nom, je suis moins pressé de lire la suite. J'allai pourtant jusqu'au bout de l'alphabet et découvris alors qu'Helen Stromberg Watson, épouse de feu Alan Watson, était décédée à Forest Hills le lundi précédent.

Je dus passer plusieurs coups de fil avant de tomber sur un flic qui accepte de me parler.

– Noyade accidentelle, me dit-il. S'est peut-être cogné la tête en glissant. Noyée dans sa baignoire. Suffit de perdre conscience assez longtemps pour se remplir les poumons de flotte. Ça arrive tout le temps.

– Ah bon ?

– Moi, si on me demandait mon avis, je ferais placarder des avertissements sur toutes les baignoires. Non, bon : y a aussi une possibilité de suicide. Elle avait perdu son mari cette année. Dépression nerveuse et tout le bazar… On a trouvé une bouteille de J & B par terre, à côté de la baignoire. Boire dans son bain jusqu'à tomber en syncope, vous appelez ça un suicide, vous ? Pas moi. Moi, faudrait un mot. Surtout eu égard aux enfants : perdre père et mère en moins de six mois, non. En plus, sait-on jamais ce qu'il y a dans la tête du voisin ? On boit, on boit, et pouf ! on se noie. Ou alors on boit juste un coup, mais ça monte au crâne, surtout dans un bain chaud, et alors on perd l'équilibre, on se défonce la tête et c'est plié. Hé ! Les accidents comme ça, ça arrive !

– Et elle serait morte lundi ?

– Non, lundi, c'est quand ils l'ont trouvée. D'après le médecin légiste, elle avait déjà dû passer trois jours dans la flotte.

Pas étonnant qu'elle ne m'ait pas appelé !

– Vous savez le temps qu'il a fait, non ? reprit-il. Et peut-être que vous savez à quoi ressemble un cadavre qui baigne dans la flotte pendant quelques jours. Ben, vous additionnez les deux et moi j'aurai pas besoin de vous faire un dessin…

– Qui a découvert le corps ?

– Une voisine. Un des enfants Watson est allé frapper chez elle parce qu'il n'arrivait pas à joindre sa mère au téléphone. La voisine avait une clé et elle est entrée dans la maison. Parlez d'une découverte !

J'essayai Jim Shorter. Pas de réponse.

J'appelai Elaine au magasin.

– Quand Shorter t'a téléphoné hier soir… est-ce qu'il t'a paru nerveux ? T'a-t-il donné l'impression d'avoir peur ?

– Non. Pourquoi ?

– La veuve d'Alan Watson s'est noyée dans sa baignoire pendant le week-end. L'heure du décès n'est pas facile à déterminer, mais la mort s'est évidemment produite après ma visite au patron de la boîte de gardiennage de Corona.

– Je ne suis pas très sûre de voir le lien.

– Il y en a certainement un, lui dis-je. Je crois que le tueur est en train de couper les fils qui pendent. Il doit avoir peur que quelqu'un ait vu ou sache quelque chose.

Il a tué la veuve et la logique veut qu'il s'attaque maintenant à celui qui est arrivé le premier sur la scène du crime, soit le garde qui a découvert le cadavre de Watson.

– Quoi ? Jim Shorter ?

– Il ne répond pas au téléphone.

– Et s'il était sorti ? Il est peut-être allé à une réunion ?

– Ou traîner les bars, lui renvoyai-je. Ou alors, il est chez lui avec une bouteille et il refuse de décrocher son téléphone.

– Ou alors il est en train de prendre son petit déjeuner ou de regarder la rétrospective Rothko au Whitney Museum, ce qui serait mon premier choix si je n'avais pas un magasin à tenir. Qu'est-ce que tu vas faire ?

– Je vais le chercher. Il sait quelque chose, même s'il ne sait pas qu'il le sait. Je veux le retrouver avant qu'on le tue.

– Attends une minute… me dit-elle avant de couvrir l'écouteur de sa main. TJ est là, reprit-elle au bout d'un instant. Il voudrait savoir s'il peut t'accompagner.

Je m'habillai, descendis dans l'entrée et découvris que TJ m'attendait déjà dehors. Il portait toujours sa tenue de lycéen bon chic bon genre, sa casquette noire des Raiders en atténuant quelque peu le bel effet.

– La casquette, je peux la balancer si c'est plus curé que curé que tu veux, me dit-il.

– Ai-je dit quoi que ce soit sur ta casquette ?

– Je dois entendre des voix.

– Ou me lire à livre ouvert.

Je m'approchai du bord du trottoir, hélai un taxi et demandai au chauffeur de nous conduire au croisement de la IIe Avenue et de la 82e Rue Ouest.

– De toute façon, ce qu'on porte n'a pas grande importance. On parle dans le vide.

– Et on n'attend pas grand résultat de ce qu'on fait.

– Voilà.

– Tu m'as seulement emmené pour avoir de la compagnie.

– En gros, oui.

Il roula des yeux blancs.

– Ben alors, qu'est-ce qu'on fout dans ce taxi, Henri ? Quand un type comme toi en prend un, c'est qu'il se passe des choses…

– Espérons que non.

Je fis attendre TJ dans la voiture pendant que je grimpais à l'étage de l'atelier des AA où j'avais emmené Jim Shorter le vendredi précédent et où il m'avait dit s'être rendu plusieurs fois par la suite. Une réunion y avait commencé. J'entrai et allai me poster à côté de la cafetière pour observer les lieux. M'étant assuré que Shorter n'était pas là, je redescendis au rez-de-chaussée, remontai dans le taxi et demandai au chauffeur de gagner la Ire Avenue et de nous y déposer au croisement de la 94e Ouest.

Notre premier arrêt fut pour le Blue Canoe, l'endroit même où, s'il ne s'était pas saoulé ou fait tuer entre-temps, Jim Shorter pourrait un jour dire avoir rencontré l'homme qui l'avait sauvé de la bouteille. « C'est là que je suis tombé sur un mec que j'espérais bien forcer à me payer deux ou trois bières. Sauf que, boum, j'ai pas eu le temps de réfléchir que je me suis retrouvé à une réunion des AA. Et donc, me voici, et je n'ai pas bu une goutte d'alcool depuis lors. »

En attendant, Shorter n'était pas au Blue Canoe, ni dans aucun des bars et autres cafètes de la Ire Avenue. TJ et moi en fîmes le tour. Il aurait été plus commode de se partager la tâche, mais même TJ n'aurait pas su reconnaître un bonhomme qu'il n'avait jamais vu.

Ayant ainsi fait tous les bistrots du coin, nous empruntâmes la 94e Ouest et gagnâmes la pension de Shorter. J'aurais bien appuyé sur son bouton de sonnette, mais, ne sachant pas lequel c'était, j'essayai celui du concierge. Qui ne répondit pas. Nous quittâmes l'immeuble et nous rendîmes sur la IIe Avenue, où nous perdîmes encore du temps à vérifier tous les bars et restaurants qui se trouvent entre la 92e et la 96e – et retour. Je trouvai un téléphone et essayai encore chez lui. Et encore une fois personne ne décrocha.

Je commençais à m'inquiéter sérieusement.

Continuer à le chercher ainsi était inutile. Ce n'était pas comme ça que nous allions le retrouver. Et s'obstiner à l'appeler chez lui était tout aussi inutile.

TJ me cavalant derrière, je regagnai la pension à toute allure. Je sonnai à nouveau chez le concierge, puis, n'obtenant toujours pas de réponse, j'appuyai au hasard sur d'autres boutons de sonnette dans l'espoir qu'on veuille bien m'ouvrir. Personne ne se manifesta, mais au bout de quelques minutes une très grosse femme sortit d'un des appartements du rez-de-chaussée et s'approcha de la porte d'entrée en se dandinant. Debout derrière la vitre, elle nous regarda d'un air méchant, puis, toujours sans nous ouvrir, elle nous demanda ce que nous voulions.

Je l'informai que je cherchais le concierge.

– Vous perdez votre temps, nous cria-t-elle. Y a plus de chambres.

– Où est-il ?

– C'est une pension respectable, ici, enchaîna-t-elle.

Dieu seul savait pour qui elle nous prenait. Je sortis une carte de visite de la Reliable et la lui montrai à travers la vitre. Elle plissa les paupières et la lut en remuant les lèvres. Lorsqu'elle en eut fini, sa bouche se figea en un sourire pincé.

– C'est lui… là-bas, me dit-elle à contrecœur. Oui… le type assis sur les marches de l'immeuble d'en face. Il s'appelle Carlos.

Il y avait trois hommes assis sur les marches du petit perron qu'elle m'avait montré. Deux d'entre eux jouaient aux échecs, le troisième leur reprochant la manière dont ils s'y prenaient. Monsieur Je-sais-tout buvait une boîte de Miller's, les joueurs se partageant un carton de jus d'orange Tropicana.

– Carlos ?

Tous levèrent la tête pour me regarder. Je tendis ma carte, un des deux joueurs me la prenant aussitôt. Trapu, il avait le nez écrasé et les yeux d'un marron boueux. Je décidai que c'était Carlos.

– Je me fais du souci pour un de vos locataires, lui dis-je. J'ai peur qu'il ne lui soit arrivé un accident.
– Et ce serait qui ?
– James Shorter.
– Shorter… répéta-t-il.
– La quarantaine bien sonnée, taille moyenne, cheveux…
– Je le connais, je le connais, dit-il. Inutile de me donner son signalement. Mes locataires, je les connais tous. J'essaie seulement de me rappeler si je l'ai vu aujourd'hui.
Il ferma les yeux pour se concentrer.
– Non, dit-il enfin. Ça fait même un petit moment que je ne l'ai pas vu. Vous me laissez votre carte et je vous appelle dès que je le vois ?
– Je crois qu'on devrait monter chez lui.
– Vous voulez qu'on ouvre ?
– Oui.
– Vous avez sonné ?
– Je ne sais pas sur quel bouton appuyer.
– Y a pas son nom dessus ?
– Non.
Il soupira.
– Y en a des tas qui mettent pas leur nom, dit-il. Alors je les mets, mais eux, ils les enlèvent. Après, y a leurs copains qui passent, ils sonnent pas au bon endroit et ça dérange tout le monde. Ou alors ils sonnent chez moi. Ça fait chier.
– Bien…
Il se leva.
– On commence par appeler chez lui, d'accord ? Et après, on voit.
Nous sonnâmes chez lui et n'obtînmes pas de réponse. Nous entrâmes dans l'immeuble et commençâmes à grimper les marches. Le bâtiment était bien tel que je me l'étais imaginé, des relents de Lysol le disputant à des odeurs de cuisine, de souris morte et d'urine. Carlos nous conduisit à la chambre de Shorter et frappa à la porte à coups de poing.

– Hé là, cria-t-il, ouvrez ! Y a un monsieur qui veut vous causer…

Rien.

– Il est pas chez lui, dit-il en haussant les épaules. Si vous voulez lui écrire un mot… Vous le glissez sous la porte et quand il rentrera…

– Je crois que vous devriez ouvrir.

– Ben… Je sais pas, moi.

– Je suis inquiet pour lui. Je pense qu'il lui est arrivé un accident.

– Un accident ? Comme quoi ?

– Un accident grave. Ouvrez la porte.

– Facile à dire pour vous, mais c'est moi qui vais me faire botter le cul si…

– J'en prends la responsabilité.

– Et c'est ça que je dis aux flics ? « Le type m'a dit qu'il en prenait la responsabilité » ? C'est quand même moi qui vais me faire botter le cul !

– Si vous n'ouvrez pas, je défonce la porte.

– Vous rigolez ?

Il me regarda et comprit que je ne plaisantais pas.

– Vous croyez que… qu'il est malade ?

– Peut-être pire.

– Peut-être pire ? répéta-t-il.

Il faut croire qu'il comprit enfin car il fit une drôle de grimace.

– Merde de merde ! dit-il. J'espère que non.

Il sortit un trousseau de clés, trouva son passe et le glissa dans la serrure.

– De toute façon, ç'aurait pas été nécessaire de défoncer la porte. A moins qu'il ait mis la chaîne… C'est rien du tout, ces serrures. Avec une carte en plastique, on les ouvre comme on veut. Mais si le mec met la chaîne, alors là, faut défoncer.

Shorter n'avait pas mis la chaîne. Carlos tourna la clé, s'arrêta un instant pour frapper une dernière fois et bien inutilement à la porte, et la poussa.

La chambre était vide.

Carlos resta planté sur le seuil de la pièce. Je lui passai

devant et fis le tour de la chambre. Celle-ci était aussi nue et bien tenue que la cellule d'un moine. Un lit en fer, une commode, une table de chevet. Et le lit était fait.

Les tiroirs de la commode étaient vides. Tout comme la penderie. Nul objet personnel, rien que les meubles qu'il avait achetés aux puces avant d'emménager.

– Il a dû se tirer, dit Carlos.

Le téléphone était posé sur la table de chevet. Je glissai un crayon sous l'écouteur, soulevai juste assez ce dernier pour vérifier qu'il y avait bien la tonalité, puis le laissai retomber sur la fourche.

– Il a rien dit à personne, reprit Carlos. Comme il paie à la semaine, il est en règle jusqu'à dimanche. C'est curieux, non ?

TJ gagna le lit et en ôta l'oreiller. Un petit livre était caché dessous. TJ le regarda de près, puis me le tendit.

Je savais déjà ce que c'était.

– Ça n'a aucun sens, reprit Carlos. Pourquoi qu'il aurait fait son lit s'il avait envie de se barrer ? Va quand même falloir que je le refasse avant de relouer.

– C'est la moindre des choses.

– Et c'est toujours ce que je fais.

Il plissa le front et me regarda d'un air interrogateur.

– Peut-être qu'il va revenir…

J'examinai le livre des AA. C'était bien celui que je lui avais acheté et c'était la seule chose qu'il avait laissée en partant.

– Non, dis-je au concierge. Il ne reviendra pas.

25

Martin Banszak ôta ses lunettes à montures invisibles, souffla sur les verres et les nettoya l'un après l'autre avec son mouchoir. Lorsqu'il fut satisfait du résultat, il remit ses lunettes sur son nez et me regarda tristement de ses grands yeux bleus.

– Il faut voir le genre de types qui échouent dans cette maison, dit-il. Un gardien gagne à peine un ou deux dollars de plus que le salaire horaire minimum. Le boulot n'exige aucune expérience ou qualification minimale. Nos meilleurs employés sont des officiers de police à la retraite qui cherchent à améliorer leur pension, mais en général ils ont tôt fait de trouver mieux ailleurs… On hérite aussi de chômeurs qui cherchent un petit boulot en attendant autre chose. Ce sont généralement de bons employés, mais ils ne restent pas longtemps. Et puis il y a les autres, ceux qui travaillent pour nous parce qu'ils sont incapables de faire mieux.

– Quel genre de vérifications effectuez-vous avant de les embaucher ?

– Toujours le minimum. J'essaie de ne pas engager de types avec un casier judiciaire. C'est quand même un boulot qui tourne autour de la sécurité. Prendre un renard pour garder les poules, vous savez… Mais c'est difficile à éviter. Je peux vérifier par ordinateur, mais ça n'est pas d'une grande utilité quand le type a un nom très répandu. « Question : Le dénommé William Johnson a-t-il été interné dans l'Etat de New York ? » Des William Johnson enfermés dans une prison de l'Etat de New York, il y en a toujours une bonne demi-douzaine à n'importe quelle époque de l'année, et donc, pas moyen de savoir. Sans compter que si un type me dit s'appeler William Johnson, je n'ai pas vraiment le moyen de savoir si c'est bien le nom qu'il avait en naissant. On me montre une carte de sécurité sociale et un permis de conduire[1], je ne vois pas très bien comment je pourrais refuser l'embauche.

– Et les empreintes digitales ? Vous ne vérifiez pas ?

– Non.

– Pourquoi ?

– Ça prend trop longtemps. Il faut attendre quinze jours, sinon davantage, pour avoir la réponse de Washington. Quand elle arrive enfin, il y a longtemps que le type a trouvé du boulot ailleurs.

– Et si vous procédiez à des embauches provisoires jusqu'au moment où les vérifications ont été effectuées ?

– C'est comme ça qu'ils font à la Reliable ? Je suis sûr que vos services coûtent nettement plus cher au client. Une boîte de Manhattan avec une adresse comme celle-là ! Tout ça, c'est très bien quand le client a de quoi payer les frais généraux !

Il prit un crayon et en tapa le bout gommé sur son bureau.

– Quant à demander à mes employés de s'espionner… Je fermerais sous huit jours.

Je gardai le silence.

– Il y a deux ans, reprit-il, nous avons essayé de prendre les empreintes digitales de nos demandeurs d'emploi. Vous savez ce qui est arrivé ?

– On ne vous a plus demandé d'emplois.

– Exactement. Personne n'avait envie d'en passer par une procédure aussi risquée et humiliante.

– Surtout pas ceux qui avaient un mandat d'arrêt aux fesses. Pour eux, ç'aurait en effet pu être assez humiliant et risqué.

Il me fusilla du regard.

1. Il n'y a pas de carte d'identité aux Etats-Unis. Toutes les tentatives faites pour en instaurer une ont échoué, la notion de contrôle d'identité étant contraire à l'esprit démocratique de la Constitution américaine.

– Sans compter ceux qui ne versaient pas leurs pensions alimentaires. Ni ceux qui avaient des dettes. Ni, bien sûr, tous ceux qui avaient fait un peu de taule pour des petits délits liés à la drogue ou autre. Dans certains quartiers, il n'est pas facile de vivre sans se faire arrêter et prendre ses empreintes à un moment ou à un autre. Et tous ces gens-là font en général du très bon travail.

J'acquiesçai d'un signe de tête. Qui étais-je pour le juger ? Et que pouvait me faire la façon dont il dirigeait son entreprise ? Il virait les employés qui buvaient parce que ça gênait ses clients, mais lequel de ses clients aurait pu s'inquiéter de voir son entrepôt gardé par un type qui ne versait pas la pension alimentaire qu'il devait à son enfant ou qui avait vendu un gramme de cocaïne à un agent des Stup en civil ? Ce n'étaient pas là des crimes qu'on pouvait sentir sur l'haleine de quelqu'un ou découvrir en regardant marcher X ou Y dans la rue.

– Revenons-en à Shorter, dis-je.

Son dossier contenait sa demande d'emploi, un relevé des heures qu'il avait effectuées et le montant de ses émoluments. Pas la moindre photo, et j'en demandai la raison. Photographier les employés ne faisait donc pas partie de la procédure d'embauche ?

– Evidemment que si, me répondit Martin Banzsack. Nous avons besoin d'une photo pour leur faire leur badge. Nous les prenons ici même, devant ce mur. Ça fait un très bon arrière-plan.

Sauf que… où était la photo ? Collée au badge qu'il avait dû rendre lorsqu'on l'avait laissé partir et qu'on avait détruit aussitôt.

– Il a donc rendu son badge.

– Je pense.

– Et ce badge a été détruit ?

– Sans doute.

– Et le négatif de la photo ?

Il secoua la tête.

– Nous ne prenons que des Polaroïd. Comme tout le monde, d'ailleurs. Il faut pouvoir faire le badge tout de suite, et attendre que la pellicule revienne de chez le photographe prendrait trop longtemps.

– Bref, il n'y a pas de négatif.

– Non.

– Et vous ne prenez qu'une seule photo. Vous n'en prenez pas une deuxième pour la verser au dossier ?

– Si. En fait, si, dit-il en feuilletant la chemise. Mais elle n'a pas l'air d'être là. Il est possible qu'on l'ait glissée dans un autre dossier par mégarde.

Ou que Shorter l'ait lui-même ôtée de sa chemise. Ou qu'on ne l'ait jamais prise, Martin Banzsak ne me semblant pas être le plus méticuleux des chefs d'entreprise.

J'examinai encore une fois la chemise. Shorter avait déjà la même adresse que lorsqu'il avait fait sa demande d'emploi en juillet 92.

En juillet 92 ?

Je vérifiai la date avec Banzsak. Shorter aurait donc été employé depuis sept mois lorsque Allan Watson avait été assassiné ?

– Oui, me répondit Banzsak, et c'était un employé modèle. Très ponctuel et très fiable. C'est pour ça que j'ai été d'accord pour lui offrir une deuxième chance quand il a eu son premier accroc.

– Quand il s'est mis à boire, vous voulez dire ?

– C'est ça. Et il devait avoir honte parce qu'il n'a pas cherché d'excuse et s'est contenté de baisser la tête en attendant que je le chasse. Mais comme il avait fait de l'excellent travail et qu'il était chez nous depuis plus de sept mois, je lui ai accordé une deuxième chance…

Il plissa le front et ajouta :

– Sauf que la fois d'après, quelqu'un a écrit pour se plaindre et que j'ai dû le laisser partir.

Sept mois. Il attendait, il tuait le temps en attendant.

Je pris sa demande d'emploi.

– J'aurais besoin de ce document, dis-je à Banzsak. Y a-t-il un endroit dans le quartier où je pourrais en faire une photocopie ?

Il m'informa qu'il avait une photocopieuse de bureau et qu'il allait s'en charger. Il passa dans une autre pièce et en revint avec la photocopie, mais la garda un instant par-devers lui.

– Je ne suis pas très sûr de bien comprendre, dit-il. Si Shorter sait quelque chose, s'il… s'il a disparu pour échapper à l'homme qui a tué Watson (car telle était l'explication que je lui avais servie), vous ne pensez pas qu'il faudrait mettre la police dans le coup ?

– Si les choses tournaient mal, oui, naturellement, lui répondis-je. Mais j'ai l'impression que Shorter vit sous une fausse identité et qu'il a inventé l'essentiel de ce qu'il a mis sur sa demande d'emploi. Si je pouvais lui éviter une enquête plutôt embarrassante…

– Bien sûr, dit-il. Absolument.

Il n'existait nulle part.

Il avait eu un permis de conduire délivré par l'Etat de New York, et c'était bien ce numéro-là qu'il avait porté sur sa demande d'embauche. Mais le DMV[1] n'avait jamais entendu parler de lui et le numéro de permis qu'il avait donné ne correspondait à rien. Son numéro de sécurité sociale était par contre bien réel, mais appartenait à un agent d'assurance travaillant pour une ferme d'Etat d'Emporia, Kansas, et s'appelant Bennett Gunnarson et en aucun cas James Shorter.

Cela m'aurait simplifié la tâche que Banzsak ait exigé les empreintes digitales de ses employés, même si ce n'avait été que pour les ranger dans des dossiers. Un peu plus tôt, j'avais laissé TJ de garde à la pension pour prendre un taxi, descendre à la Reliable, y emprunter un nécessaire à empreintes à Don Wally et remonter à la pension. Avant de quitter la chambre de Shorter, j'avais embué l'écouteur du téléphone comme Banzsak ses lunettes. Je n'y avais décelé aucune empreinte sur le moment, mais il arrive qu'on les voie mieux quand on passe de la poudre dessus. Sans compter que le téléphone n'était pas le seul objet dans la pièce où Shorter aurait pu laisser des traces.

De retour à la 94e, je répandis de la poudre à empreintes

1. Department of Motor Vehicles, équivalent du Service des cartes grises.

sur le téléphone, la fenêtre, le lavabo, la tête et le pied du lit, la plaque électrique et tout ce qui aurait pu donner quelque chose. Il n'y avait rien, pas même un brin de poussière.

– Il a fait le ménage derrière lui, dis-je à TJ. Il a délibérément essuyé toutes les surfaces de sa chambre.

– C'est un homme bien propre…

– C'est un tueur, oui ! C'est lui qui a poignardé Alan Watson en février dernier. C'est aussi lui qui a tué Helen Watson il y a quelques jours et… nom de Dieu !

– Quoi qu'y a ?

– Helen Watson, répétai-je. Un jour, il m'a demandé si j'avais enfin réussi à joindre Helen Watson. Comment savait-il son prénom ? Je ne le lui avais jamais dit. Putain, mais… Ça faisait combien de temps qu'il les espionnait ?

J'avais enfin ma réponse.

Il avait surveillé Alan Watson pendant un minimum de sept mois, depuis qu'il avait commencé à travailler pour la Queensboro-Corona jusqu'au soir où, trouvant le moment propice, il avait planté un couteau dans le cœur du courtier en Bourse. Dieu seul savait combien d'occasions il avait eues pendant tout ce temps, mais non : il n'était pas pressé, il avait attendu le temps qu'il fallait, encore et encore, en faisant monter la mayonnaise.

Je savais enfin qu'il aimait prendre son temps et pouvait frapper vite quand il le voulait. Je l'avais vu vendredi soir et la veuve de Watson était morte le lendemain. Quelques jours plus tard encore, c'était Gerard Billings qui se faisait descendre à l'arrière d'un taxi.

Ça, c'était un malin.

Mais qui était-il, au juste ?

J'appelai Ray Gruliow et le mis au courant de la situation.

– Je me sens assez con, lui dis-je. Je l'avais trouvé et je l'ai laissé filer.

– Vous ne saviez pas qui c'était.

– C'est vrai. Je ne le savais pas, mais lui, si. Il a joué

au chat et à la souris avec moi, ce fumier. Et la souris que j'ai jouée n'était pas très futée. Vous voulez savoir jusqu'où je suis allé ? Je suis allé jusqu'à l'emmener à des réunions des AA.

– Non !

– Ben… Il s'était fait virer pour avoir bu pendant les heures de boulot, il menait une vie particulièrement minable et avait tout à fait l'air de l'alcoolo qui va couler au fond. Je n'ai vu aucune raison de ne pas lui parler des AA et quand je l'ai fait, il m'a superbement joué le numéro du mec intéressé, mais méfiant. C'est le type le plus anonyme que j'aie jamais rencontré ! Je ne sais toujours pas qui il est, nom de Dieu !

– Mais vous l'avez vu. Vous vous êtes assis en face de lui et vous lui avez parlé.

– Oui, reconnus-je. Je sais à quoi il ressemble.

Je lui décrivis Shorter en détail.

– Maintenant, repris-je, nous sommes deux à savoir à quoi il ressemble. Vous fait-il penser à quelqu'un ?

– Reconnaître un type d'après un signalement, vous savez…

– Il a 48 ans. Son lieu de naissance présumé est Klamath Falls, Oregon, où personne ne le connaît sous ce nom-là et où il n'y a aucune raison de penser qu'il ait jamais mis les pieds. Il a pris sa chambre à la pension la veille même du jour où il s'est pointé à la Queensboro-Corona et je mettrais ma tête à couper que c'est à ce moment-là que M. James Shorter est venu au monde. Je crois qu'il s'est fabriqué une fausse identité, qu'il a loué une chambre à la semaine et qu'il a commencé à chercher du boulot.

– De façon à pouvoir suivre Alan…

– Exactement. Je crois que c'est le genre d'assassin qui repère le client longtemps à l'avance. Sans ça, sa conduite est incompréhensible. J'ai fait quelques recherches sur la question et certains éléments que j'ai trouvés correspondent bien à mon bonhomme : la façon dont il a organisé toute sa vie pour espionner Alan Watson, cette manière de repousser l'attaque de jour en jour… Combien d'occasions a-t-il eues pendant les sept mois qu'il a travaillé à la QC, à votre avis ? Vingt ? Cent ? Mais non : monsieur remettait à plus tard et ce n'était pas parce qu'il avait peur de se faire prendre.

– Il remettait à plus tard pour que l'excitation soit plus forte.

– C'est ça.

– Mais avec Gerry…

– Je crois qu'il a commencé à espionner un nouveau client très peu de temps après avoir tué Watson. Billings, c'est possible, mais ça pourrait être n'importe qui d'autre. Il se peut même que ce soit vous. Il logeait encore à la pension, il se faisait toujours passer pour Jim Shorter et, à mon avis, il n'était pas du tout prêt à conclure. Sauf que brusquement voilà que je débarque. Il comprend qu'il est temps de faire disparaître James Shorter de la circulation, mais il entend finir son affaire en beauté.

– C'est vrai que tuer Gerry comme il l'a fait…

– Il devait savoir où il habitait et connaître ses habitudes. Il devait aussi avoir une arme, ou savoir où s'en procurer une. Prendre le bus jusqu'à l'aéroport de Newark et en revenir dans une voiture volée n'a pas dû lui poser beaucoup de problèmes. Après, il n'avait plus qu'à attendre Billings et à choisir le bon moment. Monter un accrochage est assez joli, mais il pouvait procéder autrement. Il aurait pu faire le coup du type qui mitraille les passants d'une voiture en mouvement, il aurait pu essayer de l'écraser…

Il aurait encore pu trouver le moyen de jeter une bombe dans la fenêtre en plastique dernier cri de Ray Gruliow, me dis-je soudain. Et tuer ainsi neuf survivants du club en même temps. Il était au courant de la réunion, puisque j'avais été assez aimable pour l'en informer, et lui préciser même qu'elle se tiendrait quelque part dans le Village quand il avait tenté de me tirer les vers du nez. Or Gruliow était le seul membre du club à y habiter. Et si M. James Shorter était venu faire un tour du côté de Commerce Street mardi après-midi ? Et s'il s'était installé juste en face du café The Grange et avait siroté une bière en regardant les membres du club entrer chez Gruliow un par un ? S'il m'avait observé, moi aussi ?

– Qui c'est, ce mec ? m'écriai-je. Vous avez une idée ?

– Aucune.

– Nous savons qu'il ne fait pas partie du club, mais je ne crois pas que l'un quelconque d'entre nous l'ait jamais sérieusement pensé. Qui d'autre connaît l'existence du club ?

– Personne, enfin… pas dans les détails.

– Il a 48 ans. En 61, il aurait eu quoi ? 16 ans ? Le petit frère d'un membre du club ? Quelqu'un qui ferait rejaillir sa jalousie sur tous vos camarades ?

– C'est un peu tiré par les cheveux, vous ne trouvez pas ?

– Je ne vois pas que nous pourrions lui trouver des motifs rationnels. Comment voulez-vous expliquer, en faisant en sorte que ça ait un sens, les agissements d'un monsieur qui se conduit comme un fou depuis aussi longtemps ? En fait, tout ce qu'il lui fallait, c'était un prétexte.

– Mais un bon, non ? Pour le faire tenir aussi longtemps…

– Pas nécessairement, lui répondis-je. Il n'a besoin que d'un truc pour démarrer. Dès qu'il s'est mis en branle, c'est le simple fait d'avancer qui l'aide à continuer, quelle que soit la faiblesse du déclic initial.

– Parce qu'il aime bien faire ce qu'il fait ?

– Parce qu'il adore ça, oui ! Mais j'ai l'impression qu'il y a plus. En fait, c'est toute sa vie.

J'eus des versions abrégées de cette conversation avec tous les membres du club que je pus trouver. Je leur décrivais Shorter, puis je leur demandais si cela les faisait penser à quelqu'un qui aurait pu avoir eu une dent contre le club il y a des années de ça. En gros, ils me firent tous la même réponse – mon signalement correspondait à trop de gens, et, de plus, ils ne pouvaient imaginer une seule personne qui aurait pu, pour une raison ou une autre, nourrir des griefs à l'encontre du groupe. Il aurait déjà fallu qu'elle en connaisse l'existence…

« C'est vraiment dommage qu'on n'ait pas de photo de lui », me dirent aussi bon nombre d'entre eux. Je leur expliquai que la direction de la Queensboro-Corona avait bien pris deux Polaroïd de lui, mais que personne n'avait pu m'en fournir un exemplaire. Le premier devait se trouver sur son badge, qu'il avait probablement gardé, le second ayant fort opportunément disparu de son dossier.

Et à quel moment ce Polaroïd avait-il donc disparu, justement ? Shorter avait-il eu la présence d'esprit de filer avec avant que Banzsak se décide à le laisser partir ? N'avait-il pas plutôt visité la boîte en douce afin de nettoyer derrière lui ? Il aurait très bien pu le faire avant d'aller noyer Helen Watson dans sa baignoire.

– Et il ne se serait jamais fait prendre en photo ? voulut savoir Elaine. Comment pouvait-il toucher des chèques ? Je n'arrive pas à croire qu'il ait pu avoir un compte à la banque…

– Il avait recours à un service d'encaissement de chèques sur place. Il avait sa pièce d'identité de la Queensboro-Corona et son permis de conduire, il n'avait besoin de rien d'autre.

– Et tu t'es assis en face de lui.

– Et je l'ai emmené à une réunion des AA.

– Et à ces réunions-là, on ne se fait ni agresser, ni prendre les empreintes, c'est bien ça ? Cela constituerait une violation caractérisée de l'anonymat de chacun, sans doute.

– Je le crains.

– Ah ! Si j'étais venue avec toi, j'aurais pu prendre une photo en catimini, comme au Wallbanger. Tu te rappelles ?

– Oh, mais… nom de Dieu de nom de Dieu ! m'écriai-je.

– Qu'est-ce qu'il y a ? J'ai dit un truc qu'il fallait pas ?

– Oh, non ! Tu as dit exactement ce qu'il fallait. Je ne sais pas ce que j'ai, non, vraiment ! Je n'arrive plus à penser droit…

– Que veux-tu dire ?

Pour toute réponse, je lui montrai un dessin encadré accroché au mur.

26

– Que je te dise, me lança Ray Galindez. C'était facile comme bonjour. Tu avais une image claire du type et tu as mis combien de temps pour te la sortir de la tête afin que je la couche sur le papier ? Un quart d'heure ? Vingt minutes ?

– A peu près.

– Comparé à des témoins qui ne savent pas se servir de leurs yeux et ne se souviennent pas de ce qu'ils ont vu, c'était du gâteau. La semaine dernière, j'ai eu une femme qui n'arrêtait pas de me dire que les yeux que je lui dessinais n'allaient pas. « Comment ça ? lui demandai-je. Etaient-ils trop grands, trop petits, trop écartés, trop rapprochés, trop quoi ? Avait-il les yeux bridés ? En amande ? La paupière tombante ? Dites-moi quelque chose, parce que me répéter que ces yeux ne vont pas ne m'avance à rien. J'essaie ceci, j'essaie cela, j'arrange à droite et à gauche et tout ce que vous me dites, c'est que ses yeux ne vont pas… » Tu sais ce que j'ai fini par découvrir ?

– Non, quoi ?

– Qu'elle n'avait jamais vu les yeux du mec. Il portait des lunettes de soleil à verres réfléchissants. Il lui a fallu pratiquement une heure pour s'en souvenir et c'était quand même un type qui l'avait braquée avec un flingue. « Les yeux ne vont pas, me disait-elle. Et croyez-moi, je les connais, ces yeux. » A ceci près qu'elle ne les avait jamais vus ! Comme si elle pouvait s'en souvenir !

– Elle a au moins eu assez de bon sens pour travailler avec toi. Moi, j'étais bloqué sur le fait que je n'avais pas de photo de lui. J'étais assis chez moi, juste devant un de tes portraits, et j'étais incapable de comprendre ce qu'il me disait.

– Il y a des moments où c'est difficile de voir ce qu'on a sous le nez.

– Tu m'en diras tant !

Lorsque je voulus le payer, il refusa tout net.

– C'est moi qui te dois des choses, me dit-il. Tout ce qu'Elaine a bien voulu faire pour moi… J'ai emmené ma mère à la galerie et maintenant elle n'a plus qu'une expression à la bouche : *Mi hijo el artista.* Elle n'avait pourtant pas été autrement impressionnée quand j'ai décroché mon boulot dans la police. Ça a bien changé depuis.

– Qu'est-ce qui a bien changé ? La police ?

– Oh, ça… va savoir ! Non, je te parle seulement de mon détachement. Ils veulent utiliser un ordinateur pour faire le boulot.

– Quoi, un Identi-Kit ?

– Non, c'est assez différent et bien plus souple. On peut changer des détails infimes de la bouche, allonger la tête, creuser les orbites des yeux, bref, obtenir tout ce qu'on faisait avec du papier et un crayon.

Il m'expliqua comment fonctionnait le logiciel et ce qu'on pouvait en tirer.

– Mais ce n'est plus du dessin, continua-t-il. Quant à être de l'art…

Il rit et je lui demandai ce qu'il trouvait de drôle à ça.

– C'est simplement que m'entendre parler d'art… Je reprenais toujours Elaine quand elle me disait que mes dessins en étaient, mais maintenant je commence à penser qu'elle avait raison. Que je te dise… Ce que je fais avec mon Européenne n'a rien à voir avec tout ce que j'ai pu faire avant. Tu te souviens ? L'ancienne cliente d'Elaine ? Celle qui a perdu toute sa famille dans l'Holocauste ?

– Oui, Elaine m'a raconté. Je ne savais pas que tu avais commencé à bosser avec elle.

– Pour l'instant, on a fait deux séances et c'est complètement épuisant. Elle n'a plus aucun souvenir de personne.

– Mais… comment pourras-tu jamais faire ton portrait dans ces conditions ?

– Oh, les souvenirs sont là ! Il faut seulement aller les chercher et les aider à remonter. Et donc, on démarre avec son père. A quoi ressemblait-il ? On n'arrive à rien parce qu'elle n'a aucune réponse à me donner. Tout ce qu'elle sait, c'est qu'il était grand. OK, d'accord. Quel genre d'homme était-ce ? Il était très gentil. D'accord, et je me mets à dessiner. Tout d'un coup, elle se souvient qu'il avait une voix grave. Je continue à dessiner. Parfois, il perdait son calme. D'accord, d'accord, et je me mets à dessiner un type doux qui a une voix grave et perd parfois son calme. Le soir tard, il s'asseyait à la table de la cuisine et additionnait des colonnes de chiffres. Très bien, d'accord, on dessine ça. Et on continue et, de temps en temps, il faut s'arrêter parce qu'elle pleure, ou alors elle ne peut plus regarder le dessin ou elle est complètement lessivée. Au rythme où ça va, on sera tous les deux sur les rotules quand ça sera fini.

– Et tu as trouvé un visage ?

– Oui, j'ai trouvé un visage, me répondit-il. Mais le visage de qui ? Est-ce que ce monsieur ressemble à celui qui a été conduit à la chambre à gaz ? Il n'y a pas moyen de le savoir. Ça lui a fait retrouver des souvenirs, ça, je le sais, et elle a enfin une image qui lui parle, et donc qu'est-ce que ça fait si ce n'est pas la bonne ? Cette image est-elle aussi juste qu'une photo ? Elle est peut-être meilleure. Est-ce de l'art ?

Il haussa les épaules et ajouta :

– Je suis obligé de dire que oui.

– Et ça ?

– Quoi, ça ? Ton petit fumier ?

Il se pencha en avant et souffla sur des bribes de gomme restées sur sa feuille de papier.

– Ça, il n'y a pas besoin que ce soit de l'art. Du moment que ça lui ressemble…

Je gagnai un magasin de photocopies et m'en fis tirer vingt-quatre exemplaires. Je trouvais le portrait ressemblant. Je donnai l'original à Elaine, mais lui demandai de ne pas l'accrocher pour le moment. J'en confiai une photocopie à TJ, qui haussa le sourcil et me déclara que Shorter avait une gueule à chier.

Pendant les quelques jours qui suivirent, j'allai voir la plupart des membres du club qui avaient assisté à la réunion chez Gruliow, plus quelques autres qui n'avaient pas pu s'y rendre. Personne n'avait l'air de partager l'opinion de TJ, mais personne non plus ne reconnut en Shorter un petit cousin disparu depuis des éternités.

« Il m'a l'air bien ordinaire, me confia Bob Berk. Ce n'est pas un visage qu'on remarquerait tout de suite dans la foule. »

D'autres m'assurèrent que l'homme leur disait vaguement quelque chose.

Lewis Hildebrand pensait avoir déjà vu Shorter, mais ne pouvait l'affirmer : « Le bombardement visuel auquel on est soumis à New York est étourdissant, me dit-il. Il suffit de parcourir quelques centaines de mètres dans une rue du centre de Manhattan pour voir passer plus de gens que n'en apercevra jamais l'habitant d'une petite ville en une année entière. Traverser la station de métro de Grand Central, c'est voir des milliers de gens sans en voir jamais un seul. Combien de visages retenons-nous dans le lot ? Combien d'entre eux vous font la moindre impression, consciente ou inconsciente ? »

Dans sa salle de séjour de Commerce Street, Ray Gruliow le Coriace plissa le front en regardant le croquis et secoua la tête.

– J'ai l'impression de le connaître, me dit-il, mais très vaguement.

– Tout le monde me dit la même chose.

– C'est fou, non ? Un type qui nous hait assez pour passer sa vie à nous tuer ! Parce que ce n'est pas le genre de bonhomme à se vexer d'un truc et à aller décharger son flingue au bureau de poste d'à côté. Non : celui-là, c'est toute sa vie qu'il y consacre.

– C'est bien ça.

– Et nous, on le regarde, reprit-il, et tout ce qu'on trouve à dire, c'est qu'on a vaguement l'impression de le reconnaître. Qui cela peut-il être ? Comment se fait-il qu'il nous connaisse tous ?

– Quel souvenir pourriez-vous avoir de lui ?

– Je ne sais pas. Nous ne nous retrouvions qu'une fois par an pour dîner. Un serveur du Cunningham ? On a dit qu'il devait avoir dans les combien, déjà ? 16 ans ? Non, il n'aurait pas pu nous servir au Cunningham. Un apprenti ?

– Et vous lui auriez sucré son pourboire ?

– Non. Nous n'aurions jamais fait un truc pareil. Nous sommes très généreux.

La section n° 100 du syndicat des employés de restaurant américains a ses bureaux dans la VIIIe Avenue, à deux rues de Restaurant Row. Je m'y entretins avec un certain Gus Brann, qui trouva fort divertissant de vouloir traquer quelqu'un qui aurait travaillé dans un restaurant disparu une vingtaine d'années plus tôt.

– La restauration n'est plus ce qu'elle était, poursuivit-il. Surtout côté serveurs. Il y avait autrefois des garçons qui donnaient toute leur vie à la profession. Ils connaissaient leurs clients et savaient comment on sert à table. Vous savez ce à quoi on a droit, à l'heure qu'il est ? A des acteurs et à des actrices. « Je m'appelle Scott et nous allons, vous et moi, partager une belle expérience en dînant ensemble. » Devinez un peu le nombre de garçons qui ont une carte de l'Actor's Equity [1]...

– Aucune idée.

– Des quantités, je puis vous l'assurer. Le client espère qu'on va lui servir sa commande et on lui sert une audition.

– Le nombre de serveurs qui lâchent le boulot est moins élevé dans les restaurants à viande ancienne manière, n'est-ce pas ?

– C'est exact, mais combien en reste-t-il aujourd'hui de ces restaurants ? Il y a Gallagher, Le Vieux Homestead [2],

1. Syndicat des acteurs de théâtre.

2. Concession de 160 acres que l'on pouvait acheter au gouvernement fédéral américain au moment de la conquête de l'Ouest.

le Keen's, Peter Luger, Smith et Machinchouette… Wolensky, voilà… Il y a aussi…

– Les serveurs ont quand même tendance à rester dans le même genre d'établissements, non ?

– Je vous l'ai dit : ils ne restent même plus dans la restauration.

– Mais les serveurs ancienne manière… Imaginons le cas d'un type qui aurait travaillé au Cunningham. La boîte ferme. Il ne chercherait pas du travail dans un des restaurants que vous venez de mentionner ?

– A moins qu'il ait une envie folle de remplir des cornets de glace chez Baskin-Robbins ! Mais bon… oui. On a quand même tendance à rester dans le boulot qu'on connaît.

– Ce qui fait que si on voulait trouver un type qui a bossé au Cunningham, les restaurants que vous venez de m'indiquer seraient les premiers endroits où chercher ?

– J'imagine.

– Sauf que j'aurais du mal à savoir par où commencer et que je serais obligé de courir toute la ville pendant au moins deux jours pour convaincre des gens de me donner une réponse satisfaisante. Alors que quelqu'un comme vous, un pro, devrait pouvoir régler le problème en quelques coups de fil…

– Hé là ! s'écria-t-il. J'ai du boulot, moi ! Vous voyez ce que je veux dire ?

– Je sais.

– Je peux pas rester assis sur mon cul à passer des coups de fil et à enquiquiner les gens en leur demandant qui travaillait où il y a vingt ans !

– Ça m'économiserait du temps, lui fis-je remarquer, et le temps, c'est de l'argent. Et comme je n'avais aucune intention d'obtenir ces renseignements pour rien…

– Ah, dit-il, mais voilà qui éclaire l'affaire d'un jour très nouveau, vous ne pensez pas ?

Le lendemain, j'appelai Gruliow et l'informai que je n'avais pas trouvé un, mais deux messieurs qui avaient passé leur vie entière à servir de la viande à des clients dotés d'un solide appétit.

– Ils travaillaient tous les deux au Cunningham quand le restaurant a fermé, poursuivis-je. L'un des deux avait commencé à y bosser quarante ans plus tôt en qualité d'apprenti.

– Il devait donc être là lors de notre premier repas. Nom de Dieu, mais... il avait dû assister à des tas de repas du groupe qui nous a précédé !

– Peut-être, mais il n'a reconnu personne sur le croquis. Et l'autre non plus, et celui-là est nettement plus âgé. C'est vrai aussi qu'il n'a travaillé au Cunningham qu'à partir de 1967. Après, il est allé au Vieux Homestead, où il a terminé sa carrière il y a trois ans, en septembre dernier. Ils m'ont néanmoins tous les deux fait la même réponse...

– Laquelle ?

– Que le bonhomme leur disait quelque chose.

– Et merde ! s'écria Gruliow. Vous savez ce qu'il a, notre ami ? Il a un visage qui dit quelque chose à tout le monde. Personne n'est capable de lui donner un nom, mais tout le monde pense l'avoir vu quelque part. Vous savez, Matt, quand je vous ai dit qu'il avait peut-être travaillé au Cunningham, c'était juste une remarque en passant.

– Je sais.

– Et vous avez vérifié.

– Ça valait le coup.

– Comment diable vous y êtes-vous pris pour retrouver ces gars-là ?

– Je ne les ai pas retrouvés, lui dis-je. J'ai juste trouvé quelqu'un qui l'a fait à ma place. Si je devais passer l'enquête aux flics, ils en dénicheraient une bonne douzaine, et sur ces douze, il y en aurait peut-être un qui pourrait mettre un nom sur notre visage.

– J'ai parlé à quelques-uns des membres du club.

– Et... ?

– Nous avons tous l'intention de faire très attention et de garder l'œil ouvert. Cela dit, à moins d'y être forcés, nous préférerions ne pas ébruiter l'affaire.

– Et si quelqu'un d'autre se fait assassiner ?

– Vous ne nous avez pas dit qu'il devrait se tenir tranquille pendant six mois ?

– C'est bien ce que je vous ai dit, mais qu'est-ce que j'en sais ? Je ne peux pas prévoir les actes d'un fou et, pour l'instant au moins, il n'a pas l'air décidé à me téléphoner pour me tenir au courant.

Tout cela s'était passé un mercredi après-midi. Dans la soirée, et pour la première fois de la semaine, j'assistai à une réunion des AA et allai boire un café au Flame en sortant. Un des types assis à ma table était une nouvelle recrue et les autres essayaient de l'aider en répondant à ses questions et en l'assurant qu'on pouvait vivre après avoir décidé de ne plus boire. L'homme avait une petite trentaine et ne ressemblait en rien à Jim Shorter, mais, mélange d'espoir prudent et de scepticisme cynique, ses attitudes évoquaient beaucoup le personnage que Jim s'était fabriqué pour me tromper. Je me sentis très mal à l'aise d'être assis à la même table que lui. Il ne faisait rien de mal, et je savais qu'il ne jouait pas la comédie, mais c'était plus fort que moi : j'avais l'impression de me faire avoir une deuxième fois.

Je rentrai chez moi et en parlai à Elaine.

– T'aimerais assez le tuer, n'est-ce pas ? me demanda-t-elle.

– Le type de ce soir ? Euh… Shorter, tu veux dire ?

– Evidemment.

– Je dois être passablement en colère. Je ne le sens pas vraiment, mais ça doit être là. C'est que j'essayais de l'aider, cet enculé, et lui, il se payait ma tête. Quelle ordure !

– Ça ! Il ne serait même pas impossible que tu en sois un rien chagriné…

Elle commença à dire quelque chose d'autre, mais le téléphone sonna et elle se leva pour aller répondre.

– Oui ?… Un instant, s'il vous plaît. Je vais voir s'il est là.

Elle couvrit l'écouteur et se tourna vers moi :

– C'est lui.

27

– Jim ! lui dis-je. Je suis content que tu m'appelles. J'avais envie d'avoir de tes nouvelles.

– C'est que j'ai été assez occupé…

– Je sais ce que c'est. Je n'arrête pas de courir, moi aussi. J'ai essayé de te joindre deux ou trois fois, mais tu devais être sorti.

– C'est probable.

– J'espérais te retrouver à une réunion, mais comme j'habite à l'autre bout de la ville…

– C'est pas le même monde.

– C'est vrai. Alors… comment ça va ?

Il marqua une pause, puis me dit :

– Je sais que tu sais, Matt.

– Ah…

– Le plus drôle, c'est que je croyais que tu savais depuis le début. Je me disais : « Enfin, ils ont compris ce qui se passe et ils se sont payé un détective… » Sauf que tu savais rien de rien, pas vrai ?

– Eh non…

– Me traîner à une réunion des Alcooliques anonymes ! J'ai commencé par croire à une ruse. Tu voulais me faire baisser la garde, me prendre par surprise… Sauf que tu ne te doutais de rien, n'est-ce pas ? Tu te disais que j'avais besoin d'aide et tu avais envie de m'offrir la tienne…

– En gros, oui.

– Tu sais ce que j'en pense, Matt ? J'en pense que c'était très sympa de ta part. Non, vraiment.

– Si tu le dis…

– Et les réunions étaient intéressantes. Je comprends

bien qu'un type qu'aurait des problèmes de bouteille pourrait découvrir une autre vie dans ce genre de truc. J'ai aussi l'impression qu'il y a là des gens qui ne sont pas alcooliques, mais qui y vont pour ne pas se sentir seuls et avoir l'impression de remettre un peu d'ordre dans leur existence.

– Je ne crois pas qu'il y en ait beaucoup dans ce cas-là.

– Ah non ? Bah... Tu le sais sans doute mieux que moi, Matt. C'est que euh... je t'ai fait avaler un gros mensonge. Je ne suis pas alcoolique.

– Si tu le dis...

Il rit.

– Je refuse la réalité, c'est ça ? Je parie que t'entends ça tout le temps. Non, c'est seulement que je voulais me barrer de la Queensboro-Corona comme il fallait. Et comme Marty Banzsak ne supporte pas l'alcool... Il se gave de Valium du matin au soir, ce gros con. Il est aussi raide bourré qu'un mort-vivant, mais qu'il renifle un milligramme d'alcool quand t'ouvres la gueule et t'es cuit.

– Il t'a quand même donné une deuxième chance.

– C'est pas génial, ça ? Mais la deuxième fois, je me suis dit qu'il ne fallait rien laisser au hasard.

– Qu'est-ce que tu as fait ? C'est toi qui as rédigé la plainte ?

– Comment t'as deviné ? Que je suis con ! Tu es détective. Essayer de deviner, c'est compris dans le boulot.

– Effectivement, et je n'ai pas le sentiment d'avoir fait des étincelles de ce côté-là ces jours-ci...

– Mais si, Matt ! Je pense que tu te débrouilles très très bien.

– Il y a des trucs que je ne comprends pas.

– Du genre ?

– Pourquoi fais-tu ça ?

– Ah ! Tu n'as toujours pas trouvé, alors ?

– Et si tu me filais un petit coup de main...

– Quoi ? Tu veux que je te mette sur la voie ?

– Disons, oui.

– Non, non, Matt, ça, je peux pas. Mais que je te dise : la manière dont j'ai commencé n'a vraiment aucune importance. Le type qui collectionne des timbres, qui les colle dans un album, qui vit dans un grenier et ne bouffe que des sandwichs au beurre de cacahouètes pour pouvoir mettre tous ses sous dans sa collection, tu lui demandes pas ce qui l'a fait démarrer. Il fait collection de timbres, un point c'est tout.

– Tu es collectionneur ?

– Tu veux savoir si je collectionne les membres du club ? Voyons… Est-ce que je les prends dans un grand filet à papillons ? Et je ne pourrais pas m'arrêter tant que je ne les aurais pas tous attrapés ?… (Il rit.) L'idée est belle, mais non, ce n'est pas ça. Tiens, que je te donne encore un tuyau : j'ai mes raisons.

– Mais tu ne veux pas me dire ce qu'elles sont.

– Eh non !

– Et donc, elles ne sont pas vraiment rationnelles, lui renvoyai-je. Si elles l'étaient, tu n'aurais pas autant de mal à mettre cartes sur table.

– Pas mal, ça ! dit-il d'un ton admiratif. Obliger le type à prouver qu'il n'est pas fou… L'ennui là-dedans, c'est qu'il faudrait que je sois vraiment fou pour me laisser prendre à ce piège.

– Ben… c'est quand même une des choses qui m'inquiètent un peu, Jim…

– Qu'est-ce qui t'inquiète un peu ? Que je sois fou ?

– Disons plutôt que tu commences à perdre la tête.

– Pourquoi ça ?

– Le coup du chauffeur de taxi…

– Quel chauffeur de taxi ? Ah oui, l'Arabe !

– Je croyais qu'il était bengali.

– La belle affaire ! Ali ceci ou Ali cela, tu sais… Et puis quoi, Ali ?

– Pourquoi l'as-tu tué ? Il ne faisait pas partie du club.

– Non, mais il était au milieu.

– C'est toi qui lui as accroché son taxi.

– Et alors ? Ils mentent comme des dingues pour franchir le contrôle des douanes à Kennedy Airport et dix minutes après, ils ont une licence de taxi temporaire. Ils savent pas où se trouve Penn Station, mais ça les empêche pas de piquer le boulot à un vrai Américain.

– Et c'est ça qui t'a foutu en colère ?

– Tu rigoles ? J'en ai rien à cirer. Ali a eu la malchance de se trouver sur mon chemin. Sayonara, coco. Y a rien à en dire de plus.

– Et voilà, c'est exactement ce que je craignais : tu commences à perdre la boule.

– Mais non ! Tu te goures. Je domine le truc à cent pour cent.

– Sauf qu'avant, tu t'en tenais strictement aux membres du club…

– Et Diana Shipton, hein ? Elle aurait fait partie du club ? Les occasions que j'avais de me payer Boyd quand il était seul ne manquaient pas.

– Pourquoi n'en as-tu pas saisi une ?

– Il y a des moments où on a envie que ça fasse plus de vagues. Et Diana Shipton n'est pas la seule dans son cas. Pense seulement à… Non, non, laisse tomber.

– Pense seulement à qui ?

– T'occupe. Je parle trop.

– Pourquoi t'en es-tu pris à Helen Watson ?

– Ah, parce que ça aussi tu le sais ?

– Pourquoi ? répétai-je.

– Tu devais prendre contact avec elle. Elle aurait pu se rappeler des choses.

– Quelles choses ?

– Mais putain ! Je la baisais, moi ! Ça te va ? Tu crois qu'elle l'aurait oublié ?

– Non, sans doute pas.

– T'étais pas au courant de ça, hein !

– Non.

– Même que maintenant tu te demandes si tu peux me croire.

– Je ne suis même pas sûr que tu l'aies tuée. Et si elle s'était noyée en buvant un coup de trop ?

– Le coup de la bouteille de scotch dans la salle de bains… Je me disais que tu apprécierais. C'était ma façon à moi de te faire un petit clin d'œil…

– Même chose pour le livre sous l'oreiller ?

– Voilà. J'ai beaucoup apprécié le carnet de rendez-vous des AA, tu sais ? Tu es vraiment très gentil. J'ai pas trop l'habitude qu'on se plie en quatre pour me faire plaisir…

– Les gens ont été méchants avec toi, Jim ?

– C'est quoi, ça ? Cours de psycho première année ? « Oh, oui, madame l'infirmière ! Ce que les gens ont pu être durs et cruels avec moi ! »

– J'essayais juste de te comprendre, c'est tout.

– T'essaierais pas plutôt de comprendre, tout simplement ?

– Va savoir…

– Ce qui te servirait à quoi ? Tes potes peuvent se détendre. Je suis obligé de me mettre à la retraite.

– Ah…

– Pour ne rien te cacher, je commençais à me lasser de Jim Shorter. Sa chambrette dans la 94e… Tu sais ce que je songe à faire ? Je songe à quitter New York.

– Pour aller où ?

– Mais c'est que le monde est vaste, tu sais. Si je veux en voir un bout, vaudrait mieux que je me magne le cul. Tu sais l'âge que j'ai ?

– 48 ans.

Il marqua une pause.

– Ouais, bon, dit-il enfin. Ça ne me rajeunit pas.

– Les gens qui rajeunissent, je n'en connais pas beaucoup.

– Mais les gens qui ne vieillissent plus, moi, par contre, j'en connais pas mal !

Et il eut un rire sec et méchant qu'il arrêta tout net, comme s'il avait senti l'effet qu'il me faisait.

– L'essentiel là-dedans, reprit-il, c'est qu'il n'y aura plus de morts pendant un temps.

– Et ça durerait… ?

– Pourquoi essaies-tu toujours de coincer les gens ? Il n'y aura plus de décès avant le prochain dîner annuel.

– Ce qui nous mènerait au… ?

– Qu'est-ce que tu fous, Matt ? Tu vérifies des trucs ?

Le premier jeudi du mois de mai prochain. T'aurais oublié ? Jusqu'à ce moment-là, je me range des voitures.

– Et tu me donnes ta parole ?

– Absolument. Ma parole de gentleman. Qu'est-ce qu'elle vaut, à ton avis ?

– Je ne sais pas. Comment as-tu appris l'existence du club ?

– Bonne question.

– Pourquoi en hais-tu les membres ?

– Qui t'a dit que je les haïssais ?

– J'aimerais bien que tu m'expliques. Je n'arrive toujours pas à comprendre.

– Et moi, j'aimerais bien que t'arrêtes ça.

– Ce n'est pas vrai.

– Ce n'est pas vrai ?

– Non. Sans ça, tu ne m'aurais pas appelé.

– Je t'ai appelé parce que tu as été gentil avec moi. J'avais envie de te renvoyer l'ascenseur.

– Non. Tu m'as appelé parce que tu avais envie de continuer la partie.

– Tu crois que c'est un jeu ?

– Non. C'est toi qui le crois.

– Ah ! Je ferais mieux de raccrocher, tiens.

– A moins que ça t'amuse trop.

– Ça m'amuse, mais point trop n'en faut. Et donc, tu voudrais que je te mette sur la voie…

– Naturellement.

– Non, non, pas comme ça. Tu es détective. Ce que t'aimerais, c'est un indice.

– Je ne sais pas. Les indices, je m'en démerde assez mal.

– Mais non, mais non… Sherlock Holmes !

– C'est ça, ton indice ?

– Non, ça, c'est ce que tu es. Tu es Monsieur Sherlock putain d'Holmes. Bon, alors, tu veux un indice ? Eh bien, le voici : Rumpelstiltskin.

– Rum… pelstiltskin ?

– Allez, Matt. Tout n'est pas perdu pour toi. Bye !

28

Felicia Karp et moi avions décidé de nous retrouver à 16 heures. J'arrivai à son immeuble de Stafford Avenue dix minutes en avance et, au bout d'une demi-heure, commençai à m'inquiéter. Je patientai encore un quart d'heure, puis j'entrai dans le vestibule et me mis à étudier la serrure de la porte donnant sur la cage d'escalier. Monter à son appartement du deuxième étage ne serait peut-être pas si facile. Me faire prendre en train d'essayer d'y pénétrer illégalement m'effrayait moins que ce que je risquais d'y trouver : Felicia Karp n'habitait qu'à un quart d'heure de marche de l'endroit où Helen Watson s'était noyée dans sa baignoire.

Je sortis une fine lame d'acier de mon portefeuille et regardai derrière moi afin de m'assurer que personne ne me verrait lorsque je m'attaquerais à la serrure. De l'autre côté de la rue, quelqu'un tentait de garer sa Ford Escort entre deux voitures. J'aurais pu ouvrir la porte et filer au second avant que le chauffeur ait fini ses manœuvres, mais j'attendis, et Felicia Karp sortit bientôt du véhicule. Je rangeai mon outil de cambrioleur et me portai à la rencontre de la jeune femme.

– Je suis désolée, dit-elle, mais ils nous ont collé une réunion à la dernière minute, et je n'avais aucun moyen de vous joindre.

Elle me confia son sac en toile pendant qu'elle ouvrait la porte. Une fois entrée, elle me conduisit à la cuisine et réchauffa deux tasses de café du matin dans le four à micro-ondes. Toujours accroché à son mur, le chat noir continuait de balancer sa queue comme un pendule et de me regarder en roulant des yeux blancs.

Je montrai le croquis de Ray Galindez à Felicia. Elle le tint à bout de bras et me demanda qui c'était censé être.

– Le reconnaissez-vous ?

– Son visage me dit quelque chose. Qui est-ce ?

– Il faisait des patrouilles pour une boîte de gardiennage. C'est lui qui a découvert le corps d'Alan Watson en effectuant une ronde de l'autre côté de Continental Avenue en février dernier. Watson venait d'être poignardé et cet homme n'a eu aucun mal à être le premier arrivé sur les lieux.

– Vous me laissez donc entendre que c'est lui qui l'aurait tué...

– Oui.

– Alan Watson était-il un des messieurs avec lesquels mon mari dînait une fois par an ?

J'acquiesçai.

– Et celui-ci ? Est-ce lui qui a tué mon mari ?

– Je crois.

– Mon Dieu ! s'écria-t-elle en examinant le croquis.

Puis elle haussa les épaules et ajouta :

– Je savais bien que Fred n'était pas homme à se suicider. Mon Dieu ! Mon Dieu !

– Ce type vous dirait donc quelque chose ?

– Oui. Je le connais.

– Ah.

– Je sais que je l'ai vu. Où faisait-il ses patrouilles ? Nous n'avons pas de gardiens privés dans les environs, même si les associations de quartier envisagent d'en engager... Et d'après vous, ça se serait passé de l'autre côté de Continental Avenue ? Ce n'est donc pas là que je l'ai vu. L'endroit est agréable, assez chic comparé à ici, mais je n'ai aucune raison d'aller y traîner. Quoi qu'il en soit, je connais son visage et ce n'est pas derrière une vitre de voiture de patrouille que je l'ai vu. Comment se fait-il que je le connaisse ? Aidez-moi un peu.

– L'auriez-vous vu dans le quartier récemment ?

– Non.

– Est-il venu chez vous ? (Elle secoua la tête.) L'avez-vous vu à l'école ? Il aurait pu se faire passer pour un parent d'élève.

– Pourquoi ferait-il un truc pareil ? Je… Est-ce que je suis en danger ?

– Peut-être.

– Mais pour l'amour de Dieu ! s'écria-t-elle avant d'étudier le croquis à nouveau. Ce qu'il a l'air ordinaire ! On en croirait presque qu'il est trop bête pour être flic.

– Le voyez-vous en train de faire quelque chose ?

– Je ne sais pas… une tâche ménagère ? Quelque chose de complètement… piéton.

– Fermez les yeux. Il est en train de faire quelque chose. Vous le voyez, que fait-il ?

– Qu'est-ce que c'est que ce truc ? Une nouvelle technique de manipulation de l'imaginaire ? Ça ne marchera pas avec moi. J'intellectualise beaucoup trop, c'est mon problème depuis toujours.

– Essayez quand même. Qu'est-ce qu'il fait ?

– Je ne le vois même pas.

– Si vous le voyiez, que ferait-il ?

– Je ne…

– Ne réfléchissez pas. Contentez-vous de répondre. Que fait-il ?

– Il pousse un balai. Ah ! Non… ! Je n'arrive pas à y croire !

– Quoi ?

– Ça y est ! Il travaillait à l'entretien du Kashin Building où Fred avait son bureau. Il portait un uniforme, pantalon et chemise gris-vert assortis. Comment se fait-il que je me souvienne d'une chose pareille ?

– Je ne sais pas.

– De temps en temps, je retrouvais Fred à son bureau lorsque nous avions décidé d'aller dîner dehors et de voir une pièce de théâtre. Et un jour j'ai vu cet homme. Je crois que…

– Oui ?

– Je crois me rappeler qu'il se trouvait dans le bureau

de Fred quand j'y suis arrivée et que… ils bavardaient. Il était en train de nettoyer par terre et de vider une corbeille.

– Comment s'appelait-il ?

– Comment voulez-vous que je le sache ?

– Votre mari aurait pu vous le présenter.

– Je crains que… John ! Il s'appelait John !

– Voilà de l'excellent travail.

– Personne ne me l'avait présenté. C'était écrit sur sa chemise.

Elle traça une ligne horizontale à la hauteur de son sein gauche et précisa :

– C'était écrit au-dessus de sa poche. Brodé en blanc. Non, pas en blanc ! En jaune ! (Elle secoua la tête.) C'est étonnant, non, les choses dont on se souvient ?…

– Et vous dites qu'il s'appelait John ?

– Oui. Et il ne m'a pas plu.

– Pourquoi ?

– Il avait un drôle d'air. Il m'a paru faux. J'ai même voulu en parler à Fred, mais j'ai fini par laisser tomber.

– Que lui auriez-vous dit ?

– Je l'aurais mis en garde.

– Vous trouviez cet homme dangereux ?

Elle secoua de nouveau la tête.

– Pas physiquement, non. Je pensais plutôt que c'était peut-être un voleur. Il avait quelque chose de furtif… Vous voyez ce que je veux dire ?

– Oui.

– Mais l'impression n'était pas assez forte pour me rester en tête. Je ne crois même pas avoir jamais pensé à lui depuis ce jour-là. Et je suis certaine de ne l'avoir jamais revu.

– Si cela vous arrivait…

– Oui, dit-elle. Je vous appelle immédiatement, vous avez ma parole.

Elle fit la grimace en regardant le croquis.

– Jaune. Absolument. Son nom, s'entend. *John*. En lettres jaunes, juste au-dessus de la poche gauche de sa chemise.

Le chef de l'entretien du Karshin Building ne reconnut pas le visage, mais il s'avéra qu'il ne travaillait pas dans le bâtiment lorsque Fred Karp y avait trouvé la mort. Je me rendis au syndic de l'immeuble, dans la 37e Ouest, mais, là non plus, personne ne reconnut James Shorter. Néanmoins, une jeune femme qui était allée consulter les archives revint avec le nom d'un employé, un certain John Siebert. Il avait commencé à travailler au Karshin Building cinq mois avant la mort de Karp et avait lâché son boulot trois semaines après, en arguant d'un prochain départ en Floride.

– Il devait avoir décidé de prendre sa retraite, conclut-elle.

Sur la fin, Hal Gabriel avait mené une vie de reclus. Il quittait rarement son appartement et se faisait monter de la nourriture par le restaurant chinois voisin, et de quoi boire par le magasin de spiritueux d'à côté. Il y avait une demi-douzaine de restaurants chinois dans les environs immédiats du bâtiment où il vivait, au croisement de West End Avenue et de la 92e Ouest. Je ne savais pas lesquels étaient ouverts douze ans auparavant, lorsque Gabriel avait été retrouvé pendu chez lui, mais je n'avais encore jamais entendu parler d'un restaurant chinois qui emploierait des livreurs blancs.

Je m'intéressai aux deux magasins de spiritueux situés à une rue à l'est de Broadway. Ils avaient changé récemment de propriétaire. Le patron du premier avait pris sa retraite à Miami, celui du second ayant été tué cinq ans plus tôt au cours d'un hold-up. Le dessin ne fit réagir personne.

J'avais emmené TJ avec moi, nous fîmes chacun un côté de la rue en montrant notre croquis dans les cafètes et les pizzerias du coin. Le type qui tenait le comptoir du Poséidon le regarda et me dit :

– Ça fait des années que je ne l'ai pas revu. Deux œufs brouillés, muffins grillés, sans beurre… (L'expression sur mon visage l'amusa.) Une mémoire d'éléphant, que j'ai, non ?

Presque trop bonne, me dis-je. Je l'en félicitai quand même, puis je sortis. TJ m'informa qu'on avait reconnu le portrait au pressing d'en face, mais qu'on y connaissait notre petit monsieur sous le nom de Smith.

– Ben tiens ! dis-je. Et il ne voulait pas de beurre sur ses muffins.

– Hein ?

– Smith... Et il se souvenait de lui après douze ans ?

– Pas il. Elle. C'était une femme. Et si elle s'en souvient, c'est parce qu'il est jamais venu reprendre sa veste de costume. Elle l'a gardée pendant des années et a fini par la filer à la Goodwill[1] l'an passé. Dès que je lui ai montré le croquis, elle a eu la trouille d'avoir des ennuis. « J'l'ai gardée vraiment longtemps, vous savez ? », qu'elle m'a dit.

Dans l'immeuble d'Hal Gabriel, personne ne reconnut notre client, la liste des locataires de l'année 1981 ne nous apprenant rien de particulier non plus. Mais il y avait une pension au coin de la rue et l'examen d'un ancien registre des entrées nous révéla qu'un certain John Smith avait loué une chambre au quatrième étage quelques mois avant la mort de Gabriel. Et une semaine après la découverte du corps, M. Smith déménageait sans laisser d'adresse.

Rumpelstiltskin.

Je pensais souvent au méchant petit nain du conte de fées. Je ne savais pas ce que Shorter avait voulu me dire par là, ni même s'il avait voulu me dire quoi que ce soit. Je suivis des tas de pistes qui ne menaient nulle part et cherchai des traces de sa présence dans les endroits où d'autres membres du club avaient trouvé la mort.

Pour rien. Je finissais toujours par me taper dans un mur.

Je suis détective depuis si longtemps que certains aspects de mon travail sont devenus quasiment automatiques. Depuis quelques années, j'ai parfois envie de gagner

1. Soit « la bonne volonté », organisme de charité.

ma vie autrement, mais j'en arrive invariablement à la conclusion que c'est bien mon métier, que je ne m'en sors pas trop mal et que, question talents et expérience, je ne suis équipé pour aucun autre.

Ce qui ne m'empêche pas de rester dans le noir plus souvent qu'à mon tour.

Parfois, l'affaire est raisonnablement claire. On remonte une rue sur un trottoir et on la redescend sur l'autre, on frappe, au propre et au figuré, à toutes les portes, et chaque renseignement nouveau vient se loger à sa place et vous dire qu'il faut passer à la rue suivante – et frapper à d'autres portes. Pour finir, quand on a parcouru ce qu'il fallait de rues, et frappé à ce qu'il fallait de portes, la dernière s'ouvre en grand et vous dévoile la solution. Ce n'est pas facile et c'est rarement simple, mais la manière dont tout cela s'organise n'en demeure pas moins relativement logique.

Mais il n'en va pas toujours ainsi.

Parfois, cela tient du puzzle. On repère toutes les pièces à bord droit et on bâtit ainsi le pourtour du problème, puis on trie par couleurs et on fait des essais ici et là, jusqu'au moment où quelque chose se dessine. Il y a aussi toutes les fois où on cherche une pièce particulière et où elle n'est tout bonnement pas là. C'est que le fabricant aura oublié de l'emballer et on a envie de lui écrire une lettre pour se plaindre, mais voilà que brusquement on reprend une pièce qu'on a déjà essayé de loger trois ou quatre fois dans tel ou tel endroit précis et, bien sûr, ce n'est pas du tout celle-là qu'on cherchait, lorsque, miracle, ce coup-là ça marche.

A ceci près que ce n'est pas toujours comme ça que ça se passe non plus.

Jim Shorter, alias Joseph Smith, alias John Siebert. Alias… Rumpelstiltskin ?

– Et s'il avait piqué des bagages avec de belles initiales gravées et ne voulait plus s'en séparer ? me suggéra Elaine.

– Dans le genre d'endroits où il vit, lui remontrai-je, il suffirait de se ramener avec un sac en plastique d'un beau magasin pour se faire repérer. Mais tu as raison, c'est vrai qu'il semble tenir beaucoup à ses initiales. J. S.... A quoi cela peut-il correspondre ?

– Joan Scherman.

– Qui est-ce ?

– Une photographe d'intérieurs. Elle s'est pointée au magasin hier. Elle voulait louer mon petit fauteuil Biedermeier pour faire une pub dans une revue. J'en demandais trois cent cinquante dollars et j'aurais été prête à le lâcher pour trois cents, mais elle m'a filé cent dollars pour le louer deux jours. C'est pas génial ?

– Si. A condition que tu récupères le fauteuil...

– T'inquiètes ! Elle m'a laissé une caution et tout et tout. C'est pas mal, comme moyen de gagner sa vie, tu ne trouves pas ? Mais... ça ne t'aide pas beaucoup, n'est-ce pas ?

– Non.

– J. S., J. S., J. S. Je Scinde. Jonas Salk[1]. Jésus Sauve. Jolie Soupière. Non, je m'excuse. Je ne t'aide pas des masses.

– Ce n'est pas grave.

Elle prit soudain la pose et me lança :

– Juive Sexy ! Qu'est-ce que t'en dis ?

– J'en dis que c'est l'heure de passer au lit.

Ainsi donc je passai au lit et oubliai tout de Shorter et de ses divers pseudonymes et, le lendemain, la solution me vint d'un coup pendant que je me rasais.

Je mis un costume et une cravate, bus une tasse de café, hélai un taxi et gagnai la gare de Penn Station.

D'où je ressortis seize heures plus tard, à minuit et des poussières. Il y avait quelqu'un à qui j'aurais bien aimé téléphoner, mais il était trop tard pour ça. Il faudrait remettre au lendemain.

Il faisait frais, ce qui changeait, et si j'étais resté debout une bonne partie de la journée, j'avais aussi passé plu-

1. Inventeur du vaccin contre la poliomyélite.

sieurs heures assis dans le train. J'avais envie de m'étirer les jambes, et je me les étirai tellement que j'arrivai au coin de la Xe Avenue et de la 50e Rue Ouest.

– J'ai pensé à toi aujourd'hui, dis-je à Mick Ballou. Je suis allé à Washington et j'ai regardé le monument aux morts de la guerre du Vietnam.

– Tiens donc…

– J'ai vu le nom de ton frère.

– Ah, dit-il. C'est donc que personne ne l'a effacé.

– Non.

– Je ne pensais pas qu'on le ferait, reprit-il, mais on ne sait jamais ce qui peut passer par la tête des gens.

– C'est vrai.

– C'est quelque chose, non ? Le monument, je veux dire. Sa forme, et tous ces noms. Nom après nom après nom…

– Ça fait beaucoup d'hommes morts, tu avais raison.

– Mais… tu n'y es pas allé uniquement pour voir le nom de Dennis, n'est-ce pas ? Tu le connaissais à peine.

– C'est exact.

– Tu connaissais Eddie Dunphy, et Eddie connaissait Dennis, mais…

– Je le connaissais de vue, mais non, je ne le connaissais pas vraiment.

– Ce qui fait que c'est quelque chose d'autre qui t'a conduit à Washington. Le monument, tu y es allé parce que tu te trouvais dans le coin.

– Non, lui répondis-je. En fait, je ne suis pas allé à Washington pour autre chose.

– Tiens.

– Et je me suis servi du registre. Et oui, j'ai vu le nom de Dennis et de quelques autres qui y sont restés. Le frère d'une nana que j'avais connue au lycée. Des types qui s'étaient fait tuer là-bas il y a vingt-vingt-cinq ans… C'était la première fois que je pensais à eux depuis des années, et j'ai cherché leurs noms, et ils y étaient tous.

– Ah.

– Et je me suis retrouvé en train de faire ce que tu m'avais dit avoir fait toi-même : marcher le long du mur et y lire des noms plus ou moins au hasard. C'était très émouvant. Je suis content d'y être allé. Même si ce n'était que pour ça…

– Sauf que tu n'y étais pas allé que pour ça.

– Non, en effet. Il y avait un autre nom que je voulais retrouver.

– Et il y était ?

– Non.

– Tu es donc allé là-bas pour rien ?

– Non, lui répondis-je. J'ai bien trouvé ce que je cherchais.

29

Je retrouvai Ray Gruliow dans un bar qui avait pour nom Dirty Mary, à une rue de l'Hôtel de Ville. Il y a toujours foule d'avocats et de bureaucrates divers à l'heure du déjeuner, la spécialité de la maison étant la tourte du berger ruisselante de cheddar et roussie au grill. Mais nous nous étions donné rendez-vous une heure avant le déjeuner et, hormis deux ou trois traînards qui auraient très bien pu y avoir passé toute la nuit d'avant, les lieux étaient déserts.

Ray le Coriace me fit lui aussi l'impression de ne pas s'être couché de la nuit. Il avait les traits tirés et de grosses valises sous les yeux. Il s'était installé dans un coin et sirotait un café lorsque je m'assis en face de lui après avoir dit au garçon de me servir la même chose.

– Pas question, le reprit Gruliow. Lui, vous lui donnez un café ordinaire… Noir, c'est bien ça ? précisa-t-il en se tournant vers moi.

– C'est bien ça.

– Et moi, vous m'en remettez un autre, mais raide.

Ce qui, m'expliqua-t-il lorsque le garçon eut le dos tourné, voulait dire qu'on y ajoutait une petite goutte de quelque chose. Je l'informai que j'avais deviné.

– Ça, vous ne lambinez pas, reprit-il. Je n'ai pas pour habitude de commencer la journée comme ça, mais j'ai passé une nuit pas possible. Et comme il fallait que je sois de l'autre côté de la rue quand le juge donnerait du marteau à 9 heures… J'ai obtenu un report, mais il a quand même fallu que j'y sois pour le lui demander…

Il avala une gorgée de son café spécial renforcé.

– J'aime bien boire dans des tasses à café, me dit-il encore. Ça donne une idée de ce à quoi devait ressembler la vie au temps de la Prohibition. Et j'adore mettre de l'alcool dans mon jus. Ça empêche la caféine de vous rendre trop nerveux.

– Vous m'en direz tant...

– Vous faisiez ça, vous aussi ?

– De temps en temps, oui.

Puis je sortis un exemplaire du dessin et le lui tendis. Il le déplia, l'examina, secoua la tête et se mit en devoir de replier la feuille. Je l'interrompis d'un geste.

– Mais... ? J'ai assez regardé ce type pour le retrouver jusque dans mes rêves ! Et je m'attends toujours à le voir surgir n'importe où... vous voyez ce que je veux dire ? Ce matin, dans le taxi qui m'a descendu ici, je n'arrêtais pas de zyeuter le chauffeur en me demandant si ce n'était pas lui. Tenez, j'ai déjà regardé le garçon plusieurs fois...

– Pour l'instant, contentez-vous d'observer ce croquis, insistai-je.

– Que voulez-vous que j'y découvre que je n'aurais pas déjà remarqué ?

– Vous le connaissiez il y a longtemps.

– Je vous ai déjà dit que j'avais l'impression de l'avoir vu quelque part, mais...

– Vous ne l'avez pas revu depuis trente ans. Il en avait à peu près 25 lorsque vous l'avez rencontré pour la première fois.

Il fit le calcul et grimaça.

– Il a bien 48 ans... non ? Il y a trente ans il en avait donc...

– Il a menti sur son âge, pour que ça colle avec sa fausse identité ou pour qu'on ne le croie pas trop jeune pour l'embaucher comme gardien. Il a dû se faire sauter huit ou neuf ans. Et ce n'est pas le plus gros mensonge qu'il ait raconté !

– Mais bon sang ! s'écria Ray. Je le connais, ce type ! Je vois son visage, je le vois parler, j'entendrais presque le son de sa voix. Aidez-moi, Matt.

– Vous savez son nom. Il fait partie de votre rituel annuel.

– De notre rituel ann…

– Mais comme vous le croyez mort depuis longtemps…

– Ah… non ! s'exclama-t-il à nouveau. C'est pas… Mais oui !

– Qu'en dites-vous, Ray ?

– C'est bien lui. C'est Severance !

– J'ai fait quelques petits arrêts en venant, repris-je. Je suis passé chez Lew Hildebrand et je l'ai attrapé juste avant qu'il parte au boulot. Et j'ai vu Avery Davis à son bureau. Ils ont tous les deux reconnu James Severance. Davis m'a même précisé que sa ressemblance avec Shorter l'avait frappé tout de suite et qu'il m'en aurait bien parlé s'il n'avait pas su que Severance était mort. Tout le monde le savait et ce n'était pas quelque chose que vous auriez pu oublier : vous lisiez son nom à chacun de vos repas annuels.

– Et il n'était pas mort.

– Non, lui répondis-je. Hier, je me suis rendu à Washington. Je voulais voir si on avait gravé son nom sur le monument.

– Et il n'y figurait pas.

– Non.

– Je ne suis pas certain que cela prouve grand-chose, Matt, me dit-il. La liste n'est pas exacte. On a oublié de graver certains noms, des survivants ayant, par contre, eu la surprise d'y trouver le leur. Sans compter que Severance pourrait faire partie des disparus. De fait, son nom aurait pu être oublié pour des tas de raisons.

– Il n'a jamais servi sous les drapeaux.

– Il n'a pas été envoyé au Vietnam ?

– Il n'a même jamais endossé l'uniforme. Je suis passé au ministère des Anciens Combattants et j'y ai rencontré quelqu'un qui travaillait au Pentagone. Ils ont examiné, et très attentivement, toutes leurs archives et non, M. Severance n'a jamais mis les pieds à l'armée. Je ne sais pas s'il a été tiré au sort et j'ignore même s'il s'est jamais donné la peine de se faire recenser. Ça serait plus difficile à vérifier et je ne crois pas que ça en vaudrait la peine. L'important là-dedans, c'est qu'il ne s'est pas fait tuer au Vietnam. Et comme rien n'indique qu'il aurait trouvé la mort ailleurs… Bref, il est toujours vivant.

– C'est à peine croyable.

– Selon Davis, c'est comme de découvrir à 30 ans qu'on est un enfant adopté.

– Je comprends. Je le connaissais à peine, moi, ce James Severance. Il ne disait jamais grand-chose. Je l'ai vu une fois par an pendant quelques années et un jour il a raté un repas parce qu'il était à l'armée et après… après, Homer a lu son nom. Et depuis ce temps-là, nous lisons son nom chaque année.

– Comment a-t-il été choisi pour entrer dans le club ?

– Je ne sais pas. Ou bien c'était l'ami de quelqu'un, ou bien c'est Homer qui l'a trouvé tout seul. Est-ce que Lew ou Avery…

Je secouai la tête.

– C'est au Cunningham qu'ils l'ont rencontré pour la première fois. Et eux non plus ne savent pas comment il y avait atterri. Je me demande comment Severance s'est débrouillé pour simuler sa mort. Comment l'avez-vous apprise ?

– Voyons voir…

Il reprit une gorgée de son café spécial renforcé.

– C'est que ça remonte à loin, tout ça ! s'exclama-t-il. Je crois que Homer nous a lu une lettre dans laquelle Severance nous disait qu'il était de tout cœur avec nous, même si physiquement il était sous l'uniforme. Il espérait nous rejoindre bientôt, mais il avait pris ses dispositions pour nous faire avertir rapidement au cas où il lui arriverait quelque chose.

– En fait, c'était l'amorce du piège.

– Il faut croire. Un an plus tard, Homer a lu son nom, avec celui de Phil Kalish, et nous a expliqué qu'il avait reçu un télégramme quelques mois plus tôt.

– De qui, ce télégramme ?

– Je ne pense pas que Homer nous l'ait dit. J'ai sans

doute pensé qu'il émanait de l'armée ou d'un proche de Severance. Il est clair que non, et ce, quelle qu'ait pu être la signature apposée au bas du document. C'est Severance qui l'avait expédié.

– Oui.

– Mais… il avait déjà décidé de nous tuer ?

– Difficile à dire.

– Mais pourquoi, pour l'amour du Ciel, pourquoi ? Qu'est-ce que nous lui avions fait ?

– Je l'ignore. Je l'ai rencontré à plusieurs reprises, je me suis même assis en face de lui…

– C'est ce que vous nous avez dit…

– Et j'ai aussi rencontré l'essentiel des survivants du club et… C'est vrai que l'imaginer en train de dîner avec vous n'est pas évident. Je vous accorde que vous avez tous beaucoup travaillé pour réussir dans la vie alors qu'il se traînait d'hôtels meublés en hôtels meublés et faisait des petits boulots minables quand il lui arrivait de bosser, mais… Je crois quand même qu'il devait être assez différent, et dès le début.

– C'est que… et merde, tiens ! Je n'avais pas envie de le dire lorsque nous l'honorions comme un de nos morts, mais je le puis maintenant… Il… Il me faisait l'effet d'un loser.

– D'un loser…

– D'un rien du tout. D'un pauvre type. De quelqu'un qui ne ferait jamais le poids. Vous avez raison, il ne jouait pas dans la même cour que nous. Il n'avait pas sa place à notre table.

– Et s'il l'avait senti ? Et si c'était ça qui l'avait foutu en rogne ?

Ray s'étendit encore sur les motivations de Severance et sur ce qui avait pu lui passer par la tête. Un peu plus tôt, me confia-t-il ainsi, lorsqu'il n'avait pas la moindre idée sur l'identité du tueur, il lui était venu à l'esprit que tout cela sentait beaucoup son érotomanie collective, celle qui pousse l'individu qui en est atteint à se focaliser sur quelqu'un, de préférence une célébrité.

– Comme la bonne femme qui n'arrêtait pas d'entrer chez David Letterman[1] par effraction, me précisa-t-il. Ou alors le cinglé qui a tué John Lennon.

– Quand ce sera fini, nous aurons tout le temps de déterminer ce qui le branchait, lui renvoyai-je.

– Quand ce sera fini ? répéta-t-il.

– Oui, quand nous l'aurons mis en taule, et, d'après moi, il serait grand temps de tout faire pour que ça se produise le plus vite possible. J'ai bien peur d'être arrivé au bout du rouleau avec ce monsieur. Je suis prêt à refiler l'affaire aux pros de la police.

– Je ne vous ai jamais pris pour un amateur.

– C'est pourtant bien ce que je suis lorsqu'il faut en venir à monter une opération de chasse à l'homme. C'est la seule façon que nous ayons de le coincer rapidement. Qu'il se retrouve seulement avec les flics et la presse à sensation sur le dos et inscrit sur la liste des dix personnes les plus recherchées du pays, et je n'ai pas l'impression qu'il pourra rester introuvable bien longtemps.

Ray Gruliow me regarda.

– Et nous, là-dedans ? dit-il.

– L'histoire du club sera étalée au grand jour, si c'est ça que vous voulez dire... Je ne vois aucun moyen de l'éviter.

– Aucun ?

– Comment voulez-vous faire ?

Il appuya son menton dans ses mains.

– Imaginons que Severance se trouve à New York. Vous pensez que vous pourriez le retrouver ?

– Sans les flics ?

– Ni la presse.

– Je n'ai pas leurs ressources.

– Non, mais vous en avez d'autres. Nous pourrions vous donner un budget opérationnel important. Et vous pourriez offrir une récompense.

– Ce n'est pas infaisable. Mais vous ne feriez jamais que repousser l'inévitable. L'histoire serait forcément

1. Célèbre animateur de télévision.

divulguée dans la presse le jour où Severance passerait en jugement et l'affaire serait tout aussi sensationnelle.

– A condition qu'il soit déféré devant la justice.

– A condition qu'il soit déféré devant la justice, oui.

– Et que croyez-vous qu'il se passerait, à ce procès ? Et que se passerait-il après ?

– Je ne suis pas très sûr de bien comprendre.

– Que se passerait-il ? Quelle serait l'issue du procès ?

– Il serait sans doute condamné pour meurtre. A moins que Ray le Coriace ne se charge de le défendre.

Il rit.

– Non, non, dit-il, je crains que M. James Severance ne soit obligé de se passer de mes services ! Mais êtes-vous si certain qu'il soit déclaré coupable ? Et d'abord, de quel meurtre serait-il accusé ?

– Celui de Billings est le plus récent.

– Ce qui nous donne quoi, côté preuves ? Peut-on affirmer que Severance se trouvait bien sur les lieux du crime ? Peut-on prouver qu'il était dans la voiture qui a causé l'accident ? Peut-on même seulement exhiber l'arme du crime et démontrer que c'était bien notre lascar qui la tenait dans sa main ?

– Si la police se mettait au boulot…

– Je ne dis pas que les flics ne seraient pas capables de trouver un ou deux témoins susceptibles d'identifier Severance, mais je n'y compterais pas trop et je n'ai pas besoin de vous dire le peu de poids qu'auraient leurs témoignages dans un prétoire. Qui d'autre Severance a-t-il tué ? Watson et sa veuve ? Encore une fois, peut-on le prouver ? On sait qu'il était effectivement sur les lieux du crime puisque c'est lui qui a découvert le corps d'Alan, mais les preuves matérielles de tout cela, hein ?

– Où voulez-vous en venir ?

– Sa condamnation ne serait pas du tout acquise. Quant aux premières affaires, elles ne seraient même pas prises en considération. Il a tué Boyd et Diana Shipton, il est descendu flinguer Ned Bayliss à Atlanta, il a pendu Hal Gabriel avec sa ceinture, et Dieu seul sait ce qu'il a encore fabriqué, mais tout ça, on peut le laisser tomber parce qu'il n'y aura jamais moyen de le prouver. Quant à convaincre un jury qu'il a tué d'autres personnes, je n'y crois pas non plus.

Il me revint à l'esprit une remarque que Joe Durkin m'avait faite un jour.

– C'en serait presque à s'étonner que quiconque finisse jamais ses jours en prison en paiement de ses crimes, lui lançai-je.

– Non, dit-il, je ne pense pas que ce soit comme ça. Pour ce qui est de foutre les gens derrière les barreaux, le système ne se défend pas si mal. Il est même parfois trop bon. Cela ne veut pas dire pour autant qu'on pourrait avoir un dossier assez solide pour expédier Severance au pénitencier. Tenez ! Même si on avait ce qu'il fallait, il pourrait plaider la folie et convaincre les jurés. Il a consacré sa vie entière à la carrière aussi folle que systématique de tueur en série, et essayer de le faire passer pour un modèle de bonne santé mentale ne mènerait pas loin.

– Je n'arrive même pas à y croire moi-même.

– Moi non plus. Ce fumier est complètement givré. Et ce, même s'il a sûrement fait assez de mal pour se voir infliger une condamnation à perpète.

Je commençai à comprendre où tout cela nous conduisait et je n'avais guère envie d'y aller. J'attirai l'attention du garçon et lui demandai de me remplir à nouveau ma tasse.

– Dites-moi seulement que j'ai tort, reprit Gruliow. Du genre : Severance passe devant un tribunal, il est déclaré coupable de tous les crimes qui lui sont reprochés, il va directo en prison.

– J'aime assez.

– Vraiment ? Alors que de toute évidence le club et ses membres vont être l'objet d'une publicité aussi énorme que malencontreuse ? Mais bon... comment l'éviter, n'est-ce pas ? Et d'ailleurs, il est même possible que notre institution y résiste. En ce qui me concerne, je ne me vois pas ne plus aller dîner avec les autres le premier jeudi soir du mois de mai. Cela étant, je n'aime guère envisager la manière dont l'attention des médias transformerait nos agapes.

– Ce serait évidemment assez malheureux, mais...

– Mais c'est de vie et de mort que nous parlons ici, et le désir que nous avons de nous tenir loin des feux de l'actualité est sans importance... c'est ça ? En disputer serait vain. Mais poussons un peu plus loin. Qu'advient-il de Severance ?

– Il passe le restant de ses jours dans une prison de haute sécurité du nord de l'Etat.

– Vous croyez ?

– Nous n'envisagions pas l'hypothèse de sa culpabilité avérée ? Je ne crois pas que le tribunal se contenterait de lui flanquer une petite tape sur la main, de lui compter son temps de préventive et de le mettre en liberté conditionnelle...

– Imaginons qu'il se voit infliger la perpétuité. Combien de temps passerait-il vraiment en prison ?

– Ça dépend.

– Sept ans ?

– Ça pourrait être beaucoup plus.

– Vous ne le croyez pas capable de bien se conduire en taule ? Vous ne le croyez pas capable de convaincre un juge d'application des peines qu'il est devenu un tout autre homme ? Matt ! Ce fumier-là est l'homme le plus patient que la terre ait jamais porté ! Il a passé trente ans de sa vie à nous zigouiller les uns après les autres et il est plus qu'à mi-parcours. Vous ne pensez pas qu'il saurait s'accommoder du délai ? Ils lui feront fabriquer des plaques d'immatriculation, et pour lui, ce sera tout aussi mesquin et servile que dc faire du gardiennage dans le Queens. Ils le colleront dans une cellule, et pour lui, ce ne sera jamais qu'un garnis de plus. Il s'en fout pas mal, de rester assis sur son cul pendant des années. Ça fait trente ans qu'il ne bouge pas. Un jour ou l'autre, ils seront bien obligés de le laisser filer et vous croyez sérieusement que cette expérience en aura fait un autre homme ?...

Je le regardai.

– Eh bien ? répéta-t-il. Vous le croyez vraiment ?

– Non, bien sûr que non.

– Il reprendra le boulot à l'endroit même où il avait été obligé de l'arrêter. Lorsqu'il sera dehors, Dame Nature lui aura même épargné un peu de travail et nos rangs se seront sans doute éclaircis. Mais nous serons encore quelques-uns à respirer et je vous parie tout ce que vous voulez qu'il ne nous laissera pas tranquilles. Oui, je vous parie tout ce que vous voulez qu'il recommencera à nous flinguer les uns après les autres.

J'ouvris la bouche, puis la refermai sans rien dire.

– Vous savez bien que j'ai raison, insista-t-il.

– Je sais aussi que vous êtes opposé à la peine capitale, lui répliquai-je.

– Absolument et sans le moindre doute.

– Ce n'est pas l'impression que vous me faites ce matin…

– Je trouve seulement regrettable qu'un type comme Severance puisse être jamais libéré de prison. Cela ne signifie pas pour autant que l'Etat doive se lancer dans l'assassinat légal.

– Parce que nous parlions de l'Etat ?

– Comment ça ?

– Vous voulez l'appréhender sans que les médias ni la police aillent y mettre leur nez et… j'ai eu le sentiment qu'il ne vous déplairait pas de voir justice faite dans les mêmes conditions.

– Ce qui voudrait dire ?

– Que vous aimeriez bien que je vous le retrouve… et que je vous le tue, lui répondis-je. Mais ça, il n'en est pas question.

– Je ne vous le demanderais même pas.

– Et je n'ai pas plus envie de vous le retrouver pour que vous le tuiez vous-mêmes. Et d'abord, comment vous y prendriez-vous ? Vous joueriez le truc à la courte paille ? Ou alors… vous tireriez tous sur la corde jusqu'à ce que mort s'ensuive ?

– Et vous, que feriez-vous ?

– Moi ?

– Si vous étiez à notre place ?

– Je m'y suis déjà trouvé une fois, lui dis-je. Il y avait un certain… bah, son nom n'a aucune importance. L'essentiel là-dedans est qu'il s'était juré d'avoir ma peau. Il avait déjà assassiné des tas de gens et… Je ne sais pas si j'aurais pu le faire expédier en cabane, mais je savais très bien qu'ils ne l'auraient pas gardé jusqu'au bout de sa peine. Tôt ou tard, ils auraient été obligés de le relâcher.

– Et donc ? Qu'avez-vous fait ?

– J'ai fait ce qu'il fallait.

– Vous l'avez tué ?

– J'ai fait ce qu'il fallait.

– Le regrettez-vous ?

– Non.

– Vous sentez-vous coupable ?

– Non.

– Le referiez-vous ?

– Je crois que oui, lui répondis-je. S'il le fallait.

– Eh bien, moi aussi, me renvoya-t-il, s'il le fallait. Mais ce n'est pas à ça que je pensais. Je ne crois pas à la peine capitale, qu'elle soit le fait de l'Etat ou d'un individu particulier.

– J'avoue ne plus très bien vous suivre. Il vaudrait mieux m'expliquer.

– Mais j'y arrive !

Il but encore un peu de café.

– J'ai pas mal réfléchi à la question, reprit-il, et je m'en suis entretenu avec certains membres du club. Que pensez-vous de ceci ?

Je l'écoutai jusqu'au bout. Je lui posai beaucoup de questions, et lui objectai encore plus de choses, mais il avait bien préparé son dossier. Force me fut de lui accorder la sentence qu'il désirait.

– Ça m'a l'air assez cinglé, lui dis-je enfin, et je ne vous parle même pas du prix, mais…

– Le prix n'est pas un problème.

– Soit. Je n'ai aucune objection morale à vous opposer, concluai-je. Tenez ! Il se pourrait même que ça marche !

30

Un jour, pendant la première semaine du mois d'août, je reçus un appel téléphonique aux environs de 1 heure de l'après-midi.

– Matt, me dit Joe Durkin, j'aimerais bien te causer. Tu ne pourrais pas passer au commissariat ?

– Mais j'en serais ravi. A quelle heure ça t'arrange ?

– Tout de suite serait parfait.

J'y allai directement, ne m'arrêtant qu'une fois en route pour acheter deux gobelets de café. J'en tendis un à Joe, qui en souleva aussitôt le couvercle et renifla.

– Tu me gâtes, dit-il. Moi qui m'étais habitué au jus de la salle de garde. C'est quoi ? Du torréfié à la française ?

– Je ne sais pas.

– En tout ça, ça sent drôlement bon !

Il posa son gobelet, ouvrit un tiroir et en sortit un des portraits-robots miniatures qui circulaient en ville depuis une bonne dizaine de jours. L'objet avait la taille d'une carte postale ordinaire et, vierge d'un côté, montrait, de l'autre, le visage de James Severance tel que l'avait dessiné Ray Galindez. Sous le croquis se trouvait un numéro de téléphone à sept chiffres.

– C'est quoi, ce truc ? me demanda Joe en me glissant la carte sur son bureau.

– Une carte postale, non ? lui répondis-je. (Je la retournai.) Rien au dos. A mon avis, c'est là qu'on doit écrire… et on met l'adresse à droite. Quant au timbre… En haut à droite ?

– Dis donc, Matt… Ça ne serait pas ton numéro de téléphone, par hasard ?

– Mais… mais oui ! m'écriai-je. Mais si c'est moi qu'on voulait représenter, ce n'est pas très ressemblant.

Il tendit la main pour me reprendre la carte, me regarda, la regarda, puis me regarda de nouveau.

– C'est drôle, dit-il, mais je n'ai pas l'impression que ce soit toi.

– Ben, moi non plus.

– Toujours est-il que d'après un de mes indics, ce petit chef-d'œuvre circulerait partout en ville. Personne ne sait de qui il s'agit ni pourquoi on le recherche. Je me suis donc dit que je devrais faire ce numéro et me renseigner…

– Et… ?

– Et je me renseigne.

– Eh bien mais… C'est rapport à une affaire dont je m'occupe.

– Tiens donc !

– Et le sujet qu'on a croqué là-dessus est peut-être un témoin important.

– Un témoin de quoi, déjà ?

– Je n'ai pas le droit de te le dire.

– Qu'est-ce que t'as, Matt ? T'es entré dans les ordres ? C'est le secret du confessionnal qui te lie la langue ?

– J'ai été engagé par un avocat, lui renvoyai-je, lequel avocat m'a appris que tout cela était protégé par le secret qui lie tout avocat et son client.

– Et cet avocat serait ?

– Raymond Gruliow.

– Raymond Gruliow !

– Voilà.

– Ray le Coriace…

– Mais oui ! Ce sobriquet ne m'est pas inconnu.

Il examina encore une fois le croquis.

– Il me dit quelque chose, ce type.

– Tu n'es pas le seul à l'affirmer.

– Comment s'appelle-t-il ? Tu ne vas pas me répondre que c'est confidentiel, si ?

– Non. Mais si je savais son nom, ce monsieur serait nettement plus facile à retrouver.

– Un témoin l'a vu et a bossé avec le dessinateur, et c'est de là que vient cette carte ?

– En gros, oui.

– J'ai cru comprendre qu'il y avait une récompense.

Je regardai la carte à mon tour.

– C'est drôle, ça, lui répondis-je. Je n'ai jamais entendu parler de quoi que ce soit de ce genre.

– Et moi, j'ai entendu parler de dix mille dollars.

– Ça fait beaucoup.

– Je trouve aussi. Surtout quand je pense à tout ce que j'ai dû faire pour qu'on m'offre de quoi me payer un misérable chapeau… Mais le plus drôle, c'est quand même que tu ne m'aies jamais apporté ton croquis…

– Je ne pensais pas que tu reconnaîtrais le bonhomme. Parce que tu ne le reconnais pas, n'est-ce pas ?

– Non.

– Ce qui prouve bien qu'il aurait été tout à fait inutile de te le montrer.

Il me regarda de travers.

– Moi, quand la récompense est aussi généreuse, je pense toujours que celui qui l'offre n'a pas envie d'être connu.

– Oh, mais… je ne sais pas, moi. Et le petit môme qui a disparu à SoHo ? Il y avait des affiches absolument partout.

– C'est juste. Mais je ne sache pas que ce monsieur aurait eu droit à des affiches… si ?

– Je n'en ai pas vu, c'est vrai.

– Juste des petites cartes qu'on peut planquer à toute vitesse. Rien sur les poteaux électriques, rien sur les boîtes à lettres, rien sur les panneaux d'affichage municipaux. Rien que des petites cartes qui courent partout sans faire de bruit.

– Le budget est plutôt restreint.

– C'est vrai qu'avec une prime à cinq chiffres…

– Si tu le dis… Moi, je ne vois rien là qui parlerait d'une quelconque récompense.

– Ben, moi non plus. Le café est excellent.

– Je suis heureux qu'il te plaise.

– Et donc, la dernière fois que nous nous sommes causé, reprit-il, tu reniflais dans des tas de vieux dossiers. Il y avait un peintre et sa femme qui y étaient passés, un homo qui avait décroché un peu plus que ce qu'il demandait, un chauffeur de taxi qui avait chargé le mauvais client… tu te souviens ?

– Comme si c'était hier.

– J'en étais sûr. Et ce monsieur serait lié à tout ça ?

– Comment le pourrait-il ?

– Pourquoi réponds-tu toujours à mes questions par d'autres questions ?

– Faudrait-il que j'aie une raison à te donner ?

– Petit con. Où en sont tes dossiers ?

– Pour ce que j'en sais, ça ne s'anime guère, lui répondis-je.

Attendre fut pénible.

Nous avions déjà lancé notre avis de recherche depuis une bonne dizaine de jours lorsque Joe Durkin m'avait enfin appelé. J'avais commencé par avertir quelques personnes qui, tel Danny Boy Bell, sont des pros dès qu'il s'agit de répandre des renseignements ou d'en recueillir, et à chacune j'avais confié un jeu de cartes postales. TJ s'était chargé des abords de la 42e Rue, faisant passer le mot à tous ceux qu'il connaissait dans le Deuce et allant voir du côté des hôtels bon marché et autres garnis du quartier. Gruliow, lui, avait téléphoné à droite et à gauche et m'avait envoyé voir divers criminels et repris de politique qu'il avait défendus au fil des années. De l'un d'entre eux, il m'avait dit : « Ce type-là m'a serré dans ses bras après le procès et m'a supplié de l'appeler si jamais j'avais envie de supprimer quelqu'un. Je vous prie de croire que j'en ai eu plusieurs fois la tentation. Encore heureux que je sois résolument contre la peine de mort, même pour les ex… »

J'étais pratiquement certain que Severance se planquait à New York. S'il avait vécu en dehors de Manhattan, je n'en avais jamais entendu parler. Pendant tous ces mois passés à traquer Watson en patrouillant dans les rues revêtu d'un uniforme de gardien de la Queensboro-Corona et en allant même (à condition qu'il ne m'ait pas menti) jusqu'à avoir une aventure avec l'épouse de sa victime, il avait choisi de vivre à Manhattan. Il aurait pu trouver une chambre moins chère et plus confortable à quelques rues du siège de la QC, ou à une distance raisonnable de la maison de Forest Hills. Au lieu de cela, il avait choisi d'emménager dans une pension de la 94e Est. Il lui avait fallu, et tous les jours, prendre le métro et se taper un changement pour se rendre au boulot, et la même chose en sens inverse pour rentrer chez lui.

J'avais circonscrit mes recherches à Manhattan et m'étais surtout concentré sur les quartiers où les types dans son genre n'avaient pas toutes les chances d'être connus comme le loup blanc. J'avais visité les établissements qui se traitaient eux-mêmes de « pension » ou de « garni », et hanté les comptoirs de cafète et les drugstores en demandant à tout le monde s'il n'y aurait pas moyen de trouver une chambre à louer : dans tous les quartiers de la ville, il existe des pensions qui ne se signalent pas par une enseigne.

Et toujours et encore nous montrions nos cartes postales dans les delikatessen et les bodegas, aux cireurs de chaussures, dans les bistrots à gin et les salles de jeux. Enfin était venu le moment de s'asseoir et d'attendre en se reposant, de rester chez soi au cas où le téléphone se mettrait à sonner. C'était même ce moment-là qui avait été le plus pénible.

Parce qu'agir est plus facile. Rester assis dans ma chambre du Northwestern à me taper des matchs de base-ball ou des bulletins d'information, à lire un livre ou un journal ou à regarder fixement par la fenêtre ? Pour finir, je ne pouvais pas m'empêcher de penser que tout cela n'était qu'efforts inutiles et énorme perte de temps.

Rien n'obligeait Severance à se terrer à Manhattan. Il pouvait très bien être allé se prélasser sur une plage de Californie et y tuer le temps en attendant que la chaleur se calme un peu à New York. Il aurait aussi pu s'installer dans le New Jersey ou dans le Connecticut, histoire de repérer quelque banlieusard du club. Alors que moi je passais des journées entières assis sur mon cul à attendre que le téléphone sonne, il pouvait très bien être en train d'ajuster sa prochaine victime dans son viseur, et de l'abattre.

Le lendemain du jour où j'avais parlé avec Durkin, je décrochai mon téléphone et appelai Lisa Holtzmann.

Sans réfléchir. J'avais pris mon téléphone et composé son numéro sans avoir consciemment décidé de le faire. Ça sonna quatre fois, puis j'eus droit à son répondeur. Je raccrochai sans laisser de message.

Je la rappelai le lendemain après-midi. « Je pensais à toi », lui dis-je, mais je ne sais même pas si c'était vrai. Elle m'invita à passer, et je montai chez elle.

Deux jours plus tard, j'assistai à la réunion de 20 h 30 à Saint-Paul. Je partis à la pause et appelai Lisa d'un téléphone public au coin de la rue. Non, elle n'était pas occupée. Et non encore, ma compagnie ne lui déplairait pas.

Dans son lit, ce soir-là, elle resta étendue à côté de moi et m'avoua qu'elle continuait de voir le directeur artistique de sa revue d'aviation.

– J'ai couché avec lui, me précisa-t-elle.

– Heureux homme.

– Je ne sais pas pourquoi je me casse tant la tête à préparer ce que je vais te dire. Tu ne me réponds jamais ce que j'attends. Tu crois vraiment que ce monsieur est un heureux homme ? Parce que moi, non.

– Pourquoi ça ?

– Parce que je ne suis qu'une pute. Je l'ai vu avant-hier soir. Tu étais passé dans l'après-midi et après, je suis allée dîner avec lui. Et je l'ai ramené ici et je l'ai baisé. J'étais encore toute courbaturée de ce qu'on avait fait, mais j'ai quand même couché avec lui.

Je gardai le silence, et elle aussi. Par sa fenêtre je voyais le New Jersey briller comme un arbre de Noël. Au bout d'un long moment, je tendis la main et la touchai. Au début, je sentis qu'elle essayait de résister, puis elle lâcha prise et se laissa aller. Et moi, je continuai de la toucher jusqu'à ce qu'elle crie et s'accroche à moi.

Après, je lui dis :

– Est-ce que je suis en train de te baiser ta vie, Lisa ? Dis-le-moi et j'arrête.

– Ha !

– Je ne plaisante pas.

– Je sais. Non, Matt, tu ne me baises pas ma vie. Je me la baise toute seule. Comme tout le monde.

– Peut-être.

– Un jour tu ne m'appelleras plus... ou alors tu m'appelleras et je dirai non, je ne veux pas que tu montes.

Elle prit ma main et la posa sur son sein.

– Mais ce jour-là n'est pas encore arrivé, ajouta-t-elle.

Un jour après l'autre, l'été filait. Elaine et moi allâmes voir quelques films et écouter du jazz. J'assistai à des réunions des AA et, en prenant les choses au jour le jour, je continuai à ne pas boire.

Wally m'appela, mais je lui répondis que je ne pouvais pas prendre de boulot à indemnités journalières tant que je n'aurais pas élucidé mon affaire.

Le dimanche, j'allais dîner avec mon parrain. De temps en temps, je faisais un saut chez Grogan, en général vers minuit, après une réunion des AA. Je bavardais une heure avec Mick et jamais nous n'étions à court de sujets. Mais nous ne fîmes jamais d'autres nuits blanches. Le soleil était encore loin de se lever lorsque je réintégrais l'appartement.

Une amie d'Elaine nous invita à passer un week-end à East Hampton, mais je ne me sentais guère de trop m'éloigner de Manhattan. Je dis à Elaine d'y aller toute seule, elle réfléchit à la question, puis le fit. Assez perversement, je n'appelai pas Lisa. J'allai, c'est vrai, dîner avec Ray Gruliow dans un restaurant de fruits de mer qu'il aimait bien. Ils n'avaient pas la marque de whisky qu'il voulait, mais il s'accommoda d'un truc moins exotique – et en but des quantités pendant toute la soirée.

Et je finis par lui parler de Lisa. Je ne sais pas trop pourquoi.

– Ben ça ! s'écria-t-il. Vous seriez donc humain ?

– La question était donc pendante ?

– Non, pas vraiment. Mais je croyais qu'on arrêtait de faire ce genre de trucs quand on décidait d'aller aux AA.

– Moi aussi.

– Bref, nous avions tort tous les deux. Ça fait plaisir à entendre. Et bravo pour vous, l'ami. Vous connaissez les quatre trucs que l'homme se doit absolument d'avoir dans la vie, non ?

Non, je ne les connaissais pas.

– La bouffe, un toit et le cul.

Je lui fis remarquer qu'il en manquait un.

– Et le cul pas conjugal, ajouta-t-il. Ça fait quatre.

Il fut d'agréable compagnie jusqu'au moment où, l'alcool lui faisant franchir la ligne jaune, il se mit à me répéter la même histoire sans arrêt. Elle était certes assez bonne, mais l'entendre une fois suffisait. Je le collai dans un taxi et rentrai à la maison.

Les Yankees mettaient de l'animation dans le championnat de l'American League Est en gagnant pas mal de points, mais sans vraiment prendre le dessus sur les Blue Jays. Dans l'autre division, les Mets ne démordaient pas, et fermement, de la dernière place. Nous restâmes à New York pendant le week-end de Labor Day [1], Elaine allant même jusqu'à ne pas fermer le magasin.

Un mardi après-midi de la mi-septembre, j'étais assis dans ma chambre d'hôtel à regarder la pluie lorsque le téléphone sonna.

Une femme me demanda :

– Vous êtes bien l'homme qui cherche le type du dessin ?

Des appels, j'en avais reçu quelques-uns de temps en

1. Soit le premier du mois de septembre.

temps. Qui était l'homme du dessin ? Qu'est-ce que je lui voulais ? Etait-il vrai qu'il y avait une prime à la clé ?

– Oui, lui répondis-je, c'est bien moi.

– Et vous allez vraiment me payer tout ce fric ?… (Je retins mon souffle.) Parce que j'l'ai vu, moi, ce mec. Et je sais exactement où il est.

31

Deux heures plus tard, je me retrouvai dans une laverie automatique au coin de Manhattan Avenue et de la 117e Ouest, juste à côté d'une église haïtienne. J'avais emmené TJ avec moi, habillé en pantalon kaki et polo vert clair, et portant une écritoire à la main. Petite femme trapue, la gérante de l'établissement était âgée d'une soixantaine d'années et avait les cheveux d'un blond douteux et un fort accent européen. C'était elle qui m'avait appelé et j'avais eu un mal de chien à la convaincre qu'eh bien, oui, elle toucherait dix mille dollars lorsque nous aurions bouclé le bonhomme représenté sur la carte postale… et rien du tout s'il nous faussait compagnie. Elle voulait plus qu'une promesse avant de me lâcher son renseignement, et je la comprenais. Je lui glissai deux cents dollars d'acompte et lui fis signer un reçu en échange. Je suis à peu près certain que ce fut cela qui la persuada : pourquoi lui faire signer un papier si j'avais l'intention de la blouser ? Elle prit mes quatre billets de cinquante, les plia ensemble, les mit dans une poche de son tablier et les y attacha avec une épingle de nourrice. Alors seulement elle me conduisit jusqu'à la devanture de la laverie pour me montrer du doigt un bâtiment de l'autre côté de la rue.

Il s'agissait d'un immeuble locatif de sept étages construit un peu avant la Grande Guerre. La façade en était en bon état et des plantes vertes pendaient à certains balcons.

Cela ne ressemblait à aucune des pensions que j'avais vues jusqu'alors, mais la gérante était sûre que c'était là qu'habitait Severance.

Il était déjà venu chez elle au moins une fois. Ne se souvenant de la carte postale qu'après coup, elle l'avait cherchée dans un tiroir et oui, c'était bien lui. Elle avait alors été à deux doigts de m'appeler, mais pour me dire quoi ? Elle ne savait ni le nom du type ni l'endroit où il logeait. Sans compter que si elle s'en ouvrait à quiconque, qui pouvait l'assurer que ce serait elle qui décrocherait la prime ?

Elle avait donc gardé le silence et attendu qu'il revienne. Faire la lessive était, tout bien considéré, une activité qu'on ne pratiquait pas qu'une fois dans sa vie. On lave ses vêtements un jour, il y en aura forcément un autre où il faudra les relaver. Il ne se passait pas d'heure qu'elle ne regarde sa carte afin d'être sûre de le reconnaître quand elle le reverrait. Elle commençait à se dire que peut-être ce n'était pas lui lorsque, aujourd'hui même, il était entré dans le magasin avec un sac de linge et un paquet de Tide et… oui, c'était bien lui. Aucun doute n'était permis. Il ressemblait comme deux gouttes d'eau à son portrait.

Elle avait presque passé son coup de fil pendant qu'il essorait ses vêtements, d'abord dans sa machine, puis à la sécheuse, sauf que… encore une fois, comment pouvait-elle être sûre que ce serait elle qui toucherait la prime ? Elle l'avait surveillé pendant qu'il attendait la fin de sa lessive en lisant son journal. Et lorsqu'il était parti, elle lui avait emboîté le pas et l'avait suivi dehors. En risquant son boulot, bien sûr, parce qu'elle avait laissé sa boutique sans surveillance, et que serait-il arrivé si le propriétaire s'était pointé ? Que serait-il arrivé si un accident s'était produit pendant son absence ?

Mais elle n'était pas restée longtemps dehors. Elle avait suivi l'homme jusqu'à la rue d'après et avait attendu pendant qu'il s'arrêtait dans un delikatessen. Il en était ressorti quelques instants plus tard avec un petit sac en plus de celui où il avait rangé ses vêtements propres et, enfin, était entré dans l'immeuble locatif juste en face de la laverie.

De l'entrée de l'immeuble, elle l'avait vu monter dans l'ascenseur et n'avait pas bougé tant que les portes ne s'en étaient pas refermées. Il y avait bien un panneau lumineux indiquant à quel étage se trouvait la cabine, mais elle ne pouvait pas le voir de l'endroit où elle se trouvait. Qu'importe : lorsque l'ascenseur s'était arrêté, elle avait traversé le vestibule désert et avait appuyé sur le bouton pour appeler la cabine. Le témoin du cinquième étage s'était allumé aussitôt.

– Ce qui fait qu'il habite au cinquième, conclut-elle, mais je ne sais pas dans quel appartement.

Et d'après elle, Severance y était toujours. Elle ne pouvait pas en jurer parce qu'elle avait son boulot à faire : préparer de la monnaie pour les clients, laver, essorer, sécher et plier les habits de ceux qui lui laissaient leur linge pour le reprendre plus tard. C'était pour cela qu'elle n'avait pas pu consacrer tout son temps à la surveillance de l'entrée, mais elle l'avait regardée autant qu'elle avait pu et non, elle n'avait pas vu ressortir ce monsieur.

Ne voulant pas courir le risque de tomber sur Severance dans l'entrée de l'immeuble ou de me faire repérer d'une des fenêtres du cinquième, je restai dans la laverie pendant que TJ vérifiait les sonnettes et les boîtes aux lettres. Il revint avec la liste des locataires du cinquième. Il y avait douze appartements à l'étage, un nom étant apposé près de chaque sonnette et sur chacune des boîtes aux lettres. Aucun de ces noms ne commençait par un S.

Je sortis de la laverie en prenant soin de garder la tête tournée de côté, gagnai le coin de la 116e, traversai la rue et revins à l'immeuble où la gérante de la laverie avait vu entrer Severance. Je sonnai chez le concierge, une voix me parvenant aussitôt par-dessus la friture de l'interphone.

– Inspection. J'aimerais vous parler, lançai-je.

Le concierge me demanda de le rejoindre au sous-sol et appuya sur son bouton pour m'ouvrir.

Je pris l'ascenseur pour descendre au sous-sol, passai devant une porte fermée au verrou et portant l'inscription LAVERIE, puis devant une autre où l'on avait écrit RÉSERVE. Au bout du couloir, une troisième porte était ouverte. A l'intérieur de la pièce, un homme à cheveux blancs regardait la télévision en buvant du café. Il avait les mains nouées par l'arthrite et couvertes de taches de vieillesse. Je lui montrai le croquis, il n'y reconnut pas Severance tout de suite. Je lui dis que, d'après ce que je savais, ce monsieur habitait au cinquième.

– Ah… fit-il en sortant ses lunettes pour examiner la carte à nouveau. Je ne l'ai pas reconnu sur le coup, reprit-il. C'est Silverman.

– Silverman ?

– Appartement 5 K. Il sous-loue aux Tierney.

Kevin Tierney était prof à l'université de Columbia, sa femme enseignant, elle, dans une école privée des environs de la 80e Ouest. Ils avaient profité des congés d'été pour aller faire un tour en Grèce et en Turquie. Peu avant leur départ, ils avaient présenté Silverman à leur concierge. Silverman était un de leurs amis et il leur garderait leur appartement.

– Sauf qu'il n'est pas du tout leur ami, me précisa-t-il. Un mois avant de filer, ils n'ont pas arrêté de faire visiter l'appart à des gens. Ils ont toujours refusé d'avertir le propriétaire pour sous-louer dans les règles. Ils ont trouvé quelqu'un, qui est aussitôt devenu leur ami, si vous voyez ce que je veux dire. Tierney m'a filé quelques dollars pour que je regarde ailleurs. C'était sympa de sa part, c'est vrai, mais ça montre bien d'où il sort, non ?

– Et ce Silverman… Quel genre de locataire est-ce ?

– Je le vois jamais. C'est pour ça que je l'ai pas reconnu tout de suite. Si vous m'aviez pas dit qu'il habitait au cinquième… Il se plaint de rien, et j'ai pas à me plaindre de lui non plus. Ça me plairait bien qu'ils soient tous comme ça !

Si j'avais été flic, et si j'avais eu un mandat de perquisition, des renforts et un gilet en Kevlar, je serais entré sans attendre. J'aurais posté un collègue sur l'escalier de secours extérieur et deux ou trois autres aux diverses sorties de l'immeuble et, mon arme à la main, j'aurais enfoncé la porte.

Au lieu de ça, TJ et moi attendîmes en face, à la laverie,

en nous relayant pour surveiller l'entrée de l'immeuble et les fenêtres du cinquième que nous pouvions voir de l'endroit où nous nous trouvions. TJ ne cessait de me proposer des stratagèmes pour accéder à l'appartement. Il était prêt à se déguiser en coursier, en étudiant du professeur Tierney, voire en dératiseur venu vaporiser du produit pour tuer les cafards. Je lui dis que nous allions attendre, rien de plus.

Un peu avant le coucher du soleil, une lumière s'alluma chez Severance. J'étais en train de téléphoner lorsque cela se produisit, et TJ m'indiqua la fenêtre. Nous savions enfin qu'il était toujours là et n'avait pas filé avant que nous arrivions sur les lieux ou pendant que nous regardions ailleurs.

TJ gagna le coin de la rue et rapporta une pizza et deux Coca. Je passai un autre coup de fil. De l'autre côté de la rue, la lumière s'éteignit.

– Ça veut dire quoi, ça ? voulut savoir TJ. Il va se pieuter ?

– Trop tôt, lui répondis-je.

Cinq minutes plus tard, Severance se tenait devant l'entrée de l'immeuble, en T-shirt et treillis de l'armée. Il s'était fait couper les cheveux, mais aucune méprise n'était possible : c'était bien lui.

– Allez, dis-je à TJ.

– T'as le biper ?

– J'ai tout ce qu'il faut. Essaie de ne pas le lâcher des yeux, mais surtout ne te fais pas repérer. Ce serait beaucoup plus grave que de le perdre. Cela dit, si jamais ça arrivait, bipe-moi pour m'avertir. Tu connais le code ?

– Un peu, mon n'veu !

– Tu me bipes et tout de suite après tu reviens ici pour surveiller l'entrée. Et tu me rebipes dès que tu le vois revenir. Encore une fois, ne te fais surtout pas repérer.

Il ricana.

– Te fais pas de mouron, Léon, dit-il. Il est pas né le mec qui va repérer l'Ombre.

Quelques dollars lui ayant apaisé la conscience, le concierge m'avait confié un jeu de clés. L'une d'elles me permit de pénétrer dans l'immeuble. Deux autres me déverrouillèrent la porte de l'appartement 5 K. Je me glissai à l'intérieur et reverrouillai la porte derrière moi. Sans allumer aucune lumière, je fis le tour du propriétaire et m'imprégnai de l'atmosphère des lieux. Living-room de bonne taille, petite chambre, cuisine munie d'une fenêtre, bureau dans ce qui avait dû être une ancienne chambre d'ami.

Je m'assis et attendis.

Le temps aurait passé plus vite si j'avais pu lire un livre de l'énorme bibliothèque des Tierney, mais allumer une lumière et risquer qu'on la voie... C'est aussi pour cette raison que je ne touchai pas à la télé. Me barber faisait seulement partie du boulot, mais la fatigue me posa des problèmes. Je n'arrêtais pas de rêvasser et mes yeux de vouloir se fermer. J'allai à la cuisine, y cherchai quelque chose pour rester éveillé et trouvai un petit paquet de café en grains dans le frigo. J'en pris une poignée dans ma main et commençai à les grignoter. Je ne sais pas ce qui, de leur amertume ou de la caféine qu'ils contenaient, m'aida à tenir, mais je réussis à garder les yeux ouverts.

J'étais là depuis environ trois quarts d'heure lorsque TJ me bipa. Nous avions concocté tout un système de signaux à deux chiffres, mais non, il avait préféré appeler tout le numéro. Je décrochai et l'appelai.

Il me répondit tout de suite et me dit à voix basse :

– On est au ciné. Je l'ai suivi dans tout Broadway. Tu sais, quand les mecs ils regardent par-dessus leur épaule pour voir si on les suit pas ? Ben lui, il l'a pas fait.

– Disons que c'est tant mieux pour toi.

– Sauf que j'me suis dit qu'i'jouait peut-être au p'tit malin : et s'il s'enfilait dans un cinoche pour s'éclipser par la sortie de secours ? Mais dès qu'il s'est acheté son paquet de pop-corn, j'ai compris que j'avais plus d'soucis à m'faire. Il va rester jusqu'au bout d'la séance, Hortense.

– Tu es dans la salle ?

– Non, je t'appelle de la cabine dans l'entrée. Je suis

allé dans la salle et j'ai vu qu'il s'était assis. Je raccroche tout de suite et je retourne le surveiller. Ça, c'est pas moi qui vais rester collé les yeux sur l'écran ! Tu sais ce qu'il m'oblige à regarder ?

– Non, quoi ?

– *Jurassic Park* !

– Tu ne l'as pas déjà vu ?

– Deux fois, mec. J'en ai ras le bol des dinosaures. S'ils avaient pas crevé, c'est moi qu'irais les flinguer.

La séance devant se terminer à 22 h 15, nous ajoutâmes un signal à notre batterie de codes. A 22 h 20, le biper sonna et je vis que TJ y avait entré la combinaison 5/6, m'indiquant ainsi qu'ils avaient quitté le cinéma. Pendant l'heure qui suivit, il me bipa encore à trois reprises, et chaque fois avec le même code, 2/4 : TJ ne s'était toujours pas fait semer. Un autre bip m'arriva à 23 h 50, avec le code 1/1 : Severance était en train de pénétrer dans l'immeuble.

J'éteignis le biper. Je n'avais pas envie qu'il se mette à sonner tout d'un coup. Je m'installai dans un fauteuil à gauche de la porte.

Je sortis mon arme, celle que je portais depuis que j'avais reçu mon premier appel dans l'après-midi. Je la tournai et retournai dans mes mains pour essayer de m'habituer.

Puis je la reposai sur mes genoux et attendis.

J'écoutais attentivement, mais n'entendis aucun bruit de pas. Le couloir étant couvert de moquette, je me dis que c'était ça qui les étouffait, puis je compris que Severance était là : il venait d'engager sa clé dans la serrure. Il ouvrit un verrou, et mit tellement de temps à s'attaquer au second que je me demandai s'il n'avait pas senti quelque chose. Mais non : je l'entendis glisser une clé dans l'autre serrure et la porte fut enfin déverrouillée. Je regardai le bouton qui tournait, puis la porte qui s'ouvrait vers l'intérieur.

Il entra, tendit automatiquement la main en avant pour allumer le plafonnier et se retourna tout aussi automatiquement pour refermer la porte derrière lui.

– Severance ! lui lançai-je.

Il pivota en entendant le son de ma voix. J'avais levé mon arme et, lorsqu'il fut bien en face de moi, je le visai au torse et appuyai sur la détente. Il y eut comme un bruit de brindille qui se casse.

Il me regarda, puis baissa les yeux sur sa poitrine. Une fléchette de huit centimètres de long s'était fichée dans son T-shirt. Sa main se referma vaguement dessus au ralenti, ses doigts n'arrivant jamais vraiment à l'attraper. Il essaya, oui, Dieu sait s'il essaya, mais échoua.

Puis, son regard s'étant figé, il s'écroula.

Je sortis une autre flèche de l'étui et rechargeai mon pistolet. Je restai encore quelques instants debout à le regarder, puis je me penchai sur lui pour prendre son pouls et vérifier sa respiration. J'avais apporté deux jeux de menottes, je les utilisai tous les deux, le premier pour lui attacher les mains derrière le dos, le deuxième pour lui entraver les pieds en prenant la chaîne dans un pied de table.

Puis j'allai téléphoner.

32

Je fus la première chose qu'il vit en se réveillant. J'étais assis devant lui sur une chaise pliante en métal. Il était couché sur un matelas posé à même un socle bas en contreplaqué. Il avait les deux mains et une jambe libres, un anneau en acier épais lui enserrant une cheville. Une chaîne était fixée à l'anneau à un bout et fermement scellée dans un bloc en ciment armé à l'autre.

– Matt ! dit-il. Comment as-tu fait pour me retrouver ?

– Ce n'était pas si difficile.

– Je passe deux heures à regarder des dinosaures, je rentre chez moi et bang ! Avec quoi tu m'as plombé, Matt ? Avec une flèche à tranquillisants ?

– C'est ça.

– Putain ! Et… combien de temps je suis resté dans les vaps ? Au moins deux heures, non ?

– Plus, Jim.

– « Jim » ? C'est pas comme ça que tu m'as appelé avant de me tirer dessus.

– En effet.

– Tu m'as appelé autrement.

– Je t'ai appelé Severance.

– Inutile de prétendre que je ne sais pas de quoi tu parles, j'imagine.

– Non.

– C'est vrai que s'il y a un magnétophone qui tourne…

– Il n'y en a pas.

– Non, parce que je n'ai pas souvenir qu'on m'ait lu mes droits constitutionnels.

– Normal, personne ne l'a fait.

– Peut-être devrais-tu le faire...

– Et pourquoi donc ? Tu n'es pas en état d'arrestation. Et personne ne t'accuse de quoi que ce soit.

– Ah non ? Mais qu'est-ce que tu attends, alors ?

– Il n'est pas non plus question de te déférer devant un tribunal.

– Je comprends. Mais dis donc, espèce de fumier, pourquoi ne t'es-tu pas servi d'un vrai pistolet ? Pourquoi ne pas en finir tout de suite ?

Il se redressa ou plutôt : il se mit en devoir de le faire et remarqua la chaîne attachée à sa jambe, cette découverte ayant pour effet de lui faire comprendre qu'il n'était plus allongé sur le tapis d'Orient de l'appartement des Tierney.

– C'est quoi, ces conneries ? me lança-t-il. Des fers ? Mais... où est-ce que je suis ?

– A Red Hawk Island.

– Red Hook, c'est pas une île. C'est juste un coin dangereux de Brooklyn.

– J'ai dit Red Hawk, pas Red Hook. Et Red Hawk est une petite île de la Baie georgienne.

– Et où c'est, ce bordel ?

– Au Canada, lui répondis-je. La Baie georgienne est un bras du lac Huron. Nous sommes à environ trois cents kilomètres au nord de Cleveland.

– Tu me racontes des salades, dis !

– Assieds-toi, Jim. Et regarde par la fenêtre.

Il fit glisser ses jambes sur le bord du lit, se redressa sur son séant, puis se leva.

– Ouille aiaille ! fit-il. Je suis plutôt groggy...

– Ce sont les tranquillisants.

Il se remit debout et, cette fois, resta planté sur ses pieds. En tirant la chaîne derrière lui, il gagna l'unique fenêtre de la pièce.

– Des pins, dit-il. Mais c'est une forêt qu'il y a, là-bas !

– Ça, ce n'est pas Central Park ! lui renvoyai-je.

Il se tourna vers moi.

– Mais c'est quoi, ces conneries ? Comment est-on arrivés ici ?

– Deux types t'ont sorti de l'appartement des Tierney

sur un brancard avant de t'installer à l'arrière d'une limousine. Tu as alors été conduit à un aéroport privé du comté de Westchester, où on t'a fait monter dans un petit avion. Il y a une piste d'atterrissage à Red Hawk Island et c'est là que nous nous sommes posés. Il était aux environs de midi lorsque nous l'avons fait, douze heures ou à peu près s'étant écoulées depuis ta sortie du cinéma. Il est maintenant presque 5 heures de l'après-midi, et il a fallu te garder dans le coltar pendant tout ce temps.

– Et… C'est quoi, cette baraque ? Une cabane en rondins ?

J'acquiesçai d'un signe de tête.

– Il y a un corps de bâtiment central et quelques dépendances, dont cette cabane en rondins. Le plancher est en ciment coulé, cela dit au cas où tu te poserais des questions, et la plaque de métal à laquelle tu es enchaîné y a été coulée tout ce qu'il y a de plus solidement… au cas où tu te poserais d'autres questions.

– Message décodé : pas question d'aller nulle part.

– En gros, non.

Il regagna le lit et se rassit dessus.

– Ça fait beaucoup de manœuvres pour tuer son homme, dit-il enfin.

– Venant de toi, la remarque vaut son pesant de cacahouètes.

– Pardon ?

– Parce que toi, tu n'aurais pas beaucoup manœuvré pour tuer tous ces hommes ? Pourquoi, Jim, pourquoi ?

Il garda le silence un instant. Puis il me dit :

– Tu m'as toujours appelé Jim. C'est le prénom que je t'ai donné quand nous avons fait connaissance. Jim Shorter. C'est drôle parce ce que c'est justement le nom que j'ai toujours fui. Pendant des années, je m'en suis trouvé d'autres, et toujours avec les mêmes initiales. Mais jamais Jim, ou James. Joe, oui, quelques fois, et John et Jack. Un coup même, je me suis fait appeler Joe. Et Jeffrey. C'est Jeffrey qui a zigouillé Carl Uhl. « O mon Dieu, non… Non, Jeffrey, non ! Mais qu'est-ce que vous faites ? » Ce qu'il a pu me supplier, cet enfoiré !

Il eut un sourire bref et méchant, puis ajouta :

– Oui, toutes sortes de noms différents. Mais je ne me servais jamais du nom qu'on m'avait donné à ma naissance. Jusqu'au jour où je me suis dit : pourquoi pas ? Quel mal y aurait-il à ça ? Le prénom, en tout cas.

– Qu'est-ce qui t'a fait démarrer ?

– Pourquoi faudrait-il que je te le dise, hein ?

– Ça fait pas mal d'années, tout ça, lui renvoyai-je. Le moment ne serait donc pas venu de dire quelque chose à quelqu'un ?

– Pas mal d'années, en effet. Et j'en ai eu beaucoup, non ?

– Oui.

– Tu sais quoi ? J'aurais dû disparaître. Quand je t'ai rencontré, j'avais déjà loué ce truc.

– Quel truc ?

– Tu ne me croiras pas ! Je crois toujours être à l'appart de Manhattan Avenue. Je m'étais démerdé pour le souslouer aux Tierney. J'attendais juste qu'ils prennent l'avion. Dès que ça se produirait, ciao Jim Shorter, bonjour Monsieur Silverman. C'est un petit Juif très gentil, ce Joel, vous savez ? On peut lui confier ses plantes à arroser et c'est pas lui qu'irait pisser sur la moquette... (Il rit.) Et puis tu t'es pointé. Je ne pouvais plus disparaître tout de suite, enfin... pas comme je l'avais décidé. Il fallait d'abord attendre que tu te désintéresses de moi. Sauf qu'au lieu de te baiser et de me débarrasser de toi, je t'ai laissé m'emmener à une réunion des Alcooliques anonymes. Non mais... tu te rends compte ?

– Et cette réunion a bouleversé ta vie.

– Oui, bon... sans parler des ramollos de la cervelle qui te débitent leurs petites histoires... Bref, tout d'un coup, t'arrêtes plus de me téléphoner, et moi de te rappeler, et comment que je vais me débarrasser de toi et cesser de jouer à Jim Shorter, hein ? J'ai commencé par me faire Helen à Forest Hills, parce que c'était pas du bidon quand je te disais que je la tringlais. Les veuves sont des proies relativement faciles, tu sais. Elle n'est pas la première que je me sois tapée après avoir occis le mari. Il y avait même un certain Bayliss, tu ne saurais même pas qui c'est…

– Si, si. Dans une chambre d'hôtel à Atlanta.

– Oui, bon, ben… Après, je suis allé voir la veuve, et… Même topo que pour Helen : découvrir le corps de son mari est un tel choc, blablabla, t'as pas le temps de dire ouf qu'elle a les jambes écartées et que toi tu lui enfonces ton machin jusqu'à la garde ! Je ne sais pas si j'arriverai jamais à dire le plaisir que ça fait. C'est comme de tuer le mari une deuxième fois.

– Et donc, tu as tué Helen.

– Tu m'avais parlé d'aller lui rendre visite, je me suis dit qu'il valait mieux que j'y passe avant toi. Mais après, je me suis dit merde, non ! Même un bon accident serait douteux. Tu sais sûrement que pour ce qui est de maquiller les accidents, je m'y entends assez. J'ai alors compris qu'il valait mieux débrancher M. Shorter et se faire rare et qu'est-ce que ça pouvait foutre que tu piges ou que tu piges pas ? Bref, je me suis décidé : on sort de tout ça en beauté, on fait un truc spectaculaire, et c'est là que je me suis payé le clown de la météo.

– Gerry Billings.

– Un trouduc, ce mec. Une espèce de petit con qui gazouille en se collant des nœuds pap et en vous décochant des sourires à un million de dollars. Si t'avais vu la gueule qu'il avait quand je l'ai flingué ! Il a dû se dire que c'était un accident de la circulation et que lui, pauvre innocent qu'était là par hasard, il se faisait flinguer pour rien du tout ! Je suppliais le ciel qu'il me reconnaisse et qu'il crève en sachant ce qui lui arrivait, mais comme j'avais pas énormément de temps à perdre non plus, je l'ai tiré, tout connement, et je me suis barré.

– Pourquoi les tuer ?

– Tu crois que j'aurais besoin d'une raison ?

– Je crois que tu en as une.

– Et pourquoi voudrais-tu que je te la dise ?

– Je ne sais pas, lui répondis-je, mais j'ai l'impression que tu vas quand même le faire.

Il les avait tous haïs dès le début.

Un gros tas de connards satisfaits. On bouffait, on buvait, on jacassait de la gueule et lui, il était assis au milieu d'eux et se demandait ce qu'il foutait là. Mais qui avait donc eu l'idée de l'inviter ? Qui pouvait croire qu'il trouverait jamais sa place dans une assemblée pareille ?

Sans parler du côté nul de l'affaire. Des adultes qui restent assis sur leur cul en attendant de mourir… et lui, l'idée de mourir lui donnait envie de vomir. Il n'aimait pas y penser. Tout le monde mourait, la mort attendait tout le monde au tournant, mais cela voulait-il dire pour autant qu'on aurait été forcé d'y penser constamment ?

Il tremblait de tous ses membres lorsqu'il avait enfin quitté le Cunningham, en ce premier jeudi soir du mois de mai 1961. S'il était une chose qui lui paraissait claire, c'était bien qu'il en avait fini avec cette bande de cinglés. Libre à eux de se retrouver l'année suivante s'ils le voulaient, mais sans lui. Qu'ils lisent son nom ou le rayent de la liste, il s'en foutait pas mal, vu qu'il ne remettrait plus jamais les pieds à une de leurs réunions. Encore heureux qu'ils ne l'aient pas fait signer avec son sang, ou jurer des trucs sur la tête de sa mère, ou autres conneries qu'on fait dans les sociétés secrètes. Ils l'avaient intégré au club, Dieu seul devait savoir pourquoi, et il pouvait toujours s'en barrer. Merci, messieurs, inutile de me raccompagner à la porte, je trouverai bien la sortie tout seul.

A ceci près qu'il y était retourné l'année suivante. Il ne l'avait pas prévu, mais, lorsque l'heure avait sonné d'y aller, quelque chose l'avait poussé à s'exécuter.

Les choses ne s'étaient guère améliorées. Les trois quarts de la conversation avaient roulé sur les progrès qu'ils avaient tous faits depuis l'année précédente : promotions, augmentations de salaires, il n'y en avait eu que pour la réussite de tout un chacun. Et la réunion de l'année suivante avait été du même tonneau, et il avait alors décidé que ça y était, ce coup-là, il en avait définitivement marre.

C'est alors que Phil Kalish était mort et qu'une étrange excitation s'était emparée de lui. Toi au moins, je t'ai eu, s'était-il dit. Tu étais plus malin, plus grand et plus beau que moi, et tu gagnais des tas de fric et tu avais épouse et famille, et où tout cela t'a-t-il conduit, hein ? Pour finir, toi, tu es mort et moi, je suis vivant. Pas vrai, espèce de fils de pute ?

Sans compter que rester en vie était quand même bien l'enjeu essentiel de l'affaire, non ? N'était-ce pas cela qu'ils fêtaient chaque année ? Ne proclamaient-ils pas qu'ils étaient bien tous en vie alors que ceux qui n'étaient pas là étaient morts ?

Ainsi donc, il avait assisté au dîner de 1964 et entendu réciter le nom de Phil Kalish. Et alors il avait parcouru la salle des yeux et s'était demandé qui serait le suivant.

C'était même à ce moment-là qu'il avait commencé à échafauder des plans. Il n'était pas très certain de faire quoi que ce fût, mais rien ne l'empêchait de préparer la scène en attendant.

La première chose à faire était de mourir. Il avait envisagé diverses manières de s'y prendre, toutes ou presque supposant qu'il tue quelqu'un et se fasse passer pour le mort. Mais la situation commençant à se dégrader au Vietnam, les choses étaient vite devenues plus faciles. Un jour, il avait appelé Homer Champney et lui avait expliqué que, son unité de réserve ayant été rappelée, il ne serait pas en mesure de revenir à New York pour le repas annuel. Il ne faisait partie d'aucun régiment de réserve, il n'avait même jamais été dans l'armée ou la Garde nationale, un examen psychiatrique l'en ayant à jamais dispensé, ce qui prouvait d'ailleurs bien que ces crétins en connaissaient un sacré rayon : comme s'il n'était pas devenu un bien meilleur tueur que tous ceux qu'ils avaient pris ! Toujours est-il qu'une semaine avant le dîner il avait rappelé Homer pour lui annoncer que son unité était envoyée au Vietnam.

Et l'année suivante il mourait au front. Le soir du dîner annuel, il était allé voir un film dans un cinéma de la 42e Ouest et s'était représenté ses collègues en train de lire son nom et celui de Kalish, de dire des tas de choses tristes sur son compte et de penser, chacun à part soi, que c'était quand même bien que ce soit lui, et pas eux, qui y soit passé. Bande de fumiers, va !

Sauf que pour se gourer…

Il avait pris tout son temps pour se faire le premier. Et il avait aussi pris tout son temps pour les autres, se demandant jusqu'à quand il pourrait continuer à les tuer avant qu'enfin ils commencent à se douter de quelque chose. Et il avait fallu qu'ils descendent à quatorze pour se poser des questions ! La moitié d'entre eux étaient morts, et pas tous par sa faute, tant s'en fallait.

Cela dit, oui, quand même : presque tous. Et chaque fois, tout le temps que duraient les préparatifs et les étapes préliminaires, il se sentait vivre au maximum. Après, quand il passait à l'acte, eh bien, mais… il y avait du danger, il fallait veiller à ce que rien ne tourne de travers et donc, c'était excitant.

Il n'était triste qu'après coup.

Non qu'il aurait pleuré leur disparition, ça non. Qu'ils aillent se faire voir. Ils n'avaient que ce qu'ils méritaient. Et c'était, oui, profondément satisfaisant parce que chaque fois qu'il en abattait un, il était, lui, toujours debout et avait donc encore une fois vaincu un de ces salauds.

En fait, non : il était quand même triste parce que c'était fini. Le chat devait éprouver le même genre de sensation lorsque la souris avec laquelle il joue finit par rendre l'âme. Il a de quoi bouffer, mais la partie est terminée. Du doux-amer, en somme.

C'était pour cela qu'il avait fait durer. Pour ça qu'il avait mis tant d'années à les tuer au lieu de les buter à raison d'un par mois. Il les avait longtemps empêchés de comprendre, mais à un moment donné ils avaient su, et ça n'avait fait que rendre la situation encore meilleure parce que, au final, qu'est-ce qu'ils pouvaient y faire ? Gerard Billings savait et ça lui avait servi à quoi, hein ?

Ils portaient les plus beaux vêtements, ils mangeaient dans les meilleurs restaurants, les journaux parlaient d'eux. Des dentistes ultra-chers leur soignaient les dents, des médecins tout aussi chers les maintenaient en forme et ils se faisaient bronzer sur des plages hors de prix. Tel était, au contraire de lui, le jeu auquel ils jouaient et il les y battait. Parce qu'un jour ils seraient tous morts alors que lui il serait encore vivant.

– Sauf que je dois être en train de perdre, reprit-il. Tu vas me tuer.
– Non.
– Alors ce sera quelqu'un d'autre qui le fera à ta place. Qu'est-ce qu'il y a, Matt ? Tu ne veux pas te salir les mains ? C'est pourtant pour ça qu'ils t'ont embauché, non ? Je les connais, ces ordures ! C'est pas eux qui se saliraient les mains ! Mais toi, dis… pourquoi tu refiles le boulot à un autre ? Tu me fais honte, Matt. Je croyais que t'en avais plus dans le slip.
– Personne ne va te tuer, Jim.
– Et tu espères que je vais avaler ça ?
– Tu avales ce que tu veux, lui renvoyai-je. Dans une heure, je reprends l'avion avec les autres.
– Et… ?
– Et toi, tu restes ici.
– Qu'est-ce que tu essaies de me dire, Matt ?
– Que tu n'es pas en état d'arrestation, lui répétai-je. Et que personne ne t'accuse de rien et que tu ne passeras devant aucun tribunal. Mais la sentence a été prononcée, et c'est perpète. Il n'y aura pas de liberté conditionnelle. J'espère pour toi que cette pièce te plaît. Parce que tu vas y passer le restant de tes jours.
– Quoi ?! Tu vas me laisser ici ?
– Voilà.
– Enchaîné comme ça ? Mais je vais mourir de faim, moi !
Je secouai la tête.
– Tu auras de l'eau à boire et de quoi manger. Red Hawk Island est la propriété d'Avery Davis. Il vient ici une fois par an pour pêcher la truite à petite gueule. Le reste du temps il n'y a personne, hormis la famille d'Indiens Cree qui habite ici et s'occupe de la propriété. L'un d'entre eux t'apportera à manger.
Et pour me laver ? Et les chiottes ?!
– Derrière toi, lui répondis-je. Il y a un WC et un lavabo.

Je crains que tu ne doives t'en tenir au gant de toilette qu'on se passe sur le corps et côté vêtements, ce ne sera pas vraiment ça non plus. Tu as une salopette de rechange et ça s'arrête là. Tu vois les boutons-pression le long de la couture intérieure ? C'est pour que tu puisses enlever la sale et remettre la propre sans ouvrir le fer à ta cheville.

– Dément…

Je regardai ses yeux.

– Je ne crois pas que ça marche, Jim, lui dis-je.

– De quoi tu parles ?

– Tu te dis que tu vas pouvoir t'évader, mais moi, je sais que non.

– Comme tu veux, Matt.

– Ces Indiens Cree travaillent pour Davis depuis vingt ans. Je ne pense pas que tu puisses les feinter ou les corrompre. Quant au fer, tu ne pourras jamais l'ouvrir et la plaque en métal est coulée dans le béton…

– Bref, je suis coincé.

– A mon avis, oui. Tu peux détruire ta cellule, mais ça ne t'avancerais à rien. Si jamais tu cassais les vitres de la fenêtre, personne ne les remplacerait et il fait parfois très froid, ici. Tu bousilles le siège des WC ? Tu te paieras l'odeur de tes excréments. Arriverais-tu même à déclencher un incendie que tout brûlerait du haut en bas : Davis a laissé des instructions pour que personne n'intervienne. Sauver ta peau, personne ne s'en soucie vraiment.

– Pourquoi ne pas me tuer ?

– Tes amis du club ne veulent pas avoir ton sang sur les mains. Mais ils ne veulent pas non plus que tu continues à répandre le leur. Et la sentence est sans appel, Jim. Tu ne seras jamais libéré pour bonne conduite. Tu resteras ici jusqu'à ta mort. Après quoi, tu finiras dans une fosse en plein champ, et tes copains prononceront ton nom à leur dîner annuel.

– Fumier.

Je ne répondis pas.

– Tu ne peux pas me laisser en cage comme une bête ! reprit-il. De toute façon, je m'évaderai.

– Peut-être.

– Ou alors je me tuerai. Ça devrait pas être trop difficile de trouver un moyen d'y arriver.

– Ce sera même très simple, lui dis-je.

Je sortis une boîte d'allumettes de ma poche et la jetai sur le lit.

Il la ramassa et la regarda d'un air étonné. Je lui dis de l'ouvrir. Il en sortit l'objet qui s'y trouvait et le tint entre le pouce et l'index.

– Qu'est-ce que c'est ?

– Une ampoule. Offerte par le docteur Kendall McGarry. Il l'a fait faire spécialement pour toi. C'est du cyanure.

– Et je devrais en faire quoi ?

– Tu la casses entre tes dents et tous tes ennuis s'arrêtent d'un coup. Cela dit, si ça ne te plaisait pas…

Je lui montrai un coin de la pièce, il ne comprit pas tout de suite.

– Plus haut, lui ordonnai-je.

Il leva les yeux et découvrit le nœud coulant qui pendait au plafond.

– Tu tires une chaise et tu montes dessus. Ça devrait être à la bonne hauteur. Après, tu balances un coup de pied dans la chaise. Ça devrait marcher aussi bien que la ceinture d'Hal Gabriel.

– Espèce d'ordure !

Je me levai.

– C'est sans issue, insistai-je. En un mot comme en mille, c'est même la seule chose que tu doives vraiment savoir. Tôt ou tard, tu essaieras sans doute de baiser le gardien Cree en te disant que l'expédier au tapis ou le déborder ne devrait poser aucun problème. Mais ça non plus, ça ne te servirait à rien. Tu ne pourras jamais le forcer à te libérer parce que même s'il en allait de sa vie, il ne pourrait pas y arriver. Il n'a pas la clé. Et s'il ne l'a pas, c'est tout bêtement qu'il n'y en a pas. Le fer n'est pas verrouillé autour de ta cheville, il y est soudé. Il te faudrait une lampe à souder ou un rayon laser pour le cisailler et l'île ne connaît pas ce genre d'outils.

– Il doit bien y avoir un moyen…

– Ben… tu pourrais te couper le pied avec les dents. C'est ce que ferait un renard ou une louve, mais je ne sais pas trop comment ça marche pour eux, ni jusqu'où ils peuvent aller avant d'avoir pissé tout leur sang. En plus, je n'ai pas l'impression que tu aies les dents qu'il faut. Mais il te reste la corde et l'ampoule…

– Je ne te ferai jamais ce plaisir.

– Voire. Personnellement, je crois que tu finiras par te tuer. Je ne te crois pas capable de rester comme ça pendant cent sept ans. Pas avec une solution aussi rapide à portée de la main. Mais bon, je me trompe peut-être. Peut-être survivras-tu à tout le monde. Peut-être seras-tu le dernier membre du club.

Je trouvai Davis et Gruliow en train de boire un coup lorsque j'arrivai enfin à l'habitation principale. Je regardai la bouteille et les deux verres de whisky remplis de liquide bien ambré et oui, cela me parut la meilleure idée qui soit. Mais je préférai la chasser de mon esprit. Le pilote sirotait un café, je m'en versai une tasse.

Le soleil était loin de s'être couché lorsque nous repartîmes. Je fermai les yeux une minute et n'eus pas le temps de dire ouf que Ray Gruliow me secouait déjà les épaules pour me réveiller : nous étions de retour à Westchester.

33

Quand tout se fut un peu calmé, j'emmenai Elaine dans un grand restaurant végétarien de Chelsea, dans la IXe Avenue. La salle était confortable et le service consciencieux et, chose qui me frappa, pour cent dollars il était tout à fait possible de se payer deux dîners dont aucun plat ne contenait de trucs qui auraient un jour rampé, nagé ou volé.

Après le repas, nous gagnâmes le Village et prîmes un expresso à la terrasse d'un café.

– J'ai réfléchi à des trucs, dis-je à Elaine. J'ai 55 ans et je n'ai plus besoin de me défoncer pour être le prochain Allan Pinkerton. Je prends une licence de privé, mais je ne loue pas de bureaux où mettre des gens qui travailleraient pour moi. Ça fait vingt ans que je me démerde en bossant à ma manière et je n'ai pas envie de changer.

– Tant que la machine ramène des ronds…

– Fauché, je l'ai été, lui renvoyai-je, par périodes. Mais j'ai toujours réussi à trouver quelque chose.

– Et il n'y a pas de raison que ça change.

– Espérons. J'ai aussi décidé autre chose. Je ne veux plus remettre au lendemain les trucs que j'ai vraiment envie de faire. Combien de fois es-tu allée en Europe ? Trois, quatre fois ?

– Quatre.

– Eh bien moi je n'y suis jamais allé, et j'aimerais bien le faire avant de me déplacer en fauteuil roulant. Je veux aller à Londres et à Paris.

– Voilà une excellente idée.

– Ils m'ont filé une belle prime, repris-je. Dès que le

chèque est passé, je suis allé à une agence de voyages et j'ai réservé des places, mon raisonnement étant qu'il valait mieux dépenser le fric tout de suite.

– C'est vrai que le gâcher en achats plus ou moins nécessaires…

– Exactement. Notre avion décolle de Kennedy lundi en huit. Nous serons partis quinze jours, ce qui nous laisse une semaine dans chaque ville. Il va falloir fermer la boutique, mais…

– Oh ! Au cul la boutique ! Et pis d'abord, c'est ma boutique. Je devrais quand même pouvoir la fermer quand je veux. Ah, ce que c'est chouette ! Je te promets de pas trop charger les valises. On emportera juste le minimum.

– Ben tiens !

– T'as déjà entendu ça quelque part, c'est ça ? Ecoute, j'essaierai. Ça te va ?

– Tu prends tout ce que tu veux, lui dis-je. C'est notre voyage de noces, tu prends absolument tout ce que tu veux.

Elle me regarda.

– On n'arrête pas de dire qu'on va se marier, continuai-je, et on n'arrête pas de se débrouiller pour ne jamais y arriver vraiment. On se demande où on va faire la noce et qui on va inviter, on… tout, quoi. Alors, voici ce que je veux faire, si tu es d'accord. Je veux qu'on aille à l'Hôtel de Ville lundi matin et qu'on se fasse le mariage standard en trois minutes. Et vingt-quatre heures plus tard, on atterrit à Heathrow.

– Tu as plus d'un tour dans ton sac, tu sais ?

– Qu'est-ce que tu en dis ?

Elle posa sa main sur la mienne.

– Comme dirait Gary Gilmore [1], allons-y.

J'étais à Paris et buvais le même genre de caoua dans le même genre de café de la *rive gauche* [2] lorsque je me retrouvai en train de parler de James Severance.

1. Célèbre condamné à mort qui, en ayant assez d'attendre, exigea d'être exécuté. Norman Mailer a raconté sa vie dans *Le Chant du bourreau*.

2. En français dans le texte.

– Je n'arrête pas de le revoir, dis-je à Elaine. Il était assis au bord de son lit avec sa chaîne au pied, et au-dessus de sa tête il y avait le nœud coulant qui pendait à un crochet planté dans une poutre du plafond…

– Rumpelstilskin, dit-elle. Le méchant nain. Qu'est-ce que c'était que cette histoire ? Il te l'a dit ?

– Il l'aurait sans doute fait si j'avais pensé à lui poser la question. Et j'ai oublié. Mais je crois quand même savoir ce qu'il voulait dire par là. Dans l'histoire, le nain dit à la jeune fille qu'il la laissera partir si elle devine son prénom. En d'autres termes, tu sais mon nom, le pouvoir te revient. Pour nous, cela voulait dire que si je faisais attention à tous les noms qu'il avait empruntés au fil des ans, je découvrirais la constante des deux initiales et saurais qui il était.

– Sauf que tu as pris l'affaire en sens inverse, non ? T'as commencé par découvrir qui il était, et ensuite seulement tu as compris le sens de l'indice. Tu parles d'un truc pour te mettre sur la voie !

– Je ne crois pas que c'était censé me mener nulle part.

– Alors pourquoi t'a-t-il donné cet indice ?

– Pour se sentir puissant. Du coup, il devenait l'homme qui domine la situation, celui qui dispense les indices comme on fait l'aumône, celui qui est supérieur aux mendiants qui tendent la main autour de lui.

– C'est possible, dit-elle. Et qu'est-ce qu'il va faire maintenant, à ton avis ?

– Je ne sais pas. Se suicider, il y a des chances. Comme s'il pouvait rester longtemps là-bas sans finir par se glisser le cou dans le nœud coulant et se jeter dans le vide !

– Qu'est-ce que c'est cruel !

– Je sais, et s'il y avait eu une solution plus humaine, j'aurais tout fait pour qu'on l'applique. Le nœud coulant, c'est moi qui en ai eu l'idée… ça et l'ampoule de cyanure. Je crois que quand on boucle un type à vie, il devrait avoir la possibilité de raccourcir son existence. Je n'ai jamais compris pourquoi on empêche les condamnés à mort de se suicider. Pourquoi leur interdire de mettre fin à leurs jours ? Ils n'en auraient pas le droit ?

– Ça doit être ça.
– Gruliow est totalement opposé à la peine de mort et je ne peux pas dire que je sois d'accord avec lui. Cela ne signifie pas pour autant que j'irais manifester pour…
– C'est comme moi avec l'avortement, dit-elle. Je suis complètement centriste. Je ne pense pas que ça devrait être illégal, mais je ne pense pas non plus que ça devrait être obligatoire.
– Tu es donc une modérée.
– Et comment !
Elle me décocha ce qu'on appelle un « regard en coin », je crois. Je ne sais pas comment les Français appellent ça, mais je suis sûr qu'ils ont une expression adéquate.
– On n'arrête pas de parler de la mort, dit-elle soudain. Ça te dirait de retourner à l'hôtel afin d'y manifester notre désir de vivre ?

Un peu plus tard, elle me dit :
– Hou là là ! J'en ai « des étoiles plein les yeux ». C'est un mot français.
– Tiens donc.
– Mon grand nounours ! Qu'est-ce que tu m'as pas fait !
– Tu connais le proverbe : « Quand on est en France, on fait comme les… »
– Oui, oui. C'est même eux qui ont inventé ce genre d'activités, si je ne m'abuse. En tout cas, ils aiment à le faire croire. Tu veux que je te dise un truc parfaitement ridicule ?
– Ça ne serait pas la première fois.
– J'avais peur que ce ne soit plus aussi bien après le mariage.
– Quand je pense qu'on se conduit comme des jeunes mariés !
– Ouais, des jeunes mariés ! A notre âge ! Si c'est pas beau !
Ses doigts jouèrent dans les poils de ma poitrine.
– Etre mariée me plaît, déclara-t-elle.
– Moi aussi.

– En fait, ça n'est jamais qu'un morceau de papier. C'est pas comme si ça devait changer des trucs.
– Que veux-tu dire ?
– Que notre affaire tient la route. Que c'est pas la peine de faire le cirque parce qu'on porte une alliance. Et d'ailleurs, c'est au doigt qu'on la porte, pas dans les trous de nez. On peut avoir autant d'espace qu'avant. Je crois que tu devrais garder ta chambre d'hôtel.
– Vraiment ?
– Vraiment.
– Même si tu n'y allais que quand tu as envie de regarder un match de base-ball ou de te coller devant ta fenêtre. C'est pas la peine de changer ça…
Sa main trouva la mienne et la serra.
– En fait, reprit-elle, on n'a rien à changer du tout. On peut même aller à la Chambre de Marilyn de temps en temps. Porter du cuir et avoir l'air méchante, je peux toujours.
– Et moi j'enfile ma guayabera pour avoir l'air con ?
– Voilà. Il n'y a rien à changer. Tu comprends ce que je te dis ?
– Je crois.
– Ta vie privée, c'est tes oignons. Du moment que t'arrêtes pas de m'aimer.
– Ça ne m'est jamais arrivé, lui dis-je. Et ça ne m'arrivera jamais.
- T'es mon grand nounours et je t'aime, dit-elle. Il est inutile de changer quoi que ce soit.

Au début du mois de décembre, je déjeunai à l'Addison Club avec Lewis Hildebrand. Notre conversation ayant beaucoup vadrouillé pendant le repas, au café il me dit :
– J'ai quelque chose à vous proposer, mais je ne sais pas trop par quel bout commencer. Comme vous le savez, notre petit club a un membre qui n'est plus en mesure d'assister aux réunions. Il y a des années qu'il n'en fait plus partie, mais c'était seulement parce que nous pensions qu'il était mort. Bref, la question est la suivante : ce monsieur est-il toujours membre du club ?

– Voilà un problème bien intéressant.

– Et personne ne vous demande d'en trouver la solution tout de suite. Mais il y a aussi qu'en plus de ce membre qui n'en est pas un, nous avons quelqu'un qui, lui, et c'est bien la première fois que ça nous arrive, n'en est certainement pas un, mais connaît tous nos secrets intimes et fait partie de notre histoire. Et donc, un jour que nous parlions du statut assez spécial qui est le vôtre, quelqu'un a suggéré que vous fassiez partie de notre club...

Je ne sus quoi dire.

– Nous n'avons encore jamais recruté de nouveaux membres, reprit-il, et nous n'avons bien évidemment jamais remplacé un de nos morts, ce qui irait contre notre propos. Dans votre cas néanmoins, il s'agirait plutôt de remplacer quelqu'un qui n'est pas mort, et, assez curieusement, cela nous paraît légitime. Il est clair qu'une décision de cette nature exigerait l'approbation unanime des membres du club...

– Je le pense aussi.

– Et cette approbation, nous l'avons. Matt, je suis enfin mandaté pour vous inviter à rejoindre notre club des trente et un.

Je respirai fort.

– J'en suis honoré, lui répondis-je.

– Et... ?

– Et j'accepte.

Cette année-là, le premier jeudi du mois de mai tomba un 5. Je me retrouvai dans la salle à manger du Keen's avec les treize survivants du club. J'écoutai Raymond Gruliow, notre aîné à tous, lire les noms de nos morts, en commençant par Philip Kalish et en terminant par Gerard Billings. Il ne lut pas celui de James Severance, cette omission n'ayant même pas fait l'objet d'un accord préalable. Severance est toujours en vie, et toujours enchaîné au plancher de la cabane de rondins de Red Hawk Island.

Qui sait s'il ne nous enterrera pas tous.

Trois semaines après notre repas annuel, Ray Gruliow m'appela au téléphone.

– Tu devrais savoir ça, toi, me lança-t-il. Y a-t-il encore des réunions des AA à Perry Street ?

– Mais oui, lui répondis-je. Il y en a même six ou sept par jour.

– Les fois où j'y suis allé, il y avait tellement de fumée qu'on ne s'y voyait pas d'un bout à l'autre de la pièce.

– Ces temps-là sont révolus, lui dis-je. On n'a plus le droit d'y fumer.

– Bon, c'est déjà ça. Et… J'aimerais bien savoir à quoi ça ressemble maintenant. Ça te dirait de me tenir compagnie ?

Je le retrouvai chez lui, nous partîmes à pied.

– Ça me met un peu mal à l'aise, ce truc, dit-il au bout d'un moment. Je suis un monsieur assez controversé et on ne peut pas dire que j'aurais beaucoup tenu le profil bas ces dernières années. Je suis tout le temps dans les médias.

– Tu as même un sandwich à ton nom.

– Parce que ça aussi, je te l'ai raconté ?

– Ecoute. Moi, si le patron d'un delikatessen concoctait un sandwich et l'appelait « le Matt Scudder », je le dirais à tout le monde. Mais de quoi as-tu le plus peur, Ray ? Que des gens de Perry Street te reconnaissent ? Ou que personne ne sache qui tu es ?

Il s'arrêta net, me regarda et éclata de rire.

– Putain ! s'exclama-t-il. C'est donc tout dans l'ego ?

– A peu près.

– Ma femme s'est barrée. C'est mon troisième mariage qui capote. La semaine dernière, j'avais la gueule de bois en sélectionnant des jurés et j'ai fait une grosse connerie. Et j'ai le foie enflé et, avant-hier matin en me réveillant, je ne me rappelais même plus comment j'étais rentré chez moi. Et juste avant de t'appeler, je pensais à Severance et je me disais que ça ne serait peut-être pas une mauvaise idée de me passer le nœud coulant et de flanquer un coup de pied à la chaise. Et… tu sais quoi ? Je me fous pas mal qu'on me reconnaisse ou pas. J'ai envie de changer des trucs avant de ne plus être capable de me reconnaître.

– J'ai l'impression que tu es prêt.

– Mon Dieu, j'espère que tu as raison.

– Et moi donc ! lui renvoyai-je. La dernière fois que j'ai emmené quelqu'un à une réunion, ça n'a quand même pas marché des masses.

DU MÊME AUTEUR

Y a qu'à se baisser
Gallimard, « Série noire » n° 687, 1962
et rééd. « Carré noir » n° 532, 1985

Haute Voltige
Gallimard, « Série noire » n° 1221, 1968

Faites sauter la Reine !
Gallimard, « Série noire » n° 1248, 1969

Sacrés Lascars !
Gallimard, « Série noire » n° 1333, 1970

Le Monte-en-l'air dans le placard
Gallimard, « Super noire » n° 130, 1979

Vol et Volupté
Gallimard, « Série noire » n° 1836, 1981

Meurtres à l'amiable
Gallimard, « Série noire » n° 1971, 1984

L'Aquarium aux sirènes
Gallimard, « Série noire » n° 1975, 1984

Le Voleur insomniaque
Gallimard, « Carré noir » n° 519, 1984

Des fois ça mord
Gallimard, « Série noire » n° 1997, 1985

Beau Doublé pour Tanner
Gallimard, « Carré noir » n° 575, 1986

Le Blues des alcoolos
Gallimard, 1987
rééd. « Série noire » n° 2106, 1995

Huit Millions de façons de mourir
Gallimard, 1989
et « Folio Policier » n° 269

Drôles de coups de canif
Gallimard, 1990
rééd. « Série noire » n° 2245, 2003

Un ticket pour la morgue
Gallimard, 1992
rééd. « Série noire » n° 2289, 2003

Une danse aux abattoirs
Gallimard, « Série noire » n° 2310, 1993
et « Folio Policier » n° 180

Meurtre à cinq mains
en coll. avec Sarah Caudwell, Tony Hillerman, Jack Hitt, Peter Lovesey, Donald E. Westlake
Le Seuil, 1993
et « Points Policier » n° 108

La Balade entre les tombes
Le Seuil, 1994
et « Points Policier » n° 105

Le voleur qui aimait Mondrian
Gallimard, « Série noire » n° 2403, 1995

Le Diable t'attend
Le Seuil, 1995
et « Points Policier » n° 282

Tuons et créons c'est l'heure
Le Seuil, 1996
et « Points Policier » n°432

Le Blues du libraire
Le Seuil, 1997
et « Points Policier » n° 533

Même les scélérats…
Le Seuil, 1997
et « Points Policier » n° 555

La Spinoza Connection
Le Seuil, 1998
et « Points Policier » n° 648

Au cœur de la mort
Le Seuil, 1998
et « Points Policier » n° 768

Ils y passeront tous
Le Seuil, 1999
et « Points Policier » n° 793

Le Bogart de la Cambriole
Le Seuil, 1999
et « Points Policier » n° 888

L'Amour du métier
Le Seuil, 2000
et « Points Policier » n° 909

Errance
Gallimard, « Série noire » n° 2583, 2000

Les Péchés des pères
Le Seuil, 2000
et « Points Policier » n° 950

La Longue Nuit du sans-sommeil
Le Seuil, 2001
et « Points Policier » n° 1017

Les Lettres mauves
Le Seuil, 2001
et « Points Policier » n° 1048

Trompe la mort
Le Seuil, 2002
et « Points Policier » n° 1070

Cendrillon, mon amour
Le Seuil, 2003
et « Points Policier » n° 1240

Lendemains de terreur
Le Seuil, 2004
et « Points Policier » n° 1345

Le Cambrioleur en maraude
Le Seuil, 2005
et « Points Policier » n° 1497

COMPOSITION : IGS
IMPRESSION : BRODARD ET TAUPIN À LA FLÈCHE
DÉPÔT LÉGAL : JUIN 1997. N° 32099-4. (35736)
IMPRIMÉ EN FRANCE

Collection Points Policier

P18. L'Héritage empoisonné, *Paul Levine*
P19. Les Égouts de Los Angeles, *Michael Connelly*
P29. Mort en hiver, *L.R. Wright*
P81. Le Maître de Frazé, *Herbert Lieberman*
P103. Cadavres incompatibles, *Paul Levine*
P104. La Rose de fer, *Brigitte Aubert*
P105. La Balade entre les tombes, *Lawrence Block*
P106. La Villa des ombres, *David Laing Dawson*
P107. La Traque, *Herbert Lieberman*
P108. Meurtre à cinq mains, *Jack Hitt*
P142. Trésors sanglants, *Paul Levine*
P155. Pas de sang dans la clairière, *L.R. Wright*
P165. Nécropolis, *Herbert Lieberman*
P181. Red Fox, *Anthony Hyde*
P182. Enquête sous la neige, *Michael Malone*
P226. Une mort en rouge, *Walter Mosley*
P233. Le Tueur et son ombre, *Herbert Lieberman*
P234. La Nuit du solstice, *Herbert Lieberman*
P244. Une enquête philosophique, *Philip Kerr*
P245. Un homme peut en cacher un autre, *Andreu Martín*
P248. Le Prochain sur la liste, *Dan Greenburg*
P259. Minuit passé, *David Laing Dawson*
P266. Sombre Sentier, *Dominique Manotti*
P267. Ténèbres sur Jacksonville, *Brigitte Aubert*
P268. Blackburn, *Bradley Denton*
P269. La Glace noire, *Michael Connelly*
P272. Le Train vert, *Herbert Lieberman*
P282. Le Diable t'attend, *Lawrence Block*
P295. La Jurée, *George Dawes Green*
P321. Tony et Susan, *Austin Wright*
P341. Papillon blanc, *Walter Mosley*
P356. L'Ange traqué, *Robert Crais*
P388. La Fille aux yeux de Botticelli, *Herbert Lieberman*
P389. Tous les hommes morts, *Lawrence Block*
P390. La Blonde en béton, *Michael Connelly*
P393. Félidés, *Akif Pirinçci*
P394. Trois Heures du matin à New York
Herbert Lieberman
P395. La Maison près du marais, *Herbert Lieberman*
P422. Topkapi, *Eric Ambler*
P430. Les Trafiquants d'armes, *Eric Ambler*
P432. Tuons et créons, c'est l'heure, *Lawrence Block*
P435. L'Héritage Schirmer, *Eric Ambler*
P441. Le Masque de Dimitrios, *Eric Ambler*

P442. La Croisière de l'angoisse, *Eric Ambler*
P468. Casting pour l'enfer, *Robert Crais*
P469. La Saint-Valentin de l'homme des cavernes
George Dawes Green
P483. La Dernière Manche, *Emmett Grogan*
P492. N'envoyez plus de roses, *Eric Ambler*
P513. Montana Avenue, *April Smith*
P514. Mort à la Fenice, *Donna Leon*
P530. Le Détroit de Formose, *Anthony Hyde*
P531. Frontière des ténèbres, *Eric Ambler*
P532. La Mort des bois, *Brigitte Aubert*
P533. Le Blues du libraire, *Lawrence Block*
P534. Le Poète, *Michael Connelly*
P535. La Huitième Case, *Herbert Lieberman*
P536. Bloody Waters, *Carolina Garcia-Aguilera*
P537. Monsieur Tanaka aime les nymphéas
David Ramus
P539. Énergie du désespoir, *Eric Ambler*
P540. Épitaphe pour un espion, *Eric Ambler*
P554. Mercure rouge, *Reggie Nadelson*
P555. Même les scélérats..., *Lawrence Block*
P571. Requiem Caraïbe, *Brigitte Aubert*
P572. Mort en terre étrangère, *Donna Leon*
P573. Complot à Genève, *Eric Ambler*
P606. Bloody Shame, *Carolina Garcia-Aguilera*
P617. Les Quatre Fils du Dr March, *Brigitte Aubert*
P618. Un Vénitien anonyme, *Donna Leon*
P626. Pavots brûlants, *Reggie Nadelson*
P627. Dogfish, *Susan Geason*
P636. La Clinique, *Jonathan Kellerman*
P639. Un regrettable accident, *Jean-Paul Nozière*
P640. Nursery Rhyme, *Joseph Bialot*
P644. La Chambre de Barbe-Bleue, *Thierry Gandillot*
P645. L'Épervier de Belsunce, *Robert Deleuse*
P646. Le Cadavre dans la Rolls, *Michael Connelly*
P647. Transfixions, *Brigitte Aubert*
P648. La Spinoza Connection, *Lawrence Block*
P649. Le Cauchemar, *Alexandra Marinina*
P650. Les Crimes de la rue Jacob, *ouvrage collectif*
P651. Bloody Secrets, *Carolina Garcia-Aguilera*
P652. La Femme du dimanche
Carlo Fruttero et Franco Lucentini
P653. Le Jour de l'enfant tueur, *Pierre Pelot*
P669. Le Concierge, *Herbert Lieberman*
P670. Bogart et Moi, *Jean-Paul Nozière*
P671. Une affaire pas très catholique, *Roger Martin*
P687 Tir au but, *Jean-Noël Blanc*

P693. Black Betty, *Walter Mosley*
P706. Les Allumettes de la sacristie, *Willy Deweert*
P707. Ô mort, vieux capitaine…, *Joseph Bialot*
P708. Images de chair, *Noël Simsolo*
P717. Un chien de sa chienne, *Roger Martin*
P718. L'Ombre de la louve, *Pierre Pelot*
P727. La Morsure des ténèbres, *Brigitte Aubert*
P733. Le Couturier de la Mort, *Brigitte Aubert*
P734 Entre deux eaux, *Donna Leon*
P742. La Mort pour la mort, *Alexandra Marinina*
P754. Le Prix, *Manuel Vázquez Montalbán*
P755. La Sourde, *Jonathan Kellerman*
P756. Le Sténopé, *Joseph Bialot*
P757. Carnivore Express, *Stéphanie Benson*
P768. Au cœur de la mort, *Laurence Block*
P769. Fatal Tango, *Jean-Paul Nozière*
P770. Meurtres au seuil de l'an 2000
Éric Bouhier, Yves Dauteuille, Maurice Detry, Dominique Gacem, Patrice Verry
P771. Le Tour de France n'aura pas lieu, *Jean-Noël Blanc*
P781. Le Dernier Coyote, *Michael Connelly*
P782. Prédateurs, *Noël Simsolo*
P792. Le Guerrier solitaire, *Henning Mankell*
P793. Ils y passeront tous, *Lawrence Block*
P794. Ceux de la Vierge obscure, *Pierre Mezinski*
P803. La Mante des Grands-Carmes
Robert Deleuse
P819. London Blues, *Anthony Frewin*
P821. Palazzo maudit, *Stéphanie Benson*
P834. Billy Straight, *Jonathan Kellerman*
P835. Créance de sang, *Michael Connelly*
P847 King Suckerman, *George P. Pelecanos*
P849. Pudding mortel, *Margaret Yorke*
P850. Hemoglobine Blues, *Philippe Thirault*
P851. Exterminateurs, *Noël Simsolo*
P859. Péchés mortels, *Donna Leon*
P860. Le Quintette de Buenos Aires
Manuel Vázquez Montalbán
P861. Y'en a marre des blondes, *Lauren Anderson*
P862. Descentes d'organes, *Brigitte Aubert*
P875. La Mort des neiges, *Brigitte Aubert*
P876. La lune était noire, *Michael Connelly*
P877. La Cinquième Femme, *Henning Mankell*
P882. Trois Petites Mortes, *Jean-Paul Nozière*
P883. Le Numéro 10, *Joseph Bialot*
P888. Le Bogart de la cambriole, *Lawrence Block*
892. L'Œil d'Eve, *Karin Fossum*

P898. Meurtres dans l'audiovisuel, *Yan Bernabot, Guy Buffet, Frédéric Karar, Dominique Mitton et Marie-Pierre Nivat-Henocque*
P899. Terminus pour les pitbulls, *Jean-Noël Blanc*
P909. L'Amour du métier, *Lawrence Block*
P910. Biblio-quête, *Stéphanie Benson*
P911. Quai des désespoirs, *Roger Martin*
P926. Sang du ciel, *Marcello Fois*
P927. Meurtres en neige, *Margaret Yorke*
P928. Heureux les imbéciles, *Philippe Thirault*
P949. 1280 Âmes, *Jean-Bernard Pouy*
P950. Les Péchés des pères, *Lawrence Block*
P964. Vieilles dames en péril, *Margaret Yorke*
P963. L'Indispensable Petite Robe noire, *Lauren Henderson*
P965. Jeu de main, jeu de vilain, *Michelle Spring*
P971. Les Morts de la Saint-Jean, *Henning Mankell*
P972. Ne zappez pas, c'est l'heure du crime, *Nancy Star*
P976. Éloge de la phobie, *Brigitte Aubert*
P989. L'Envol des anges, *Michael Connelly*
P990. Noblesse oblige, *Donna Leon*
P1001. Suave comme l'éternité, *George P. Pelecanos*
P1003. Le Monstre, *Jonathan Kellerman*
P1004. À la trappe !, *Andrew Klavan*
P1005. Urgence, *Sarah Paretsky*
P1016. La Liste noire, *Alexandra Marinina*
P1017. La Longue Nuit du sans-sommeil, *Lawrence Block*
P1029. Speedway, *Philippe Thirault*
P1030. Les Os de Jupiter, *Faye Kellerman*
P1039. Nucléaire chaos, *Stéphanie Benson*
P1040. Bienheureux ceux qui ont soif..., *Anne Holt*
P1042. L'Oiseau des ténèbres, *Michael Connelly*
P1048. Les Lettres mauves, *Lawrence Block*
P1060. Mort d'une héroïne rouge, *Qiu Xiaolong*
P1061. Angle mort, *Sara Paretsky*
P1070. Trompe la mort, *Lawrence Block*
P1071. V'là aut'chose, *Nancy Star*
P1072. Jusqu'au dernier, *Deon Meyer*
P1081. La Muraille invisible, *Henning Mankell*
P1087. L'Homme de ma vie, *Manuel Vázquez Montalbán*
P1088. Wonderland Avenue, *Michael Connelly*
P1089. L'Affaire Paola, *Donna Leon*
P1090. Nous n'irons plus au bal, *Michelle Spring*
P1100. Dr la Mort, *Jonathan Kellerman*
P1101. Tatouage à la fraise, *Lauren Henderson*
P1102. La Frontière, *Patrick Bard*
P1105. Blanc comme neige, *George P. Pelecanos*
P1110. Funérarium, *Brigitte Aubert*

P1111. Requiem pour une ombre, *Andrew Klavan*
P1122. Meurtriers sans visage, *Henning Mankell*
P1123. Taxis noirs, *John McLaren*
P1134. Tous des rats, *Barbara Seranella*
P1135. Des morts à la criée, *Ed Dee*
P1146. Ne te retourne pas !, *Karin Fossum*
P1158. Funky Guns, *George P. Pelecanos*
P1159. Les Soldats de l'aube, *Deon Meyer*
P1162. Visa pour Shanghaï, *Qiu Xiaolong*
P1174. Sale Temps, *Sara Paretsky*
P1175. L'Ange du Bronx, *Ed Dee*
P1187. Les Chiens de Riga, *Henning Mankell*
P1188. Le Tueur, *Eraldo Baldini*
P1189. Un silence de fer, *Marcelos Fois*
P1190. La Filière du jasmin, *Denise Hamilton*
P1197. Destins volés, *Michael Pye*
P1206. Mister Candid, *Jules Hardy*
P1207. Déchaînée, *Lauren Henderson*
P1215. Tombe la pluie, *Andrew Klavan*
P1224. Le Vagabond de Holmby Park, *Herbert Lieberman*
P1225. Des amis haut placés, *Donna Leon*
P1228. Chair et Sang, *Jonathan Kellerman*
P1230. Darling Lilly, *Michael Connelly*
P1239. Je suis mort hier, *Alexandra Marinina*
P1240. Cendrillon, mon amour, *Lawrence Block*
P1242. Berlinale Blitz, *Stéphanie Benson*
P1245. Tout se paye, *George P. Pelecanos*
P1251. Le Rameau brisé, *Jonathan Kellerman*
P1256. Cartel en tête, *John McLaren*
P1271. Lumière morte, *Michael Connelly*
P1291. Le croque-mort a la vie dure, *Tim Cockey*
P1292. Pretty Boy, *Lauren Henderson*
P1306. La Lionne blanche, *Henning Mankell*
P1307. Le Styliste, *Alexandra Marinina*
P1308. Pas d'erreur sur la personne, *Ed Dee*
P1309. Le Casseur, *Walter Mosley*
P1318. L'Attrapeur d'ombres, *Patrick Bard*
P1331. Mortes-eaux, *Donna Leon*
P1332. Déviances mortelles, *Chris Mooney*
P1344. Mon vieux, *Thierry Jonquet*
P1345. Lendemains de terreur, *Lawrence Block*
P1346. Déni de justice, *Andrew Klavan*
P1347. Brûlé, *Leonard Chang*
P1359. Los Angeles River, *Michael Connelly*
P1360. Refus de mémoire, *Sarah Paretsky*
P1361. Petite Musique de meurtre, *Laura Lippman*
P1372. L'Affaire du Dahlia noir, *Steve Hodel*

P1373. Premières Armes, *Faye Kellerman*
P1374. Onze Jours, *Donald Harstad*
P1375. Le croque-mort préfère la bière, *Tim Cockey*
P1393. Soul Circus, *George P. Pelecanos*
P1394. La Mort au fond du canyon, *C. J. Box*
P1395. Recherchée, *Karin Alvtegen*
P1396. Disparitions à la chaîne, *Ake Smedberg*
P1407. Qu'elle repose en paix, *Jonathan Kellerman*
P1408. Le Croque-mort à tombeau ouvert, *Tim Cockey*
P1409. La Ferme des corps, *Bill Bass*
P1414. L'Ame du chasseur, *Deon Meyer*
P1417. Ne gênez pas le bourreau, *Alexandra Marinina*
P1425. Un saut dans le vide, *Ed De*
P1435. L'Enfant à la luge, *Chris Mooney*
P1436. Encres de Chine, *Qiu Xiaolong*
P1437. Enquête de mor(t)alité, *Gene Riehl*
P1451. L'Homme qui souriait, *Henning Mankell*
P1452. Une question d'honneur, *Donna Leon*
P1453. Little Scarlet, *Walter Mosley*
P1476. Deuil interdit, *Michael Connelly*
P1493. La Dernière Note, *Jonathan Kellerman*
P1494. La Cité des jarres, *Arnaldur Indridason*
P1495. Électre à la Havane, *Leonardo Padura*
P1496. Le croque-mort est bon vivant, *Tim Cockey*
P1497. Le Cambrioleur en maraude, *Lawrence Block*

Collection Points

DERNIERS TITRES PARUS

P806. L'Évangile selon Caïn, *Christian Lehmann*
P807. L'Invention du père, *Arnaud Cathrine*
P808. Le Premier Jardin, *Anne Hébert*
P809. L'Isolé Soleil, *Daniel Maximin*
P810. Le Saule, *Hubert Selby Jr.*
P811. Le Nom des morts, *Stewart O'Nan*
P812. V., *Thomas Pynchon*
P813. Vineland, *Thomas Pynchon*
P814. Malina, *Ingeborg Bachmann*
P815. L'Adieu au siècle, *Michel Del Castillo*
P816. Pour une naissance sans violence, *Frédérick Leboyer*
P817. André Gide, *Pierre Lepape*
P818. Comment peut-on être breton ?, *Morvan Lebesque*
P819. London Blues, *Anthony Frewin*
P820. Sempre caro, *Marcello Fois*
P821. Palazzo maudit, *Stéphanie Benson*
P822. Le Labyrinthe des sentiments, *Tahar Ben Jelloun*
P823. Iran, les rives du sang, *Fariba Hachtroudi*
P824. Les Chercheurs d'os, *Tahar Djaout*
P825. Conduite intérieure, *Pierre Marcelle*
P826. Tous les noms, *José Saramago*
P827. Méridien de sang, *Cormac McCarthy*
P828. La Fin des temps, *Haruki Murakami*
P830. Pour que la terre reste humaine, *Nicolas Hulot, Robert Barbault et Dominique Bourg*
P831. Une saison au Congo, *Aimé Césaire*
P832. Le Manège espagnol, *Michel Del Castillo*
P833. Le Berceau du chat, *Kurt Vonnegut*
P834. Billy Straight, *Jonathan Kellerman*
P835. Créance de sang, *Michael Connelly*
P836. Le Petit Reporter, *Pierre Desproges*
P837. Le Jour de la fin du monde…, *Patrick Grainville*
P838. La Diane rousse, *Patrick Grainville*
P839. Les Forteresses noires, *Patrick Grainville*
P840. Une rivière verte et silencieuse, *Hubert Mingarelli*
P841. Le Caniche noir de la diva, *Helmut Krausser*
P842. Le Pingouin, *Andreï Kourkov*
P843. Mon siècle, *Günter Grass*
P844. Les Deux Sacrements, *Heinrich Böll*
P845. Les Enfants des morts, *Heinrich Böll*
P846. Politique des sexes, *Sylviane Agacinski*
P847. King Suckerman, *George P. Pelecanos*
P848. La Mort et un peu d'amour, *Alexandra Marinina*

P849. Pudding mortel, *Margaret Yorke*
P850. Hemoglobine Blues, *Philippe Thirault*
P851. Exterminateurs, *Noël Simsolo*
P852. Une curieuse solitude, *Philippe Sollers*
P853. Les Chats de hasard, *Anny Duperey*
P854. Les poissons me regardent, *Jean-Paul Dubois*
P855. L'Obéissance, *Suzanne Jacob*
P856. Visions fugitives, *William Boyd*
P857. Vacances anglaises, *Joseph Connolly*
P858. Le Diamant noir, *Peter Mayle*
P859. Péchés mortels, *Donna Leon*
P860. Le Quintette de Buenos Aires
Manuel Vázquez Montalbán
P861. Y'en a marre des blondes, *Lauren Anderson*
P862. Descente d'organes, *Brigitte Aubert*
P863. Autoportrait d'une psychanalyste, *Françoise Dolto*
P864. Théorie quantitative de la démence, *Will Self*
P865. Cabinet d'amateur, *Georges Perec*
P866. Confessions d'un enfant gâté, *Jacques-Pierre Amette*
P867. Génis ou le Bambou parapluie, *Denis Guedj*
P868. Le Seul Amant, *Eric Deschodt, Jean-Claude Lattès*
P869. Un début d'explication, *Jean-Marc Roberts*
P870. Petites Infamies, *Carmen Posadas*
P871. Les Masques du héros, *Juan Manuel de Prada*
P872. Mal'aria, *Eraldo Baldini*
P873. Leçons américaines, *Italo Calvino*
P874. L'Opéra de Vigata, *Andrea Camilleri*
P875. La Mort des neiges, *Brigitte Aubert*
P876. La lune était noire, *Michael Connelly*
P877. La Cinquième Femme, *Henning Mankell*
P878. Le Parc, *Philippe Sollers*
P879. Paradis, *Philippe Sollers*
P880. Psychanalyse six heures et quart
Gérard Miller, Dominique Miller
P881. La Décennie Mitterrand 4
Pierre Favier, Michel Martin-Roland
P882. Trois Petites Mortes, *Jean-Paul Nozière*
P883. Le Numéro 10, *Joseph Bialot*
P884. La seule certitude que j'ai, c'est d'être dans le doute
Pierre Desproges
P885. Les Savants de Bonaparte, *Robert Solé*
P886. Un oiseau blanc dans le blizzard, *Laura Kasischke*
P887. La Filière émeraude, *Michael Collins*
P888. Le Bogart de la cambriole, *Lawrence Block*
P889. Le Diable en personne, *Robert Lalonde*
P890. Les Bons Offices, *Pierre Mertens*
P891. Mémoire d'éléphant, *Antonio Lobo Antunes*

P892. L'Œil d'Ève, *Karin Fossum*
P893. La Croyance des voleurs, *Michel Chaillou*
P894. Les Trois Vies de Babe Ozouf, *Didier Decoin*
P895. L'Enfant de la mer de Chine, *Didier Decoin*
P896. Le Soleil et la Roue, *Rose Vincent*
P897. La Plus Belle Histoire du monde, *Joël de Rosnay Hubert Reeves, Dominique Simonnet, Yves Coppens*
P898. Meurtres dans l'audiovisuel, *Yan Bernabot, Guy Buffet Frédéric Karar, Dominique Mitton et Marie-Pierre Nivat-Henocque*
P899. Tout le monde descend, *Jean-Noël Blanc*
P900. Les Belles Âmes, *Lydie Salvayre*
P901. Le Mystère des trois frontières, *Eric Faye*
P902. Petites Natures mortes au travail, *Yves Pagès*
P903. Namokel, *Catherine Lépront*
P904. Mon frère, *Jamaica Kincaid*
P905. Maya, *Jostein Gaarder*
P906. Le Fantôme d'Anil, *Michael Ondaatje*
P907. Quatre Voyageurs, *Alain Fleischer*
P908. La Bataille de Paris, *Jean-Luc Einaudi*
P909. L'Amour du métier, *Lawrence Block*
P910. Biblio-quête, *Stéphanie Benson*
P911. Quai des désespoirs, *Roger Martin*
P912. L'Oublié, *Elie Wiesel*
P913. La Guerre sans nom *Patrick Rotman et Bertrand Tavernier*
P914. Cabinet-portrait, *Jean-Luc Benoziglio*
P915. Le Loum, *René-Victor Pilhes*
P916. Mazag, *Robert Solé*
P917. Les Bonnes Intentions, *Agnès Desarthe*
P918. Des anges mineurs, *Antoine Volodine*
P919. L'Ingénieux Hidalgo Don Quichotte 1 *Miguel de Cervantes*
P920. L'Ingénieux Hidalgo Don Quichotte 2 *Miguel de Cervantes*
P921. La Taupe, *John le Carré*
P922. Comme un collégien, *John le Carré*
P923. Les Gens de Smiley, *John le Carré*
P924. Les Naufragés de la Terre sainte, *Sheri Holman*
P925. Épître des destinées, *Gamal Ghitany*
P926. Sang du ciel, *Marcello Fois*
P927. Meurtres en neige, *Margaret Yorke*
P928. Heureux les imbéciles, *Philippe Thirault*
P929. Beatus Ille, *Antonio Muñoz Molina*
P930. Le Petit Traité des grandes vertus *André Comte-Sponville*
P931. Le Mariage berbère, *Simonne Jacquemard*

P932. Dehors et pas d'histoires, *Christophe Nicolas*
P933. L'Homme blanc, *Tiffany Tavernier*
P934. Exhortation aux crocodiles, *Antonio Lobo Antunes*
P935. Treize Récits et Treize Épitaphes, *William T. Vollmann*
P936. La Traversée de la nuit, *Geneviève de Gaulle Anthonioz*
P937. Le Métier à tisser, *Mohammed Dib*
P938. L'Homme aux sandales de caoutchouc, *Kateb Yacine*
P939. Le Petit Col des loups, *Maryline Desbiolles*
P940. Allah n'est pas obligé, *Ahmadou Kourouma*
P941. Veuves au maquillage, *Pierre Senges*
P942. La Dernière Neige, *Hubert Mingarelli*
P943. Requiem pour une huître, *Hubert Michel*
P944. Morgane, *Michel Rio*
P945. Oncle Petros et la Conjecture de Goldbach
Apostolos Doxiadis
P946. La Tempête, *Juan Manuel de Prada*
P947. Scènes de la vie d'un jeune garçon, *J.M. Coetzee*
P948. L'avenir vient de loin, *Jean-Noël Jeanneney*
P949. 1280 Âmes, *Jean-Bernard Pouy*
P950. Les Péchés des pères, *Lawrence Block*
P951. Les Enfants de fortune, *Jean-Marc Roberts*
P952. L'Incendie, *Mohammed Dib*
P953. Aventures, *Italo Calvino*
P954. Œuvres pré-posthumes, *Robert Musil*
P955. Sérénissime Assassinat, *Gabrielle Wittkop*
P956. L'Ami de mon père, *Frédéric Vitoux*
P957. Messaouda, *Abdelhak Serhane*
P958. La Croix et la Bannière, *William Boyd*
P959. Une voix dans la nuit, *Armistead Maupin*
P960. La Face cachée de la lune, *Martin Suter*
P961. Des villes dans la plaine, *Cormac McCarthy*
P962. L'Espace prend la forme de mon regard, *Hubert Reeves*
P963. L'Indispensable Petite Robe noire, *Lauren Henderson*
P964. Vieilles Dames en péril, *Margaret Yorke*
P965. Jeu de main, jeu de vilain, *Michelle Spring*
P966. Carlota Fainberg, *Antonio Muñoz Molina*
P967. Cette aveuglante absence de lumière, *Tahar Ben Jelloun*
P968. Manuel de peinture et de calligraphie, *José Saramago*
P969. Dans le nu de la vie, *Jean Hatzfeld*
P970. Lettres luthériennes, *Pier Paolo Pasolini*
P971. Les Morts de la Saint-Jean, *Henning Mankell*
P972. Ne zappez pas, c'est l'heure du crime, *Nancy Star*
P973. Connaissance de la douleur, *Carlo Emilio Gadda*
P974. Les Feux du Bengale, *Amitav Ghosh*
P975. Le Professeur et la Sirène
Giuseppe Tomasi di Lampedusa
P976. Éloge de la phobie, *Brigitte Aubert*

P977. L'Univers, les dieux, les hommes, *Jean-Pierre Vernant*
P978. Les Gardiens de la vérité, *Michael Collins*
P979. Jours de Kabylie, *Mouloud Feraoun*
P980. La Pianiste, *Elfriede Jelinek*
P981. L'homme qui savait tout, *Catherine David*
P982. La Musique d'une vie, *Andreï Makine*
P983. Un vieux cœur, *Bertrand Visage*
P984. Le Caméléon, *Andreï Kourkov*
P985. Le Bonheur en Provence, *Peter Mayle*
P986. Journal d'un tueur sentimental et autres récits *Luis Sepúlveda*
P987. Étoile de mère, *G. Zoë Garnett*
P988. Le Vent du plaisir, *Hervé Hamon*
P989. L'Envol des anges, *Michael Connelly*
P990. Noblesse oblige, *Donna Leon*
P991. Les Étoiles du Sud, *Julien Green*
P992. En avant comme avant !, *Michel Folco*
P993. Pour qui vous prenez-vous ?, *Geneviève Brisac*
P994. Les Aubes, *Linda Lê*
P995. Le Cimetière des bateaux sans nom *Arturo Pérez-Reverte*
P996. Un pur espion, *John le Carré*
P997. La Plus Belle Histoire des animaux, *Boris Cyrulnik, Jean-Pierre Digard, Pascal Picq, Karine-Lou Matignon*
P998. La Plus Belle Histoire de la Terre, *André Brahic, Paul Tapponnier, Lester R. Brown, Jacques Girardon*
P999. La Plus Belle Histoire des plantes, *Jean-Marie Pelt, Marcel Mazoyer, Théodore Monod, Jacques Girardon*
P1000. Le Monde de Sophie, *Jostein Gaarder*
P1001. Suave comme l'éternité, *George P. Pelecanos*
P1002. Cinq Mouches bleues, *Carmen Posadas*
P1003. Le Monstre, *Jonathan Kellerman*
P1004. À la trappe !, *Andrew Klavan*
P1005. Urgence, *Sarah Paretsky*
P1006. Galindez, *Manuel Vázquez Montalbán*
P1007. Le Sanglot de l'homme blanc, *Pascal Bruckner*
P1008. La Vie sexuelle de Catherine M., *Catherine Millet*
P1009. La Fête des Anciens, *Pierre Mertens*
P1010. Une odeur de mantèque, *Mohammed Khaïr-Eddine*
P1011. N'oublie pas mes petits souliers, *Joseph Connolly*
P1012. Les Bonbons chinois, *Mian Mian*
P1013. Boulevard du Guinardó, *Juan Marsé*
P1014. Des lézards dans le ravin, *Juan Marsé*
P1015. Besoin de vélo, *Paul Fournel*
P1016. La Liste noire, *Alexandra Marinina*
P1017. La Longue Nuit du sans-sommeil, *Lawrence Block*
P1018. Perdre, *Pierre Mertens*

P1019. Les Exclus, *Elfriede Jelinek*
P1020. Putain, *Nelly Arcan*
P1021. La Route de Midland, *Arnaud Cathrine*
P1022. Le Fil de soie, *Michèle Gazier*
P1023. Paysages originels, *Olivier Rolin*
P1024. La Constance du jardinier, *John le Carré*
P1025. Ainsi vivent les morts, *Will Self*
P1026. Doux Carnage, *Toby Litt*
P1027. Le Principe d'humanité, *Jean-Claude Guillebaud*
P1028. Bleu, histoire d'une couleur, *Michel Pastoureau*
P1029. Speedway, *Philippe Thirault*
P1030. Les Os de Jupiter, *Faye Kellerman*
P1031. La Course au mouton sauvage, *Haruki Murakami*
P1032. Les Sept Plumes de l'aigle, *Henri Gougaud*
P1033. Arthur, *Michel Rio*
P1034. Hémisphère Nord, *Patrick Roegiers*
P1035. Disgrâce, *J.M. Coetzee*
P1036. L'Âge de fer, *J.M. Coetzee*
P1037. Les Sombres Feux du passé, *Chang-rae Lee*
P1038. Les Voix de la liberté, *Michel Winock*
P1039. Nucléaire Chaos, *Stéphanie Benson*
P1040. Bienheureux ceux qui ont soif…, *Anne Holt*
P1041. Le Marin à l'ancre, *Bernard Giraudeau*
P1042. L'Oiseau des ténèbres, *Michael Connelly*
P1043. Les Enfants des rues étroites, *Abdelhak Sehrane*
P1044. L'Île et Une nuit, *Daniel Maximin*
P1045. Bouquiner, *Annie François*
P1046. Nat Tate, *William Boyd*
P1047. Le Grand Roman indien, *Shashi Tharoor*
P1048. Les Lettres mauves, *Lawrence Block*
P1049. L'Imprécateur, *René-Victor Pilhes*
P1050. Le Stade de Wimbledon, *Daniele Del Giudice*
P1051. La Deuxième Gauche, *Hervé Hamon et Patrick Rotman*
P1052. La Tête en bas, *Noëlle Châtelet*
P1053. Le Jour de la cavalerie, *Hubert Mingarelli*
P1054. Le Violon noir, *Maxence Fermine*
P1055. Vita Brevis, *Jostein Gaarder*
P1056. Le Retour des caravelles, *António Lobo Antunes*
P1057. L'Enquête, *Juan José Saer*
P1058. Pierre Mendès France, *Jean Lacouture*
P1059. Le Mètre du monde, *Denis Guedj*
P1060. Mort d'une héroïne rouge, *Qiu Xiaolong*
P1061. Angle mort, *Sara Paretsky*
P1062. La Chambre d'écho, *Régine Detambel*
P1063. Madame Seyerling, *Didier Decoin*
P1064. L'Atlantique et les Amants, *Patrick Grainville*
P1065. Le Voyageur, *Alain Robbe-Grillet*

P1066. Le Chagrin des Belges, *Hugo Claus*
P1067. La Ballade de l'impossible, *Haruki Murakami*
P1068. Minoritaires, *Gérard Miller*
P1069. La Reine scélérate, *Chantal Thomas*
P1070. Trompe la mort, *Lawrence Block*
P1071. V'là aut' chose, *Nancy Star*
P1072. Jusqu'au dernier, *Deon Meyer*
P1073. Le Rire de l'ange, *Henri Gougaud*
P1074. L'Homme sans fusil, *Ysabelle Lacamp*
P1075. Le Théoriste, *Yves Pagès*
P1076. L'Artiste des dames, *Eduardo Mendoza*
P1077. Les Turbans de Venise, *Nedim Gürsel*
P1078. Zayni Barakat, *Ghamal Ghitany*
P1079. Éloge de l'amitié, ombre de la trahison
Tahar Ben Jelloun
P1080. La Nostalgie du possible. Sur Pessoa
Antonio Tabucchi
P1081. La Muraille invisible, *Henning Mankell*
P1082. Ad vitam aeternam, *Thierry Jonquet*
P1083. Six Mois au fond d'un bureau, *Laurent Laurent*
P1084. L'Ami du défunt, *Andreï Kourkov*
P1085. Aventures dans la France gourmande, *Peter Mayle*
P1086. Les Profanateurs, *Michael Collins*
P1087. L'Homme de ma vie, *Manuel Vázquez Montalbán*
P1088. Wonderland Avenue, *Michael Connelly*
P1089. L'Affaire Paola, *Donna Leon*
P1090. Nous n'irons plus au bal, *Michelle Spring*
P1091. Les Comptoirs du Sud, *Philippe Doumenc*
P1092. Foraine, *Paul Fournel*
P1093. Mère agitée, *Nathalie Azoulay*
P1094. Amanscale, *Maryline Desbiolles*
P1095. La Quatrième Main, *John Irving*
P1096. La Vie devant ses yeux, *Laura Kasischke*
P1097. Foe, *J.M. Coetzee*
P1098. Les Dix Commandements, *Marc-Alain Ouaknin*
P1099. Errance, *Raymond Depardon*
P1100. Dr la Mort, *Jonathan Kellerman*
P1101. Tatouage à la fraise, *Lauren Henderson*
P1102. La Frontière, *Patrick Bard*
P1103. La Naissance d'une famille, *T. Berry Brazelton*
P1104. Une mort secrète, *Richard Ford*
P1105. Blanc comme neige, *George P. Pelecanos*
P1106. Jours tranquilles à Belleville, *Thierry Jonquet*
P1107. Amants, *Catherine Guillebaud*
P1108. L'Or du roi, *Arturo Perez-Reverte*
P1109. La Peau d'un lion, *Michael Ondaatje*
P1110. Funérarium, *Brigitte Aubert*

P1111. Requiem pour une ombre, *Andrew Klavan*
P1113. Tigre en papier, *Olivier Rolin*
P1114. Le Café Zimmermann, *Catherine Lépront*
P1115. Le Soir du chien, *Marie-Hélène Lafon*
P1116. Hamlet, pan, pan, pan, *Christophe Nicolas*
P1117. La Caverne, *José Saramago*
P1118. Un ami parfait, *Martin Suter*
P1119. Chang et Eng le double-garçon, *Darin Strauss*
P1120. Les Amantes, *Elfriede Jelinek*
P1121. L'Étoffe du diable, *Michel Pastoureau*
P1122. Meurtriers sans visage, *Henning Mankell*
P1123. Taxis noirs, *John McLaren*
P1124. La Revanche de Dieu, *Gilles Kepel*
P1125. À ton image, *Louise L. Lambrichs*
P1126. Les Corrections, *Jonathan Franzen*
P1127. Les Abeilles et la Guêpe, *François Maspero*
P1128. Les Adieux à la Reine, *Chantal Thomas*
P1129. Dondog, *Antoine Volodine*
P1130. La Maison Russie, *John le Carré*
P1131. Livre de chroniques, *António Lobo Antunes*
P1132. L'Europe en première ligne, *Pascal Lamy*
P1133. Les Nouveaux Maîtres du monde, *Jean Ziegler*
P1134. Tous des rats, *Barbara Seranella*
P1135. Des morts à la criée, *Ed Dee*
P1136. Allons voir plus loin, veux-tu ?, *Anny Duperey*
P1137. Les Papas et les Mamans, *Diastème*
P1138. Phantasia, *Abdelwahab Meddeb*
P1139. Métaphysique du chien, *Philippe Ségur*
P1140. Mosaïque, *Claude Delarue*
P1141. Dormir accompagné, *António Lobo Antunes*
P1142. Un monde ailleurs, *Stewart O'Nan*
P1143. Rocks Springs, *Richard Ford*
P1144. L'Ami de Vincent, *Jean-Marc Roberts*
P1145. La Fascination de l'étang, *Virginia Woolf*
P1146. Ne te retourne pas, *Karin Fossum*
P1147. Dragons, *Marie Desplechin*
P1148. La Médaille, *Lydie Salvayre*
P1149. Les Beaux Bruns, *Patrick Gourvennec*
P1150. Poids léger, *Olivier Adam*
P1151. Les Trapézistes et le Rat, *Alain Fleischer*
P1152. À livre ouvert, *William Boyd*
P1153. Péchés innombrables, *Richard Ford*
P1154. Une situation difficile, *Richard Ford*
P1155. L'éléphant s'évapore, *Haruki Murakami*
P1156. Un amour dangereux, *Ben Okri*
P1157. Le Siècle des communismes, *ouvrage collectif*
P1158. Funky Guns, *George P. Pelecanos*

P1159. Les Soldats de l'aube, *Deon Meyer*
P1160. Le Figuier, *François Maspero*
P1161. Les Passagers du Roissy-Express, *François Maspero*
P1162. Visa pour Shanghai, *Qiu Xiaolong*
P1163. Des dahlias rouge et mauve, *Frédéric Vitoux*
P1164. Il était une fois un vieux couple heureux
Mohammed Khaïr-Eddine
P1165. Toilette de chat, *Jean-Marc Roberts*
P1166. Catalina, *Florence Delay*
P1167. Nid d'hommes, *Lu Wenfu*
P1168. La Longue Attente, *Ha Jin*
P1169. Pour l'amour de Judith, *Meir Shalev*
P1170. L'Appel du couchant, *Gamal Ghitany*
P1171. Lettres de Drancy
P1172. Quand les parents se séparent, *Françoise Dolto*
P1173. Amours sorcières, *Tahar Ben Jelloun*
P1174. Sale Temps, *Sara Paretsky*
P1175. L'Ange du Bronx, *Ed Dee*
P1176. La Maison du désir, *France Huser*
P1177. Cytomégalovirus, *Hervé Guibert*
P1178. Les Treize Pas, *Mo Yan*
P1179. Le Pays de l'alcool, *Mo Yan*
P1180. Le Principe de Frédelle, *Agnès Desarthe*
P1181. Les Gauchers, *Yves Pagès*
P1182. Rimbaud en Abyssinie, *Alain Borer*
P1183. Tout est illuminé, *Jonathan Safran Foer*
P1184. L'Enfant zigzag, *David Grossman*
P1185. La Pierre de Rosette, *Robert Solé et Dominique Valbelle*
P1186. Le Maître de Pétersbourg, *J.M. Coetzee*
P1187. Les Chiens de Riga, *Henning Mankell*
P1188. Le Tueur, *Eraldo Baldini*
P1189. Un silence de fer, *Marcello Fois*
P1190. La Filière du jasmin, *Denise Hamilton*
P1191. Déportée en Sibérie, *Margarete Buber-Neumann*
P1192. Les Mystères de Buenos Aires, *Manuel Puig*
P1193. La Mort de la phalène, *Virginia Woolf*
P1194. Sionoco, *Leon de Winter*
P1195. Poèmes et Chansons, *Georges Brassens*
P1196. Innocente, *Dominique Souton*
P1197. Taking Lives/Destins violés, *Michael Pye*
P1198. Gang, *Toby Litt*
P1199. Elle est partie, *Catherine Guillebaud*
P1200. Le Luthier de Crémone, *Herbert Le Porrier*
P1201. Le Temps des déracinés, *Elie Wiesel*
P1202. Les Portes du sang, *Michel del Castillo*
P1203. Featherstone, *Kirsty Gunn*
P1204. Un vrai crime pour livres d'enfants, *Chloe Hooper*

P1205. Les Vagabonds de la faim, *Tom Kromer*
P1206. Mister Candid, *Jules Hardy*
P1207. Déchaînée, *Lauren Henderson*
P1208. Hypnose mode d'emploi, *Gérard Miller*
P1209. Corse, *Jean-Noël Pancrazi et Raymond Depardon*
P1210. Le Dernier Viking, *Patrick Grainville*
P1211. Charles et Camille, *Frédéric Vitoux*
P1212. Siloé, *Paul Gadenne*
P1213. Bob Marley, *Stephen Davies*
P1214. Ça ne peut plus durer, *Joseph Connolly*
P1215. Tombe la pluie, *Andrew Klavan*
P1216. Quatre Soldats, *Hubert Mingarelli*
P1217. Les Cheveux de Bérénice, *Denis Guedj*
P1218. Les Garçons d'en face, *Michèle Gazier*
P1219. Talion, *Christian de Montella*
P1220. Les Images, *Alain Rémond*
P1221. La Reine du Sud, *Arturo Perez-Reverte*
P1222. Vieille Menteuse, *Anne Fine*
P1223. Danse, danse, danse, *Haruki Murakami*
P1224. Le Vagabond de Holmby Park, *Herbert Lieberman*
P1225. Des amis haut placés, *Donna Leon*
P1226. Tableaux d'une ex., *Jean-Luc Benoziglio*
P1227. La Compagnie, le grand roman de la CIA, *Robert Little*
P1228. Chair et Sang, *Jonathan Kellerman*
P1230. Darling Lilly, *Michael Connelly*
P1231. Les Tortues de Zanzibar, *Giles Foden*
P1232. Il a fait l'idiot à la chapelle !, *Daniel Auteuil*
P1233. Lewis & Alice, *Didier Decoin*
P1234. Dialogue avec mon jardinier, *Henri Cueco*
P1235. L'Émeute, *Shashi Tharoor*
P1236. Le Palais des Miroirs, *Amitav Ghosh*
P1237. La Mémoire du corps, *Shauna Singh Baldwin*
P1238. Middlesex, *Jeffrey Eugenides*
P1239. Je suis mort hier, *Alexandra Marinina*
P1240. Cendrillon, mon amour, *Lawrence Block*
P1241. L'Inconnue de Baltimore, *Laura Lippman*
P1242. Berlinale Blitz, *Stéphanie Benson*
P1243. Abattoir 5, *Kurt Vonnegut*
P1244. Catalogue des idées reçues sur la langue
Marina Yaguello
P1245. Tout se paye, *Georges P. Pelacanos*
P1246. Autoportrait à l'ouvre-boîte, *Philippe Ségur*
P1247. Tout s'avale, *Hubert Michel*
P1248. Quand on aime son bourreau, *Jim Lewis*
P1249. Tempête de glace, *Rick Moody*
P1250. Dernières Nouvelles du bourbier, *Alexandre Ikonnikov*
P1251. Le Rameau brisé, *Jonathan Kellerman*

P1252. Passage à l'ennemie, *Lydie Salvayre*
P1253. Une saison de machettes, *Jean Hatzfeld*
P1254. Le Goût de l'avenir, *Jean-Claude Guillebaud*
P1255. L'Étoile d'Alger, *Aziz Chouaki*
P1256. Cartel en tête, *John McLaren*
P1257. Sans penser à mal, *Barbara Seranella*
P1258. Tsili, *Aharon Appelfeld*
P1259. Le Temps des prodiges, *Aharon Appelfeld*
P1260. Ruines-de-Rome, *Pierre Sengès*
P1261. La Beauté des loutres, *Hubert Mingarelli*
P1262. La Fin de tout, *Jay McInerney*
P1263. Jeanne et les siens, *Michel Winock*
P1264. Les Chats mots, *Anny Duperey*
P1265. Quand j'avais cinq ans, je m'ai tué, *Howard Buten*
P1266. Vers l'âge d'homme, *J.M. Coetzee*
P1267. L'Invention de Paris, *Eric Hazan*
P1268. Chroniques de l'oiseau à ressort, *Haruki Murakami*
P1269. En crabe, *Günter Grass*
P1270. Mon père, ce harki, *Dalila Kerchouche*
P1271. Lumière morte, *Michael Connelly*
P1272. Détonations rapprochées, *C.J. Box*
P1273. Lorsque la nature parlait aux Égyptiens
Christiane Desroches Noblecourt
P1274. Le Tribunal des Flagrants Délires 1
Pierre Desproges
P1275. Le Tribunal des Flagrants Délires 2
Pierre Desproges
P1276. Un amant naïf et sentimental, *John le Carré*
P1277. Fragiles, *Philippe Delerm et Martine Delerm*
P1278. La Chambre blanche, *Christine Jordis*
P1279. Adieu la vie, adieu l'amour, *Juan Marsé*
P1280. N'entre pas si vite dans cette nuit noire
António Lobo Antunes
P1281. L'Évangile selon saint Loubard, *Guy Gilbert*
P1282. La femme qui attendait, *Andreï Makine*
P1283. Les Candidats, *Yun Sun Limet*
P1284. Petit Traité de désinvolture, *Denis Grozdanovitch*
P1285. Personne, *Linda Lê*
P1286. Sur la photo, *Marie-Hélène Lafon*
P1287. Le Mal du pays, *Patrick Roegiers*
P1288. Politique, *Adam Thirlwell*
P1289. Érec et Énide, *Manuel Vázquez Montalbán*
P1290. La Dormeuse de Naples, *Adrien Goetz*
P1291. Le croque-mort a la vie dure, *Tim Cockey*
P1292. Pretty Boy, *Lauren Henderson*
P1293. La Vie sexuelle en France, *Janine Mossuz-Lavau*
P1294. Souvenirs obscurs d'un Juif polonais né en France
Pierre Goldman

P1295. Dans l'alcool, *Thierry Vimal*
P1296. Le Monument, *Claude Duneton*
P1297. Mon nerf, *Rachid Djaïdani*
P1298. Plutôt mourir, *Marcello Fois*
P1299. Les pingouins n'ont jamais froid, *Andreï Kourkov*
P1300. La Mitrailleuse d'argile, *Viktor Pelevine*
P1301. Un été à Baden-Baden, *Leonid Tsypkin*
P1302. Hasard des maux, *Kate Jennings*
P1303. Le Temps des erreurs, *Mohammed Choukri*
P1304. Boumkœur, *Rachid Djaïdani*
P1305. Vodka-Cola, *Irina Denejkina*
P1306. La Lionne blanche, *Henning Mankell*
P1307. Le Styliste, *Alexandra Marinina*
P1308. Pas d'erreur sur la personne, *Ed Dee*
P1309. Le Casseur, *Walter Mosley*
P1310. Le Dernier Ami, *Tahar Ben Jelloun*
P1311. La Joie d'Aurélie, *Patrick Grainville*
P1312. L'Aîné des orphelins, *Tierno Monénembo*
P1313. Le Marteau pique-cœur, *Azouz Begag*
P1314. Les Âmes perdues, *Michael Collins*
P1315. Écrits fantômes, *David Mitchell*
P1316. Le Nageur, *Zsuzsa Bánk*
P1317. Quelqu'un avec qui courir, *David Grossman*
P1318. L'Attrapeur d'ombres, *Patrick Bard*
P1319. Venin, *Saneh Sangsuk*
P1320. Le Gone du Chaâba, *Azouz Begag*
P1321. Béni ou le paradis privé, *Azouz Begag*
P1322. Mésaventures du Paradis
Erik Orsenna et Bernard Matussière
P1323. L'Âme au poing, *Patrick Rotman*
P1324. Comedia Infantil, *Henning Mankell*
P1325. Niagara, *Jane Urquhart*
P1326. Une amitié absolue, *John le Carré*
P1327. Le Fils du vent, *Henning Mankell*
P1328. Le Témoin du mensonge, *Mylène Dressler*
P1329. Pelle le Conquérant 1, *Martin Andersen Nexø*
P1330. Pelle le Conquérant 2, *Martin Andersen Nexø*
P1331. Mortes-Eaux, *Donna Leon*
P1332. Déviances mortelles, *Chris Mooney*
P1333. Les Naufragés du Batavia, *Simon Leys*
P1334. L'Amandière, *Simonetta Agnello Hornby*
P1335. C'est en hiver que les jours rallongent, *Joseph Bialot*
P1336. Cours sur la rive sauvage, *Mohammed Dib*
P1337. Hommes sans mère, *Hubert Mingarelli*
P1338. Reproduction non autorisée, *Marc Vilrouge*
P1339. S.O.S., *Joseph Connolly*
P1340. Sous la peau, *Michel Faber*

P1341. Dorian, *Will Self*
P1342. Le Cadeau, *David Flusfeder*
P1343. Le Dernier Voyage d'Horatio II, *Eduardo Mendoza*
P1344. Mon vieux, *Thierry Jonquet*
P1345. Lendemains de terreur, *Lawrence Block*
P1346. Déni de justice, *Andrew Klavan*
P1347. Brûlé, *Leonard Chang*
P1348. Montesquieu, *Jean Lacouture*
P1349. Stendhal, *Jean Lacouture*
P1350. Le Collectionneur de collections, *Henri Cueco*
P1351. Camping, *Abdelkader Djemaï*
P1352. Janice Winter, *Rose-Marie Pagnard*
P1353. La Jalousie des fleurs, *Ysabelle Lacamp*
P1354. Ma vie, son œuvre, *Jacques-Pierre Amette*
P1355. Lila, Lila, *Martin Suter*
P1356. Un amour de jeunesse, *Ann Packer*
P1357. Mirages du Sud, *Nedim Gürsel*
P1358. Marguerite et les Enragés
Jean-Claude Lattès et Éric Deschodt
P1359. Los Angeles River, *Michael Connelly*
P1360. Refus de mémoire, *Sarah Paretsky*
P1361. Petite Musique de meurtre, *Laura Lippman*
P1362. Le Cœur sous le rouleau compresseur, *Howard Buten*
P1363. L'Anniversaire, *Mouloud Feraoun*
P1364. Passer l'hiver, *Olivier Adam*
P1365. L'Infamille, *Christophe Honoré*
P1366. La Douceur, *Christophe Honoré*
P1367. Des gens du monde, *Catherine Lépront*
P1368. Vent en rafales, *Taslima Nasreen*
P1369. Terres de crépuscule, *J. M. Coetzee*
P1370. Lizka et ses hommes, *Alexandre Ikonnikov*
P1371. Le Châle, *Cynthia Ozick*
P1372. L'Affaire du Dahlia noir, *Steve Hodel*
P1373. Premières Armes, *Faye Kellerman*
P1374. Onze Jours, *Donald Harstad*
P1375. Le croque-mort préfère la bière, *Tim Cockey*
P1376. Le Messie de Stockholm, *Cynthia Ozick*
P1377. Quand on refuse on dit non, *Ahmadou Kourouma*
P1378. Une vie française, *Jean-Paul Dubois*
P1379. Une année sous silence, *Jean-Paul Dubois*
P1380. La Dernière Leçon, *Noëlle Châtelet*
P1381. Folle, *Nelly Arcan*
P1382. La Hache et le Violon, *Alain Fleischer*
P1383. Vive la sociale !, *Gérard Mordillat*
P1384. Histoire d'une vie, *Aharon Appelfeld*
P1385. L'Immortel Bartfuss, *Aharon Appelfeld*
P1386. Beaux seins, belles fesses, *Mo Yan*

P1387. Séfarade, *Antonio Muñoz Molina*
P1388. Le Gentilhomme au pourpoint jaune
Arturo Pérez Reverte
P1389. Ponton à la dérive, *Daniel Katz*
P1390. La Fille du directeur de cirque, *Jostein Gaarder*
P1391. Pelle le Conquérant 3, *Martin Andersen Nexø*
P1392. Pelle le Conquérant 4, *Martin Andersen Nexø*
P1393. Soul Circus, *George P. Pelecanos*
P1394. La Mort au fond du canyon, *C. J. Box*
P1395. Recherchée, *Karin Alvtegen*
P1396. Disparitions à la chaîne, *Åke Smedberg*
P1397. Bardo or not bardo, *Antoine Volodine*
P1398. La Vingt-septième Ville, *Jonathan Franzen*
P1399. Pluie, *Kirsty Gunn*
P1400. La Mort de Carlos Gardel, *António Lobo Antunes*
P1401. La Meilleure Façon de grandir, *Meir Shalev*
P1402. Les Plus Beaux Contes zen, *Henri Brunel*
P1403. Le Sang du monde, *Catherine Clément*
P1404. Poétique de l'égorgeur, *Philippe Ségur*
P1405 La Proie des âmes, *Matt Ruff*
P1406. La Vie invisible, *Juan Manuel de Prada*
P1407. Qu'elle repose en paix, *Jonathan Kellerman*
P1408. Le Croque-mort à tombeau ouvert, *Tim Cockey*
P1409. La Ferme des corps, *Bill Bass*
P1410. Le Passeport, *Azouz Begag*
P1411. La station Saint Martin est fermée au public
Joseph Bialot
P1412. L'Intégration, *Azouz Begag*
P1413. La Géométrie des sentiments, *Patrick Roegiers*
P1414. L'Ame du chasseur, *Deon Meyer*
P1415. La Promenade des délices, *Mercedes Deambrosis*
P1416. Un après-midi avec Rock Hudson
Mercedes Deambrosis
P1417. Ne gênez pas le bourreau, *Alexandra Marinina*
P1418. Verre cassé, *Alain Mabanckou*
P1419. African Psycho, *Alain Mabanckou*
P1420. Le Nez sur la vitre, *Abdelkader Djemaï*
P1421. Gare du Nord, *Abdelkader Djemaï*
P1422. Le Chercheur d'Afriques, *Henri Lopes*
P1423. La Rumeur d'Aquitaine, *Jean Lacouture*
P1425. Un saut dans le vide, *Ed Dee*
P1426. En l'absence de Blanca, *Antonio Muñoz Molina*
P1427. La Plus Belle Histoire du bonheur, *collectif*
P1424. Une soirée, *Anny Duperey*
P1429. Comment c'était. Souvenirs sur Samuel Beckett
Anne Atik
P1430. Suite à l'hôtel Crystal, *Olivier Rolin*

P1431. Le Bon Serviteur, *Carmen Posadas*
P1432. Traité de savoir-vivre à l'usage des jeunes Russes
Gary Shteyngart
P1433. C'est égal, *Agota Kristof*
P1434. Le Nombril des femmes, *Dominique Quessada*
P1435. L'Enfant à la luge, *Chris Mooney*
P1436. Encres de Chine, *Qiu Xiaolong*
P1437. Enquête de mor(t)alité, *Gene Riehl*
P1438. Le Château du roi dragon, La Saga du roi dragon I
Stephen Lawhead
P1439. Les Armes des Garamont, La Malerune I
Pierre Grimbert
P1440. Le Prince déchu, Les Enfants de l'Atlantide I
Bernard Simonay
P1441. Le Voyage d'Hawkwood, Les Monarchies divines I
Paul Kearney
P1442. Un trône pour Hadon, Le Cycle d'Opar I
Philip-José Farmer
P1443. Fendragon, *Barbara Hambly*
P1444. Les Brigands de la forêt de Skule, *Kerstin Ekman*
P1445. L'Abîme, *John Crowley*
P1446. Œuvre poétique, *Léopold Sédar Senghor*
P1447. Cadastre, *suivi de* Moi, Laminaire…, *Aimé Césaire*
P1448. La Terre vaine et autres poèmes, *Thomas Stearns Eliot*
P1449. Le Reste du voyage et autres poèmes, *Bernard Noël*
P1450. Haïkus, *anthologie*
P1451. L'Homme qui souriait, *Henning Mankell*
P1452. Une question d'honneur, *Donna Leon*
P1453. Little Scarlet, *Walter Mosley*
P1454. Elizabeth Costello, *J.M. Coetzee*
P1455. Le maître a de plus en plus d'humour, *Mo Yan*
P1456. La Femme sur la plage avec un chien, *William Boyd*
P1457. Accusé Chirac, levez-vous !, *Denis Jeambar*
P1458. Sisyphe, roi de Corinthe, *François Rachline*
P1459. Le Voyage d'Anna, *Henri Gougaud*
P1460. Le Hussard, *Arturo Pérez-Reverte*
P1461. Les Amants de pierre, *Jane Urquhart*
P1462. Corcovado, *Jean-Paul Delfino*
P1463. Hadon, le guerrier, Le Cycle d'Opar II
Philip José Farmer
P1464. Maîtresse du Chaos, La Saga de Raven I
Robert Holdstock et Angus Wells
P1465. La Sève et le Givre, *Léa Silhol*
P1466. Élégies de Duino *suivi de* Sonnets à Orphée
Rainer Maria Rilke
P1467. Rilke, *Philippe Jaccottet*
P1468. C'était mieux avant, *Howard Buten*

P1469. Portrait du Gulf Stream, *Érik Orsenna*
P1470. La Vie sauve, *Lydie Violet et Marie Desplechin*
P1471. Chicken Street, *Amanda Sthers*
P1472. Polococktail Party, *Dorota Maslowska*
P1473. Football factory, *John King*
P1474. Une petite ville en Allemagne, *John le Carré*
P1475. Le Miroir aux espions, *John le Carré*
P1476. Deuil interdit, *Michael Connelly*
P1477. Le Dernier Testament, *Philip Le Roy*
P1478. Justice imminente, *Jilliane Hoffman*
P1479. Ce cher Dexter, *Jeff Lindsay*
P1480. Le Corps noir, *Dominique Manotti*
P1481. Improbable, *Adam Fawer*
P1482. Les Rois hérétiques, Les Monarchies divines II
Paul Kearney
P1483. L'Archipel du soleil, Les Enfants de l'Atlantide II
Bernard Simonay
P1484. Code Da Vinci: l'enquête
Marie-France Etchegoin et Frédéric Lenoir
P1485. L.A. Confidentiel : les secrets de Lance Armstrong
Pierre Ballester et David Walsh
P1486. Maria est morte, *Jean-Paul Dubois*
P1487. Vous aurez de mes nouvelles, *Jean-Paul Dubois*
P1488. Un pas de plus, *Marie Desplechin*
P1489. D'excellente famille, *Laurence Deflassieux*
P1490. Une femme normale, *Émilie Frèche*
P1491. La Dernière Nuit, *Marie-Ange Guillaume*
P1492. Le Sommeil des poissons, *Véronique Ovaldé*
P1493. La Dernière Note, *Jonathan Kellerman*
P1494. La Cité des jarres, *Arnaldur Indridason*
P1495. Électre à la Havane, *Leonardo Padura*
P1496. Le croque-mort est bon vivant, *Tim Cockey*
P1497. Le Cambrioleur en maraude, *Lawrence Block*
P1498. L'Araignée d'émeraude, La Saga de Raven II
Robert Holdstock et Angus Wells
P1499. Faucon de mai, *Gillian Bradshaw*
P1500. La Tante marquise, *Simonetta Agnello Hornby*
P1501. Anita, *Alicia Dujovne Ortiz*
P1502. Mexico City Blues, *Jack Kerouac*
P1503. Poésie verticale, *Roberto Juarroz*
P1506. Histoire de Rofo, Clown, *Howard Buten*
P1507. Manuel à l'usage des enfants qui ont des parents difficiles
Jeanne Van den Brouk
P1508. La Jeune Fille au balcon, *Leïla Sebbar*
P1509. Zenzela, *Azouz Begag*
P1510. La Rebellion, *Joseph Roth*

ALLY BLAKE

Une assistante trop séduisante

Traduction française de
VIRGINIE CANTIN

AZUR

HARLEQUIN

Collection : Azur

Titre original :
CINDERELLA ASSISTANT TO BOSS'S BRIDE

HARPERCOLLINS FRANCE
83-85, boulevard Vincent-Auriol, 75646 PARIS CEDEX 13
Service Clients — https://www.harlequin.fr/contenu/contactez-nous
ISBN 978-2-2805-1592-4 — ISSN 0993-4448

Édité par HarperCollins France.
Composition et mise en pages Nord Compo.
Imprimé en mai 2025 par CPI Black Print (Barcelone)
en utilisant 100% d'électricité renouvelable.
Dépôt légal : juin 2025.

FSC
www.fsc.org
MIXTE
Papier issu de sources responsables
FSC® C159065

Pour limiter l'empreinte environnementale de ses livres, HarperCollins France s'engage à n'utiliser que du papier fabriqué à partir de bois provenant de forêts gérées durablement et de manière responsable.